AF217309

ullstein

JULIA ROGASCH, geboren 1983, wohnt mit ihrem Ehemann und ihren Töchtern in Hannover. Daneben ist die Nordseeinsel Sylt die Heimat ihres Herzens und Inspiration für ihre Bücher. Schon als Kind schrieb sie erste Geschichten. Beruflich ging sie zunächst andere Wege, lernte nach dem Abitur Drogistin und verkaufte Autos für ein Autohaus, für das sie heute im Marketing arbeitet. Inspiriert vom Leben als Mama mit Job und ihrer großen Leidenschaft für Sylt und emotionale Romane griff sie ihren Kindheitstraum vom Schreiben auf, und das erste Buch entstand. Es folgten weitere Sylt-Romane über die Liebe, das Glück, Schicksal, Familie und Freundschaft.

Von Julia Rogasch sind in unserem Hause außerdem erschienen:

Winterzauber in der kleinen Teestube am Meer

Der kleine Wintermarkt am Meer

Winterträume in der kleinen Manufaktur am Meer

Herzklopfen im kleinen Bonbonladen am Meer

Frühlingsgefühle im kleinen Bonbonladen am Meer

JULIA ROGASCH

Wintertee im *kleinen* *Büchercafé* am Meer

EIN
SYLT-ROMAN

Besuchen Sie uns im Internet:

www.ullstein.de

Wir verpflichten uns zu Nachhaltigkeit
- Papiere aus nachhaltiger Waldwirtschaft und anderen kontrollierten Quellen
- Druckfarben auf pflanzlicher Basis
- ullstein.de/nachhaltigkeit

MIX
Papier
FSC FSC® C083411

Originalausgabe im Ullstein Taschenbuch

1. Auflage Oktober 2024

3. Auflage 2025

© Ullstein Buchverlage GmbH, Friedrichstraße 126, 10117 Berlin 2024

Wir behalten uns die Nutzung unserer Inhalte für Text- und
Data-Mining im Sinne von § 44b UrhG ausdrücklich vor.

Bei Fragen zur Produktsicherheit wenden Sie sich bitte an
produktsicherheit@ullstein.de

Umschlaggestaltung: zero-media.net, München

Titelabbildung: © FinePic®, München

Gesetzt aus der Quadraat Pro powered by *pepyrus*

Druck und Bindearbeiten: CPI books GmbH, Leck

ISBN 978-3-548-06941-8

Meinen Herzensmenschen.
Meinen wundervollen Leserinnen und Lesern.
All denen, die an ihre Träume glauben.
Dir, denn mein Traum lebt durch dich.

Prolog

Das Rauschen der Wellen klang wie eine majestätische Melodie. Wie die Auftaktmusik einer Oper. Der Beginn von etwas ganz Großem. Gleichzeitig aber auch wie das tosende Finale. Der Schlussstrich unter einem bewegenden Stück, einem Theater, einem Lebenswerk.

Was dieser Moment mit einem machte, welche Wirkung er auf die Seele hatte, das entschied nur der Betrachter für sich allein. Die Atmosphäre am winterlichen Strand betankte die Besucher mit kraftvoller Energie und Euphorie, belegte sie mit Wehmut oder Demut, trug Sorgen fort oder legte sie bloß. Sie befreite den Kopf oder ließ ihn schutzlos zurück, regte zum Erinnern und Nachdenken an, weckte Sehnsüchte und Melancholie, manchmal sogar Traurigkeit. Sie berührte.

Die untergehende Sonne färbte die Haut golden und spiegelte sich in den Augen eines verliebten Paares. Sie blickten einander an, spürten die Nähe des anderen wie Sonnenstrahlen auf der Haut und empfanden so viel Glück in diesem Moment. Es gab nur den kalten Winterstrand, die Sonne, deren Licht um diese Jahreszeit vor allem die Seele wärmte, und sie.

Unweit davon stand ein Mensch allein. Er war traurig, diesen Moment einsam zu erleben, gepackt von den eisigen Armen des Sturmes, der sich mit aller Macht vom Meer her in das Land fraß. Er fühlte sich

klein und unbedeutend, und ihn überkam hier am Wasser eine Sehn-
sucht nach Zweisamkeit, wie er sie nirgendwo sonst spürte.

Wie ein Gift kroch dieses Gefühl in jede seiner Zellen und lähmte
ihn. Der Wind hatte seine Haut abgekühlt. Niemand wärmte ihn,
kein Mensch, keine Liebe, kein Gedanke.

Aber er zwang sich, den Neuanfang zu sehen, der hinter diesem
Sonnenuntergang als Sonnenaufgang an anderer Stelle auf ihn war-
tete.

Im langen Mantel, einen dicken Schal fest um sich geschlungen, die Mütze tief ins Gesicht gezogen, klappte ein Strandbesucher das Notizbuch zu, das er bei sich trug, richtete den Blick aufs graublaue Meer. Unbewegt, aber aufrecht. Das Notizbuch in der Hand, darin die letzten Zeilen notiert. Mit langsamen Schritten lief die Person an der Wasserkante unterhalb des Roten Kliffs entlang gen Norden. Jetzt leicht gebückt, um dem Wind besser trotzen zu können.

Stetig sank die schwache Sonne gen Horizont und färbte den Himmel in ein sattes Orange, welches sich in einem leuchtenden Kegel auf der Wasseroberfläche spiegelte.

Ein Foto dieser Stimmung würde kaum verraten, ob es sommerlich warm oder winterlich kühl war. Ob der Flieder blühte oder bald schon Weihnachtsmusik die gemütlichen Cafés mit heimeligem Klang erfüllen und festliche Beleuchtung die reetgedeckten Kapitänshäuser schmücken würde.

Tatsächlich war es Winter, ein klarer, kühler Tag, der soeben sein Finale fand. Sobald auch noch die letzten Sonnenstrahlen hinter dem Horizont verschwunden wären, würde jede Wärme von der Kälte der Nacht verschluckt.

Immer wieder hielt die Person an, notierte ein paar Worte, als wolle sie Gedankenfetzen festhalten, ehe der Wind sie davontrug.

Doch was dort geschrieben stand, würde wohl ein Geheimnis

bleiben, welches das Meer mit sich trug. Denn als sie am Ende ihres Weges kurz anhielt, um nach ihrem Handy zu tasten, legte sie das Büchlein neben sich in den Sand. Sofort ergriff eine mächtige Welle ihr Werk, wirbelte es ein paarmal umher, um es dann mit sich zu nehmen.

Die Person rannte hin und her, raufte sich die Haare, tat noch einen Schritt auf das Meer zu und griff nach etwas, das vor ihren Füßen lag. Es war das kleine Buch, doch das Meer musste die Notizen von den Seiten gespült haben. Das triefende Werk in der Hand, lief sie zurück. Doch anders, als die Situation vermuten ließ, war ihr Schritt leichter als eben noch. Aufrecht und schnell. Die Bewegungen wirkten befreit.

Angekommen vor dem Café am Kliff, warf sie das Notizbuch in den Papierkorb und trocknete ihre Hände. Trotz der Kälte stand wie so oft der kleine Hund der Café-Eigentümerin vor der Tür. Er wedelte mit der Rute und forderte kurze Streicheleinheiten ein. Eine holzumrahmte Schiefertafel vor dem Friesenhaus kündigte Omas Vanillepudding-Kissen an. Genau das Richtige, um eine aufgewühlte Seele darauf zu betten. Die Person blickte an der Fassade des reetgedeckten Hauses mit dem kleinen Gaubenfenster über dem Eingang empor. Durch die großen, hellblau gerahmten Fenster und die gläserne Eingangstür konnte man den gemütlichen Innenraum sehen. Gedimmtes Licht, flackernder Kerzenschein und dunkle Holzmöbel sowie Nischen, in denen weiche Sofas auf dem Dielenfußboden standen, wirkten einladend wie ein privates Wohnzimmer. Der Gast trat in die warme Stube, aus der ihm ein süßer Duft nach Wintertee entgegenströmte und wo Behaglichkeit die Besucher empfing. Balsam für die Seele. Ein kleines Nachhausekommen für diejenigen, die sich nach Wärme sehnten.

Der Hund war mit hineingelaufen und rollte sich zum Aufwärmen auf seiner Decke neben dem Tresen zusammen.

Kapitel 1

»Sie benötigen die Anzeige für die ›Rezept-zum-Buch-Aktion‹ noch in dieser Woche?« Die aufgebrachte Stimme unserer umsatzstärksten Anzeigenkundin, der Marketingleiterin einer großen Konditorei, keifte mir entgegen. Ihre überschäumende Wut ließ mir keinerlei Gelegenheit zu antworten.

»Wissen Sie, was? Dann streichen Sie uns dieses Mal für die Ausgabe. Ich habe bereits betont, dass ich mehr Vorlauf benötige, um die Anzeige zu liefern. Die paar Tage reichen da nicht«, schnaubte sie. »Und bitte leiten Sie in die Wege, dass ich einen Gesprächstermin mit Ihrem Chef bekomme. Es gibt da offenbar einige Dinge zu besprechen.« Ihr Tonfall erinnerte mich an den einer Richterin, die einen Schwerverbrecher vor sich hatte.

»Selbstverständlich kümmere ich mich um einen Termin für Sie«, antwortete ich ruhig. »Und entschuldigen Sie bitte die späte Nachfrage. Das war mein Fehler«, schob ich noch hinterher. Doch die Dame hatte bereits aufgelegt.

Matt legte ich mein Handy beiseite und machte mich direkt an eine E-Mail, um meinen Chef vorzuwarnen. Leider hatte ich tatsächlich versäumt, die Kundin rechtzeitig auf die benötigte Druckvorlage für ihre Insertion in unserer Weihnachtssonderausgabe der Zeitschrift *Backliebe* hinzuweisen. Und weil die Umsätze dieser Firma unsere Haupteinnahmequelle waren, wog mein Fauxpas besonders schwer.

Wie erwartet ließ der wütende Anruf meines Chefs nicht lange auf sich warten. Ich war froh, dass ich zu Hause im Homeoffice saß und er mich so nicht in sein Büro zitieren konnte. Er wetterte durchs Telefon, als habe er soeben erfahren, dass ich seinen Lotterieschein mit einem Millionengewinn versehentlich in den Schredder geworfen hätte.

»Tilda, seit Wochen fällt mir auf, dass die Projekte, die du anpackst, viel zu viel Zeit brauchen, um zum Abschluss zu kommen. Wenn überhaupt. Und es ist nicht das erste Mal, dass wir so ein Gespräch führen.« Er machte eine Pause, und mir ging durch den Kopf, dass das, was hier stattfand, weniger als Gespräch als vielmehr als Vortrag zu bezeichnen war.

»So was darf nicht passieren – erst recht nicht bei diesem Kunden. Wenn das ein Einzelfall wäre, okay!« Wütend schnaubte er ins Telefon. »Aber es häuft sich. Ich habe das Gefühl, es ist dir völlig egal, wenn ein Projekt nicht zustande kommt und schon im Vorfeld scheitert. Nur so läuft das nicht, Tilda. Davon kann ich am Ende des Tages deinen Lohn nicht zahlen. So zu arbeiten kann doch auch nicht dein eigener Anspruch sein. Dass dich nicht jedes Thema vom Hocker reißt, okay. Das geht uns allen so. Aber gerade das Thema Bücher und Rezepte sollte dir doch am Herz liegen.«

Wehrlos hörte ich ihn an. Er hatte recht mit dem, was er mir vorwarf. Ich wusste selbst, dass das, was ich derzeit leistete, in keiner Form dem entsprach, was ich bisher auf die Beine gestellt hatte. Und so bewusst ich mir dessen war, so wenig gelang es mir, etwas daran zu ändern.

»Entschuldige. Ich hatte mir den Termin eingetragen, aber mit der Erinnerung muss etwas schiefgegangen sein«, stammelte ich müde eine fadenscheinige Erklärung.

Er sagte, dass er sich bei der Kundin melden und die Kuh vom Eis holen wollte, und wir beendeten das Telefonat unterkühlt.

Ich stand auf, trat ans Fenster und blickte in den trüb-grauen Himmel über dem Garten des Mehrparteienhauses, den ich aus meiner Wohnung in der Nähe des Dorfzentrums nahezu komplett einsehen konnte.

Er hatte recht. Die Inhalte der Sonderausgabe waren bis vor gar nicht allzu langer Zeit noch meine Herzensthemen gewesen. Liebesromane, in denen sich alles um Weihnachten, Rezepte und das Backen drehte.

Doch dann war mein Freund Tim vor zwei Jahren bei einem Autounfall tödlich verunglückt, und dieser Unfall hatte auch mein Leben in Scherben zurückgelassen. Denn ich hatte nicht nur seinen Tod verarbeiten müssen, sondern auch die Tatsache, dass das Unglück nicht auf einer Dienstreise, wie dieser Trip von ihm offiziell betitelt worden war, sondern während eines romantischen Wochenendes mit seiner Geliebten passiert war, von der ich nicht das Geringste geahnt hatte. Außerdem hatte er kurz vorher eine beträchtliche Summe Geld von unserem gemeinsamen Sparkonto abgehoben, und ich wusste bis heute nicht, wo es gelandet war.

Alles fühlte sich seitdem schwer an, als liefe ich über frischen Teer, der bei jedem Schritt zäh meine Füße gefangen hielt und mich erst mit großem Kraftaufwand den nächsten bewältigen ließ.

Dicke Regentropfen rannen an der Fensterscheibe herunter, und ihre Bahn fand sich wieder in der meiner Tränen, die gleichzeitig über meine Wangen kullerten.

Es brauchte inzwischen nicht mehr viel, damit ich weinte. Ein kleiner Streit, ein falsches Wort oder ein schräger Blick, schon zitterte eine erste Träne in meinem Augenwinkel.

Tränen der Traurigkeit darüber, meine Liebe verloren zu haben. Tränen der Enttäuschung, dass diese Liebe offenbar einseitig und alles eine riesige Lüge gewesen war. Tränen der Wut, dass Tim mir mit seinem Verrat sogar das Trauern erschwerte, und Tränen des Abschieds von meinen Träumen. Dem Traum von der gemeinsamen Zukunft und dem, den ich mir bereits verwirklicht hatte, für den ich aber in dieser Situation keine Kraft und Begeisterung mehr aufbringen konnte.

Schon seit ich denken konnte, glühte die Leidenschaft in mir, eines Tages mit Büchern zu arbeiten. Irgendwann hatte ich in meinem Heimatort meine eigene kleine Buchhandlung *Herzensbuch* eröffnet. Fünf Minuten zu Fuß von meiner Wohnung entfernt.

Doch seit Tims Tod schien es mir, als sei alles, wofür ich brannte und wonach mein Herz rief, plötzlich falsch.

Meine Kraft hatte nicht mehr ausgereicht, mich den mitleidigen Blicken und dem Tratsch der Dorfbewohner zu stellen. Die Kunden, die mir so ans Herz gewachsen waren, wurden plötzlich zu einer Last, zum Hindernis, das mich von meinen Büchern fernhielt.

Deshalb hatte ich im letzten Jahr schweren Herzens entschieden, den Laden zu schließen, und stattdessen einen Job in der Zeitschriftenredaktion angenommen, bei dem ich problemlos von zu Hause aus arbeiten und mich vor der Welt verstecken konnte, bis es mir irgendwann wieder besser gehen würde.

»Du fehlst mir«, tippte ich in mein Handy und schickte die Nachricht nach einem Blick auf die Uhr an meine beste Freundin. Sie machte in ihrem Café, das sie auf Sylt führte, wahrscheinlich gerade Pause, und insgeheim hoffte ich, dass sie Zeit für mich hatte.

Annilen und ich hatten uns vor einigen Jahren bei einem Keks-Workshop auf Sylt kennengelernt und dort sofort Freundschaft geschlossen. Die Liebe zum Backen verband uns, und so hatten wir kurzerhand gemeinsam einen Onlineshop für handverzierte Kekse eröffnet.

Doch auch damit ließ ich sie im Moment viel zu sehr allein. Wieder einmal spürte ich den Stich des schlechten Gewissens.

Wenige Minuten später klingelte mein Handy. Erleichtert nahm ich den Anruf an.

»Meine Süße, was ist los?«, begrüßte mich die beruhigende Stimme von Annilen.

»Ach, Anni. Eigentlich nichts Neues, aber es kostet mich grad alles so viel Kraft.« Im Hintergrund klapperten Teller, und die Spülmaschine lief. Ich berichtete ihr von meinem Tag und dem vermasselten Auftrag, der so wichtig gewesen wäre für die Zeitschrift und der mir so schwergefallen war, dass ich ihn komplett in den Sand gesetzt hatte.

»Tilda, du weißt, ich schätze dich und deine emotionale Art sehr, und ich habe dir immer gesagt, dass ich Verständnis dafür habe, dass du schwere Zeiten durchlebst. Dass es da immer wieder auf und ab geht, ist klar.« Die Art und Weise, wie sie sprach, fühlte sich trotz der Entfernung wie eine herzliche Umarmung an. Sie machte eine Pause. »Aber so ein Tal, das muss irgendwann auch durchschritten sein. Du darfst darin nicht festhängen. Ich sehe, wie du leidest und wie es dich innerlich zerfrisst, wie du dich einigelst. Ich verstehe, warum du deine geliebte Buchhandlung an den Nagel gehängt hast, aber ich glaube noch immer, dass es nur für den Moment die richtige Lösung war. Die Gespräche mit den Leuten, deine Empfehlungen, die Lesungen, deine geliebten Bücher – du weißt selbst, was dir das immer bedeutet hat und wie sehr du das zum Leben brauchst! Klar, dass du daran zerbrichst, dass du dich mit diesen Dingen jetzt nur noch in der Theorie beschäftigen kannst. Von anderen Menschen zu berichten, die deinen Traum leben, ist grausam. Du lebst nicht so, wie du es brauchst, sondern wie eine Blume ohne Sonne. Ein Fisch ohne Wasser. Ich mache mir Sorgen um dich.«

»Mhm«, murmelte ich. Jedem anderen hätte ich diese Beurteilung vermutlich übel genommen. Aber Annis und meine Freundschaft war schon immer von dieser Offenheit geprägt. Wir sagten uns schonungslos die Wahrheit. Sie hatte jetzt so lange zugesehen und mich in meiner Trauer unterstützt. Wenn sie mir nun direkt auf den Kopf zu sagte, dass ich gegen eine Wand rannte mit meinem Tun, dass ich in meiner Lethargie zu versinken drohte, dann tat sie das, weil sie sich um mich sorgte – und weil es die Wahrheit war. Sie hatte recht, und ich wusste das.

Mein Schweigen war Antwort genug.

»Tilda, es tut mir einfach weh, immer wieder so traurige Anrufe von dir zu bekommen und dir nicht helfen zu können. Ich weiß, dass du glücklicher wärst, wenn du rauskommen würdest aus deinem Homeoffice. Die Leute brauchen deine persönlichen und individuellen Buchempfehlungen so sehr! Und du brauchst das auch. Ich kenne niemanden, der ein Buch mit so viel Herzblut und Euphorie vorstellen kann wie du. Ehrlich! All die fantastischen Werke großartiger Menschen zeigen uns den Weg fort von unseren Alltagssorgen an die Orte ihrer Fantasie und in die Welt der unbegrenzten Möglichkeiten, der Liebe und Träume. Und du kennst sie alle! Hast sie gelebt und liebst sie.«

»Aber mein Herz ist gebrochen, ich kann nicht weitergeben, was ich selbst nicht fühle. Ich weiß nicht mehr, wie ich die Liebe und Sehnsucht, die in all den Büchern stecken, beschreiben soll, wenn sie mir so fern vorkommen. Ich *habe* sie geliebt, Anni. Das ist lange her«, korrigierte ich sie dann. »Und davon, dass ich sie *lebe*, bin ich ja nun erst recht meilenweit entfernt.« Ich stöhnte.

»Aber so eine Liebe bleibt doch! Auch wenn sie manchmal schmerzt, sie kann uns über schwere Phasen hinweghelfen, und du selbst kannst bestimmen, wie viel Raum du ihr gibst. Nicht auf jede Art von Glück im Leben hat man Einfluss, aber eine Arbeit zu haben, die einen erfüllt, das kann man selbst steuern. Und sie kann dich nicht enttäuschen oder hintergehen, weil sie immer bleibt.«

»Diese Liebe ist Geschichte bei mir. Auch die berufliche.«

»Nein, nur wenn du es zulässt«, erklärte Annilen bestimmt. »Dass es dir so schwerfällt, dich theoretisch mit diesen Themen zu beschäftigen, sagt mir, dass sie noch in dir steckt und nur deshalb wehtut, weil du sie aussperrst. Da bin ich mir ganz sicher. Ich selbst habe mit meinem Café genau das gefunden, was zu mir passt. Und ich weiß, dass dir das auch so ging, bevor du *Herzensbuch* geschlossen hast.«

»Möglich. Aber warum hat es sich dann so schwer angefühlt, Tag für Tag den Laden zu öffnen? Es kam mir vor, als bestiege ich jeden Morgen den Mount Everest, wenn ich die Ladentür aufschließen und in all die strahlenden Gesichter blicken musste, denen ich Storys mit Happy End ans Herz legen sollte. Na ja, und in die der Leute, die mich mit ihrem unerträglichen Mitleid angeschaut haben. Das war fast noch schlimmer. Ich habe da nicht mehr hingehört, und nicht einmal meinen geliebten Büchern ist es gelungen, mir Kraft zu geben, das zu meistern.«

»Ich verstehe, was du meinst«, stimmte mir Annilen zu. »Aber das lag doch nicht daran, dass du deinen Job und deinen Laden und die Bücher nicht mehr geliebt hast. Es waren die Menschen um dich herum, die es dir so schwer gemacht haben, die vermeintlich alle ein glückliches Leben führen und dich mit ihrem

Mitleid immer wieder an deinen Verlust erinnert haben und mit ihren Fragen nach deinem Befinden doch nur ihre Sensationslust stillen wollten. Meinst du nicht, du versteckst dich vor den Menschen, nicht vor den Büchern?«

Ich ließ das, was Annilen in den Raum stellte, auf mich wirken.

»Das mag sein, ja«, sagte ich. »Aber es hat sich nichts verändert. Mein Freund ist weiterhin tot und hat mich all die Zeit hintergangen, ich bin nach wie vor allein und weit entfernt von einer neuen Liebe. Warum sollte es sich jetzt besser anfühlen, täglich unter Leuten zu sein?«

»Wird es vielleicht nicht. Nicht am Anfang. Aber ich glaube, dass du diesen Schritt gehen musst, um wieder dein Glück zu finden. Es wird nicht an deine Wohnungstür klopfen.«

»Nicht? Wer sagt, dass nicht der Pizzabote der Mann meines Lebens ist und sehr wohl irgendwann direkt vor meiner Tür steht, ohne dass ich mich dafür lange unter Menschen begeben muss?«, fragte ich. Annilen seufzte laut, und ein schnaubendes Lachen entwich ihr, das sie sofort zu überspielen versuchte. Auch ich konnte das Lächeln nicht unterdrücken, das an meinen Mundwinkeln zupfte. Ich wusste ja selbst, dass diese Vorstellung albern war.

»Ja«, fuhr Anni dann gedehnt fort, und ich liebte sie dafür, dass sie mich trotzdem weiterhin ernst nahm und nicht genervt auflegte. »Wie gesagt, dass du deinen Buchladen in diesem Dorf geschlossen hast, habe ich verstanden. Was die Leute aus der Tragödie um Tim gemacht haben, war mehr als ekelhaft. Deine Entscheidung, da nicht ständig an vorderster Front zu stehen, um sich deren dummes Gerede anzutun, war vermutlich richtig. Auch dein Widerwille, unter deren Blicken durch die Fußgängerzone zu flanieren, ist absolut nachvollziehbar. Aber es gibt nicht nur dieses Dorf, nicht nur diesen kleinen Radius, in dem du dich bewegen musst. Um dem zu entgehen, musst du dich nicht in deiner Wohnung und im Homeoffice verkriechen.«

»Sondern?«

»Wie wäre es zum Beispiel, wenn du zu mir kommst?«

»Nach Sylt?« Ich lachte hysterisch. »Ausgerechnet an den Ort, wo mein Unglück quasi seinen Ursprung hat? Tolle Idee.« Ich seufzte.

»Ja, dass der schreckliche Unfall gerade hier passiert ist, ist in der Tat ein Argument gegen die Insel als Wohlfühlort. Aber das ist doch nicht alles, was du hiermit verbindest! *Ich* bin hier, was ja schon Argument genug sein sollte!« Wieder war ich froh, dass sie es schaffte, ihre ehrliche Anteilnahme in ein wenig Humor zu verpacken. »Und außerdem bleibt Sylt einfach der schönste, inspirierendste und tollste Ort der Welt. Die Natur, das Meer, der Strand. All das ist die perfekte Kulisse zum Glücklichsein. Am besten kommst du so schnell wie möglich. Jetzt vor Weihnachten und rund um den Jahreswechsel erwartet uns eine besondere Zeit hier auf der Insel. Eine Zeit voller Trubel, aber auch eine, in der oft eine magische Ruhe herrscht. Hier kannst du wieder zu dir finden und ganz ungestört in dich hineinlauschen. Niemand kennt dich hier, niemand weiß von deiner Geschichte. Finde zu dir selbst und zu deinen Träumen zurück.«

Mein Blick folgte einem der Regentropfen, der über die Fensterbank in eine große Pfütze floss, die sich bereits auf dem Boden meines Balkons gebildet hatte.

»Und das schlechte Wetter, der garstige Wind, die frühe Dunkelheit, die bornierten Touristen, die vor Weihnachten und über den Jahreswechsel anreisen ...«, führte ich Annilens Beschreibung zynisch fort. »Der Winter steht vor der Tür und damit die wohl schauderhafteste Zeit, die man sich vorstellen kann, wenn ich an Sylt denke.«

»Oh nein, glaub mir, das erlebe ich persönlich ganz anders. In der grauen Großstadt mag das stimmen, aber hier am Meer ist dieses Wetter heilsam. Wenn die Leute von draußen in mein Café einkehren, steht das Glück in ihren Gesichtern. Sie sind happy, wenn sie es sich am Ofen bei einer heißen Tasse Wintertee gemütlich machen können.«

»Das glaube ich sofort, aber um mich drinnen am Ofen zu verkriechen, muss ich doch nicht nach Sylt kommen. Das kann ich genauso gut hier tun.«

»Nein, darum geht es nicht. Es sind das Meer und der Wind, der Strand, die Weite, die sie glücklich machen, und dieses Glück tragen sie dann in mein Café hinein. Erst wenn sie die Kraft des Winters erlebt und ihr getrotzt haben, können sie die Wärme meines Ofens und eines heißen Tees wirklich genießen.«

Sie hielt kurz inne und holte tief Luft, bevor sie fortfuhr: »Tilda, ich habe eine Idee, die ich schon seit einiger Zeit mit mir herumtrage und von der ich glaube, dass sie die Lösung für dich sein könnte. Ich wollte warten, bis es dir wieder etwas besser geht, aber ich glaube, das Gegenteil ist richtig.«

»Aha?« Jetzt wurde ich doch ein wenig neugierig.

»Bis Weihnachten ist es noch etwas hin, und es steht die gemütlichste Jahreszeit an, in der man sich für Bücher, Tee und Gebäck bei Kerzenschein besonders viel Zeit nimmt. Man kuschelt sich mit einer guten Lektüre irgendwo ein und träumt sich in andere Welten.«

»Ja, das mag sein.«

»Und mein Café ist so ein Ort zum Wohlfühlen.«

»Ja.« Abwartend lauschte ich Annis Ausführungen.

»Ich habe mir überlegt, wie es wäre, wenn ich das Café probeweise rund um die Weihnachtszeit und über die Wintermonate zum Büchercafé ausbaue. Ich besorge ein paar gemütliche und bequeme Lesesessel, schaffe Sofaecken zum Verweilen und stelle ganze Schränke voll mit unterhaltsamer Lektüre auf.« Annilen geriet bei ihren Überlegungen richtig ins Schwärmen. »Ich habe auch schon eine Menge Holzkisten gesammelt, die ich zu Bücherregalen umfunktionieren will, das ergibt einen richtig schönen, rustikalen Vintagelook. Hab ich im Internet gesehen und mich sofort in die Idee verliebt. Wenn das mit dem Büchercafé nichts wird, stelle ich sie mir allesamt in die Wohnung und baue mir meine eigene Bibliothek. Ein Kumpel von mir ist handwerklich geschickt und hat mir schon zugesagt, dass er mir helfen will.«

»Das klingt alles ganz wunderbar, Liebes. Wirklich. Aber was willst du mir damit sagen?«

»Ach, Tilda! Das liegt doch auf der Hand. Ich habe ein zauberhaftes, kleines Café und Ideen, aber keine Ahnung von Büchern und dem Buchhandel. Aber du hast das. Vielleicht könnten wir es gemeinsam angehen. Und hervorragend backen kannst du auch noch. Du musst raus aus deiner Blase aus Frust und Einsamkeit. Wo, wenn nicht bei mir, deiner besten Freundin auf der Welt, wäre der richtige Ort dafür?«

»Ich bin gerührt, Liebes. Wirklich. Die Idee ist toll. Aber du meinst, meine ehemalige Liebe zu Büchern, rudimentäre Backkünste und dass ich deine Freundin bin, qualifizieren mich für einen Neustart auf Sylt? Ausgerechnet auf Sylt? Ich weiß nicht.«

»Ich weiß es auch nicht, Tilda. Aber es fühlt sich, jetzt, wo wir dieses Gespräch führen, so richtig an, dass ich merke, dass wir es ausprobieren *müssen*.«

»Ausprobieren klingt so leicht«, entgegnete ich. »Ganz so einfach ist das alles nicht.«

»Klar. Aber glaubst du nicht, dass es einen Versuch wert ist?

Was hast du denn zu verlieren? Deinen Laden gibt es nicht mehr, dein Job macht dir kein bisschen Spaß, und Tim ist tot. Das ist verdammt schlimm und unfassbar bitter. Aber du bist zu jung, als dass dieser Schicksalsschlag dich nun nie wieder lächeln lassen sollte.«

»Ich lächele sehr wohl noch«, murrte ich und gab ein albernes Lachgeräusch von mir, von dem ich selbst merkte, wie unecht es klang.

Anni ging darüber hinweg. »Du musst endlich zulassen, wütend auf ihn zu sein. Man soll über Tote nicht schlecht reden, aber er hat dich in mehrfacher Hinsicht betrogen, und deshalb darfst du sauer auf ihn sein.«

»Ich weiß, und vielleicht ist genau das mein Problem. Ich hänge zwischen den Gefühlen fest und weiß nicht, wie ich weitermachen soll. Glaub mir, ich habe in der letzten Zeit auch so viel darüber nachgedacht, ob ich grundlegend was ändern kann, damit alles irgendwie wieder besser wird in meinem Leben. Eigentlich hatte ich gehofft, dass es mir vor der trüben, dunklen Jahreszeit noch gelingt, die Kurve zu kriegen, dass der neue Job mir wieder eine Aufgabe und neuen Elan gibt, bevor ich endgültig durchdrehe«, gestand ich jetzt wieder ernst.

»Dann denk doch einfach mal über meine Idee nach. Du kannst und musst das ja auch nicht jetzt entscheiden. Komm doch einfach erst mal her, arbeite weiterhin aus dem Homeoffice, nur eben von Sylt aus, und nebenbei unterstützt du mich ein wenig im Café. Direkt hier in meiner Straße wohnt eine warmherzige ältere Dame, die ein Zimmer in ihrem zuckersüßen Friesenhaus frei hat, das sie mir bereits für eventuelle Aushilfen für einen wirklich guten Preis angeboten hat. Da könntest du wohnen.«

Ich murmelte etwas, das nach Zustimmung klingen sollte.

»Liebes, irgendwas sagt mir, dass ich mit der Überlegung,

dich, meine beste Freundin, nach Sylt zu holen, sowohl dir als auch mir einen Traum erfüllen würde, von dem wir beide noch nicht wussten, dass wir ihn träumen. Wenn es dir noch schwerfällt, dir selbst einen Gefallen zu tun, dann tu es für mich. Ich bin mir sehr sicher, du wirst es am Ende nicht bereuen. Du sollst hier erst mal keine große Verantwortung übernehmen, darum geht es mir nicht. Sondern darum, dich als Unterstützung und Beraterin an meiner Seite zu haben – ich kenne mich doch mit Büchern kaum aus. Und ich möchte gerne mit dir zusammenarbeiten, Tilda.«

»Gib mir etwas Zeit. Deine Idee klingt toll, aber es fällt mir im Moment sogar schwer zu entscheiden, was ich zum Mittag essen möchte. Ich kann einen solchen Schritt nicht mal eben so machen.«

»Ach, Tilda, ich bin froh, dass ich dir jetzt endlich von meiner Idee erzählt habe.« Ich hörte das Lächeln auf ihren Lippen, und aus ihrer Stimme klangen Freude, Aufregung und Hoffnung heraus.

Wir legten auf, und fest entschlossen, dieses Gefühl von Geborgenheit, das Anni und der Gedanke ans Meer in mir auslösten, noch nicht loszulassen, zündete ich mir eine der Duftkerzen aus meinem Sylter Lieblingsladen *Dünenglanz* an und kochte mir einen Wintertee. Beides hatte Anni mir zusammen mit einer Sammlung der leckersten Kekse vor ein paar Tagen in einem duftenden Päckchen geschickt. Dann machte ich es mir in meinem Ohrensessel bequem.

Als ich ihn damals auf dem Flohmarkt gekauft hatte, hatte ich mir vorgestellt, stundenlang mit einem guten Buch darin zu sitzen und mich von den Geschichten davontragen zu lassen. Stattdessen saß ich hier inzwischen oft mit dem Laptop auf dem Schoß und arbeitete in einem Job, der mich langweilte und gleichzeitig in Stress versetzte.

Dieser Sessel sollte nicht so verschwendet werden, formte sich der trotzige Gedanke in meinem Kopf. Er war so viel gemütlicher, wenn man sich mit einem dicken Schmöker hineinkuschelte.

Sehnsüchtig wanderte mein Blick über die Regalwand, in der meine Lieblingsbücher standen. Es waren vor allem Unterhaltungsromane über Liebe, Freundschaft und mutige Frauen, die unweigerlich auf ein Happy End hinausliefen. Aber auch hoch emotionale Geschichten, die oftmals nicht glücklich, sondern tragisch endeten.

Mit beidem war ich in der Zeit nach Tims Tod überfordert gewesen. Während mir die einen unerreichbar und wie geheuchelte Lügen vorgekommen waren, an die das wahre Leben ohnehin nie heranreichen konnte, waren Letztere meiner eigenen Realität viel zu nah gewesen.

Noch kurz vor dem Unfall hatte ich so auf den letzten Band der aktuellen Reihe meiner Lieblingsautorin hingefiebert, und als er dann endlich mit Verzögerung erschienen war, hatte ich nicht einmal mehr den Mut gehabt, ihn mir zu kaufen.

Ich ließ meine Gedanken kreisen, lauschte dem Klang des prasselnden Regens und beobachtete, wie die dicken Tropfen des starken Landregens die Scheibe klar wuschen, genau wie Annilens Worte meine Gedankenwelt. Mit meiner Freundin über Probleme zu reden konnte hart sein, erwischte mich oft auf eine Art, die mich erschütterte, mich aber genau deshalb aufweckte und klarer sehen ließ.

Sie hatte recht damit, dass ich mein Lachen verloren hatte, und wenn ich ehrlich zu mir selbst war, dann wusste ich auch, dass das nicht allein daran lag, dass ich um meinen Freund trauerte. Ich hatte damals, als alles auf mich eingeprasselt war wie ein Kometenschauer aus dem Weltall, alle Schotten dicht gemacht und niemanden mehr an mich herangelassen. Ich hatte das Gefühl gehabt, die Leute kämen nur noch in meine Buchhandlung, um Neuigkeiten über den auf einem heimlichen Liebeswochenende tödlich verunglückten Jungunternehmer zu erfahren, der sich mit einem kurz zuvor angeleierten Bauprojekt den Unmut und Zorn vieler in unserem Dorf zugezogen hatte. Die Gehässigkeit und Genugtuung, die so manches Mal in den Reaktionen einiger Kunden mitschwangen, hatten mich angeekelt. Und dabei hatte ich ja selbst genug Gründe, wütend auf ihn zu sein.

Ich hatte es nicht mehr ausgehalten und den Rückzug angetreten, wollte nicht länger in meinem Laden mitten im Dorf stehen, ging kaum noch raus und mied die Öffentlichkeit.

Die Stellenausschreibung zu einem Redaktionsjob im Homeoffice schien mir wie die Lösung all meiner Probleme. Ich konnte weiterhin Geld verdienen und den Erlös aus dem Verkauf des Ladens vorerst unangetastet lassen. Außerdem würde ich mich mit Themen beschäftigen, die mich interessierten – zumindest hatte ich das gedacht.

Schnell war mir allerdings klar geworden, dass über Bücher zu schreiben kein Ersatz dafür war, sie in der Hand zu halten und zu verkaufen, und doch fand ich keinen Weg zurück.

Kapitel 2

Die Tage vergingen, und ich schleppte mich unzufrieden weiter an den Laptop, um mehr schlecht als recht meinen Job zu erledigen.

Und dann, an einem langen, einsamen Wochenende, zog es mich plötzlich in die Küche. Ich begann, einen Teil der Plätzchen und Törtchen, die Annilen auf der Karte hatte, zu backen.

Meine Favoriten waren seit jeher Mini-Gugelhupfe in verschiedensten Geschmacksrichtungen. Die kleinen Küchlein schmeckten mir selbst besonders gut und waren immer eine schöne Geschenkidee. Dazu verfeinerte ich etliche Produkte, die wir in unserem Onlineshop für handverzierte Kekse anboten, der ja sowieso nebenbei lief.

Ich versank in der Arbeit mit dem süßen, nach Vanille und Zimt duftenden Teig, ließ meine Hände ruhig die Buchstaben formen, als ich die Gugelhupfe mit feiner Zuckerschrift personalisierte. Das Backen erfüllte meine Wohnung mit Weihnachtsduft. Im Anschluss dokumentierte ich sorgfältig jede meiner Ideen und Modifikationen in einer Datei, die Annilen und ich für diesen Zweck erstellt hatten und teilten.

Meistens war sie es, die in ihrer professionellen Backstube die Kekse fertigte und versandte, während ich mich um die Werbung und das Organisatorische kümmerte. Um jedoch schnellstmöglich Fotos mit neuen Ideen und Motiven zu bekommen, stellte ich mich hin und wieder auch selbst an den Backofen.

Als letztes Werk für den Abend nahm ich mir einen Keks vor, den ich mit einem Buch verzierte, auf dessen Deckel nur ein Herz zu sehen war. Etwa so hatte das Logo von *Herzensbuch* ausgesehen, und zum ersten Mal seit Langem empfand ich bei der Erinnerung an meinen Buchladen wieder so etwas wie Freude.

Ich wollte dieses Design unbedingt in den Shop aufnehmen.

Also drapierte ich den Keks auf einer weißen Unterlage und strahlte ihn mit der Lampe an, die ich mir vor einiger Zeit eigens für diese Zwecke besorgt hatte.

Die rosafarbene Zuckergussgrundierung und die zarte weiße Zuckerschrift, mit Glitzerpuder bestreut, sahen wunderschön aus. Kleine Zuckerkristalle reflektierten funkelnd das Licht. Die Farben wirkten harmonisch zurückhaltend und ließen den Keks aussehen, als wäre er mit Raureif bedeckt.

Schnell schoss ich einige Fotos – ich hatte inzwischen Übung darin, unser Gebäck richtig zu positionieren und in Szene zu setzen.

Ich stellte mir vor, wie diese Kekse in Annilens Café ausliegen würden, direkt neben dem neuesten Taschenbuchbestseller, und ein Schauer rieselte meinen Rücken hinab.

Plötzlich erschien mir Annilens Projekt so greifbar.

Es wäre zuerst wie eine Art Pop-up-Store, und wenn es sich durchsetzte, würden wir entscheiden können, das Konzept weiterzuführen und auszubauen.

Kündigte ich wirklich meinen Job und es floppte, stünde ich arbeitslos da. Ein hohes Risiko. Doch irgendwas tief in meinem Innern sagte mir, dass es richtig war, es zu versuchen, weil es sich einfach so falsch anfühlte, weiterzumachen wie bisher.

Den traurigen Anblick im Spiegel, wenn ich an die Arbeit ging, die einsame Stille, die durch die Wohnung zog, während ich Stunde um Stunde vorm Laptop saß, nur unterbrochen durch Telefonate mit Anzeigenkunden. Diese Alternative zum mutigen Aufbruch nach Sylt klang wenig verlockend. Ich hasste meinen Job, und es war den Kunden und auch meinem Chef gegenüber nicht fair, ihn so schlecht zu erledigen. Sylt konnte womöglich die Chance für mich sein, mich noch einmal ganz neu zu sortieren.

Erschöpft vom Backen ließ ich mich auf einen der Stühle am Küchentisch fallen. Es dämmerte bereits, und draußen war es gespenstisch leise. Das Haus, in dem ich lebte, lag in einer Straße, die von Geschäftshäusern dominiert wurde. Hatten die zumeist inhabergeführten Läden im Erdgeschoss wie heute am Sonntag geschlossen, war manchmal den ganzen Tag über niemand zu sehen oder zu hören. Einerseits genoss ich diese Ruhe, besonders nach all dem Trubel, den der Unfall in mir und meinem Laden ausgelöst hatte. Aber auch damit hatte Anni recht. Ich vermisste Gesellschaft und Austausch.

Ich dachte an meine Eltern. Sie waren schon immer mein großer Halt gewesen. Hatten auch in dieser Zeit über dem Gerede der Leute gestanden und während der letzten zwei Jahre ein unschlagbares Talent entwickelt, Fragen nicht zu beantworten und über Dreistigkeiten professionell hinwegzulächeln. Bei ihnen ging es mir gut, sie und unser kleines Häuschen am Rande des Dorfes waren mein sicherer Rückzugsort.

Der Gedanke daran, dass ich nach Sylt gehen und sie nicht mehr nahezu jeden Tag sehen könnte, machte mich traurig. Es war ein klares Gegenargument für Annilens Pläne. Ein Wermutstropfen.

Andererseits waren es meine Eltern, die mir seit Tims Tod oft gesagt hatten, ich solle an mich denken und mein Glück finden. Auch wenn das hieße, dass ich dafür mein Heimatdorf verlassen müsste. Sie würden mich überall auf der Welt besuchen und hätten mehr davon, ihre Tochter wieder glücklich zu sehen, als sie hier im Dorf so einsam zu erleben. Ein Lächeln huschte über meine Lippen, und ein warmes Gefühl von Geborgenheit breitete sich in mir aus, als ich an die beiden dachte. Nie würden sie mich davon abhalten, durch eine Tür zu gehen, hinter der ich mein Glück vermutete.

In diesem Moment traf ich die Entscheidung. Ich würde zu Anni fahren und es versuchen. Und ich würde keine halben Sachen machen, sondern direkt kündigen. Egal, was passierte, der Job in der Redaktion war es nicht wert, sich daran festzuklammern.

Fein säuberlich legte ich den Keks in eine luftdichte Verpackung. Ich würde ihn Annilen zusenden, zusammen mit der Überraschung der Zusage für unser gemeinsames Projekt.

Mit diesem positiven Gedanken entschied ich, schlafen zu gehen.

Nach einem weiteren endlos erscheinenden Tag im Job voller Problemlösungsansätze und Krisengespräche hatte ich am späten Nachmittag auf dem Weg zu meinen Eltern gerade an einem Blumenladen angehalten. Meine Mutter liebte Blumen, und ich wollte ihr eine kleine Freude machen. Ein wunderschöner Strauß orangefarbener Rosen fiel mir sofort ins Auge. Mit ein wenig Grün waren die fünf Rosen gekonnt zusammengebunden. Ich entschied mich für dieses Gebinde, zahlte und ging wieder zum Auto.

In diesem Moment klingelte mein Handy. Es war meine Mutter.

»Liebes, wir sind noch nicht wieder zu Hause. Es wird wohl

noch eine Dreiviertelstunde dauern. Hast du einen Schlüssel dabei?«

»Ja, hab ich. Aber dann erledige ich noch schnell was und komme danach.«

»Prima, bis gleich, mein Schatz.«

Mein Herz klopfte. Die Dreiviertelstunde würde es mir locker ermöglichen, einen kurzen Schlenker in den nächsten Ort einzubauen, wo es seit Kurzem eine neue Buchhandlung gab.

Dass meine Mutter gerade angerufen hatte, war wie ein Wink des Schicksals, der mich in meinem Entschluss, nach vorn zu sehen, bestärkte, und jetzt würde ich den ersten Schritt in diese Richtung gehen.

Ich fand direkt vor dem Laden einen Parkplatz. Bevor ich eintrat, ging ich einmal die Schaufenster entlang und betrachtete die Auslage. Ich genoss, wie liebevoll und vielfältig die Auswahl getroffen und arrangiert worden war. Winterliche Bücher mit glitzernden Covern läuteten die kuschelig-gemütliche Lesezeit ein, warme Farben und ansprechende Geschenkartikel von Lesezeichen über Tassen bis hin zu Süßigkeiten rundeten das Sortiment ab und schufen einen Rahmen für die Wohlfühllektüre. Von draußen erkannte ich schon, dass der Laden gut besucht war. Eine strahlende junge Frau, die mich an mich selbst vor etwas mehr als zwei Jahren erinnerte, wirbelte durch die Buchhandlung und schenkte jedem Kunden ein aufmerksames Lächeln. Als ich eintrat, begrüßte sie auch mich mit einem herzlichen »Moin«.

Ich liebte es, wenn Menschen hier im Alten Land diese Begrüßung nutzten. Sie klang für mich immer nach Sylt und meiner Freundin Annilen. Wie passend.

»Moin«, erwiderte ich und schaute mich im Geschäft um. Der Verkaufsraum war klein und ebenfalls mit viel Liebe zum Detail dekoriert. Mir gefiel, wie die Regale arrangiert waren, und die Zettel mit kurzen handgeschriebenen Rezensionen, die neben einigen Titeln standen. Mein Herz schlug aufgeregt und ein wenig wehmütig. Ich atmete tief ein und wieder aus, um es zu beruhigen und gleichzeitig den Duft nach druckfrischen Büchern in mich aufzunehmen, der mich so sehr an *Herzensbuch* erinnerte.

»Kann ich etwas für Sie tun?«, erkundigte sich die junge Frau und riss mich damit aus meinen Erinnerungen.

»Ja, ich bin auf der Suche nach dem neuesten Roman von Fenja Malé.«

»Da haben Sie aber Glück, die waren nämlich ganz schnell vergriffen und bis vor Kurzem nicht lieferbar, weil erst nachgedruckt werden musste. Darf ich sonst noch etwas für Sie tun?«

»Danke, nein. Das war es schon. Aber ich möchte Ihnen noch sagen, wie gut mir Ihr hübscher Laden gefällt. Das muss ich unbedingt loswerden.«

»Oh, danke. Wie schön. Lieb, dass Sie das sagen. So ein Geschäft zu führen war immer mein Traum. Und als ich mitbekam, dass es so was in der Art hier weit und breit nicht gibt, da habe ich es gewagt und all meinen Mut und mein Geld zusammengenommen, um mir diesen Traum zu verwirklichen. So viele Kunden schwärmen von einem Laden ein paar Kilometer weiter, der vor einiger Zeit geschlossen hat. Das bedauern etliche, aber für mich war es wohl die Chance.« Sie lächelte, und ich versuchte, es zu erwidern, konnte mir aber nur ein eher verkrampftes Zucken um die Mundwinkel abringen. Was sie sagte, traf mich bis ins Mark. Es war klar, dass sie von meiner Buchhandlung *Herzensbuch* sprach.

»Das freut mich für Sie«, sagte ich dennoch mit zittriger Stimme, und es war auch nicht gelogen. Diese strahlende junge Frau wirkte auf mich immer mehr wie ein Spiegelbild meines früheren Ichs, und ich gönnte ihr mit ihrem Laden mehr Glück, als ich es gehabt hatte.

»Meiner Meinung nach ist ein Ort ohne eine Buchhandlung ja unvollständig. Und hier im Umland bin ich die Einzige. Das motiviert mich und macht große Freude. Bald wird es erste Lesungen geben. Ich stehe mit Nachbarcafés im Austausch und bin sehr gespannt.«

»Oh. Mhm«, murmelte ich. »Das klingt gut. Ich drücke die Daumen, dass Sie tolle Autorinnen und Autoren dafür begeistern können, hierherzukommen.« Meine Gedanken gingen zurück zu meinen allerersten Bemühungen damals, als die Autoren immer wieder erklärt hatten, dass es für sie nicht interessant sei, hier auf dem Land aufzutreten. Nicht selten hatte ich sie dennoch überzeugt, und sie waren am Ende erstaunt gewesen über die Resonanz und regelmäßig wiedergekommen. Gerade die persönliche Wohnzimmeratmosphäre, die hier so ganz anders war als in den Großstädten oder Buchhandlungen, die einer Kette angehörten, begeisterte viele Autorinnen oder Autoren. An die Autorin des Buches, welches nun vor mir lag, war ich leider nicht herangekommen. Sie hatte nie Interesse an einer Lesung gehabt.

»Eine gute Wahl übrigens. Ich liebe die Bücher von Fenja Malé«, erklärte sie. »Leider macht die Autorin keine Lesungen«, bestätigte sie, was mir gerade durch den Kopf gegangen war. »Sie hat eine ziemlich lange Pause gemacht. Ich bin froh, dass es endlich wieder Nachschub gab. Man munkelt schon, dass die Autorin gar kein Buch mehr rausbringen wird.«

Erschrocken schaute ich sie an. »Wirklich? Warum das? Weil es so lange dauerte bis zu diesem Roman?«

»Schon, ja.« Sie hob die Schultern. »Dazu gibt es aber kein offizielles Statement bisher. Hoffen wir einfach mal, dass das eine Falschmeldung ist. Nach dem Erfolg dieses Romans kann ich mir nicht vorstellen, dass der Verlag etwas dagegen hätte, dass es weitergeht. Aber apropos Nachschub und neue Bücher. Wollen Sie vielleicht unseren Newsletter abonnieren?«, fragte sie mich, als ich bezahlte, und deutete auf einen QR-Code. »Dann bekommen Sie auf jeden Fall sofort die Info, wenn es weitergeht mit einem neuen Buch der Autorin.«

»Danke. Das ist klasse. Das mache ich«, erklärte ich, scannte direkt den Code ein und hinterlegte meine E-Mail-Adresse.

Ich verabschiedete mich, und als ich aus der Buchhandlung trat, fühlten sich meine Schritte leicht und befreit an. Als sei mit dem Besuch des Ladens und dem Kauf des Buches eine große Last von meinen Schultern gefallen, und die Schranken, die mich in letzter Zeit von Buchläden ferngehalten hatten, schienen endlich überwunden. So fröhlich und herzlich empfangen zu werden hatte mir das erstaunlich leicht gemacht.

Trotzdem war die Erkenntnis verstörend, dass meine Entscheidungen und ich im weiteren Sinne mit ihrem Neustart hier zu tun hatten. Dass das, was mein Leid war, zu ihrem Glück geworden war. Was sie über die Kunden gesagt hatte, denen mein Laden fehlte, hatte mich direkt ins Herz getroffen und es ein wenig aus dem Takt gebracht.

Am Haus meiner Eltern angekommen, parkte ich und holte die Blumen aus dem Kofferraum. Meine Mutter hatte mich schon kommen sehen, trat die Treppenstufen vorm Haus hinunter und nahm mich mit offenen Armen in Empfang.

»Willkommen zu Hause, mein Schatz.« Ihr süßer Duft nach Rosen, der mich immer an ihren wunderschönen Garten erinnerte, umschmeichelte sie und zauberte ein unvergleichliches Gefühl von Heimat in mein Herz.

»Oh!« Verzückt schaute sie auf den Strauß in meiner Hand.

»Hallo, Mama«, sagte ich und reichte ihr den Blumenstrauß.

»Passend zu deinem Rosen-Bouquet.« Ich lächelte, und sie steckte ihre Nase in die orangefarbenen Blüten, schloss die Augen und sog den Duft tief ein.

»Danke! Da freue ich mich aber – wie lieb.« Sie umarmte mich mit einem Arm erneut.

»Papa steht schon am Herd. Du hast doch sicher Hunger, oder? Wir haben ein kleines Abendbrot zubereitet«, erklärte sie, und in dem Moment überkam mich eine Wehmut, dass dieses abendliche Hereinschneien bei meinen Eltern mir auf Sylt sehr fehlen würde.

»Super! Ich habe Bärenhunger«, freute ich mich und folgte ihr ins Haus.

»Meine Kleine«, rief mein Vater, legte den Kochlöffel beiseite und trat auf mich zu. Stark und groß nahm er mich in den Arm, und ich erwiderte den sanften Druck seiner so vertrauten Umarmung. Ich kuschelte mich an seinen weichen Kaschmirpullover, den er, in unterschiedlichen Farben, nahezu immer trug.

»Schön, wieder hier zu sein«, sagte ich. »Ich komme ja doch kaum raus, wenn ich tagein, tagaus so vor mich hin arbeite«, gab ich zu, und meine Mutter nickte betrübt.

Sie reichte mir ein Glas eines alkoholfreien Aperitifs. Einen solchen tranken wir immer, wenn ich zum Essen vorbeikam, und ich genoss diese Tradition.

»Das denken wir uns auch manchmal, Liebes«, erklärte meine Mutter und senkte den Blick. Sie schaute auf das Glas in ihren Händen.

»Macht euch keine Sorgen«, sagte ich beruhigend. »Ich kümmere mich gut um mich.«

»Sicher?« Der Blick meiner Mutter verriet Skepsis. »In letzter Zeit machst du uns keinen guten Eindruck, Liebes. Du arbeitest immer nur, verlässt das Haus manchmal nur zum Einkaufen. Das

sollte nicht so sein, auch wenn wir verstehen, warum das so ist.«
Wissend nickte sie. »Uns geht es manchmal nicht anders. Aber
immerhin sind wir zu zweit, und wenn ich nach Hause komme
und dein Papa mich in den Arm nimmt, dann verfliegt all der Ärger plötzlich wieder. Und glaub mir, manchmal bringen mich die
unpassenden Kommentare und bohrenden Blicke der Leute der-
maßen auf 180. Ich weiß nicht, wie das manchmal ohne deinen
Papa ausgegangen wäre.« Sie schüttelte den Kopf, schenkte ihrem
Mann einen zärtlichen Blick, und ich lächelte. Das, was sie verband, das wünschte ich mir für mein Leben so sehr, und ich hatte
geglaubt, es in Tim gefunden zu haben. Es schmerzte immer wieder, dass ich mich getäuscht hatte.

»Die Löwenmama, die kennt da nämlich nichts, wenn jemand
meint, ihr Junges anzugreifen.« Bestätigend nickte mein Vater
und legte den Arm um meine Mutter. »Sie würde sich auch gegen
das gesamte Dorf stellen, wenn es darum geht, dich zu beschüt-
zen.«

»Das weiß ich, ihr Lieben. Das wird hoffentlich nicht nötig
sein.« Ich lächelte schief. »Aber dass ich mich hier nicht mehr
wohlfühle, das kann ich vor euch wohl tatsächlich kaum verbergen.« Bedauernd hob ich die Schultern und hielt sie angezogen.
»Sosehr ich mir wünschte, es wäre anders.«

Verständnisvoll nickte meine Mutter und strich mir über den
Rücken.

»Glaub mir, unser größter Wunsch wäre, dich wieder strahlen
zu sehen. So wie damals, als du *Herzensbuch* eröffnet hast.«

Ich presste die Lippen aufeinander und schaute in das besorgte Gesicht meiner Mutter. Ich erkannte eine Mischung aus
mütterlicher Fürsorge und mahnender Aufforderung in ihrer
Miene. »Wir stehen immer hinter dir, mein Schatz. Und bitte denk
auch nicht, dass du unseretwegen hierbleiben musst. Wir besu-

chen dich überall auf der Welt.« Als hätten sie dem Gespräch mit meiner Freundin gelauscht, holten sie mich mit ihren Worten genau dort ab, wo ich gedanklich schon die ganzen letzten Tage gewesen war.

»Ich bin so gerne in eurer Nähe, das wisst ihr ja.«

»Uns geht es nicht anders. Aber was hilft uns ein trauriges Kind, welches jeden Sonntag hier zum Mittag aufschlägt oder kurz mal auf einen Kaffee vorbeischaut, wenn wir doch gleichzeitig sehen, dass dieser Ort es nicht mehr glücklich macht?«

Meine Gedanken gingen zu Annilen und dem Buch, das ich eben gekauft hatte, diesem ersten Schritt, den ich damit gegangen war. Obwohl ich mir alles noch einmal in Ruhe durch den Kopf hatte gehen lassen wollen, fühlte es sich so richtig an, mit meinen Eltern über das zu sprechen, was meine Freundin auf Sylt plante.

»Setzt euch doch erst mal an den Tisch«, forderte mein Vater auf. »Das Essen ist gleich fertig. Brot und gegrilltes Hähnchenfleisch stehen auf dem Tisch. Ich serviere dann gleich die Suppe.«

Wir gingen ins Esszimmer, wo meine Mutter den Tisch noch spätherbstlich dekoriert hatte. Passend zur Kürbissuppe, die mein Vater dem Duft nach gezaubert hatte, hatte sie mehrere Zierkürbis-Variationen drapiert, das Geschirr und die Gläser waren in Orange und Ocker gehalten. Ein Herbstkranz aus grünem Moos und roten Hagebutten, in dessen Mitte eine Kerze flackerte, rundete die Dekoration ab und schaffte Atmosphäre.

»Dies soll offiziell unser letztes Herbstessen sein, bevor der Winter anklopft«, erklärte meine Mutter und machte eine ausschweifende Handbewegung.

»Es ist so gemütlich bei euch. Ihr und unser Zuhause – das sind die schönsten Gründe, hierzubleiben.« Ich lächelte nachdenklich.

»Das hier wird immer dein Zuhause bleiben, da sei dir sicher.

Aber so wie du sprichst, klingt es auffällig. Höre ich da heraus, dass du darüber nachdenkst, woanders hinzugehen? Oder irre ich mich?«

»Nein, Mama. Du kennst mich einfach zu gut«, gab ich zu.

In dem Moment kam auch mein Papa ins Esszimmer, in der Hand eine dampfende Schüssel köstlicher Suppe.

»Wie immer könnt ihr nach Belieben Hähnchen dazutun, ordentlich Ingwer, so wie ihr es gerne habt, ist natürlich längst drin«, freute er sich stolz, und ich konnte es kaum erwarten, dieses wunderbar herbstliche Gericht zu genießen.

Ich ließ den cremig-scharfen Geschmack auf meiner Zunge wirken und schloss genießerisch die Augen. »Es ist so lecker, Papa. Vielen herzlichen Dank!«

Während meine Mutter noch arbeitete, hatte mein Vater es sich im Ruhestand zur Aufgabe gemacht, ihr jeden Mittag ein Essen zuzubereiten, und dabei erstaunliche Fähigkeiten entwickelt. Er lächelte stolz.

»Das freut mich, mein Schatz. Aber nun erzähl mal, was in deinem Kopf so vorgeht. Gab es Ärger im Job, dass du darüber nachdenkst, was anderes zu machen?«

»Ach, ein wenig Ärger gab es von Anfang an. Aber nie so, dass ich deswegen direkt die Flinte ins Korn werfen würde. Vielmehr kam eins zum anderen. Der Job macht mir einfach keinen Spaß, ich muss mich jeden Tag dazu zwingen, und seit ein paar Tagen habe ich mir viele Gedanken gemacht. In letzter Zeit ist jede noch so kleine Kritik, jede Diskussion mit meinem Chef wie der sprichwörtliche stete Tropfen, der den Stein höhlt.«

Meine Eltern schauten mich schweigend an. Ihr Blick war mitfühlend erwartungsvoll.

»Ich habe mit Anni telefoniert, und sie hat eine Idee, ein Projekt, das sie gern umsetzen möchte. Es war wie ein Zeichen, dass sie mir ausgerechnet jetzt davon erzählt hat, und sie sagt, dass sie mich dabeihaben möchte.«

Interessiert hob meine Mutter die Augenbrauen. Sie mochte Annilen sehr, und wann immer meine Eltern auf Sylt waren, statteten sie ihrem wundervollen Café einen Besuch ab.

Ich stellte meinen Eltern vor, was Anni mir zu dem Büchercafé rund um die Festtage und für die Winterzeit erklärt hatte. Währenddessen beobachtete ich die beiden ganz genau. Ich sah ihnen an, dass es ihnen nicht leichtfallen würde, wenn ich wegzöge. Doch genauso erkannte ich die Hoffnung, die Annis Vorschlag in ihnen hervorrief, und die Freude darüber, dass ich es tatsächlich in Erwägung zu ziehen schien.

»Liebes, bei deiner Anni wärst du in den besten Händen. Du könntest dich endlich wieder wirklich mit Büchern beschäftigen, ohne an all das Schreckliche denken zu müssen, was passiert ist. Anni ist herzensgut. Sie würde dich in deiner Leidenschaft unterstützen und dir Aufwind geben. Und all das vor der Kulisse der winterlichen Nordseeinsel, für die unser aller Herz seit Jahren schon schlägt.« Meine Mutter hob die Handflächen. »Meinst du, wir würden dir davon abraten?«

»Nun, ich wäre so weit weg von euch«, murmelte ich.

Meine Mutter winkte ab. »Dann kommen wir, sooft es geht, zu dir! Nichts lieber als das. Oder, mein Schatz?« Sie schaute meinen Vater an, der bestätigend nickte, während sie fortfuhr: »Bald bin auch ich im Ruhestand, dann sind wir flexibler denn je.«

»Allerdings gebe ich dann hier meinen Job auf«, erklärte ich, und diese Aussage sorgte für nachdenkliches Schweigen.

»Ich glaube, dass sich auf Sylt neue Türen auftun können. Selbst wenn das Projekt von Anni nach der ersten Versuchsphase nicht weitergehen sollte – wovon ich erst mal gar nicht ausgehen würde, denn das Konzept ist fantastisch –, dann findest du was anderes. Auch dort vor Ort, wenn du dich mit Anni wohlfühlst. Oder du startest hier neu durch.«

»Meinst du?« Nachdenklich drehte ich mein Glas in den Händen.

»Ja, mein Schatz. Auch wenn mir natürlich klar ist, was du mit Sylt verbindest und dass das nicht nur positiv ist. Das wird sich nicht ganz löschen lassen.« Meine Mutter presste betrübt die Lippen aufeinander, und ich nickte. »Aber du hast die Chance, neue Erinnerungen und Assoziationen zu schaffen und die alten vielleicht irgendwann zu überdecken.«

»Wie wäre es denn mit einer Unterkunft?«, fragte mein Vater, der von jeher schon deutlich mehr auf Sicherheit bedacht war als meine Mutter, die sich eher von Begeisterung hinreißen ließ. »Deine Wohnung können wir als Back-up ja so oder so erst mal behalten, so kannst du jederzeit zurückkommen, ohne den Druck im Rücken zu spüren. Und wenn du weißt, wie es in Zukunft weitergeht, können wir sie vermieten.«

»Anni hat auch dafür bereits eine Lösung«, erklärte ich, und meine Mutter klatschte begeistert in die Hände.

»Na, du scheinst es ja kaum erwarten zu können, Mamilein«, murrte ich.

»Ach, rede doch nicht! Ich erkenne nur gerade *die* Chance darauf, meine Tochter wieder glücklich zu sehen. Was wäre ich für eine Mutter, wenn ich mich darüber nicht von Herzen freuen würde?«

»Ihr findet die Idee also gut?«, fragte ich unsicher.

»Ich verstehe, dass es ein Schritt ist für dich, dafür den Job zu kündigen. Aber wenn du ehrlich bist, musst du zugeben, dass es doch eher eine Beschäftigung ist, die dich vom Grübeln ablenkt und dir gleichzeitig die Möglichkeit und die Rechtfertigung gibt, nicht allzu viel unterwegs sein zu müssen, als etwas, das dich inspiriert und motiviert.«

Ertappt schluckte ich, kam aber nicht drum herum, der Erkenntnis meines Vaters zuzustimmen. »Womöglich hast du recht, ja.«

»Genau das hast du gebraucht. Eine Zeit lang. Das finde ich vollkommen in Ordnung und nicht verwerflich. Du hattest schließlich einen nicht unerheblichen Schicksalsschlag zu verkraften und musstest dein Leben erst mal neu sortieren. Aber ich glaube, dass du jetzt einen Zeitpunkt erreicht hast, wo es für dich hier nicht mehr passt. Und wenn du das erkannt hast, solltest du dich nicht dagegen sträuben.«

Ich schaute meinen Vater an und nickte. »Danke, Papa.«

Meine Mutter griff nach meiner Hand. »Du sollst bitte wissen, dass wir jederzeit hinter dir stehen. Du bist nicht allein, mein Kind, was immer du auch planst. Und im Zweifel steht die Tür hier immer offen für dich.«

Gerührt löffelte ich weiter die köstliche Kürbissuppe, und mit dem schmackhaften Essen, welches von innen wärmte, umfing mich bei den lieben Worten meiner Mutter ein nicht weniger wohliges Gefühl der Geborgenheit. Es kam mir vor wie ein weiches Polster, auf das ich zu jeder Zeit fallen konnte, wenn ich strauchelte oder gar komplett abstürzte.

»Ich bin so froh, dass ich euch hab. Egal, wo es mich hintreibt in der nächsten Zeit.« Ich stand auf und umarmte meine Eltern nacheinander.

Wir sprachen noch viel an diesem Abend. Überlegten, wie es für mich auf Sylt werden könnte. Ich erzählte meinen Eltern, dass ich endlich wieder eine Buchhandlung betreten hatte, welche Überwindung es mich erst gekostet hatte und wie befreiend es letztendlich gewesen war.

So lange war es mir wie ein schier unerträglicher und unvorstellbarer Schritt erschienen. Und nun war es das erste Mal, dass ich eines dieser Bücher, die ich früher so geliebt hatte, lesen wollte und noch dazu sogar persönlich in einer Buchhandlung gekauft hatte.

Am Ende des Abends fühlte ich mich erleichtert und befreit. Ich begriff, dass ein Umzug nach Sylt nicht bedeuten musste, dass ich die Nähe zu meinen Eltern verlor. Es klang, als freuten sie sich vielmehr, dann immer einen Grund zu haben, sich auch auf den Weg an die Nordsee zu machen. Außerdem war der Weg aus dem Alten Land hinauf nach Nordfriesland auch nicht allzu weit. Vor allem aber freuten sie sich, mich schon jetzt bei dem Gedanken an den Umzug wieder aufblühen zu sehen.

An diesem Abend kroch ich in meiner Wohnung bei stürmischem Herbstwetter und einer heißen Tasse Tee unter die Bettdecke und begann, die ersten Zeilen des Romans zu lesen. Der Titel lautete *Wintersonnenzeit*. Noch vorm Umblättern der ersten Seite hatte mich die Geschichte in ihren Bann gezogen. Ich genoss den Spaziergang mit der Protagonistin am Strand, als sei ich selbst dort. Und das, obwohl oder vielleicht gerade weil mich der Ort, wo die Geschichte spielte, so sehr an Sylt erinnerte.

Ich mache mich auf den Weg ans Meer. Will die einsame, winterlich kühle Atmosphäre am Strand nutzen, um meinem Kopf eine kleine Auszeit zu schenken, die Gedanken anzuhalten und zu klären, die sich ständig im Kreis drehen, während mich die andauernde Schwermut zu Boden drückt. Ihn freipusten zu lassen von Zweifeln und Trennungsschmerz, den das Loslassen hervorruft.

Also laufe ich den Weg über den fast leeren Strand bis an die Wasserkante hinunter. Es ist kaum jemand unterwegs, die Weite hier ist einmalig und strahlt mit ihrer rauen Nüchternheit etwas Besänftigendes aus. Wie ein Magnet zieht mich das graublau vor mir liegende Wasser zu sich.

Gerade herrscht Flut. In starken Wellen tobt die Nordsee rhythmisch an Land, stürmisch rau, unermüdlich zuverlässig. Ein Schwarm Möwen fliegt begleitet von kreischenden Schreien auf, als ich die Meerschaumkante erreiche. Mein Blick folgt den Tieren, die in einer fast wie gezeichneten Formation am Himmel von dannen ziehen und sich nur ein Stück weiter niederlassen.

Wie leicht sie wirken, Spielbälle im häufig so herben Wind der Nordsee. Dabei beherrschen sie die Böen, surfen auf ihnen, lassen sich von ihnen tragen. Und gleichzeitig sind sie hier fest verankert, gehören hierher, lieben ihre Heimat.

Auch ich liebe diese Insel, hätte mir früher niemals vorstellen können, diesen Ort zu verlassen. Aber das Leben hat mir gezeigt, dass Pläne nicht ewig Bestand haben und man sie beizeiten umwerfen muss, um den Weg zu gehen, der für einen selbst der richtige ist. Selbst wenn es einem vorkommt, als splittere dabei das Herz ein wenig.

Und genau an diesem Punkt bin ich nun. Ich kann mir nicht vorstellen, weiterhin hier zu leben, ohne zu schreiben, doch ich kann auch nicht länger schreiben. Weil es zu sehr schmerzt und sich schwer und mühsam anfühlt. Also muss ich den Schritt wagen und die Insel verlassen.

Ein noch schärferer Wind zieht auf. Ich knöpfe meine Jacke weiter zu und stecke den Schal fester, sodass kein Luftzug mich erreicht. Selbst das Kalte, Ungemütliche dieser winterlichen Jahreszeit macht es mir nicht leichter, Abschied zu nehmen von diesem Ort. Auch wenn die Witterung alles andere als charmant ist. Sie gehört dazu. Das Prickeln des kühlen Windes auf der Haut. Ein leicht salziger Ge-

schmack auf den Lippen, die nicht selten spröde sind vom rauen Klima. Das ist für mich der Inbegriff von Winter.

Ich bin allein an diesem Ort, kein Mensch ist weit und breit zu sehen. Nur die Natur, die Geräusche, die diese mit sich bringt, und ich. Ich frage mich in diesem Moment, warum sich eigentlich alle Entscheidungen im Leben so groß anfühlen, wenn man hier am Meer doch so sehr spürt, dass man nur ein kleiner Teil des großen Ganzen ist. Warum maßt man sich an, zu denken, dass ein Schritt, den man geht, wirklich von Bedeutung ist?

Dann wiederum – vielleicht ist er es nicht für die anderen. Alles um einen herum, das Dorf, die Insel, die Welt. Aber für einen selbst verändert so manches Abbiegen an einer Weggabelung so viel, als beginne man ganz von vorn. So zumindest kommt es mir vor. Und es ist auch mein Wunsch, diesen Neustart anzugehen, denn alles Alte erscheint mir plötzlich schal und unerfüllt.

Ich ertappte mich dabei, wie ich beim Lesen den Atem anhielt. Es kam mir vor, als wären es meine Geschichte, meine Gefühle, die da beschrieben wurden.

Mit klopfendem Herzen las ich weiter.

Ich laufe einige Meter am Wasser entlang, den Sandstrand auf und ab. Mit jedem Atemzug sauge ich die salzig-frische Luft tief ein, schmecke die Nordsee, fühle den Wind und schicke meine Gedanken mit ihm auf die Reise. Raus aus meinem Kopf, hin zu sich selbst. Ich brauche Raum für neue Ideen und erhoffe mir vom frischen Wind in meinen Haaren ebensolchen auch in meinem neuen Leben.

Ich blicke noch ein paar Minuten über das Meer und die Landschaft hier am Wasser, bevor ich mich dem Strandübergang zuwende, um den Weg durch die Heidelandschaft bis hin zu meiner Wohnung zu nehmen.

Nach dem Häuschen, wo die Kurabgabe gezahlt wird, ist der Weg gepflastert, doch ich halte mich rechts parallel zum Strand auf dem Bohlenweg, bis dieser in einen Wanderweg mündet. Der weiche Boden am Ende des Holzsteges ist typisch für die Wege hier und auch in Wattnähe. Stundenlang kann ich diesen Pfaden kreuz und quer durch die Landschaft folgen, nie müde, immer wieder neue Häuser und Ecken zu entdecken, von denen ich fest überzeugt bin, sie noch nie zuvor gesehen zu haben.

In die ungestörte Ruhe hinein vibriert mein Handy.

Die Geschichte fesselte mich. Die Beschreibungen der Insel wühlten mich auf, malten aus, was auch ich so lange gefühlt hatte, wenn ich an Sylt gedacht hatte. Ich legte das Buch nur widerwillig und vor allem deshalb aus der Hand, weil mir immer wieder die Augen zufielen und ich merkte, wie ich mich nicht länger gegen die bleierne Müdigkeit wehren konnte. Mental hatte mich dieser Tag gefordert, was sich nun auch körperlich bemerkbar machte.

Mit noch immer aufgeregt pochendem Herzen, aber müde, zufrieden und zuversichtlich, löschte ich das Licht und fiel bald schon in einen tiefen Schlaf.

Kapitel 3

»Tilda!« Der Anruf meiner Freundin Annilen fühlte sich an wie der Startschuss für etwas Besonderes. Etwas Neues, was zwar Unsicherheit und Zögern in mir hervorrief, aber gleichzeitig auch aufgeregt euphorisches Kribbeln.

»Was gibt's, meine Süße?«, trällerte ich gespielt beiläufig ins Telefon. Passend zu ihrem Anruf, saß ich gerade an der Kündigung.

»Ist es das, was ich denke? Stimmt es, was ich vermute? Dieser Keks? Du und ich? Hier?« Annilens Stimme überschlug sich beinahe. Ich grinste. Offenbar hatte sie mein Päckchen mit dem frischen, bunt verzierten »Büchercafé-Keks« erhalten.

»Ich mach's, ja«, sagte ich mit entschiedener Stimme. »Ich schreibe gerade die Kündigung und bin bald bei dir.«

»Nein! Wie fantastisch ist bitte diese Nachricht, Tilda? Ich freue mich so, so sehr.« Annilen juchzte und lachte, und ihre überbordende Freude schmeichelte meiner aufgewühlten Seele. »Du bist ein lieber Schatz, danke«, sagte ich. »Anni, es muss allerdings absolute Bedingung sein, dass niemand von meiner Geschichte und den Gerüchten rund um Tims Tod erfährt. Ich habe die letzten zwei Jahre genügend schiefe Blicke und geheucheltes Mitleid erfahren. Das möchte ich nicht länger. Ich bin einfach eine Buchhändlerin auf der Suche nach einer neuen Herausforderung, und gut. Keinerlei Verbindung zu Sylt, höchstens eine alte Affinität. In Ordnung?«

»Selbstredend. Du kannst dich auf mich verlassen!«

»Würdest du bei deiner Nachbarin mal wegen eines Zimmers anfragen?«, bat ich sie und erntete ein Lachen.

»Als ob ich das nicht längst getan hätte«, prustete sie. »Mir war klar, dass du meinem Angebot sowieso nicht widerstehen kannst. Sie sagte mir, bis zum Anfang des Jahres kann sie die Wohnung auf jeden Fall an dich vermieten. Das wäre doch ein Einstieg. Bis dahin sehen wir, wie unser Projekt anläuft, und wie es dann weitergeht, wird sich zeigen. Ich werde ihr heute noch zusagen, bevor jemand anders auf der Insel eintrudelt und die zauberhafte Wohnung entdeckt. Wann darf ich hier mit dir rechnen?«

»Zum nächsten Monatsanfang sollte es klappen«, erklärte ich und erntete erneut begeisterten Jubel. Wir legten auf, und mit zitternden Fingern tippte ich das Schreiben, das mein Leben verändern würde. Ich hatte mir im Vorhinein etliche Beispiele im Internet angeschaut. Ich wollte keinen Fehler machen. Auch wenn in der Probezeit alles recht unkompliziert war, musste ich dennoch weitere zwei Wochen arbeiten, bevor ich mich voll den neuen Ideen widmen konnte. Allerdings hatte ich auch noch fast zwei Wochen Urlaub und spekulierte darauf, mich mit meinem Chef einigen zu können, dass er mich schon früher gehen ließ.

Meine Hoffnungen erfüllten sich. In einem kurzen, aber freundlichen Gespräch erklärte mir mein Chef zwar, dass ich fehlen würde und er fest damit gerechnet hatte, mich dauerhaft zu seinem Team zählen zu dürfen, stimmte meinem Vorschlag, die übrigen Urlaubstage zu nehmen, anstatt sie auszuzahlen, allerdings sofort zu.

Die nächsten Tage verbrachte ich damit, meine Sachen zu packen. Ich würde zunächst das Nötigste für ein paar Wochen mitnehmen und den Rest wie mit meinen Eltern besprochen noch in der Wohnung lassen, bis endgültig feststand, wie es mit meiner Zukunft weiterging.

Meinen Firmenlaptop und alle weiteren Homeoffice-Gerätschaften hatte ich am Tag des Gesprächs bereits abgeben können, verschiedene Gänge zu Ämtern und Behörden hatte ich in die neu gewonnene freie Zeit gelegt.

In meinem Buch war ich kaum vorangekommen. Ich würde es in aller Ruhe lesen, sobald ich mit dem Packen und allen Vorbereitungen für meinen Aufbruch nach Sylt fertig war.

Meine zukünftige Vermieterin auf Sylt hatte sich bei mir gemeldet. Sie war eine so freundliche Dame, dass ich mir keinerlei Sorgen machte, ob ich dort gut aufgehoben wäre. Im Gegenteil. Die warme, herzliche Art, mit der sie sprach, und die Hintergrundgeschichte zu der Wohnung – die Tochter war ausgezogen, um neue Wege zu gehen – schienen genau zu mir und meiner derzeitigen Situation zu passen.

Das Gespräch gab mir Zuversicht. Ich spürte ein Kribbeln in meinem Bauch, ein Pulsieren, wie ich es lange nicht empfunden hatte. Ich befand mich nicht länger in der Lethargie der letzten Monate, die das Herbstwetter und die oft einsame Arbeit im Homeoffice jeden Tag verstärkt hatten. Ich hatte viel weniger daran gedacht, dass ich allein war, und mich häufiger damit beschäftigt, wieder Kekse zu backen, die ich in feinster Detailverliebtheit verzierte und in Keksdosen verpackte.

Der Vermieterin wollte ich einige schenken, meinen Eltern ebenso, bevor ich fuhr.

Und dann war es so weit. Ich hatte zusammen mit den Keksen noch einige Pflanzen aus meiner Wohnung zu meinen Eltern gebracht, damit sie nicht verdursteten, während ich fort war, und mich darum gekümmert, dass die Post in den nächsten Wochen an meine Adresse auf Sylt umgeleitet wurde.

Das Ticket für den Autozug hatte ich bereits gebucht.

Mit einem Kopf voller Gedanken und einem Herzen sprudelnd vor freudiger, aber auch widersprüchlicher Emotionen, stieg ich in mein Auto und fuhr in Richtung Norden. Es ging los. Bald schon würde ich auf der Insel sein, die ich so sehr liebte, die mir gleichzeitig jedoch auch die traurigsten Momente meines Lebens bereitet hatte.

Ich versuchte, nicht wieder in den Gedankenstrudel zu geraten. Schnell stellte ich die Musik lauter und ließ mich davon ablenken.

Ich kam zügig bis nach Niebüll und hatte großes Glück, noch einen der letzten Plätze auf dem wartenden Autozug zu ergattern. Mit der Auffahrt auf den Waggon fühlte ich mich jedes Mal fast schon wie angekommen, und ich lehnte mich entspannt zurück, während wir uns langsam in Bewegung setzten.

Um die Zeit zu nutzen, rief ich direkt meine Eltern an, um ihnen mitzuteilen, dass die Fahrt gut verlaufen war und ich in Kürze auf der Insel sein würde. Sanft schaukelte der Zug noch einige Kilometer über Land, bis irgendwann eisgrau und glitzernd das Meer links und rechts den Hindenburgdamm umspülte. Das winterliche Wetter ließ Wasser und Himmel ineinander verschwimmen. Diesiger Nebel packte die Sonne wie in Watte und ließ die hell schimmernde Fläche des Meeres wie flüssiges Silber wirken. Es war außergewöhnlich.

Ich hoffte, dass es im Laufe des Tages noch aufklaren und ich die Sonne zu Gesicht bekommen würde. Aber wenn es um diese Zeit schon einmal regenfrei und einigermaßen hell war, konnte man sich nicht beschweren.

Die Fahrt war mir so vertraut, auch wenn ich jetzt schon lange nicht mehr hier gewesen war. Für einen Augenblick blitzten Bilder in meinem Kopf auf von meinem Freund hier auf dem Zug, eine andere Frau an seiner Seite.

Wahrscheinlich hatte ich ihm unterwegs noch eine Nachricht geschrieben, ob er gut vorankomme. Möglicherweise hatte ich sogar angerufen, aber er hatte das Telefonat nicht angenommen, weil diese Frau ihm gerade zärtlich mit der Hand durch sein etwas längeres Haar im Nacken fuhr. Mich schauderte, und ich versuchte, diese Bilder zu verscheuchen. Meine Gedanken wanderten zu dem Buch, welches ich unbedingt weiterlesen wollte. Leider lag es in der Tasche im Kofferraum, und ich kam nicht dran. Also nahm ich mein Smartphone zur Hand und stöberte ein wenig im Internet nach Hintergrundinfos zu dem Buch.

Der Name Fenja Malé war ein Pseudonym. Viel war über die Autorin nicht bekannt. Sie hielt das Pseudonym streng geschlossen und machte aus ihrer Identität ein absolutes Geheimnis. Ich fand das nachvollziehbar und konnte mir vorstellen, dass es bei dem großen Erfolg, den sie mit ihren Büchern hatte, oft von Vorteil war, nicht erkannt zu werden. Auch wenn ich es schade fand, nie ein Bild zu der Person zu haben, die solche Geschichten schrieb. Ich vermutete, dass es sich dabei um eine ältere Dame handelte, weil in ihren Romanen so viel Weisheit und Lebenserfahrung lag. Es wirkte, als ruhe die Person, die die Zeilen so voller Liebe und Begeisterung verfasst hatte, in sich.

Ich liebte ihre Bücher damals für das gute Gefühl, das sie mir gaben, und dafür, dass sie immer ein Happy End besaßen. Auch dafür, dass mich die Handlungsorte so sehr an Sylt erinnerten, auch wenn sie fiktiv waren. Sie gaben den Romanen eine wunderschöne Atmosphäre. Die Zuversicht, die ich beim Lesen verspürte, dass trotz aller Hürden und Wirrungen am Ende alle Figuren glücklich wurden, hatte mich immer beruhigt.

Das hatte sich verändert, seit mein eigenes Leben sich mit voller Wucht und Renitenz zumindest in Sachen Liebe gegen ein Happy End entschieden hatte. Es war bei einem Flug im heiteren Himmel, vorbei an Wolke sieben, über einen Sumpf aus Lügen und Betrug hinweg, in einen schweren Orkan geraten, dessen Verwirbelungen und großem Knall ich nur machtlos gegenüberstehen und schließlich den Absturz verzeichnen konnte. Eine Riesenexplosion, Scherben und Zerstörung überall waren zurückgeblieben, und ich hatte mich dem größten emotionalen Crash gegenübergesehen, den ich mir je hätte vorstellen können.

Es war so anders gewesen als die Geschichten, die ich liebte. So weit weg von dem, was ich mir immer erträumt hatte. Die große Liebe, Hochzeit auf Sylt und Zukunftsvisionen. Was blieb, war eine so schwere Enttäuschung, dass ich meinte, mein Herz könne nie wieder weich werden und die Vorstellung einer echten Liebe sei eine Utopie und ausschließlich in Buchform möglich. Wenn überhaupt. Davon zu lesen gab mir jedenfalls keine Genugtuung mehr. Schon gar nicht vor maritimer Kulisse.

Also hatte ich Abstand genommen von derlei Geschichten rund um die erfüllte Liebe. Hatte darin die einzige Lösung gesehen, nicht weiter in Frust zu versinken. Ich wollte nichts mehr mit der Liebe zu tun haben. Mein Vertrauen war in seinen Grundfesten erschüttert, und der Kokon meines Homeoffice-Jobs gab mir die nötige Ausrede, um mich zu verkriechen. Ich konnte mir lange nicht vorstellen, wie das, was wie eine Versteinerung meines Herzens wirkte, je wieder rückgängig gemacht werden könnte.

Annilens Idee hatte mich zum ersten Mal seit Langem aus diesem Tief geweckt.

Ich hoffte nun, dass mit dem Beginn einer neuen Lesezeit vielleicht sogar auch die Zuversicht, dass es Liebe für mich in meinem Leben gab, zurückkehrte. Aber auch wenn ich diesen ersten

Schritt, den Griff zu einem Liebesroman mit Happy End, gewagt hatte, war ich skeptisch, ob es dieses auch für mich geben konnte.

Meine Enttäuschung saß einfach zu tief.

Ich seufzte und schaute einem Vogel hinterher, der einen Wettlauf mit dem Zug wagte. Kräftig und stark bewegte er die Flügel und stellte sich dem Gegenwind und dem eisernen Konkurrenten.

Es kam mir fast wie ein Sinnbild für meine Situation vor. Ich würde viel Kraft aufwenden müssen, um meinen Weg zu gehen. Immer gegen all die Erinnerungen und Erfahrungen, stets im Wettlauf mit den düsteren Gedanken, die mich, vor allem auf Sylt, weiterhin begleiten würden, aber frei, mein Ziel zu wählen. Der Vogel schlug mit den Flügeln, gewann deutlich an Vorsprung und wandte sich irgendwann ab in Richtung Land, als wir den ersten Zipfel der Insel erreicht hatten. Nachdenklich folgte ich seinem Flug, bis er nur noch ein kleiner schwarzer Punkt und bald gar nicht mehr zu sehen war.

Kapitel 4

Es regnete noch immer nicht, aber jetzt spürte ich, wie unwirtlich und kühl das Wetter tatsächlich war, als ich auf das reetgedeckte Haus ein wenig außerhalb von Kampen zuging, neben dem seitlich ein kleiner Vorgarten lag, in dessen Zentrum eine große Teekanne aus Kupfer stand. Im Sommer umrahmt von pinkfarbenen Syltrosen, lag das Beet im Winter farblos da. Dagegen funkelten unzählige Lichter an, die statt Blüten rund um das Kunstobjekt drapiert waren. Annilen verstand es schon immer, eine heimelige und gemütliche Atmosphäre rund um ihr *Kliffglück* zu zaubern, in die man gerne eintauchte und sich fallen ließ. Offenbar zu jeder Jahreszeit. Dieses Gefühl breitete sich sofort in mir aus, als ich die Haustür in den Windfang öffnete. Schon hier zog mir wohlige Wärme entgegen, begleitet vom Duft des aromatischen Wintertees, den ich hier so gerne genoss.

Als ich gerade nach der Klinke der zweiten Tür griff, um in den Gastraum zu gelangen, wurde sie von einem Mann aufgezogen, dick eingepackt in Mantel, Mütze, Schal und Handschuhe. Er hielt sie mir höflich auf.

»Oh, herzlichen Dank«, sagte ich, trat ein und einen Schritt zur Seite, damit er das Café verlassen konnte. Er war rund anderthalb Köpfe größer als ich, und ich bemerkte den herb-frischen Duft, der ihn umwehte, als er den Schal fester um den Hals schlang.

Trudi, Annilens kleiner Jack Russell, lief hinter ihm her und verlangte nach seiner Aufmerksamkeit. Der Mann beugte sich zu dem Hund hinunter, redete sanft mit ihm und streichelte über das weiche Fell. Dann richtete er sich wieder auf und sah mich aus tiefdunkelbraunen Augen an.

»Ich hatte die Verabschiedung vergessen. Das geht natürlich nicht.«

Obwohl ein Lächeln auf seinen Lippen lag, wirkte sein Blick melancholisch, beinahe traurig. Vielleicht behagte es ihm aber auch einfach nicht, aus der wohligen Stube hinaus in die Kälte zu müssen.

»Das geht wirklich nicht«, wiederholte ich und lächelte ebenfalls, als Trudi sich mir schwanzwedelnd zuwandte. »Hey, Süße! Schön, wieder hier zu sein.«

»Lassen Sie es sich gut schmecken. Ist schön warm hier.« Jetzt erreichte sein Lächeln auch seine Augen. Er war ein wenig älter als ich und seine tiefe Stimme war besonders. Sie erinnerte mich an einen bekannten Schauspieler, der oft ernsthafte und charismatische Rollen spielte. Beschämt merkte ich, dass diese Stimme in Kombination mit den tiefdunklen Augen unter braunen, ausdrucksstarken Augenbrauen mich eine Sekunde zu lang fesselte. Dann trat er vor die Tür und ließ sie sanft hinter sich ins Schloss fallen. Annis Blick ging in Richtung der Tür, die trotz Windfang einen Hauch Kälte hatte hereinströmen lassen, und damit zu mir.

»Tilda, meine Liebe«, sagte sie und lächelte.

Trudi tapste mit einem fröhlichen Schwanzwedeln neben mir her auf Anni zu. Der Jack Russell war ein besonders freundliches und entspanntes Tier und konnte sich vor lauter Wiedersehensfreude kaum einkriegen. Sie wieselte um meine Füße herum.

»Hey, Trudimaus, du süßer Knopf! Was habe ich dich vermisst, du kleiner Schatz«, sagte ich und tätschelte den Rücken der Hundedame, die sich sofort auf die Seite legte. Sie wollte, wie immer, dass ich ihr den Bauch kraulte, was ich selbstverständlich gerne tat.

»Ach, du Süße! So ein herzlicher Empfang.«

Annis Hund gehörte zum Café wie Anni selbst. Meist ruhte sie zusammengerollt in ihrer Kuschelecke und ließ sich durch nichts aus der Ruhe bringen, oder sie saß vor dem Café in der Sonne und ließ sich dort das Fell wärmen. Dort blieb sie immer genau hinter dem Wall, der rund um das Haus lag. Sie hielt sich ganz genau an diese Grenze, da konnte sich Anni voll auf sie verlassen. Trudi war auch sonst die treueste Hundeseele, die ich mir vorstellen konnte.

Im Sommer hatte ich oft beobachtet, wie Kinder draußen mit Trudi kuschelten und spielten, während die Eltern auf der Terrasse Annis Köstlichkeiten genossen. Trudis zufriedener Hundeblick verriet, dass es sich dabei jedes Mal um eine klassische Win-win-Situation handelte.

Während ich mich weiter Trudi widmete, servierte Annilen gerade noch einer älteren Dame ihre Bestellung, die aus einer Tasse dampfendem Tee und einem Stück Torte bestand, welches aussah wie gemalt. Mir lief beim Anblick der fluffigen Sahne sofort das Wasser im Mund zusammen.

»Einen guten Appetit«, wünschte sie ihrem Gast und kam auf mich zu, um mich in den Arm zu nehmen. »Wie sehr ich mich freue, dass du da bist, mein Schatz«, sagte sie und drückte mich an sich.

»Und ich mich erst, Anni.« Ich kuschelte mich an ihre Wange, und die Wärme sowie ihr zarter Duft nach Jasmin waren sofort wie ein kleines Nachhausekommen für mich.

»Hattest du eine gute Anreise?« Mit leuchtenden grünen Augen, die perfekt mit ihrem roten Haar harmonierten, strahlte Anni mich an.

»Ja, alles gut. Es war wenig los auf den Straßen«, erklärte ich.

»Gleich eine Tasse Tee?«

»Und ein Stück Torte!« Ich lachte.

»Wunderbar! Setz dich doch dort direkt ans Fenster. Den Platz hat unser Stammkunde soeben für dich frei gemacht.«

Ich folgte ihrem Tipp und dachte daran, dass ich den Mann von der Tür womöglich bald wiedersehen würde, wenn Anni ihn als Stammkunden bezeichnete.

»Du meinst den Herrn, der gerade ging, als ich kam?«

»Genau. Er ist oft hier. Ich behaupte, täglich. Er arbeitet hier wohl, lebt auf Sylt.«

»Nicht schlecht.«

Annilen grinste. »Und er ist übrigens immer allein hier«, fügte sie hinzu.

Ich bedachte sie mit einem mahnenden Blick und konterte dann: »Und ihr beide habt euch noch nicht privat getroffen?« Denn genau wie ich war auch Anni schon einige Jahre als Single unterwegs und konnte allenfalls einige flüchtige Bekanntschaften aufweisen.

Anni beugte sich zu mir herunter, sodass die anderen Gäste nicht hörten, was sie mir sagte. »Ich stehe doch eher auf die lauten Kerle. Und optisch ist sowieso eher der nordische Typ mein Favorit. Blond, blaue Augen, lässig. Er ist mehr der in sich gekehrte, leise Mann. Cool, unnahbar, nachdenklich. Irgendwie hat er was ganz Ernsthaftes. Was Geheimnisvolles auf seine Art. Schon durch seine Größe, die vollen Haare, die dunklen Augen. Wenn man darauf steht ...« Sie winkte ab. »Nichts für mich. Aber ich meine, dir gefallen solche Typen ganz gut. Außerdem hat er wohl eine Schwäche fürs Lesen.«

Hier horchte ich in der Tat auf, denn das war etwas, das ich an Männern unwahrscheinlich attraktiv fand. Ich äußerte mich aber nicht dazu.

»Na, wir werden uns sicher noch mal hier begegnen, wenn es sein soll.«

Anni nickte mit einem verschmitzten Grinsen und ging hinter den Tresen, um mir einen Tee zu kochen und ein Stück Torte zu servieren.

Es kamen weitere Gäste, und ich genoss das Gebäck und den Tee. Dabei schaute ich aus dem Fenster auf die so wunderschöne Landschaft, die jetzt im Winter ihren ganz eigenen Charme barg.

Gerade zog Regen auf – so viel dazu, dass ich hoffte, heute noch etwas mehr von der Sonne zu sehen zu bekommen. Wie gut ich es hatte, dass ich hier im Warmen und Trockenen sitzen durfte. Mein Blick ging durch den schon subtil weihnachtlich dekorierten Gastraum. Es brannten etliche Kerzen im Raum verteilt, an deren Aromen ich sofort die Handschrift des *Dünenglanz* erkannte. Außerdem fanden sich überall kleine Details mit Sternen und Glitzer wieder. Blümchen mit Glitzersternen auf den Vasen, Windlichter in den Fensterbänken, die mit funkelnd bemalten Muscheln drapiert waren. Das gedimmte Licht wirkte behaglich. Es war eine wundervolle Atmosphäre, in der ich es mir ganz wunderbar vorstellen konnte, gemütlich zu lesen.

Anni kam aus einem Nebenraum, eine Mappe in der Hand.

»Hier«, sagte sie und legte sie vor mir auf den Tisch. »Das ist mein Konzept«, erklärte sie stolz. Auf der Vorderseite sah ich ein wunderschönes Bild von Annis *Kliffglück*.

»Schau es dir mal in Ruhe an. Ich hab grad so viel zu tun. Mit der Buchhändlerin aus Westerland habe ich bereits gesprochen. Sie beliefert uns dann regelmäßig mit ihren Büchern. Wir stellen ihr sozusagen die Regale zur Verfügung und übernehmen kommissarisch die Abwicklung: Was nicht verkauft wird, geht zurück. Außerdem können Bücher nur für die Zeit hier ausgeliehen werden. Dafür müssten wir uns gebrauchte Bücher besorgen, möglicherweise auf Spendenbasis, die wir dann separat von den neuen als Secondhand-Artikel anbieten könnten. Da gibt es dann extra Regale. Auch eine Bücher-Tauschkiste wie die Buchbox am Strandübergang halte ich für eine schöne Idee. Möglicherweise installiert man diese sogar auch draußen, sodass da zu jeder Zeit getauscht werden kann. Was wir uns bei den aktuellen Büchern genau für Titel vorstellen, müssen wir gemeinsam mit der Buchhändlerin abstimmen. Für eine allererste Auswahl hatte ich ihr nur schon einmal die Begriffe *Cozy*, *Winterroman*, *Liebe*, *Schicksal*, *Backen* und gerne auch *Sylt* genannt. Das sind so Eckdaten, mit denen wir hier rund um die Weihnachtszeit vielleicht nicht allzu viel falsch machen können. Und dazu gibt es in jedem Jahr ganz wundervolle Titel.« Ihr verträumter Blick erinnerte mich an einen verliebten Teenager. »Ach, ich sehe das schon vor mir: Die Leute sitzen im kuscheligen Lesesessel, eine Tasse Tee dampft, und es duftet nach Zimt und frischen Plätzchen. Dazu ein Roman, der das Herz erwärmt, und feines Gebäck als Begleitung, passend zur Geschichte, wenn man mag, kann man sich mit Gleichgesinnten austauschen – was könnte besser sein?«

»So, wie du es beschreibst, fällt mir allzu viel Besseres nicht ein, stimmt. Vielleicht rieselt vorm Butzenfenster noch ein wenig Schnee und bedeckt die Kriechkiefern und das Dünengras mit wunderhübsch anzusehenden Hauben. In den Fenstern stehen flackernde Windlichter mit Kerzen aus dem *Dünenglanz*, und leise Musik untermalt das Seelenwohl.«

»Ich wusste, wir verstehen uns!« Anni lachte. »Und um das Bild perfekt zu machen: Am Ende finden wir beide unsere große Liebe – wie im Roman!«

Wir gerieten ins Schwärmen und vergaßen ganz das Café um uns herum. »*Zwischen Bücherstapeln und Selbstgebackenem finden Sie den Mann fürs Leben*«, philosophierte ich. »Der perfekte Slogan, und was wäre das für ein Traum!« Ich machte eine ausladende Armbewegung, und wir lachten, doch plötzlich zuckte ich erschrocken zusammen, weil jemand neben uns getreten war und unsere Unterhaltung unweigerlich mitbekommen hatte. Außerdem hatte ich ihm meinen Arm direkt vor die Brust gestoßen.

»Ich möchte Sie in Ihrer Planung ungern stören«, hörte ich eine tiefe Männerstimme sagen, aus der ich dezente Belustigung heraushörte. Ich erkannte sie sofort, noch während ich mich zu ihm hindrehte.

»Entschuldigen Sie bitte«, sagte ich hektisch. Es war der Stammgast. Er fuhr sich durch das zerzauste Haar. Seine Schultern und Hosenbeine waren nass. Der Regen war offenbar noch stärker, als er es von hier drinnen vermuten ließ.

»Alles gut! Ich habe meine Notizen hier liegen gelassen, fürchte ich«, erklärte er und deutete in Richtung des Tisches, auf dem jedoch nichts zu finden war.

Ratlos schaute er sich um. Ich rückte den Stuhl zurecht, und dabei fiel mir auf, dass auf dem ungenutzten Stuhl ein Büchlein lag.

»Hier! Ist es das?« Ich griff nach dem in Leder gefassten Buch und hielt es ihm hin.

Er presste erleichtert die Hand auf die Brust. »Sie sind meine Rettung! Danke, ja. Ich muss es danebengesteckt haben, als ich meinen Laptop in die Tasche gepackt habe. Zwar habe ich es heut erst begonnen, aber es sind bereits unersetzliche Notizen darin.« Sein Blick ging zum Fenster. Er war bedauernd. »Jetzt wäre es wirklich sehr angenehm, wenn Ihr Plan vom neu aktivierten Ofen bereits Realität wäre«, sagte er, an Anni gewandt. »Dann würde ich erst einmal in einem Sessel Platz nehmen und mir von Ihnen die passende Lektüre empfehlen lassen.«

»Sie haben so recht. Dann könnten Sie sich direkt aufwärmen und trocknen. Es scheint ja sehr ungemütlich draußen zu sein. Tut mir leid, noch fehlen Ofen und Lesesessel. Aber eine Buchempfehlung kann Ihnen bestimmt meine Freundin bald aussprechen. Spätestens, wenn Sie uns das nächste Mal besuchen.« Sie legte die Hand auf meine Schulter. Ich war ein wenig irritiert davon, dass er offenbar bereits im Thema war, was Annis Pläne anging.

»Das klingt gut. Da komme ich gerne drauf zurück«, sagte er.

»Wir sind vorhin zufällig ins Gespräch gekommen, und ich habe ihm von unserer Idee mit dem Büchercafé erzählt«, erklärte Anni, die offenbar meinen verwirrten Blick bemerkt hatte. »Und davon, dass ich den Ofen wieder zum Leben erwecken und gemütliche Kuschelsessel anschaffen will.«

»Ach so, aha«, stammelte ich.

»Eigentlich müssen Sie wenigstens noch eine Tasse Tee trinken. Oder wollen Sie Ihr Büchlein am Ende doch noch an den strömenden Regen verlieren?« Annilen schaute ihn mit schief gelegtem Kopf an, und ich war mir sehr sicher, dass sie bei diesem Vorschlag auch daran dachte, dass der Mann und ich womöglich bei einem Getränk ins Gespräch kommen würden. Nervös wischte ich über die Mappe zu den Büchercafé-Plänen, die ich mir eigentlich gerade hatte anschauen wollen, als ich ihn sagen hörte, dass er leider noch einen Termin hatte. Erleichtert atmete ich hinter seinem Rücken auf und schenkte Annilen mit zusammengezogenen Brauen einen vielsagenden Blick.

Noch bevor ich meine Mimik wieder vollständig unter Kontrolle hatte, drehte er sich bereits zu mir um. Schnell setzte ich ein Lächeln auf, spürte dabei aber, wie die Röte mir brennend ins Gesicht kroch. Das Schmunzeln, bei dem er nur einen Mundwinkel hochzog und ein sympathisches Grübchen auf seiner Wange entstehen ließ, schickte mir noch mehr Hitze in die Wangen.

Mit fahrigen Bewegungen klopfte ich auf die Mappe. »Wir machen uns ein gemeinsames Bild in Sachen Büchercafé«, stammelte ich. »Ich bin gerade erst angekommen, um unser Projekt in Angriff zu nehmen.«

»Dann sind Sie die ehemalige Buchhändlerin?«

Weil ich eh schon so rot war, merkte er hoffentlich nun gar nicht, dass seine Frage mich erneut überrumpelte.

»Ja, Tilda Niehus.«

»Oskar van Hoven, freut mich sehr.« Er schaute mir in die Augen, und ich spürte Verunsicherung. Nicht nur, weil ich überlegte, was er wohl noch so über mich wusste.

»Ich habe schon von dir erzählt«, erklärte Annilen, und er lachte leise.

»Keine Sorge, mehr als dieses Detail und dass Sie beide beste Freundinnen sind, weiß ich nicht über Sie.« Ein langer Blick traf mich, und ich bemühte mich, ihm souverän standzuhalten. »Aber es klang für mich so, als seien Sie die perfekte Ergänzung für ein Büchercafé, neben einer Konditorin, deren Fähigkeiten überragend sind.« Er nickte anerkennend. »Davon überzeuge ich mich ja schon seit Monaten.«

»Danke, dem kann ich nur zustimmen, also was meine Freundin betrifft«, stammelte ich. Dieser Mann machte mich nervös.

Mein Blick blieb am undurchsichtigen Braun seiner Augen hängen, und für einen Moment war es, als setze mein Herz einen Schlag aus, um direkt weiterzustolpern. Ich ahnte, was mich so unruhig machte. Irgendwas an diesem Mann, über den ich praktisch nichts wusste, berührte mich dort, wohin schon seit Jahren niemand vorgedrungen war. Und das nach so wenigen Minuten, in denen ich mit ihm gesprochen hatte.

Was hier geschah, war mir unheimlich. Ich schämte mich, weil ich mir albern vorkam. Als sei ich liebestechnisch so ausgehungert, dass ich mich dem erstbesten Mann, mit dem ich mich unterhielt, direkt an den Hals warf. Aber ich hoffte, dass nur mir das so vorkam und er – außer meiner Röte im Gesicht – gar nichts davon mitbekam, was in mir gerade tobte.

»Dann bin ich sehr gespannt, ob Sie mir bei meinem nächsten Besuch vielleicht schon mehr erzählen können über Ihre Pläne«, erklärte er, lächelte und verabschiedete sich.

Annilen bediente bereits weitere Gäste, während ich noch damit beschäftigt war, mich wieder zu beruhigen. Mit den Gedanken noch bei dem Mann, blätterte ich die Mappe auf, die Annilen vorbereitet hatte.

Die Ideen zur Gestaltung des Innenraumes des Cafés waren wundervoll. Wie ich sah, würden die Arbeiten von einem Freund von Anni durchgeführt werden, der Tischler war.

Die Bücherliste, die uns die Buchhändlerin digital zusammengestellt hatte, mit beigefügten Vorschauen der Verlage für das Herbst- und Winterprogramm, sorgte für Kribbeln im Bauch. Durch die bald verfügbaren Bücher zu scrollen sprach meine alte Leidenschaft an, die ich als Buchhändlerin mit Leib und Seele hatte ausleben können. Es war so schade, dass ich sie hatte einschlafen lassen, und es fühlte sich gut an, ihr jetzt wieder ein wenig Raum zu geben.

Plötzlich fiel mir auf, dass ich noch nicht einen Moment an die grausamen Bilder gedacht hatte, die mir vorab solche Angst eingejagt hatten. Aber die Insel schaffte es mit ihrem faszinierenden Charme, sie in den Hintergrund rücken zu lassen.

»So schön, was du dir hier alles überlegt hast, Anni«, lobte ich die Ausführungen, nachdem ich sie Seite für Seite angeschaut hatte. »Das sieht für mich wirklich so aus, als könne das gut klappen!«

»Danke dir, es freut mich sehr, dass du das auch so siehst. Ich bin so aufgeregt und kann es kaum erwarten. Aber dass du hier bist, ist das Allerbeste daran. Und schon allein deswegen wird das ein voller Erfolg. Ich sage dir: Du kannst Sylt unmöglich jemals wieder verlassen.«

Ich lachte leise. »Das sind ja große Ziele«, murmelte ich, und Anni nickte nur.

»Meinst du, ich denke klein? Wenn man nie in der ersten Reihe einen Parkplatz sucht, wird man dort auch nie einen finden. Dass du hier bist, ist der erste Beweis. Noch bis vor wenigen Tagen hätte ich die Hand dafür ins Feuer gelegt, dass du noch nicht einmal darüber nachdenkst, deinen sicheren Hafen im Homeoffice zu verlassen und dieses Abenteuer, ausgerechnet hier auf Sylt, zu wagen.«

»Nun hör lieber auf, sonst überlege ich es mir noch anders und reise wieder ab«, frotzelte ich und rollte die Augen.

»Spätestens wenn du deine Wohnung gesehen hast, wirst du diese Option keinesfalls mehr in Erwägung ziehen«, behauptete Anni. »Bis zum Jahreswechsel wirst du dort wohnen können. Danach schauen wir mal weiter. Wie du weißt, liegt das Haus ein klein wenig entfernt vom Café, am Rande von Kampen, zwischen dem Strand und den Heideflächen. Ganz in der Nähe meiner Wohnung. Man kann es aber von hier aus sehen.« Sie deutete mit der Hand in eine Richtung. »Das Haus mit dem Kunstwerk im Garten ist es. Lore weiß Bescheid, dass du kommst. Du sollst einfach klingeln, dann gibt sie dir die Schlüssel. Sie ist zu Hause und freut sich auf dich. Die Einliegerwohnung hat einen eigenen Eingang, Wohnzimmer, Küche, Bad, und das Schlafzimmer liegt wunderbar kuschelig unterm Dach. Gerade zu dieser Jahreszeit einfach perfekt, finde ich. Du schiebst die Vorhänge beiseite und blickst über ein paar Reetdächer hinweg auf das Meer. Es wird dir gefallen.« Annilen nickte stolz und freute sich so liebevoll mit, dass mir ganz warm ums Herz wurde. »Wäre mein Reich hier ein wenig größer, könntest du dauerhaft bei mir wohnen. Aber so ein Sofa ist auf lange Sicht ja keine Lösung, und ich will verhindern, dass du allein deswegen schon bald wieder Reißaus nimmst und nach Hause fährst. Da ist die kleine Wohnung bei Lore eine sichere Bank.«

Kapitel 5

Annilen räumte mein Geschirr ab.

»Kann ich dir schon irgendwie helfen?«, fragte ich.

»Nee, nee. Komm du erst mal in Ruhe an«, erwiderte sie und winkte ab.

»Dann werde ich mir jetzt wohl mal meine neue Bleibe an-schauen«, erklärte ich, stand auf und verabschiedete mich von Anni. »Lass uns heute Abend doch gemeinsam essen und in Ruhe quatschen, okay?«, schlug ich vor. »Ich lade dich ein. Überleg dir was Schönes.«

»Sehr gerne. Gegen 18 Uhr schließe ich, dann räume ich nur noch ein wenig auf, und ich denke, gegen 19 Uhr bin ich startklar.«

»Perfekt.« Ich griff nach meiner Tasche und ging hinaus. Mitt-lerweile hatte es aufgehört zu regnen. Sogar ein paar Sonnen-strahlen waren zu sehen. Der Wind hatte die dicken Regenwolken weitergetragen, und am Himmel zeichnete sich ein faszinierendes Wolkenspiel ab. Die Formation aus nur noch zarten Wölkchen wurde vom Wind vor sich hergetragen, und weil die Sonne schon tief stand, trugen sie einen feinen roséfarbenen Goldschimmer. Es sah wunderschön aus.

Weil das Haus zu Fuß doch ein Stück entfernt lag und ich mein Gepäck nicht tragen wollte, fuhr ich die Strecke mit dem Auto und parkte gegenüber dem Haus an der Straße. Beschwingt holte ich meinen Koffer aus dem Auto und rollte ihn in Richtung des reetgedeckten Backsteinhauses mit der Steinskulptur im Garten. Vor dem Gartentor blieb ich kurz stehen und bestaunte die prachtvolle Auffahrt zum reetgedeckten Haus. In der Mitte lag ein Rondell aus Buchsbäumen. Entlang des aus Natursteinen gepflasterten Weges standen Kiefern. Dahinter vermutete ich einen Garten.

Über der dunkelgrünen Holztür am Eingang stand eine Jahreszahl. Das Haus blickte auf eine 400-jährige Historie zurück, wie so viele der alten Kapitänshäuser hier auf Sylt, dachte ich in dem Moment, als die Tür aufging und eine Dame mit grauem Haar, Hornbrille und leuchtend grünem Pullover lächelnd im Türrahmen stand.

»Tilda Niehus?«, fragte sie mit sympathisch friesischem Akzent.

»Die bin ich, genau.«

»Lore Knudsen, moin«, erwiderte sie und machte eine einladende Handbewegung. »Ich habe schon am Fenster gelauert. Schrecklich, diese alten Leute, die keine Termine mehr haben und viel zu viel Zeit.« Sie lachte laut und fröhlich und hob entschuldigend die Hände. Ich mochte sie sofort.

»Ich freue mich, dass Sie da sind. Kommen Sie doch erst mal mit ins Wohnzimmer. Dann kann ich Ihnen die Schlüssel geben und alles erklären. Und wir lernen uns ein wenig kennen.«

»Gerne.« Ich trat ein und stand mitten im großzügigen Flur. Von diesem Raum, der mit groben Fliesen in einem hellen Beigeton ausgelegt war, gingen mehrere Türen ab. Eine davon stand offen. Es war die Tür zur Küche. Ein großer Hund, meiner Meinung nach ein Rhodesian Ridgeback, erhob sich soeben aus seinem Korb. Mit zurückhaltendem Schwanzwedeln schritt er auf mich zu und wirkte dabei durch seine Respekt einflößende Größe nahezu majestätisch.

»Ich hoffe, Sie haben keine Angst vor Hunden?«, erkundigte sich die Frau, während sie mir den Mantel abnahm.

»Ganz und gar nicht. Grad hab ich schon mit Trudi geschmust. Wobei ich gestehen muss, dass es sich hierbei um ein wirklich imposantes Tier handelt.« Ich schürzte anerkennend die Lippen.

Lore Knudsen lachte leise. »Hugo wirkt wie der König, ist aber das frommste Lamm unter der Sylter Sonne«, erklärte sie und klopfte dem Tier den Rücken, was dieses mit dankbarem Anschmiegen quittierte. Der Hund wirkte in der Tat eher schüchtern, was bei seinem riesenhaften Erscheinungsbild nicht unangenehm war. »Vor Trudi, die ja auch lieb ist, hat er, der Riese, einen großen Respekt. Womöglich würde auch ein Marienkäfer ihn auf seinem Weg innehalten lassen, wenn er es darauf anlegt.«

Ich schmunzelte. Als ich mich ein wenig hinunterbeugte, kam er auf mich zu, und ich streichelte sein samtig glattes Fell. Er war so groß, dass ich mich dafür eigentlich kein bisschen bücken musste. Diese Tatsache brachte Lore und mich unwillkürlich zum Lachen.

Hugo lehnte sich an mein Knie und warf mich damit beinahe um, so schwer war er. Ich konnte mich mit einem Ausfallschritt nach hinten gerade noch abfangen.

»Wenn er Ihnen zu aufdringlich ist, lassen Sie es mich wissen«, bot Lore Knudsen an. »Meine Tochter kippt manchmal fast um, wenn Hugo sich bei ihr ankuschelt. Er unterschätzt manchmal, wie groß er ist, und weiß damit kaum etwas anzufangen. Ich habe den Verdacht, er wäre gerne ein kleines Schoßhündchen.«

»Mir sind diejenigen, die eher tiefstapeln, sehr angenehm«, gab ich zu und fuhr mit meinen Fingern über die faltige Stirn des Rüden, weiter über den Wirbel am Rücken, der rassetypisch »gegen den Strom« verlief.

»Er wirkt so wunderbar Respekt einflößend, wenn man ihn nicht kennt«, Lore lächelte liebevoll. »Meine sanfte Sicherheit, wenn ich zu einer abendlichen Runde am Strand aufbreche. Das liebe ich, zu jeder Jahreszeit. Und er auch. Ich bin froh, dass er dann dabei ist. Seit mein Mann starb, gruselt es mich sonst ein wenig im Dunkeln hier in der Einsamkeit.«

»Wie schön, dass Sie ihn haben. Das verstehe ich.« Das Fell schmeichelte meinen Händen, und ich strich dem Tier weiter über den Rücken.

»Also, wenn Sie mal abends noch eine Runde rausgehen wollen, sagen Sie ruhig Bescheid. Hugo kommt gerne mit! Er ist auch draußen ganz lieb. Eigentlich braucht man nicht einmal eine Leine. Er hört aufs Wort und ist einfach dankbar, dabei zu sein. Ich laufe schon, soviel es geht. Aber ihm kann es nie genug sein.«

»Das klingt super. Dann weiß ich ja schon, mit wem ich in Zukunft Sterne gucken gehe.«

Ich richtete mich auf und schaute mich um. Rechts des Flures lag ein Zimmer, das meine Aufmerksamkeit fesselte. Drei Wände des Raumes bestanden aus über und über gefüllten Bücherregalen. Nur die Wand mit dem Fenster mit Blick auf die Heide war frei von Literatur. Dort stand ein graues Sofa mit dicken Kissen, einer Decke und einem kleinen Tisch daneben. Außerdem eine Leselampe, die warmes Licht in den Raum warf.

»Wie wundervoll«, sagte ich staunend, und Lore lächelte stolz.

»Lesen Sie auch so gern?« Sie schlug sich gespielt gegen die Stirn. »Klar, Sie planen ein Büchercafé!«

Kurz stockte ich. »Ja, viel zu lange habe ich viel zu wenig gelesen. Aber wenn ich das sehe, geht mir mein Buchhändlerinnen-Herz auf.«

»Sie sind Buchhändlerin?«, fragte sie mit Begeisterung im Blick.

»Das war ich, ja. Ich habe meine Buchhandlung vor einiger Zeit verkauft, bin beruflich neue Wege gegangen. Aber irgendwie zog es mich wieder zurück.«

»Wie schön! Dass Annilen sich für ihre Pläne eine echte Buchhändlerin an die Hand geholt hat, ist natürlich ein grandioser Coup! Das kann ja nur gelingen.« Sie hob anerkennend die Augenbrauen, und ihr Lächeln war warmherzig. »Schade, dass meine Tochter weggezogen ist. Sie liebt Bücher und das Lesen. Das wäre genau ihrs gewesen.« Ihr Blick wurde wehmütig. »Sie fehlt mir so.« Lores Blick ging ins Leere.

»Das tut mir leid.«

»Auch für Eltern ist es nicht leicht, loszulassen. Egal, wie alt die Kinder sind. Aber man darf sich ihnen nicht in den Weg stellen, wenn sie Pläne haben. Auch wenn man selbst nicht versteht, warum sie noch einmal ihre Richtung wechseln müssen, obwohl sie bereits auf einem sehr guten Wege waren. Da gilt es, sich zurück- und rauszuhalten.« Lore zuckte die Schultern. »Und so haben wir beide jetzt das Vergnügen, uns kennenzulernen. Schön, dass Sie bei mir einziehen. Also bei uns.« Sie tätschelte Hugos Rücken. »Haben Sie Zeit, mit mir noch einen Tee zu trinken? Oder auch ein Glas Wein, wenn Ihnen danach eher der Sinn steht?«

Die lockere Art, mit der sie mir einen Wein anbot, ließ mich schmunzeln.

»Danke, ich würde gerne einen Tee trinken.«

»Mit Vergnügen. Ich brühe uns mal eine *Sylter Auszeit* auf. Das klingt passend, oder was meinen Sie?«

»Wunderbar.«

»Schauen Sie sich gerne um. Wir können dann ja rüber ins Wohnzimmer gehen. Aber so eine Bücherwand lässt sicher auch Ihr Herz höherschlagen«, vermutete sie.

»Und wie!« Fasziniert trat ich auf die Regale zu, für deren

obere Fächer man sogar eine verschiebbare Leiter brauchte, die an einer messingfarbenen Leiste angelehnt stand, welche entlang der Regale verlief. »Unglaublich«, staunte ich. Die Vielfalt der Bücher, die ich auf den ersten Blick erkennen konnte, glich einem wertvollen Schatz. Sofort entdeckte ich auch die Romane von Fenja Malé, bis auf den neuesten Roman waren alle vorhanden, und ich lächelte. Ich spürte direkt eine Verbindung zu der Familie. Es war schon immer so gewesen, dass gemeinsame Lesevorlieben mich begeistert hatten. Ich fand es spannend, wenn Menschen, die ich traf, ähnliche Bücher lasen. Meine Erfahrung hatte mir gezeigt, dass man daraus auch einige Parallelen hinsichtlich Charakter und Lebenseinstellung ablesen konnte.

Mein Blick ging zu einem Fach mit etlichen Sachbüchern über Hunde. Daneben erkannte ich eine Reihe Schreibratgeber.

Lore kam zurück, und als sie meinen interessierten Blick sah, winkte sie ab. »All diese Lektüren zum Thema Hundeerziehung haben wir uns hoch motiviert gekauft, als Hugo bei uns einzog. Wir konnten nicht ahnen, dass unser sanfter Riese der untypischste Hund seiner Art ist und nichts, aber auch gar nichts aus all den Ratgebern bei ihm Anwendung fand.« Sie lachte. »Aber hübsch schauen sie ja aus, die Bücher. Ich habe auch etliche Bücher meiner Tochter hier mit hineingenommen, damit in ihrer Wohnung Platz ist für eigene Bücher der Mieter.«

»Die ganze Wand ist ein Traum«, stellte ich fest. »Schreiben Sie selbst?«

»Ich?« Erstaunt hob die Frau die Augenbrauen. »Nein.« Kurz überlegte sie. »Ach, die Ratgeber! Die hat meine Tochter in ihrer Jugend mal von einer Freundin bekommen, als sie ihre ersten Schreibversuche gestartet hat. Sie hat ein unheimliches Talent und sogar schon Erfolg damit gehabt. Aber leider hat sie jetzt entschieden, dass es sich nicht mehr richtig und gut für sie anfühlt.

Ich bedaure das sehr. Wenn Sie mich fragen, ist das Schreiben ihre Berufung. Aber zumindest bleibt sie auch mit ihrem neuen Weg ihrer Leidenschaft treu. Katharina studiert jetzt Buchwissenschaft.«

»Wie toll«, erkannte ich. »Das habe ich auch studiert. Das ist gar nicht so häufig, dass man jemanden trifft, der diesen seltenen Studiengang absolviert hat.«

»Ach! Das ist ja wirklich ein schöner Zufall.«

»Ja, wo studiert sie das denn? Im Norden Deutschlands kenne ich dafür noch keine Uni.«

»Nein, leider gibt es die noch nicht. Sie lebt nun in München. Für meinen Geschmack viel zu weit weg von mir. Aber was soll ich tun?« Sie zuckte die Schultern und deutete in den Nachbarraum. »Lassen Sie uns den Tee trinken, und ich gebe Ihnen den Schlüssel und was Sie sonst noch alles brauchen. Viel zu erklären gibt es eigentlich sonst nicht. Wir können die Wohnung auch noch einmal gemeinsam besichtigen. Nachher gefällt es Ihnen gar nicht – Sie sollen sich ja auch wohlfühlen. Aber das kann ich mir kaum vorstellen.«

»Ich auch nicht, das ahne ich jetzt schon«, gab ich zu.

Wir tranken eine Tasse Tee, und Lore erzählte mir von ihrer Familie, dem Haus und ihrer Tochter. Aus ihrer Erzählung sprach so viel Liebe für die Frau, die ungefähr in meinem Alter sein musste.

»Man spürt aus Ihren Erzählungen die tiefe Verbindung zu Ihrer Tochter.«

»Ja? Ach ja, aber München ist für eine Mutter viel zu weit weg.« Lore nickte.

»Das glaube ich. Meine Eltern waren auch froh, dass Sylt nicht allzu weit vom Alten Land entfernt ist und sie mich immer mal besuchen können.«

»Dort ist es auch wunderschön. Ich bin gerne da. Meine Tante lebte auf einem Apfelhof.«

»Oh ja. Dafür ist die Region bekannt.« Ich lächelte. »Ich mag meine Heimat auch sehr. Aber auf Sylt zu sein ist noch mal ganz besonders.«

»Sind Sie also schon öfter hier gewesen?«, erkundigte sich Lore.

»Ja, sooft es ging. Während der letzten paar Jahre war viel los bei mir, deswegen ist das letzte Mal schon viel zu lange her. Aber nun hab ich es endlich wieder geschafft, und jetzt bleibe ich erst mal eine Weile.« Ich gab mir Mühe, tapfer zu lächeln und den traurigen Erinnerungen keinen Raum zu geben. Hier auf Sylt wollte ich nach vorne schauen und meine Geschichte vergessen lernen. Ich wollte niemandem hier davon erzählen.

»Schön, dass Sie das Projekt Ihrer Freundin unterstützen. Ich habe schon angeboten, einen Teil meiner Bücher beizusteuern. Ich kenne sie ja alle und bin froh, wenn möglichst viele andere Leute sie ebenso lesen.« Sie lachte. »Und hier stehen sie sonst nur herum. Das ist doch zu schade.«

»Eine liebe Idee. Wir wollen eine Ecke mit Büchern gestalten, die wir verleihen, separiert von denen, die wir verkaufen. Außerdem soll es laufend ein Angebot gelesener Bücher zum Verkauf geben. Ein kleines Secondhand-Sortiment, das gegen Spenden erworben werden kann. Da sind wir bestimmt auf der Suche nach Material.«

»Ich kann mir das einfach so gut vorstellen, was Annilen da plant. Gemütliche Sessel, duftender Kaffee oder Tee und Backspezialitäten sowie Lektüre für Herz und Seele. Ich fürchte fast, es wird so viel bei euch los sein, dass es am Ende mit der Leseruhe eher schwer wird.« Lore grinste. »Erst recht jetzt vor Weihnachten.«

»Ich bin echt gespannt.« Mir fiel ein, dass ich für die Vermieterin Kekse eingepackt hatte. Ich zog sie aus meiner Tasche. »Apropos Leckereien. Ein kleiner Gruß für Sie zum Einzug.«

Gerührt griff Lore nach der Dose und hob vorsichtig den Deckel. »Oh, wie fein! Offenbar haben Sie nicht nur eine Leidenschaft fürs Lesen. Die duften ja schon köstlich und sehen so zauberhaft aus. Man mag sie kaum anbeißen.«

»Doch, das müssen Sie unbedingt! Ich möchte ja wissen, ob sie Ihnen schmecken«, erklärte ich. »Ich habe nämlich bei einigen ein wenig experimentiert.« Sie probierte den Keks und bot auch mir einen an. Genießerisch schloss sie die Augen und gab ein schwärmerisches Geräusch von sich.

»Sie sind wunderbar«, sagte sie voller Dankbarkeit.

»Während des Studiums habe ich in einer Konditorei gejobbt. Da habe ich den Profis ein wenig über die Schulter geschaut und einige Tipps und Tricks gezeigt bekommen. Wirklich gelernt habe ich es nicht. Abgesehen von einem Backkurs hier auf Sylt, bei dem ich damals Annilen kennengelernt habe. Weil uns auf Anhieb klar war, wie gut wir zueinanderpassen, haben wir uns gemeinsam nebenberuflich einen kleinen Onlineshop für handverzierte Kekse aufgebaut. Das war immer mehr mein Hobby, aber wenn man damit eine Kleinigkeit dazuverdienen kann, umso besser. Und ich liebe es. Deswegen habe ich zuletzt auch für ein Backmagazin gearbeitet. Leider hat mir das überhaupt keinen Spaß gemacht, aber das Backen habe ich nie aufgegeben.«

»Zum Glück! Na, das Dream-Team für unser neues Büchercafé scheint mir auf jeden Fall von Minute zu Minute passender.«

Ich schaute mich im Wohnzimmer um. Eine große Fensterfront führte zum Garten, an den direkt die Heidelandschaft angrenzte. Gerade zauberte die untergehende Sonne wundervolle Farbenspiele an den Himmel.

»Ich war früher so oft auf Sylt. Bisher jedoch nie im Winter. Es ist etwas Besonderes für mich, um diese Zeit hier zu sein«, gab ich zu. »Ganz neu und aufregend.«

»Es ist natürlich zuweilen rau und ungastlich. Aber Herbst und Winter auf Sylt haben in meinen Augen, genau wie Frühjahr oder Sommer, ihren ganz eigenen Zauber. Da kann man es sich umso gemütlicher machen. Zu Hause oder in den Cafés der Insel.«

Sie deutete durch den behaglichen Wohnraum. Cremefarbene Sofas, unter denen ein dicker Teppich über den Holzdielen lag, Lampen in den Fensterbänken der Butzenfenster, die mit hellen Vorhängen umrandet waren, gehalten durch jeweils ein massives Tau, und ein Kamin – erst jetzt, wo ich mich an den Büchern sattgesehen hatte, ließ ich meinen Blick auch durch den Raum schweifen –, es war eine absolute Wohlfühlatmosphäre. Obwohl der Stil eher altmodisch war, gefiel er mir, denn er hatte diesen angenehm hanseatischen Touch dank der blau-weiß gemusterten Tapeten und weißen Möbel im schicken, eleganten Landhausstil. Man hatte sofort das Gefühl, sich in einem historischen Kapitäns-haus aufzuhalten, das modernisiert worden war, ohne dabei zu gestylt zu sein.

»Diese Art der Häuser hier, die reetgedeckten Friesenhäuser, die schaffen doch einen ganz wunderbaren Gegenpart zu der schroffen Kälte und der frostig-frischen Luft am Meer. Wie sie sich hinter den Friesenwällen in ihre Gärten ducken – da kehrt man durchgefroren wieder nach Hause oder in ein nach Tee und Gebäck duftendes Café zurück und kann sich so richtig schön fallen lassen in die Wärme und Geborgenheit dieser kleinen Glücks-orte.« Lore geriet ins Schwärmen. »Das liebe ich, das hat mein Mann geliebt, und der Hugo, der liebt es genauso. Der begleitet mich nun dabei.« Hugo, der in einem riesengroßen Hundebett am Fenster gedöst hatte, hob leicht den Kopf, als er seinen Namen hörte, und seine Schwanzspitze zuckte, als überlege er noch, ob die Erwähnung wichtig genug gewesen war, um sich zu erheben.

»Er hat es aber auch gut hier«, stellte ich fest und deutete auf Hugo.

Lore lachte. »Hier liegt er am liebsten. Sein zweiter Lieblingsort ist in der Küche. Dort haben wir einen antiken Kachelofen. Direkt daneben steht sein Hundebett. Gerade zu dieser Jahreszeit genießt er die Wärme dort. Ridgebacks können mit dem Winter hier nicht so viel anfangen. Und wenn ich abends auf dem Sofa noch ein wenig lese, fehlt es eigentlich nur, dass er noch zu mir unter meine Decke robbt und wir wie ein altes Ehepaar den Abend ausklingen lassen.« Sie zuckte die Schultern. »Und es wäre in Ordnung für mich. Er ist der Beste.«

»Wie lieb Sie von ihm reden. Das ist rührend«, bemerkte ich.

»Dass er da ist, hat mir in den letzten Jahren sehr geholfen. Erst als mein Mann starb, und nun, als meine Tochter auszog. Diese Stille – ich sage Ihnen, sooft man sich alle zum Mond wünscht in den Jahren, wenn das Gerumpele und Geplappere manchmal kaum ein Ende zu finden scheint, so oft denke ich heute daran, wie schön es wäre, wären sie alle noch hier und würden mir hin und wieder den letzten Nerv rauben. Ich vermisse den Trubel dieser Zeit.« Sie wirkte emotional, aber nicht verbittert, als sie das sagte. Vielmehr sprach aus ihren Augen die große Liebe zu ihrer Familie, die ihr fehlte.

»Ich bin nun ja in der Nähe, und wenn Ihnen ein Glas Wein allein mal zu einsam erscheint, dann klopfen Sie einfach bei mir an.«

Lore lachte. »Entschuldigen Sie. So war das nicht gemeint. Keine Sorge, ich werde Ihnen nicht ständig auf die Pelle rücken. Das war nicht der Grund, weshalb ich gerne unsere kleine Wohnung zur Verfügung gestellt habe.«

»Alles gut. So habe ich es auch nicht verstanden, und mein Angebot war ganz ernst gemeint. Ich freue mich, wenn wir uns sehen.«

»Ich hoffe, die Zeit bis zum neuen Jahr ist damit erst einmal gut überbrückt. Wir haben die Wohnung ab dem kommenden Jahr einer Freundin meiner Tochter versprochen, die sie im Gegenzug in ihrer Wohnung wohnen lässt. Sonst hätten Sie auch viel länger bleiben können.«

»Das ist erst mal alles ganz wunderbar so, vielen Dank! Wir wissen ja noch gar nicht, wie es dann im neuen Jahr weitergeht für mich.« Ich lächelte schief.

»Wollen wir uns nun mal die Wohnung anschauen?«, schlug Lore vor, und ich stimmte zu.

»Ich kann es kaum erwarten!«

Wir brachten die Tassen in die Küche, die eindeutig von dem großen alten Ofen dominiert wurde, der einen Großteil der Wand einnahm. Im Mittelpunkt des Raumes stand ein schwerer Holztisch mit geschwungenen Füßen vor einer langen grau lackierten Eckbank, auf der beigefarbene Sitzkissen lagen. An der dem Zimmer zugewandten Seite waren weiße Holzstühle platziert, die ich so nur aus alten Filmen oder als Kinderstühle kannte. Sie waren mit einer Spindellehne versehen, die sich halbrund um den Oberkörper schmiegte. Breite Lehnen schafften zusätzliche Bequemlichkeit.

Ein prachtvoller Blumenstrauß zierte die Mitte des Esstisches. Dieser Schmuck wiederholte sich auch in dem halbrunden Butzenfenster über der Kopfseite des Tisches, in dem eine Lampe und ein kleinerer Strauß standen. Ein goldener Leuchter unter der Decke sorgte sicher für besonders gemütliches Licht, wenn die Dämmerung erst einmal hereinbrach.

»Diese Fliesen an den Wänden sind wundervoll«, bemerkte

ich, als mein Blick auf die blau-weißen Kacheln mit verschiedenen maritimen Motiven wie Fischen und Schiffen sowie Ornamenten, die mich an Blüten und Pflanzen erinnerten, fiel. Lore lächelte und schloss die Küchentür, die bis eben offen gestanden und einen weiteren Teil der Wand verdeckt hatte. Hier offenbarten sich noch mehr dieser kleinen Kunstwerke.

»Mein Mann hatte eine Firma für diese Fliesen. Auf dem Festland, kurz bevor es auf den Autozug geht. Dies war ›seine Wand‹, hier hat er sich ausgetobt.«

»Toll!« Ich trat näher und erkannte, dass auf dieser übermannshohen Fläche, die rund zwei Meter breit war, keine Fliese der anderen glich. Einzig die Grundfarben waren einheitlich.

Besonders faszinierte mich eine Reihe mit Sylt-Motiven. Ich entdeckte das Munkmarscher Fährhaus, den Kampener Leuchtturm und die Keitumer Kirche. Auch ein paar Robben und Vögel am Watt fanden hier ihren Platz. Außerdem erblickte ich ein Haus, bei dem ich mir fast sicher war, dass es das war, in dem wir uns gerade befanden.

»Ihr Mann war ja ein Künstler«, staunte ich. Lore nickte mit liebevollem Blick.

»Das war er. Unheimlich kreativ und dabei so geschickt in der Umsetzung. Es hat ihm große Freude gemacht, derlei Dinge zu entwerfen und in den Häusern hier zu verewigen. Allen voran in unserem eigenen. Meine Tochter hat diese Ideenvielfalt von ihm geerbt.« Lore zuckte die Schultern. »Zwar wird ihr Studium nun mehr geschichtlich und ein wenig betriebswissenschaftlich sein, aber sie hat sich so entschieden. Ich wünsche ihr, dass sie glücklich wird damit.«

»Das wünsche ich ihr sehr«, stimmte ich Lore zu. »Wenn sie nur annähernd das Talent ihres Vaters geerbt hat, mache ich mir keine großen Gedanken, dass sie ihre Leidenschaft für das Kreative auf anderer Ebene ausleben wird.« Sanft nickte ich.

»Eine Leidenschaft zu haben ist so viel wert. Ich weiß auch nicht, ob es immer richtig ist, sie zum Beruf zu machen«, sagte Lore. »Aber ich weiß ganz sicher, wie wichtig es ist, dass man die Arbeit liebt, die man tut.« Ich dachte an mich selbst und daran, wie sehr ich in meiner Aufgabe als Buchhändlerin aufgegangen war. Wie sehr es mir den Boden unter den Füßen weggerissen hatte, als mein Leben aus den Fugen geraten und nichts mehr wie vorher gewesen war.

Machte man seine Leidenschaft zum Beruf, wog es umso schwerer, wenn man scheiterte – das hatte ich am eigenen Leib spüren müssen.

Lore war in den Flur getreten und zog sich eine Jacke über. »Ist nur ein kurzer Weg ums Haus herum. Aber es ist so frisch, da brauche ich sogar dafür eine Jacke.« Ich tat es ihr gleich und legte mir meinen Mantel über.

Mit dem Öffnen der dunkelgrünen hölzernen Eingangstür zog ein scharfer Wind herein. Inzwischen war es bereits dunkel, und ich war dankbar, als in diesem Moment kleine Lichtspots aufflammten und den gepflasterten Weg, der hinter das Haus führte, erhellten.

»Jetzt haben wir Licht«, erklärte Lore und deutete auf den Bewegungsmelder, der beim Heraustreten auf den Weg ansprang. Auch der hohe Friesenwall am Ende des Grundstückes wurde angestrahlt, was sehr heimelig wirkte.

»Wunderbar. Es ist aber auch stockdunkel hier«, stellte ich fest. Etwas entfernt sah ich die gemütlich erleuchteten Räume von Annilens Café. Es sah schon von Weitem so einladend aus, dass mir das Herz aufging. Je länger ich hier war, desto ungeduldiger wurde ich, was die Eröffnung des Büchercafés anging. Jetzt wollte ich am liebsten sofort loslegen, damit wir möglichst viel von der gemütlich-winterlichen Vorweihnachtszeit mitbekommen würden. Ich war mir sicher, dass einige Menschen einkehren und es sich bei einem Buch gut gehen lassen würden, um dem Trubel in diesen Tagen zu entfliehen. Der Anblick des Cafés, welches wie eine goldene Insel inmitten der dunklen Umgebung strahlte, gab mir Zuversicht.

Zwar lag das Café ein wenig außerhalb. Laufkundschaft gab es allenfalls, wenn die Leute eh hier zu einem Spaziergang am Strand unterwegs waren. Aber man fuhr oder spazierte gezielt hierher. Die Qualität hatte sich herumgesprochen. Das war schon tagsüber so, wenn man eine Radtour oder den Strandspaziergang mit einem leckeren Stück Kuchen beenden wollte oder sich mit Freunden auf einen Kaffee traf. Aber wenn es hier nun auch in den dämmerigen Nachmittags- und Abendstunden die Möglichkeit geben würde, zwar in aller Ruhe, aber dennoch nicht allein in heimeliger Kachelofenatmosphäre bis in den Abend hinein zu lesen, würde das sicher viele anlocken.

»Von Ihrer Wohnung aus haben Sie das Café von Anni immer im Blick«, erklärte Lore, als wir um das rote Backsteinhaus herumgingen und den Lichtern auf dem Boden folgten.

»Wenn Sie zwischendurch ein wenig Sonne tanken wollen, können Sie unseren Garten natürlich jederzeit nutzen. Wir genießen sehr, dass wir ihn haben. Im Moment kann man nicht viel sehen, aber am Tag ist er wirklich bezaubernd. Und im Strandkorb kann man bei Sonnenschein mit einer Decke und einem Becher Tee sogar im Winter wunderbar geschützt sitzen.«

Die Aussicht, hier in so exponierter Lage am Rand des Ortes vor der weitläufigen Dünenlandschaft, Annis Café in Sichtweite, samt Gartennutzung wohnen zu dürfen, war mehr als verlockend.

»Wie viel bekommen Sie denn für die Wohnung eigentlich?«,

fragte ich. Anni hatte ja bereits mit ihrer Nachbarin gesprochen, mir aber noch keine Zahlen genannt.

»Das regeln Sie am besten direkt mit Anni. Ich habe mit ihr einen Mietvertrag ›für Personal‹ geschlossen.«

»Okay. Dann spreche ich mit Anni«, sagte ich und folgte Lore, die gerade eine weitere dunkelgrüne Holztür öffnete. Wir traten ein und standen in einem Flur. Gleich rechts führte eine Treppe in das erste Obergeschoss, doch Lore trat nach links, drückte den Lichtschalter neben der Tür und bedeutete mir, in den Raum zu treten.

»Hier geht's lang«, sagte sie. Ein Holzboden vor einer greigen Wand mit hellen Fußleisten und Fensterrahmen empfing mich. Im Wohnzimmer, welches direkt an den Eingangsbereich angrenzte, stand ein riesiges graues Sofa mit großen Kissen darauf. Davor ein runder Couchtisch, auf dem wieder zauberhafte Blumen arrangiert waren, sowie ein Windlicht mit einer großen cremefarbenen Kerze darin. Eine Stehlampe neben dem Sofa, deren mit grauem Stoff bezogener Schirm von innen goldfarben glänzte, sorgte für warmes Licht um das Sofa herum, welches auf einen Fernseher auf einem weißen Sideboard ausgerichtet war. Eine flauschige Kuscheldecke lag über der Armlehne.

Hinter dem Sofa befand sich ein Sprossenfenster mit Blick auf Lores Hauseingang, was ich an den Lichtern erkennen konnte, die noch immer dezent den Weg erhellten. Neben dem Fernseher stand ein komfortabler Lesesessel vor einem weißen, gut gefüllten Bücherregal, daneben eine Leselampe. Es war trotz der Menge an Büchern noch genug Platz für eigene Bücher, wie Lore es versprochen hatte.

»Da erkennt man die Buchliebhaberin. Es ist wunderschön«, staunte ich, und Lore trat an mir vorbei in die kleine Küche. »Freut mich, dass es Ihnen gefällt. Ich bin mir sicher, Sie werden den

Lesesessel gerne nutzen, hab ich recht?« Sie lächelte, und ich bejahte. »Unbedingt!«

»Ach, immer dieses lästige Gesieze. Wollen wir nicht einfach Du sagen?«, bot Lore mir kurzerhand an, und ich nickte.

»Gerne.«

»Das freut mich, Tilda.« Lore deutete auf eine Tür. »Hier geht es zur Küche. Meine Tochter ist nie eine große Köchin gewesen, eine kleine Küche genügte ihr. Aber ich finde, sie bietet alles, was man braucht.«

»Absolut!« Staunend betrachtete ich den überschaubaren Raum, der sich dem Farbschema der restlichen Wohnung anpasste – graue Wände, weiße Akzente. Das führte dazu, dass die Schränke kaum auffielen, sondern vielmehr Teil der weißen Holzvertäfelungen zu sein schienen.

Eine kleine Kochinsel teilte den Raum in zwei Bereiche. In einer Nische mit Fenster stand ein Esstisch mit Stühlen und einer Eckbank mit hellgrauen Polstern. Die ebenfalls grauen Hussen wirkten einladend auf mich. Sie ließen die Sitzmöbel gleich viel wohnlicher und gemütlicher wirken. Über dem Herd befand sich wieder ein großes Fenster, und ich stellte mir vor, wie es sein würde, dort mit Blick in den Garten zu kochen.

»Hier ist noch eine Klöntür, von der aus man direkt in den Garten kommt. Meine Tochter hat auch einen Hund und hat festgestellt, wie praktisch es ist, wenn die kleine Maus nicht sofort über alle Berge ist, wenn man nur mal kurz lüften will.« Lore lachte leise.

Eine weitere Tür führte in ein Badezimmer mit Dusche, und dann nahmen wir endlich die Treppe hoch zum Schlafzimmer unterm Dach. Das war der Raum, auf den ich mich am meisten freute. Direkt unter Reet zu schlafen hatte seinen ganz besonderen Reiz für mich, und ich konnte es kaum erwarten. Erst recht, als ich die weichen, dicken Kissen und Bettdecken sah, die sich, wie damals bei meinen Großeltern, wie fluffige Wolkenberge auf dem hohen Doppelbett in der Mitte des Raumes auftürmten. Am Kopfende befand sich ein halbrundes Gaubenfenster. Direkt gegenüber lag ebenso ein Fenster. An den Seiten gab es einen großen Kleiderschrank, außerdem einen Schreibtisch. Ausgelegt war das Zimmer mit einem beigefarbenen Teppich, der jeden Schall schluckte und gerade jetzt im Winter wunderbar gemütlich war.

»Ich könnte mich direkt ins Bett kuscheln – wie traumhaft diese Wohnung ist! Wäre ich deine Tochter – ich wäre niemals im Leben hier ausgezogen!«

Lore lächelte, doch in ihrem Blick lag Traurigkeit. »Ich bin mir sicher, wenn es nur um die Wohnung gegangen wäre, dann wäre sie geblieben. Aber manchmal muss man eben raus und neue Wege gehen.« Matt zuckte Lore die Schultern. »Schön, wenn all das hier wieder genutzt wird. Jetzt muss ich mal wieder rüber. Kann ich noch etwas für dich tun?«

»Alles bestens, vielen Dank! Mehr als das. Es ist traumhaft hier. Ich werde meine Sachen holen und mich ein wenig einrichten, und nachher will ich mit Annilen etwas essen gehen.«

»Das klingt wunderbar. Dann lasst es euch gut schmecken. Wo geht es hin?«

»Ehrlich gesagt, weiß ich das gar nicht. Aber Annilen wird sich was Schönes ausgedacht haben.«

»Da gibt es etliche Möglichkeiten hier auf der Insel. Anni kennt sich aus. Und wenn ihr doch mal einen Tipp benötigt, lasst es mich sehr gerne wissen.«

»Darauf komme ich unbedingt zurück.« Insidertipps von Einheimischen waren Gold wert.

Ich holte meinen Koffer und die Tasche aus dem Auto und brachte sie in die Wohnung. Voller Freude und einem warmen Gefühl, hier gut aufgehoben zu sein, räumte ich die Sachen in die Schränke und legte mir mein Outfit für den Abend zurecht. Bevor ich mich umzog, ging ich noch einmal ins Bad, um mir die Aufregung der Reise abzuwaschen und mich ein wenig frisch zu machen. Ein Blick auf die Uhr zeigte mir, dass noch Zeit war, und dann die winterliche Stimmung draußen – kurzerhand ließ ich mir ein Bad ein, zündete eine kleine Kerze an, die im Fenster stand, und legte mich in die Wanne. Ein Badezusatz mit dem Namen *Vanilletraum* stand neben der Badewanne, und schon beim Einlassen des Wassers erfüllte dieser die Luft mit einem Gefühl von Geborgenheit.

Das warme Wasser umgab mich auf beruhigend sanfte Weise, draußen vor dem Fenster pfiff ein scharfer Wind, und die Wärme in diesem traumhaften Domizil fühlte sich sofort an wie eine kleine Heimat.

Ich war so entspannt, dass ich fast die Zeit vergessen hätte. Gerade noch rechtzeitig stieg ich aus der Wanne, trocknete mich ab, cremte mich ein und zog mir eine Jeans und eine weiße Bluse an. Darüber ein Wollcape, das zwar unter der Jacke ein wenig unpraktisch war, später im Restaurant aber ein wunderbarer Ersatz für einen Pullover oder eine Strickjacke sein würde.

Voller Vorfreude auf den Abend machte ich mich auf den Weg zu Anni. Im Café war es bereits dunkel. Das konnte ich von hier aus sehen. Anni war also schon in ihrer kleinen Wohnung etwa auf halber Strecke zwischen meinem neuen Heim und dem Café. Als ich gerade bei ihr klingeln wollte, ging die Tür auf, und Anni trat heraus.

»Hey, da bist du ja schon«, freute sie sich. »Dann kann es losgehen.« Sie hakte sich unter und schob mich sanft neben sich her, allerdings vorbei an ihrem Auto, die spärlich beleuchtete Straße entlang.

»Wo soll es denn eigentlich hingehen?«, erkundigte ich mich unsicher und blickte auf den dunklen Fußweg.

»Ich dachte, wir gehen hier im Ort was essen. Dann müssen wir beide nicht mehr fahren und können auf deine Ankunft anstoßen. Nur wenige Hundert Meter entfernt ist ein super Lokal.«

»Gute Idee. Ich habe nur den Eindruck, wir hätten uns lieber Hugo ausleihen sollen für diese Tour.« Gespielt ängstlich klammerte ich mich an Annis Arm. »Es ist so dunkel hier – unglaublich! Und ich dachte schon, bei mir zu Hause auf dem Dorf sei es finster.«

Sie lachte. »Stimmt. Mit Hugo braucht man keine Angst im Dunkeln zu haben. Außer davor, dass er einem im Falle eines Falles selbst vor Schreck auf den Arm springt.«

»Herrlich! Ich kann kaum glauben, dass dieses eindrucksvolle Tier so ein Lamm ist.«

»Ist er. Das liebste der Welt. Da ist meine kleine Trudi gefährlicher, wenn sie ihre Launen bekommt. Aber die ruht sich nun aus. Der Tag war wuselig für sie. Was sagst du zu deiner Wohnung?«

»Sie ist ein Traum! Unfassbar schön. Und Lore ist ein Schatz.«

»Du kannst dir sehr sicher sein, dass du da gut aufgehoben bist, ja. Schön, dass es dir gefällt und du sie magst.«

»Wie war dein Tag noch?«, fragte ich Anni.

»Super. Es war gut zu tun. Mein Freund, der die Bücherregale baut, war auch da. Es kann bald losgehen.«

»Das ist echt toll. Ab morgen stehe ich dir auch zur Verfügung und helfe, wo ich kann.«

»Genieß du ruhig erst einmal ein wenig deine Zeit hier. Morgen soll es kalt, aber sonnig sein. Ich rate dir unbedingt zu einem Spaziergang am Strand.« Anni strich mir sanft über den Rücken.

»Darauf freue ich mich schon, aber damit werde ich ja nicht

den ganzen Tag verbringen. Ich bin da, um dir zu helfen und unser gemeinsames Projekt zu starten.«

Einige Minuten liefen wir schweigend die Straße entlang. Der Wind war kühl, und es war angenehm, das halbe Gesicht hinter dem Schal zu verbergen und nicht reden zu müssen.

»Okay, die kuscheligste Idee war das mit dem Fußweg nicht«, gestand Anni. »Vielleicht nehmen wir zurück doch ein Taxi.«

Wir kamen an einem hell erleuchteten Haus mit blauer Holztür an, über der eine Jahreszahl aus dem achtzehnten Jahrhundert prangte. Die dezente Beleuchtung in den Fenstern wirkte einladend. Große Hundeskulpturen, sitzende Tiere mit roten Schleifen um den Hals und Weihnachtsmützen auf dem Kopf, rechts und links der Tür, ließen mich schmunzeln.

»Hereinspaziert«, sagte Anni und hielt mir die Tür auf. Ein köstlicher Duft von Speisen aller Art zog mir entgegen. Geschäftiges Plaudern und Tellerklappern erfüllten den Raum. Durch das imposante Reetdachhaus wirkte das Restaurant von außen eher chic und erhielt vor allem durch die dekorierten Hunde einen Hauch Verspieltheit. Dieser Eindruck setzte sich im Innern des Hauses fort. Hier wurde laut gelacht, es spielte moderne Musik, und die Möbel hatten Shabby Chic.

»Moin«, begrüßte uns eine Frau mit freundlichen blauen Augen und wuscheliger Frisur, in der eine knallrote Brille steckte. Diese setzte sie auf, als sie in ein Buch schaute, welches an einer Art Stehpult lag. »Wo hat Mo euch denn eingeplant?«, fragte sie mehr sich selbst und fuhr mit dem knallrot lackierten Finger über die Liste, bis sie stoppte. »Da! Kommt mal mit«, forderte sie uns auf, und wir folgten ihr in einen kleinen Erker aus weißen Butzenfenstern, unter denen sich eine Holzbank mit kuscheligen weißen

Fellen um einen runden Tisch wand sowie unzählige Kerzen im Fensterbrett dekoriert waren.

»Voilà! Euer Reich«, sagte sie und machte eine einladende Handbewegung.

»Danke dir, liebe Bea«, sagte Anni. »Das ist übrigens Tilda, meine Freundin und ab sofort auch Kollegin. Tilda, Bea ist die herzlichste Gastronomin hier auf Sylt, und wenn du mal schlechte Laune hast, solltest du einfach hier vorbeikommen. Sie macht die besten Nudeln alla Bea, und auch Pommes für die Seele hat sie im Angebot.«

»Das klingt nach einem neuen Lieblingslokal«, stellte ich fest. »Hi, Bea. Freut mich, dich kennenzulernen.«

»Dito! Schön, dass ihr hier seid.«

Sie reichte uns Karten und ging zum Tresen, um kurz darauf mit drei Glas Prosecco zurückzukehren. »Anni hat mir erzählt, dass du mit ihr gemeinsam das Büchercafé aufziehen willst, und ich feiere dich dafür! Darauf müssen wir unbedingt anstoßen. Eine fantastische Idee, wenn ihr mich fragt.«

»Das freut mich sehr«, gab ich zu und lächelte.

Bea hob ihr Glas. »Auf euch und die Bücher!«

Wir taten es ihr gleich und stießen an. Bea plauderte noch kurz mit uns und verabschiedete sich dann wieder, um weitere Gäste in Empfang zu nehmen.

»Wenn du magst, kannst du dich morgen schon einmal mit der Lektüre beschäftigen, die bereits da ist. Ich habe mir überlegt, dass wir einen Teil der Bücher, die wir zur freien Verfügung anbieten, bereits jetzt einsortieren. So spricht sich das nach und nach herum, und wir können schon einmal abklopfen, wo die Interessen unserer Gäste hauptsächlich liegen.«

»Gute Idee. Wo willst du sie denn platzieren?«

Anni erläuterte mir, wie sie die Tische, Stühle und Sessel arrangieren wollte, wenn die ersten Bücher einziehen würden. Ein Raum des Cafés, er war als Rundung gebaut und bot einen fantastischen Blick über die Dünenlandschaft bis hin zum Meer, sollte zum Lesezimmer werden. In angenehm distanzierten Abständen würden die Sessel platziert werden. Einige halbhohe Regale zwischen den Sitzgelegenheiten, andere an der Wand, die diesen Bereich von dem des Cafés trennte.

Dadurch, dass die Sessel auf die halbrund umlaufenden Fenster ausgerichtet waren, würde ein Gefühl vom Lesen zu Hause entstehen. Weil in diesem Raum tendenziell dann jeder ein Buch bei sich haben würde, würde eine besondere Ruheatmosphäre herrschen.

»Auch die Gebäckvariationen würde ich gerne anpassen. Das Gebäck muss so sein, dass man problemlos parallel lesen kann, ohne sich die Seiten vollzuschmieren. Nichts Klebriges, was an den Händen stört, und trotzdem einhändig essbar, damit man nicht ständig das Buch aus der Hand legen muss. Heiße Getränke im Winter und kühle Drinks im Sommer sind klar und einfach adaptierbar. Sogar die Terrasse, wo wir, neben Strandkörben, die ja von sich aus schon eine leicht isolierte Sitzposition schaffen, auch Liegen aufstellen könnten, würden wir im Frühjahr nutzen können«, fuhr Anni fort, als ich beruhigend meine Hand auf ihren Arm legte.

»Langsam. Wenn ich mich nicht irre, planen wir nun erst einmal den Winter, oder?«

Anni antwortete nicht, sondern lächelte vielsagend.

Wir bestellten eine Snackplatte aus gemischten Vorspeisen wie Brot, Olivenöl und verschiedenen Wurstsorten. Dann gönnten wir uns beide die besagte »Pasta alla Bea«. Penne in Olivenöl mit Pfeffer und Salz sowie Lauchzwiebeln, Parmesan und fein geschnittener Fenchelsalami darüber. Diese Speise war ein Gedicht, und für mich stand sofort fest, dass ich diese nicht zum letzten Mal genossen hatte.

Wir planten noch ein wenig, bis wir immer wieder abschweiften zu den Themen, die wir sonst nur am Telefon besprechen konnten.

Auch bei Annilen sah es in Sachen Liebe etwas mau aus. Doch wo mich manchmal eine kaum greifbare Panik überkam, dass ich den Punkt im Leben verpassen könnte, an dem es Zeit war, sich sein sicheres Nest zu schaffen, das mir Halt geben würde, hatte Anni sich mit ihrem Singledasein arrangiert. Sie genoss die Freiheit des Ungebundenseins. Aber sie hatte ja auch den großen Vorteil, dass sie zumindest beruflich ihren Traum lebte, während sich mein Leben gerade auf dem absoluten Nullpunkt befand. Jetzt jedoch den Schritt gewagt zu haben, mich Anni und ihrer Idee anzuschließen, gab mir Auftrieb. Es begann, wieder vorwärtszugehen.

»Ich freue mich drauf, dir in den nächsten Tagen im Café-Alltag über die Schulter zu schauen und deine Abläufe besser kennenzulernen«, erklärte ich irgendwann. »Ich kann es kaum erwarten.«

»Es ist so schön, dass du da bist, Tilda!« Anni lächelte. Ihre Augen schimmerten glasig, so groß war die Freude darüber, dass wir nun ein Team waren. Hier auf Sylt, in ihrem *Kliffglück*.

Kapitel 6

Ein Spaziergang am Strand noch vor dem Frühstück. Darauf hatte ich mich jedes Mal am meisten gefreut, wenn ich früher nach Sylt gekommen war. Auch wenn es sich jetzt nicht mehr ganz so unbeschwert anfühlte wie vor dem Tod meines Freundes, hatte der Reiz des unberührten Strandes, des schroffen Wetters und der tosenden Brandung nicht nachgelassen. Seit ich nach dem Duschen heute Morgen das Fenster einen Spaltbreit geöffnet und das Rauschen der Wellen aus der Ferne in mein Badezimmer hineingelassen hatte, hatte ich mich auf diesen Moment gefreut.

Ich zog mich warm an und trat vor die Tür. Einige wenige Hundert Meter lief ich, bis ich am Fuße der Uwe-Düne ankam. Dem höchsten Aussichtspunkt der Insel. Ehrfürchtig stand ich einen Moment davor, ehe ich begann, die Treppenstufen zu erklimmen.

Wie erwartet lohnte es sich, obwohl ich feststellte, dass ich in meinem recht untrainierten Dauer-Homeoffice-Zustand ganz schön aus der Puste war, als ich die letzte Stufe erreicht hatte – noch dazu ohne Frühstück.

Weil die Wolkendecke an einigen Stellen aufgerissen war und goldene Sonnenstrahlen durchschimmern ließ, war das Licht außergewöhnlich. Ich liebte die Sylter Wintersonne sofort. Mein Blick ging über die Landschaft um die Düne herum, bis zum graublauen Meer, weiter über die Dünenlandschaft in Richtung des

Kliffende. Ganz in der Nähe lag das Café, welches ich von hier aus sogar sehen konnte. Ich trat ans Ende des Holzplateaus, stützte die Hände auf und atmete tief. Es fühlte sich erhaben an, hier oben zu stehen. Dem Himmel scheinbar so nah, den Blick weit über das Land gerichtet, das Rauschen des aufgewühlten Meeres in den Ohren und Wind in den Haaren. Sylt fühlte sich gut an. Richtig und ehrlich. Hier oben kam mir das Zusammenspiel von Mensch und Natur so stimmig vor. Ich empfand Demut der unendlichen Weite gegenüber und Dankbarkeit dafür, dass es Menschen in den Sinn gekommen war, hier diesen Ort zu errichten, der mir so wertvoll erschien.

Am liebsten wäre ich noch hiergeblieben. Doch einerseits fror mir beinahe die Nasenspitze ab, und andererseits wartete im *Kliffglück* ein sicherlich köstliches Frühstück auf mich, auf das mein knurrender Magen keinesfalls länger verzichten wollte. Anni hatte frische Brötchen und hausgemachte Marmelade angekündigt. Dazu eine Tasse duftenden Wintertee, um mich nach meinem Ausflug wieder aufzuwärmen. Damit wäre der Start in den Tag perfekt.

Noch einmal blickte ich über die Umgebung rund um Kampen und blieb am Quermarkenfeuer hängen. Ich mochte diesen Leuchtturm, auch wenn er nicht mehr in Betrieb war. Oft war ich abends, wenn ich den Sonnenuntergang am Strand bestaunen wollte, den Weg über das Quermarkenfeuer gegangen, um kurz dahinter über den Steg zum Strand zu gelangen. Die Stimmung im goldroten Abendlicht rund um den achteckigen Bau mit dem grünen Kupferdach über dem gläsernen Lichtraum war für mich jedes Mal außergewöhnlich. Ich wünschte mir, ihn irgendwann auch einmal im Schnee erleben zu dürfen, und freute mich darauf, dass aufgrund der längeren Zeit, die ich hier sein wollte, die Chancen dafür nicht schlecht standen.

Obwohl ich ein wenig erschöpft war vom Aufstieg auf die Aussichtsplattform, lief ich den Weg zum *Kliffglück* ebenso zu Fuß. Die Tage, an denen der Regen, getragen vom scharfen Wind der Winterstürme, einem die Spaziergänge verdarb, würden noch früh genug kommen. Bis dahin wollte ich möglichst viele Gelegenheiten wahrgenommen haben, die Insel zu Fuß zu erkunden.

Der kühle Wind tat mir gut, und in der Bewegung wurde mir auch wieder warm. Es fühlte sich so anders an als zu Hause, wo ich vor Arbeitsbeginn allenfalls eine Tasse Kaffee oder Tee auf dem Balkon getrunken hatte, um mich dann vor dem Laptop zu verkriechen. Von nun an wieder jeden Tag unter Menschen zu sein fühlte sich noch immer etwas aufregend an, aber im positiven Sinne. Ich konnte den Menschen hier neutral und offen gegenübertreten. Die meisten von ihnen würde ich vermutlich nie wiedersehen. Hier würde meine Geschichte genau das bleiben – meine Sache, von der allein ich entscheiden konnte, wer sie erfuhr, und vor allem war sie Vergangenheit, unbedeutend für meine Zukunft und die Pläne, die ich mit Anni hatte.

Hier konnte ich beinahe ohne Ballast auf den Schultern neu starten. Er war nur da, wenn ich ihm Raum gab. Gelang es mir, den Gedanken an Tims Tod und die Geschichte drum herum beiseitezuschieben, ging es mir gut.

Völlig in meine Gedanken versunken hatte ich den Weg zum Café schneller geschafft als erwartet. Deshalb war ich so früh da, dass der Gastraum noch leer war. Trudi kam mir schwanzwedelnd entgegen, und ich knuddelte den kleinen Hund, der sich anschließend direkt wieder auf seinem Kissen zusammenrollte. Anni hatte einen Tisch für mich gedeckt. Die liebevoll drapierten Brötchen nebst Himbeermarmelade und Butter, einem Orangensaft und einem dampfenden Kännchen Tee wirkten so fürsorglich, dass mir das Herz aufging.

»Anni, das Frühstück sieht aus wie bei meinem Papa«, schwärmte ich, und Anni wusste, dass dies eins der größten Komplimente war. Mein Papa war dafür bekannt, der gastfreundlichste Koch und Gastgeber zu sein.

»Ach.« Anni winkte lächelnd ab. »Ich freue mich, dich hier betüddeln zu dürfen. Du weißt ja, ich arbeite daran, dass du hier niemals wieder wegwillst. Dafür gebe ich alles.«

Ich umarmte sie und setzte mich an den Tisch.

»Willst du nicht, solange noch niemand da ist, auch einen Tee mit mir trinken?«

Anni schaute sich um. »Klar.« Sie ging zum Schrank fürs Geschirr und holte sich auch eine Tasse. »In den letzten Tagen war immer der Typ mit dem Laptop und dem Notizbuch der allererste Gast. Er bleibt dann oft den ganzen Vormittag«, erklärte Anni.

»Aha. Aber du sagtest, er sei regelmäßig hier, also kein Urlauber?«

»Ja. Er nutzt das Café wohl wie so eine Art Büro.«

»Schöner geht's doch kaum.«

Anni nickte. »Meist sitzt er schweigend und tippend am Laptop. Das scheint bei ihm wunderbar zu funktionieren. Wer weiß, vielleicht macht er einen ganz schnöden Homeoffice-Job wie du und nutzt das Café, um mal aus seinen eigenen vier Wänden herauszukommen.«

Ich genoss das köstliche Brötchen, und während Anni zwischendurch doch schon aufgestanden war, um noch einiges vorzubereiten, blätterte ich noch einmal am Tablet in der Übersicht der Buchhändlerin über die aktuellen Bücher, von denen Anni etliche markiert und in eine Liste übertragen hatte.

Ich ergänzte die Auswahl um das Buch, welches ich gerade begonnen hatte. Auch wenn ich noch nicht allzu viel gelesen hatte,

hatte mich der Roman bereits sehr berührt. Und weil er an Orten spielte, die Sylt ähnelten, passte er perfekt in unser Angebot.

»Kann ich dir schon irgendwie helfen?«, fragte ich Anni, die um mich herumwuselte und dabei die leise Weihnachtsmusik mitsummte, die im Hintergrund lief.

Sie schüttelte den Kopf. »Nein, alles gut. Frag mich noch mal, wenn's hier losgeht. Außerdem hat die Buchhändlerin angerufen und gesagt, dass sie heute Vormittag die ersten Bücher bringen will. Es ist die Auswahl, die ich vorab als Bestand zum Verleihen gekauft habe.«

»Hier habe ich noch den Titel des neuen Buches. Ich habe ihn auf die Liste der Buchhändlerin mit draufgesetzt.« Ich reichte Anni das Tablet, auf dem ich die Liste geöffnet hatte.

»Ach, klasse, das rufe ich der Buchhändlerin direkt telefonisch zu. In einer Stunde öffnet sie, dann kann ich sie anrufen. Vielleicht bringt sie das noch mit.« Anni legte die auf dem Tablet geöffnete Liste neben ihr Handy. »Ich habe mir überlegt, dass Gäste, wenn sie gerade mitten im Buch sind, dieses reservieren können für die Zeit, in der sie es hier weiterlesen möchten. Wir könnten dafür eine Art Kartei anlegen, für die wir bestimmte Regalfächer nutzen. Der aktuelle Leser schreibt seinen Namen auf eine Karte, die er in das Buch legt, das er dann in eines der entsprechenden Fächer stellt und das damit vorerst nicht anderweitig ausgeliehen werden darf. Vielleicht können wir die Karten schon vorbereiten und die Regalfächer entsprechend beschriften.«

»Stimmt. Da überlege ich mir was.«

»Wenn du was drucken willst, ich habe alles im Büro. Auch ein Laminiergerät und eine Etikettiermaschine, die ich bisher benutze, um die Döschen mit den verschiedenen Teesorten zu kennzeichnen.«

»Du denkst einfach an alles. Da lege ich gerne direkt los.« Ich rieb mir die Hände.

»Die zum Verkauf stehenden Bücher regeln wir ja erst einmal über die Buchhandlung, und ich würde vorschlagen, dass wir hier das Extraregal mit gespendeten Secondhand-Büchern und denen, die schon mehrfach ausgeliehen und gelesen wurden, einrichten. Die darf man auf Spendenbasis mitnehmen, und der Erlös daraus geht dann an den Küstenschutz. Damit tun wir ein gutes Werk.«

»Klasse Idee, das finde ich sehr gut.«

Als ich gerade ein paar Schildchen für die Regale gedruckt hatte, die ich mit geschwungenen Rahmen, Muscheln und Herzchen verzierte, ging die Tür auf. Der erste Gast war tatsächlich der Mann, der am Vortag das Büchlein vergessen hatte. Sein Blick wanderte durch den Raum, und ein Lächeln zog über seine Lippen. Ich bildete mir ein, dass es mir galt.

»Bin ich heute also nicht der Erste, der hier ein Frühstück genießen darf«, erkannte er und nickte mir zu. »Moin.«

»Moin«, erwiderte ich. »Na ja, ich gehöre eher zum Personal, daher zähle ich nicht. Sie sind der Erste.« Ich lächelte. »Warten Sie, ich räume noch meinen Frühstücksteller von Ihrem Tisch«, erklärte ich eilig.

»Ganz in Ruhe. Ich setze mich genauso gerne auf einen anderen Platz.« Er blickte anerkennend auf meinen noch immer reichhaltig gedeckten Tisch. »Wenn man hier zu Arbeitsbeginn als Mitarbeiter sogar ein fantastisches Frühstück geboten bekommt, dann sollte ich mich vielleicht darum kümmern, hier auch anzuheuern«, überlegte er, und Anni lachte.

»Hätten Sie das mal früher getan! Ich fürchte, mit zwei Personen sind wir hier genau richtig aufgestellt. Außerdem habe ich Sie sehr gerne als Gast.«

Nun war sein Lächeln zwar weiterhin freundlich, aber auch ein wenig nachdenklich, wie ich fand. Er sagte jedoch nichts, sondern steuerte seinen Stammplatz an, als Anni unaufgefordert seine Bestellung brachte.

»Haben Sie über die Festtage eigentlich auch geöffnet?«, erkundigte er sich. »Wenn ich ehrlich bin, habe ich bereits darauf spekuliert, diese Tage hier zu genießen. Gemütlicher geht es ja kaum.«

»Danke.« Anni lachte. »Wir sind da, auf jeden Fall. Dieses Jahr habe ich ja tolle Unterstützung. Grad in den Tagen rund um Weihnachten und den Jahreswechsel ist das Gold wert. Da wird es zeitweise ganz schön trubelig, das darf man sich als Gastronom nicht entgehen lassen. Aber die Atmosphäre ist auch wirklich besonders schön. Da gebe ich Ihnen recht. Meine Freundin erlebt die Insel dieses Jahr das erste Mal zu dieser Zeit. Ich kann es kaum erwarten, ihr diesen winterlichen Sylt-Zauber zu zeigen.«

Ich wandte mich zu Anni und dem Gast um und lächelte. »Ich auch nicht. Es soll sehr schön sein, wenn ich meiner Freundin glauben darf.«

»Das ist es. Sie dürfen sich freuen«, bestätigte er, und ich nickte. Dann klappte er seinen Laptop auf und machte sich an die Arbeit, während ich Anni in die Küche folgte.

»Freut mich, dass er offenbar auch über die Feiertage plant, hier zu sein«, raunte Anni mir zu.

»Stimmt.«

»Dich doch sicher auch, oder? Er gefällt dir doch?« Anni grinste breit.

»Pssst!« Ich schüttelte energisch den Kopf. »Was, wenn er uns hört?«

Anni winkte ab. »Die Musik ist im Gastraum viel zu präsent,

als dass man unser Gespräch hier in der Küche bis nach draußen hört. Also?«

»Nein.« Nervös rang ich nach Worten, war mir doch sowieso klar, dass Anni mir sofort ansah, dass dieser Oskar eine gewisse Anziehungskraft auf mich hatte.

»Na dann. Schade.« Anni grinste breit. »Seit Tims Tod habe ich nicht ein einziges Mal dieses Rot auf deinen Wangen gesehen.« Sie zeigte auf mich, und ich fühlte mich ertappt. »Bis jetzt.«

Ich seufzte, zog zunächst wortlos die Augenbrauen und die Schultern hoch, um nur leise den Kopf zu schütteln. »Wie du meinst. Aber ich bin jetzt hier, um das Büchercafé voranzutreiben. Jeder Gedanke an einen Mann stört da nur. Alles zu seiner Zeit.« Ich nickte energisch, kam mir dabei aber selbst lächerlich vor. Annis Blick wich ich sicherheitshalber aus.

»Wir haben ja nun genügend Zeit«, erklärte Anni.

»Genügend Zeit? Für was genau?«

Anni sagte nichts, sondern verschwand durch die Schwingtür zur Küche in Richtung Gastraum. Ich konnte mir ein Grinsen nicht verkneifen, welches auch nicht so recht weichen wollte, als ich Anni langsam folgte.

Es waren mittlerweile andere Gäste gekommen, und der Raum füllte sich mit dem Duft nach aufgebrühtem Tee und frischen Keksen sowie leisem Plaudern. Die Musik spielte nun nur noch ganz dezent im Hintergrund, war aber angenehm atmosphärisch.

Anni hatte mir einige Spezialitäten notiert, die ich auf eine Schiefertafel schreiben sollte, die wir am Eingang aufstellen wollten. Ich gab mir Mühe beim Zeichnen der einzelnen Lettern und malte neben die Tee- und Kaffeespezialitäten kleine Tassen mit Schaum sowie Herzchen und mogelte direkt das eine oder andere Buch dazu.

Völlig vertieft in meine Arbeit, hörte ich ein Räuspern. Erst da bemerkte ich, dass ich den Weg nach draußen versperrte.

»Oh, entschuldigen Sie«, sagte ich und rappelte mich auf. Es war Oskar, der mit einem fröhlichen Lächeln hinter mir stand und das Schild studierte.

»Da würde ich ja am liebsten noch ein Weilchen hierbleiben, um alles durchzutesten.«

Ich machte eine einladende Handbewegung. »Sie sind weiterhin herzlich willkommen.«

Er lachte. »Leider muss ich los. Aber ich bin bald wieder da.«

»Das freut mich sehr.« Noch während ich das aussprach, merkte ich, dass ich vielleicht ein bisschen zu begeistert geklungen hatte. »Und dann können Sie mir ja vielleicht auch verraten, wo ich hier auf Sylt zur Winter- und Weihnachtszeit noch ein paar schöne Dinge entdecken kann«, fügte ich deshalb hinzu.

Überrascht sah er mich an, und ich spürte, wie ich leicht errötete.

»Sehr gerne.« Sein Blick ging zu Anni. »Da bin ich Profi. Wobei ich vermute, dass Sie bereits den besten Guide an Ihrer Seite haben. Aber vielleicht kenne ich ja noch Ecken, die Ihrer Freundin neu sind. Schließlich hat jeder seine ganz eigenen Insidertipps.« Er schaute mich an mit einem Blick, der schwer zu deuten war. Nachdrücklich mit viel Tiefe, aber dennoch distanziert. Es kribbelte ganz zart in meinem Bauch, dabei hatte ich mir doch vorgenommen, mich ganz auf das Büchercafé zu konzentrieren.

»Einen schönen Tag für Sie«, verabschiedete ich ihn, und er tat, als hebe er zum Gruß seinen imaginären Hut. Begleitet war diese Geste von einem so charmanten Lächeln, dass ich seinem Blick schüchtern auswich.

Kapitel 7

Einige Tage setzten wir im *Kliffglück* rund um die Uhr alle Hebel in Bewegung, damit es mit unserem Büchercafé losgehen konnte. Inzwischen standen die Bücher, die wir als erste Auswahl zum Verkauf anbieten wollten, in den Regalen, die Annis Freund in Windeseile gebaut hatte. Auch die unzähligen Buchspenden von Lore waren schon einsortiert. Sie schafften durch ihre Vielfältigkeit und hohe Anzahl sofort ein umfangreiches Sortiment.

Außerdem hatten wir kuschelige Lesesessel ausgesucht, liefern lassen, aufgebaut und arrangiert. Wir warteten nur noch auf den Herrn, der den Kachelofen wieder in Gang bringen wollte. Wenn dies gelang, war die perfekte gemütliche Leseatmosphäre geschaffen, und die buchbegeisterten Kuchen-, Kaffee- und Teeliebhaber konnten kommen und in heimeliger Atmosphäre in die Welten ihrer Lieblingsprotagonisten abtauchen.

Das, was wir planten, sprach auch mein Leserinnenherz direkt an. Mit jedem Tag, jedem Buch, das ich in ein Regal gestellt hatte, und jeder Tasse Tee, die ich servierte, war die tief in mir verwurzelte Begeisterung für Bücher weiter herausgekitzelt worden. Ich war vor lauter Euphorie aufgetankt mit prickelnden Glückshormonen, die mir Tag für Tag Kraft für drei gaben. Anni hatte immer wieder gestaunt, mit wie viel Elan ich auch nach Feierabend noch anpackte und durch das Café wirbelte. Mir fiel es leicht, und es fühlte sich so selbstverständlich richtig an. Ich war hoch motiviert, weil ich unser Ziel, das gemütlichste Leseplätzchen der Insel zu schaffen, jederzeit vor Augen hatte.

Am Samstagabend, nachdem auch die letzten Gäste gegangen waren, schrieb Anni ein Schild, welches sie an die Tür hängte. »Sonntag erst ab 15 Uhr geöffnet.« Dann überreichte sie mir einen Umschlag. Verwirrt drehte ich ihn in meinen Händen und sah sie skeptisch an.

»Aufmachen!« Gespannt kam ich ihrer Aufforderung nach.

»Wellness-Zeit für uns zwei. Für Pool, Sauna und eine Massage als Belohnung für diese erfolgreiche Woche ist jetzt genau der richtige Zeitpunkt«, las ich laut vor. »Das ist so eine liebe Idee! Tausend Dank!« Ich freute mich riesig auf die Zeit mit Anni und fiel meiner Freundin um den Hals.

»Ein kleines Dankeschön an dich. Und gleichzeitig auch an mich.« Anni grinste breit. »Weil wir schon so oft darüber gesprochen haben, dass wir es uns einmal zu zweit so richtig gut gehen lassen wollen, habe ich nun Nägel mit Köpfen gemacht: Ich habe uns einen Wellness-Tag in einem Hotel hier gebucht. Auch das ist etwas, das hier im Winter seinen ganz besonderen Reiz hat und außergewöhnlich gemütlich ist. Das musst du erlebt haben. Mein erster Winter-Sylt-Tipp sozusagen.«

»Oh, wow! Wie cool! Ich freue mich riesig, danke!«

»Schön, das dachte ich mir. Einfach mal so ein echter Freundinnenvormittag ohne Gäste im Hintergrund oder ein klingelndes Telefon.«

»Das klingt ganz wunderbar.«

»Wir nehmen uns schöne Bücher mit, lesen, entspannen und lassen die Seele baumeln. Energie tanken, für all das, was kommt. Schon bis hierher bin ich so froh, dass du nach Sylt gekommen bist und ich diese phänomenale Idee hatte, dich aus deiner selbst aufgebauten Versenkung herauszuholen. Ohne dich wäre ich längst nicht so weit, wie wir jetzt sind. Ich habe den Arbeitsaufwand wirklich unterschätzt. Und weil wir diese Woche echt geackert haben, haben wir uns die kleine Auszeit doppelt verdient. Morgen öffnen wir erst nachmittags, sodass wir den Vormittag und die Mittagszeit mal ganz für uns nutzen können. Trudi geht zu meinen Eltern.« Sie deutete nickend auf das Kuvert in meinen Händen, und ich umarmte sie erneut.

Der Spa-Bereich des Hotels in den Lister Dünen mit Blick aufs Meer war atemberaubend. Ich blieb einen Moment lang ehrfürchtig stehen, als wir in den angenehm holzig duftenden Räumen angekommen waren. Dann schälten wir uns aus unseren flauschigen Bademänteln, legten sie auf zwei Liegen am Fenster, duschten und stiegen ins Wasser. Angenehm warm umschmeichelte es uns, und wir ließen uns tragen, tauchten ab, schwammen ein paar Züge.

»Anni, es ist traumhaft hier. Was für eine tolle Idee«, bemerkte ich, und sie lächelte.

Anni hatte recht behalten. Diese kleine Auszeit tat sofort gut. Draußen prasselte der Regen und zeichnete perfekte Kreise auf das Wasser des Außenbeckens. Die riesige Fensterfront, auf die wir zuschwammen, bot einen beeindruckenden Blick auf die winterlich karge Landschaft. Das Dünengras bog sich im Wind, und die Wärme im Schwimmbad fühlte sich noch lauschiger an.

»Ich mache das auch viel zu selten«, stellte Anni seufzend fest. »Eher nie, wenn ich ehrlich bin. Dabei könnte ich so gut hin und wieder mal eine Auszeit gebrauchen. Aber mit dir gemeinsam habe ich endlich einen echten Grund, das mal anzugehen.«

Wir schwammen langsam ein paar Bahnen, unterhielten uns, ließen uns von kräftigen Unterwasserstrudeln massieren und genossen die Wärme und Leichtigkeit im Wasser. Es war eine Wohltat, den Körper hiermit für die Anstrengungen und die unendlich vielen Schritte der letzten Tage zu belohnen und zu verwöhnen, die angespannten Muskeln zu lockern und die Aufregung im warmen Wasser abzuwaschen.

Gerade hatten wir eine Bahn in Richtung Dünenausblick gezogen. Wir waren am Beckenrand mit Blick nach draußen angekommen und legten die Arme darauf.

Plötzlich dachte ich daran, dass es eines dieser Hotels gewesen sein musste, wo sich mein Freund bis kurz vor seinem Tod vergnügt hatte. Ich spürte einen Kloß im Hals, einen dumpf drückenden Schmerz in der Magengegend. Plötzlich war die Leichtigkeit verflogen, und Blei schien an meinen Füßen zu hängen und mich nach unten zu ziehen. Eine Schwere breitete sich aus, verbunden mit einer Enge im Brustkorb, die immer dann kam, wenn ich an die letzten Tage im Leben meines Freundes dachte. Das Gefühl, welches ich nicht mehr spüren wollte und weswegen ich Sylt lange gemieden hatte, war wieder da.

Seine letzte Nachricht hallte in meinem Kopf nach.

Ich muss dir was sagen, Tilda. Es ist dringend.

Er war mir schuldig geblieben, was er mir hatte sagen wollen.

Meine Stimmung war schlagartig auf dem Tiefpunkt, aber weil ich Anni nicht die Freude verderben wollte, versuchte ich, mich davon abzulenken und das Blei an meinen Füßen loszuwerden.

»Ich ziehe noch ein paar Bahnen, okay?«

»Klar! Ich bleibe hier und genieße den Ausblick. Vielleicht lege ich mich auch gleich auf die Liege«, erklärte Anni, bevor ich mich vom Beckenrand abstieß und mit kräftigen, schnellen Zügen schwamm. Ich versuchte, die Wut und das Gefühl der Beklemmung abzustreifen. Es gelang mir einigermaßen. Mit jeder

Bahn ging es mir besser. Die Traurigkeit wich allmählich wieder aus meinem Körper.

Mit einem Lächeln auf den Lippen visierte ich eine Weile später die Treppe an.

Ich wollte gerade aus dem Wasser steigen und mich zu Anni gesellen, da sah ich, dass Annis Stammgast Oskar van Hoven den Spa-Bereich betrat. Ich zuckte innerlich zusammen.

Er erkannte mich sofort und lächelte. Höflich erwiderte ich seinen Gruß, dabei war es mir unangenehm, ihm im Bikini gegenüberzutreten. Wenn ich seinen erfreuten Blick richtig deutete, hatte er weniger Probleme damit, was ich beim Anblick seiner sportlichen Figur, die der halb geöffnete Bademantel erahnen ließ, gut verstehen konnte.

»Moin! Na, das ist ja ein schöner Zufall«, sagte ich, bemüht, mir meine Überraschung nicht ansehen zu lassen.

»Freut mich auch.« Er lächelte und trat näher.

»Ich bin zum ersten Mal hier. Meine Freundin hat uns beiden heute Vormittag freigegeben, damit wir es uns ein wenig gut gehen lassen können.«

»Eine tolle Idee. Dafür eignet sich dieser Ort hervorragend.« Er schaute sich um. »Ein schöner Grund, weshalb ich vorhin vor verschlossener Tür stand. Ich hatte mir schon Sorgen gemacht. Gut, dass alles in Ordnung ist. Aber wo ist Ihre Freundin?«

»Anni ist nebenan«, erklärte ich und deutete in die Richtung, wo sie gemütlich auf einer Liege am knisternden Kaminfeuer lag. Ich spürte prickelnde Wärme in meinem Bauch bei seinen lieben Worten.

Er hob die Hand zum Gruß, als Anni ihm zuwinkte, und machte dann eine ausschweifende Handbewegung. »Also ich kann diesen Ort hier ebenso nur empfehlen. Auch den Sauna- und den Außenbereich. Gerade zu dieser Zeit. Es ist einfach wundervoll«, schwärmte er. »Ich möchte aber nicht stören.«

Zögerlich legte er seinen Bademantel ab, und ich drehte mich zum Fenster. Ich wollte nicht, dass er sich beobachtet fühlte. Dabei ging mein Blick zu Anni. Sie war mit einer Dame auf der Liege neben sich in ein Gespräch vertieft. Ich war mir sicher, dass sie bewusst provozierte, dass wir zu zweit sprechen mussten.

»Alles gut. Meine Freundin will eh gerade ein wenig relaxen«, erklärte ich. »Sie stören nicht.« Warum hatte ich das gesagt, wenn ich mich doch am liebsten unter Wasser vor ihm verstecken würde, so nervös machte mich seine Anwesenheit in dieser Situation.

»Ich finde, wir könnten zum Du übergehen, wenn wir uns schon auf diesem Wege begegnen.« Lächelnd schaute er an sich herunter und deutete auf sein spärliches Outfit.

»Gerne. Ich bin Tilda«, stellte ich mich vor.

»Oskar, freut mich. Gerade bei diesem Wetter ist es besonders herrlich, im warmen Wasser zu dümpeln, findest du auch?« Mit einem wohligen Seufzer ließ er sich ins Wasser gleiten, und ich bemühte mich, möglichst lässig zu wirken. Dabei war mir bei diesem Geräusch eine Gänsehaut über den Rücken gelaufen, und ich war mir sicher, dass ich genau das Gegenteil von Lässigkeit ausstrahlte.

»Ich bin auch ganz begeistert«, stimmte ich ihm zu. »Wie ein kleiner Kurzurlaub für die Seele. Das tut uns auch wirklich gut nach all dem Trubel rund um den Umbau zum Büchercafé in der letzten Woche.«

»Seid ihr denn gut vorangekommen? Bei meinen Besuchen sah es so aus, als hättet ihr schon ordentlich was bewegt.«

»Wir sind zufrieden, ja. Es kann nun losgehen, und wir sind ganz gespannt.«

»Das Café hat dann heute komplett geschlossen?«

»Nachmittags öffnen wir. Wenn dir also nachher der Sinn nach einem Stück Torte und einer heißen Tasse Tee steht, bist du jederzeit herzlich willkommen.«

»Vielleicht komme ich wirklich noch vorbei.«

»Ich werde mich auch gleich mal zu Anni begeben und es mir mit meinem Buch auf einer Liege gemütlich machen.«

»Das ist eine großartige Idee. Diese Umgebung bietet sich ja geradezu an, um bei einem guten Schmöker die Seele baumeln zu lassen. Schöner kann es nur im neuen Büchercafé sein«, stellte er fest und grinste, als ich lachte.

»Danke, ja. Das hoffen wir sehr!«

»Was würdest du denn derzeit empfehlen?«

Für einen Moment spürte ich ein nervöses Flackern in meinem Bauch. Es war so lange her, dass ich jemandem eine Leseempfehlung gegeben hatte. Dann hob ich die Schultern, hielt sie kurz dort und ließ sie dann langsam wieder sinken, während ich die Luft ausstieß.

»Also für eine Empfehlung für dich habe ich zu wenig Informationen über deinen Geschmack«, erklärte ich. »Tatsächlich habe ich selbst mich einige Zeit von Büchern ferngehalten – ich brauchte mal eine Pause. Zu dem Buch, welches ich gerade lese, kann ich noch nicht allzu viel sagen, weil ich es gerade erst begonnen habe. Aber da ich die Autorin schon kenne und großartig finde, kann ich die Empfehlung eigentlich schon im Vorfeld blind aussprechen. Da macht man nichts verkehrt.«

»So viele Vorschusslorbeeren, die muss man sich wohl erst einmal verdienen. Wow! Wer ist denn die Autorin, von der du da so schwärmst?« Interessiert schaute er mich an. Mittlerweile hatte er sich neben mich an den Beckenrand gelehnt, bis zu den breiten Schultern im Wasser.

»Fenja Malé. Eine wahre Künstlerin der Worte. Sie versteht es wie kaum eine andere, Emotionen und Orte zu beschreiben. Man meint, man ist mittendrin, Teil ihrer Geschichte. Ihre Ausdruckskraft ist überwältigend. So bildgewaltig und emotional. Einfach ein Ausnahmetalent, wenn du mich fragst.« Der Blick, mit dem er mich anschaute, war kaum zu deuten. Wahrscheinlich kannte er sie und überlegte nun gerade, was mich dazu brachte, einem Mann wie ihm einen eindeutigen Frauenroman zu empfehlen. Eilig fuhr ich fort, um ein wenig zurückzurudern: »Aber das ist für dich vielleicht nicht der richtige Tipp. Ich ordne ihre Romane eher der Frauenunterhaltung zu. Sie schreibt über die Liebe, das Glück und ganz viel über tolle Persönlichkeiten, die ihre Figuren immer sind. Geschichten mit emotionalem Tiefgang. All das vor fantastischer, meist maritimer Kulisse.« Ich lächelte. »Das wiederum könnte dich als Sylt-Liebhaber vielleicht begeistern. Auch als Mann. Zwar wird der Schauplatz nie offiziell als Sylt benannt, aber alles, was sie beschreibt, lässt mich an diese Insel denken. Ich habe den leisen Verdacht, dass sie sich auch durch dieses wunderschöne Fleckchen Erde hat inspirieren lassen.«

Sein Blick hatte nun erneut dieses Melancholische angenommen, was mir schon bei unserer allerersten Begegnung aufgefallen war. Dann zuckte wieder ein Lächeln über seine Lippen.

»Also ehrlich gesagt, sind deine Begeisterung und deine Schilderungen so eindrücklich, lebhaft und voller Euphorie, dass ich schon allein deshalb versucht bin, einen Blick in die Bücher zu werfen«, sagte er. Ich war erleichtert, dass er mich nicht dafür auslachte, ihm so einen Roman zu empfehlen. »Auch wenn ich für gewöhnlich ganz andere Lektüre lese.«

»Was liest du denn?«

»Ich bin eher in der Krimiwelt zu Hause. Da gerne aber bei den regionalen Storys, die ebenso am Meer spielen. Mir gefällt die Mischung aus Lokalkolorit und Spannung.«

»Da bin ich absolut bei dir. Ich mache mir mal Gedanken über eine perfekte Empfehlung für dich.« Unsere Blicke trafen sich für den Bruchteil einer Sekunde, bis ich seinem schüchtern auswich. »Und bist du öfter hier?«, fragte ich ihn und deutete durch den Raum.

»Nein, viel zu selten. Im Sommer schwimme ich jeden Tag im Meer. Wenn möglich, bis in den Herbst hinein – solange ich es aushalte, ohne Erfrierungen zu befürchten. Im Winter mache ich dann eine Pause, weil Hallenbäder für mich einfach kein Ersatz sind. Aber heute fand ich das Wetter so wenig einladend und stimmungskillend, dass ich mir dachte, das ist der perfekte Tag für Körper-und-Seelen-Fürsorge.«

»Das usselige Wetter bietet sich dafür an, absolut.«

Er lachte, und das irritierte mich für einen Moment.

»Das Wort ›usselig‹ habe ich aber lange nicht gehört. Gefällt mir. Kommt hier im norddeutschen Raum kaum vor, oder?«

Ich spürte, wie ich leicht errötete. »Stimmt, ich denke nicht. Ich meine, das ist eher im Rheinland zu finden.« Meine Gedanken gingen zu meinem Ex-Freund, der das Wort häufig verwendet hatte. Er war aus dieser Region gewesen, und ich hatte es irgendwann von ihm übernommen.

»Und hast du auch ein Buch dabei?«, erkundigte ich mich, um das Thema zu wechseln.

Er schüttelte den Kopf. »Ich habe nur mein Notizbuch bei mir. Weil ich bald einen neuen Job beginne, halte ich darin grad ein paar Ideen und Gedanken fest. Etwas Ordnung im Kopf schaffen und so.« Er lächelte. »Was einmal aufgeschrieben ist, bleibt haften und wird nicht vergessen.«

»Du beginnst also auch einen neuen Job? Wie spannend. Das

ist ja ganz ähnlich wie bei mir. Die Sache mit dem Büchercafé ist für mich ein Neustart – wenn auch nicht vollkommenes Neuland.«

»Ach so, also hast du zuletzt in einer Buchhandlung gearbeitet?«

»Nein, zuletzt habe ich Anzeigen für ein Backmagazin verkauft. Weil das Backen und insbesondere der Kekshandel mit Anni auch ein Hobby von mir ist, hatte ich gehofft, dass es Spaß machen könnte.«

»Ein Kekshandel? Das klingt ganz wunderbar.«

»Ja, wir backen beide gerne und vertreiben über einen Onlineshop handverzierte Kekse. Dadurch, dass wir übers Internet und auf Bestellung verkaufen, konnten wir das auch über die Entfernung bereits gut gemeinsam organisieren. Ich habe bisher auf einem Dorf im Alten Land gelebt und von dort aus meinen Beitrag geleistet. In Annis Café kann man kleine Mengen unserer Kekse auch vor Ort bewerben, aber der Großteil geht über den Onlineshop. So sind wir schon lange auch beruflich miteinander verbunden und wissen, dass das gut funktioniert.«

»Toll. Wie schön, dass es hier nun auf diese Art weitergeht und du zwei Leidenschaften verbinden kannst – oder drei, wenn man die Insel dazuzählt.«

»Ich freue mich riesig darauf, ja, aber ich habe auch eine gehörige Portion Respekt davor.« Nachdenklich ging mein Blick in die Dünen. Das Grau über dem Außenpool wich an einigen Stellen goldschimmernden Sonnenstrahlen. Kurz verlor ich mich in dem besonderen Anblick der zaghaften Wintersonne.

In mir schlummerte noch immer eine Vorsicht, die ich nicht ganz abstreifen konnte. Es war weniger die Angst vor der beruflichen Herausforderung als vielmehr vor meinen Emotionen. Ich hatte vorhin bereits einen Vorgeschmack bekommen, wie hart die Erinnerung es manchmal mit einem meinte und schonungslos auf die Bühne trat, wenn man es am wenigsten erwartete oder gebrauchen konnte. Aber davon durfte ich mich nicht bremsen lassen. Offenbar spiegelte meine Mimik meine Gedanken wider, denn plötzlich sah Oskar mich stirnrunzelnd an.

»Alles okay?«, erkundigte er sich.

Zögerlich nickte ich. »Neue Wege sind immer auch herausfordernd«, erklärte ich. »Sie erfordern Mut. Geht es dir auch so?«

»Oh ja. Absolut. Aber so muss das im Leben vielleicht sein«, sagte er und sprach dann nicht weiter. Eine Weile schwiegen wir. »So, jetzt werde ich mich aber mal ein wenig bewegen und dann eine Runde in die Sauna verschwinden. Ich möchte dich und deine Freundin bei eurem Frauenvormittag nicht weiter stören. Lasst es euch gut gehen, und wir sehen uns bestimmt demnächst wieder im Café.« Ich schluckte, weil ich den Eindruck hatte, dass er mit seinen Fragen zu mir einer Antwort zu seiner Situation ausgewichen war und wenig über sich preisgegeben hatte. Offenbar wollte er nicht darüber reden.

»Ich komme auf jeden Fall noch auf die Insidertipps zurück«, erklärte ich mahnend und grinste. Er hob die Hand, lächelte und schwamm mit kräftigen Schwimmzügen davon, drehte um, und es folgte binnen weniger Sekunden die nächste Bahn.

Ich stieg aus dem Wasser, um in einer Phase, in der er gerade Richtung Fenster schwamm, nach meinem Bademantel zu angeln, den ich mir hektisch überwarf, bevor ich zu Anni ging.

»Ich habe euch extra nicht gestört«, maulte Anni und blickte enttäuscht in Richtung des Pools. Ich lachte und schüttelte den Kopf.

»In der Hoffnung, dass was passiert?«

»Ich weiß nicht … vielleicht, dass ihr knutschend am Beckenrand hängt? Und?«

»Was und?«

»Ja, habt ihr euch wenigstens gut unterhalten? Kann ja nicht allzu intensiv gewesen sein, wenn er da nun so allein weiterschwimmt.«

»So ein Quatsch. Es war sehr nett.«

Anni rollte mit den Augen. »Es war sehr nett«, äffte sie und massierte sich die Schläfen. »Toll!« Es klang schräg. »Bitte überfordere mich nicht mit all diesen ausschweifenden Erzählungen und Gefühlen«, frotzelte sie.

»Wir haben über Bücher gesprochen und darüber, dass er auch gerade einen Neustart plant.«

»So? Da seid ihr in einer ähnlichen Situation. Was macht er denn?«

Ich zuckte die Achseln. »Keine Ahnung. Er hat erst nur nach mir gefragt, und als wir auf seinen Beruf zu sprechen kamen, wollte er uns nicht länger stören und schwamm davon«, erklärte ich, selbst verblüfft über den schnellen Abgang.

»Geheimagent also?« Anni grinste, und ich winkte ab. »Na, ihr werdet hoffentlich noch genügend Gelegenheiten dazu bekommen, euch darüber auszutauschen«, bemerkte Anni, und ich nickte.

Ich schaute mich im Ruheraum um. Wir waren allein hier, und die Stille war eine Wohltat für Körper und Seele. Das Schweigen zwischen Anni und mir fühlte sich ebenso gut an, weil es ohne Worte so viel Vertrautheit beschrieb. Anni spürte, dass die Begegnung mit Oskar etwas mit mir machte, da war ich mir sehr sicher. Aber gerade, dass sie nicht weiter nachbohrte oder sensationsheischend erwartete, dass ich ihr irgendwas erzählte, war ein Zeichen echter Freundschaft. Wenn es etwas gab, das ich erzählen wollte, würde ich es tun, das wusste sie. Doch gerade musste ich meine Gefühle und Gedanken erst einmal selbst sortieren. Zu viel an Neuem prasselte auf mich ein.

»Er scheint häufiger zu schwimmen, wenn man ihn so beobachtet«, erkannte Anni.

»Ja, das hat er erzählt. Im Sommer schwimmt Oskar wohl regelmäßig im Meer.«

»Ihr seid also schon beim Du?« Nun hob Anni doch interessiert die Augenbrauen, lächelte aber sofort sanft. »Das freut mich, Liebes.« Sie lehnte sich zurück, als ich verlegen nickte, und verschränkte die Arme hinter ihrem Kopf.

»Ich mag ihn«, sagte sie nur und schloss dann die Augen. »Da muss er mir aber bitte auch das Du anbieten. Sonst bin ich beleidigt.« Sie grinste mit geschlossenen Augen, und ich lachte leise.

Dann lehnte ich mich ebenso zurück und griff nach der Tasche, die Anni neben sich stehen hatte, in der sich mein Buch befand. Ich schlug es auf und las weiter an der Stelle, wo ich aufgehört hatte.

Ich kann mir nichts vorstellen, was mich von meiner Entscheidung abbringt. Glaub mir, es fällt mir nicht leicht, einen Weg zu gehen, der mit so viel Unsicherheit und Zweifel gepflastert ist. Hierhin zu kommen hat mich einige Überwindung gekostet. Aber ich bin an dem Punkt, an dem ich mir alles so oft habe durch den Kopf gehen lassen, dass mein Entschluss steht. Ein Zurück habe ich lange nicht gesehen. Zu schmerzhaft war der Gedanke. Aber ungefähr genauso stark wie dieser Schmerz war auch die unfassbare Sehnsucht danach, wieder für etwas zu brennen. Etwas, das mein Leben ausfüllt, ihm Sinn verleiht.

Nur wenige Zeilen hatte ich gelesen, doch sie berührten mich unendlich. So stark, dass ich nicht weiterlesen konnte, sondern meinen Gedanken folgte, die aus der großen Fensterfront zu fliegen schienen, dort von den Windböen erfasst, durcheinandergewirbelt und unsortiert wieder zu mir zurückgeworfen wurden. Hier trafen sie nicht mehr meinen Kopf, sondern landeten direkt in meinem Herzen, und das verstand es, sie so zu sortieren, dass sie wieder am richtigen Platz waren.

Keine Zweifel, kein Bauchzwicken und kein Schwanken. Der Text sprach mir aus der Seele. Ich war hier auf Sylt, weil das genau das Richtige war. Lange hatte ich es nicht gesehen. Aber dass es diese Chance gab, hier etwas aufzubauen, was meinem gebrochenen Herzen helfen könnte, die musste ich nutzen. Ich würde sie nutzen und all meine Wut und Trauer in Tatendrang und Mut verwandeln. Mein Herz wusste das, und es hatte dafür gesorgt, dass meine unsicheren Gedanken dieses eine Mal die Klappe hielten.

Der Roman handelte ausgerechnet von einer Figur, die während der Weihnachtszeit ihren Partner verlor. Der Tod dieses Menschen ließ sie mit vielen unbeantworteten Fragen und einem gebrochenen Herzen zurück. Doch dann brach sie, wenn ich den Klappentext richtig deutete, zu ihrem Herzensort auf, um dort ihr Happy End zu finden.

Ja, es war ein Roman, Fiktion, schöner Schein. Und doch machte mir die Geschichte Mut, und ich fühlte mich auf besondere Weise verstanden. Es war bemerkenswert, wie sehr die Autorin die richtigen Worte zu einer fiktiven Situation fand, die mich so sehr an meine eigene erinnerte.

Ich seufzte und sah erst zu spät, dass Oskar in der Tür stand, während Anni neben mir eingeschlafen war.

»Ich wollte nicht beim Lesen stören«, erklärte er flüsternd und deutete auf das Buch. »Aber hast du Lust, noch eine Runde mit nach draußen zu schwimmen?«

Ein Schauer zog über meine Haut, der nicht nur damit zu tun hatte, dass ich sah, wie das Dünengras sich vor dem Gebäude im scharfen Wind bog, und es sicher kalt war im Außenpool. Mich machte nervös, dass wir weitere Minuten allein miteinander verbringen würden.

Ein prüfender Blick auf Anni zeigte mir ein ganz leichtes Zucken um ihre Mundwinkel. Die Augen blieben geschlossen. Ich ahnte, dass sie nicht schlief und dies so viel heißen sollte wie: »Los! Geh schon!«

»Okay. Ich habe vorhin schon gedacht, dass es herrlich sein muss, bei diesem Wetter draußen zu schwimmen. Anni schläft ja grad, sie wollte eigentlich mitkommen.«

»Wenn sie wach wird, sieht sie uns ja sofort«, erkannte er. »Dann kann sie nachkommen.« Also stand ich auf und folgte ihm.

Über den Innenpool erreichten wir den Außenbereich.

Es war einmalig, hier inmitten der Dünen die salzig-frische Meeresluft auf den Lippen zu schmecken und prickelnd auf der Haut zu spüren, nicht zuletzt, weil der Pool mit Meerwasser gespeist wurde. Der Ausblick war eindrucksvoll. Reetgedeckte Häuser nebenan, das Meer in Hörweite hinter der Dünenlandschaft. Ein Ort, an dem ich mich, eingebettet in die Besonderheiten dieser Natur, sofort wohlfühlte. Das Wasser war so angenehm warm, dass man es trotz winterlicher Außentemperaturen gut aushalten konnte. Kühl umwehte der Wind mein Haar, welches noch leicht feucht war. Dieser Kontrast der Kälte zur Wärme des Wassers war unvergleichlich. Es war ein außergewöhnliches Erlebnis. Auch weil ich die Gesellschaft von Oskar genoss. Einem Mann, dessen Nähe ich nicht scheute, sondern die sich angenehm anfühlte, was lange nicht mehr der Fall gewesen war.

»Es ist wirklich traumhaft schön hier«, stellte ich fest.

»Ich liebe es auch. Vielleicht muss ich meine Aussage von vorhin noch einmal revidieren. Das hier kommt schon ziemlich nah ans Baden in der Nordsee ran. Es hat sogar einen Vorteil: Es ist nicht ganz so frisch.« Er lachte und fuhr sich durch die Haare. Mittlerweile waren wir am Beckenrand angekommen.

»Und man läuft nicht Gefahr, auf einen Krebs zu treten«, stellte ich fest, und wir lachten beide. Ich lehnte die Unterarme auf den Rand und schloss die Augen. »Danke«, stieß ich seufzend hervor.

»Wofür?«, hakte er verwundert nach.

»Dass du mich mitgenommen hast.«

»Ich habe erst überlegt, ob ich dich von deinem Roman ablenken darf. Aber das hier ist doch eine ganz nette Alternative. Ich dachte, die Regenpause müssen wir nutzen.«

»Absolut. Das Buch läuft nicht weg. Obwohl ich es sehr genieße. Es trifft gerade genau meinen Nerv. Und es ist so fantastisch geschrieben. Solche Bücher gibt es selten.«

Oskar schaute mich einen Moment lang an, doch sein Blick ging wie durch mich hindurch. Zwar formten sich seine Lippen zu einem Lächeln, doch es erreichte nicht seine Augen. Sein Blick blieb ernst, melancholisch. Mir kam es vor, als sei er mit den Gedanken ganz woanders.

»Alles in Ordnung?«, fragte ich und zuckte gleichzeitig innerlich zusammen. Durfte ich ihm eine solch direkte Frage stellen? »Du hast so einen nachdenklichen Gesichtsausdruck«, schob ich hinterher.

Sein Blick traf meinen, er schaute mich nur an. Dieses kurze Schweigen sagte mir, dass es etwas gab, das ihn beschäftigte.

»In Ordnung? Ich hoffe es, weiß es aber selbst manchmal nicht. Ich arbeite daran. Jeden Tag.« Er lachte entschuldigend. »Sorry, das soll uns nicht die Stimmung hier verhageln.« Nun war sein Lachen aufrichtig und echt. Die feinen Fältchen, die sich um seine Augen bildeten, sahen aus wie Sonnenstrahlen.

Er deutete auf eine dunkelgraue Wolke, die wie eine finstere Bedrohung am Himmel aufzog und ein Unwetter ankündigte.

»Lass uns wieder reingehen. Kalter Regen von oben ist nicht so angenehm, selbst wenn man im warmen Wasser dümpelt. Vielleicht ist deine Freundin auch wieder wach und vermisst dich.«

»Wir schwimmen lieber rein, ja«, stimmte ich zu, und wir drehten ab. War es wirklich das Wetter, das ihn umkehren ließ, oder hatte es andere Gründe? Er war mit einem Mal so nachdenklich.

»Willst du erst mal nach deiner Freundin schauen?«

Ich reckte meinen Hals. »Auf der Liege ist sie nicht mehr. Ich nehme an, sie checkt mal den Saunabereich. Möchtest du nicht mitkommen?« Auffordernd lächelte ich ihn an, er schüttelte jedoch den Kopf.

»Ich lege mich mal ein wenig in den Ruheraum. Wir sehen uns aber bestimmt.«

»Bis dann.«

Er stieg aus dem Wasser, zog den Bademantel über und ging in den Nebenraum, wo eben noch Anni geruht hatte. Ich verließ ebenso das Becken und lief hinüber zum Saunabereich, um nach Anni zu suchen. Sie stand gerade vor dem Plan mit den Aufgusszeiten und schien zu überlegen, womit sie starten wollte.

»Hey, Tilda. Schön, dass du da bist. Ich habe mir alles schon angeschaut. Es gibt verschiedene Saunen und Ruhebereiche. Eine hat sogar Dünenblick. Wollen wir die testen?«

»Perfekt! Wo muss ich hingehen?«, fragte ich lachend.

Nach einer ausgiebigen Dusche, bei der ich mir das Salz aus dem Außenbecken von der Haut wusch, traten wir in den aufgeheizten, nach verschiedenen Ölen duftenden Raum. Sofort spürte ich, wie mein gesamter Körper entspannte, umhüllt von der Atmosphäre in diesem Raum mit der großen Fensterfront, durch die wir das nun niederprasselnde Unwetter live mitverfolgen konnten. Wie eine unsichtbare warme Kuscheldecke fühlte es sich an, hier zu sein. Fast unwirklich, als schaue man einen schönen Film.

»Saunieren ist so wertvoll«, erklärte Anni. »Glückshormone werden ausgeschüttet, und der Körper wird einmal bis in jede Faser aktiviert. Der Blutdruck wird gesenkt, der Stress minimiert. Das können wir beide gut gebrauchen, denke ich.«

»Oh ja«, stimmte ich zu. Den restlichen Saunagang genossen wir schweigend. Ich spürte, dass es meinen Körper anstrengte, hier zu sein. Jedoch auf positive Art. Ich war angenehm erschöpft, als wir uns zehn Minuten später ein Kältebad an der frischen Luft gönnten. Danach setzten wir uns in den Ruheraum mit Meerblick und tranken einen Tee.

»Das tat gut«, schwärmte Anni und wirkte entspannt. »Wie war es denn noch mit Oskar?« Sie grinste.

»Du warst doch wach vorhin, oder?«

»Und wenn? War doch sehr süß, dass er mit dir mal hinausschwimmen wollte. Romantisch!«

»Ja, das war ganz niedlich. Allerdings war er dann irgendwie merkwürdig.«

»Wieso?« Anni wirkte beinahe enttäuscht.

»Er wollte plötzlich so schnell wieder rein, kam mir mit einem Mal ganz nachdenklich vor. Er hat es auf die Unwetterwolke geschoben, aber ich bezweifle, dass es nur das war. Vielleicht habe ich was Falsches gesagt. Aber ich habe ihm nur von meinem Buch erzählt. Bin mir also keiner Schuld bewusst.« Ich zuckte die Schultern.

»Leg mal nicht alles auf die Goldwaage. Vielleicht hat er sich auch einfach nur Hals über Kopf in dich verliebt und weiß nicht, wie er damit umgehen soll. Wir wissen ja nicht, ob er frisch getrennt ist oder gar noch in einer Beziehung.« Anni hob die Handflächen, und ich sah den Schalk in ihren Augen.

Kurz verspürte ich ein albernes Zwicken in meiner Bauchgegend. »Ja, ganz bestimmt! Wahrscheinlich hätte er mir gerne einen Antrag gemacht, sich aber nicht getraut«, sagte ich, meine Stimme triefend vor Ironie. »Wir haben uns gerade zweimal unterhalten. So weit, dass da was zwischen uns passiert, ist es ja nun längst noch nicht.«

»Nee, aber es könnte sich was entwickeln«, murmelte Anni.

»Ich muss hier erst mal emotional alles für mich sortieren, bevor ich in diese Richtung denken kann. Überhaupt hier auf Sylt zu sein macht so viel mit mir«, erklärte ich. »Dieser Ort hier fordert mich ganz schön heraus – im Guten wie im Schlechten.«

»Das weiß ich. Ich will dich ja auch gar nicht drängen, aber ich habe das Gefühl, dass ihr gut zusammenpassen könntet. Alles kommt so, wie es kommen soll. Da hast du, da haben wir sowieso keinerlei Einfluss drauf, also genieß die schönen Momente.« Anni streckte ihre Hand nach meiner aus, und ich griff danach und drückte sie sanft.

»Schön, dass es dich gibt, Annimaus.«

»Dito.«

Anni zog aus ihrer Tasche wieder mein Buch heraus. »Ruheraum und Tee – da fehlt nur noch die richtige Lektüre«, riet sie mir, und ich griff danach.

»Ach, klasse! Danke dir«, freute ich mich und versank in den Zeilen. Die Seiten flogen nur so dahin.

Die Autorin beschrieb das Zaudern und Grübeln, die Zweifel daran, ob die Entscheidung, den Heimatort zu verlassen, um am Herzensort neu anzufangen, richtig war. Mir kam es manchmal vor, als lese ich meine eigenen Gedanken, die jemand anders zu Papier gebracht hatte. Sosehr mich auch die ersten Bücher der Autorin begeistert hatten, wie sehr mich dieses Buch jedoch abholte, war noch einmal viel stärker. Ich konnte nur immer wieder darüber staunen.

Plötzlich dachte ich mit Bedauern daran, dass die Buchhändlerin vermutet hatte, dass dies das letzte Buch der Autorin sein könnte. Ich überlegte, wie sehr es einen Autor oder eine Autorin wohl berühren würde, wenn sie erfuhren, was ihre Geschichte in ihren Lesern auslöste. Und würde dieses Wissen Einfluss auf eine etwaige Entscheidung über ein weiteres Buch haben? Vermutlich nicht – jedenfalls keine Einzelmeinung. Auch wenn ich mir bei der packenden, emotionalen Art, wie dieses Buch geschrieben war, gut vorstellen konnte, dass ich nicht die Einzige wäre, die in diese Richtung argumentieren und die Begeisterung über diesen Roman kundtun würde. Es gab so viele lesebegeisterte Menschen, von denen ich mir sicher war, dass sie sich für weitere Bücher ihrer Lieblingsautoren einsetzen würden.

Aber natürlich war mir klar, dass es viele Gründe geben konnte, weshalb jemand aufhörte zu schreiben, die gar nichts mit den Lesern oder dem Erfolg der Bücher zu tun hatten.

So verging der Vormittag abwechselnd mit Saunagängen und Ruhepausen bei Tee und frischem Obst. Ich fühlte mich pudelwohl und konnte richtig entspannen.

Als wir wieder zum Pool zurückkehrten, schweiften meine Gedanken zu Oskar. Er war nicht wieder bei uns aufgetaucht, und auch hier sah ich ihn nirgends. Sicher wollte er uns nicht stören. Dennoch bedauerte ich es. Anni erkannte meinen suchenden Blick über die Liegen, den Innen- und Außenpool und die Ruheräume sofort.

»Vielleicht kommt er ja später noch im Café vorbei«, versuchte sie, mich zu trösten. »Jetzt wartet aber erst mal unsere kleine Massage auf uns.« Freudig rieb sich Anni die Hände.

»Das macht den Abschied von dieser Wohlfühloase aber nicht leichter«, bemerkte ich lachend, freute mich jedoch ebenso.

Weil wir in den letzten Tagen so viel gewerkelt hatten, hatte Anni eine Handmassage für uns gebucht. Es war meine erste Handmassage, und ich war sofort begeistert. Die aromatischen Öle und der sanfte Druck der wohltuenden Bewegungen sorgten dafür, dass ich mir vorkam, als könnte ich nun wieder Bäume ausreißen. Es waren nicht nur die Hände, die sich plötzlich wie neu anfühlten. Der Masseur hatte uns erklärt, dass in der Handfläche etliche Reflexzonen saßen, über die andere Stellen im Körper aktiviert und stimuliert werden konnten. Es war, als wäre jede einzelne Zelle meines Körpers berührt und sanft angeschoben worden. Ein fantastisches Gefühl.

Tiefenentspannt und gut gelaunt fuhren wir wieder Richtung Kampen, wo mich Anni an meiner Wohnung absetzte, bevor sie selbst nach Hause fuhr. Eine halbe Stunde später wollten wir uns wieder vor meiner Tür treffen, um mit Annis Auto zum Café zu fahren.

Kapitel 8

In meiner gemütlichen Wohnung angekommen, stieg ich unter die Dusche, wusch mir die Haare und zog mich um. Voller Energie warf ich mir die Winterjacke über und trat unter die kleine Wölbung des Reetdaches, die mich jedoch nur bedingt vor dem rauen Wind schützte, der mir entgegenschlug. Ich beeilte mich, zum Gartentor zu kommen, als ich dort das Auto meiner Freundin ausmachte, und war dankbar, den Rest des Weges nicht mehr laufen zu müssen.

»Steig schnell ein. Das ist ja wirklich gruselig heute da draußen«, sagte Anni, als ich die Beifahrertür öffnete. »Da verspannt man ja sofort wieder überall.« Sie rollte die Augen.

»Das stimmt wohl. Aber wenigstens ist es trocken. Ein satter Regen bei diesem Sturm wäre wirklich der Super-GAU. Dann kommt kein Mensch zu uns ins Café.«

»Oder erst recht«, behauptete Anni. »Vielen geht es bei richtigem Schietwetter so, dass sie froh sind, wenn sie die Ferienwohnung mit gutem Grund verlassen können. Ich habe schon erlebt, dass das grausamste Wetter zu den stärksten Tagen im *Kliffglück* geführt hat.«

»Okay. Dann darf Petrus ruhig auch noch ein paar dicke Regenwolken, Donner und Blitze schicken«, scherzte ich, und Anni lachte.

»Aber bitte erst, wenn wir im Café angekommen sind«, fügte sie hinzu. »Ich habe noch eine Kiste mit Büchern im Kofferraum, die mir die Buchhändlerin vorbeigebracht hat. Es sind die Fenja Malés. Allerdings noch die Vorgängerromane. Aber da ist so ein Regenguss nicht das Richtige.«

»Da hast du natürlich recht.« Ich schüttelte mich theatralisch in meinem Sitz.

Wir hatten Glück, doch kaum fiel die Tür hinter uns und den Büchern ins Schloss, tat sich der Himmel auf, und es goss wie aus Eimern.

»Von hier drinnen ist so ein Unwetter ja unheimlich gemütlich anzuschauen«, bemerkte ich, als ich die Kerzen anzündete und dabei einen Blick nach draußen warf.

»Für uns die Chance, weitere Leckereien anzubieten und parallel fleißig neue Bücher zu empfehlen. Ich bin noch immer ganz begeistert von meiner eigenen Idee.«

»Apropos Empfehlung. Hast du zu den neuen Büchern von Fenja Malé bereits eine Info zum Lieferzeitpunkt bekommen?«

»Nein, die sind noch nicht wieder ausgeliefert. Man wartet gerade auf die dritte Auflage, sagte man mir.«

Ich nickte. »Ah ja, okay. Die Nachfrage ist wohl groß. Verständlicherweise. Der Roman ist fantastisch. Er toppt noch mal die vorherigen Bücher.«

»Stark. Und ich freue mich sehr, dass ich so was wieder von dir höre. Endlich ist dieser wichtige Teil von dir zurück. Er hat mir gefehlt. Manchmal wirktest du wie gelähmt auf mich, was dein Leserherz anging.« Matt lächelte ich. »Jetzt muss dieses Herz sich nur auch wieder dem echten Leben und der Liebe öffnen«, ergänzte Anni. »Die gibt's nämlich auch für dich. So wie in deinen Romanen.« Anni nickte energisch, und ich winkte ab.

»Weißt du, für mich ist das mit dem Büchercafé und dass ich

dafür den Schritt gewagt habe, zu kündigen, schon wie im Film. Ich will das Universum ungern überfordern und nach dem kleinen Finger ›berufliches Glück‹ gleich nach der ganzen Hand ›perfektes Leben und große Liebe‹ greifen.« Entschuldigend hob ich die Schultern.

»Es kommt, wie es soll, Liebes«, sagte Anni, und unser Gespräch fand ein Ende, als in diesem Moment die ersten Gäste hereinstolperten.

Pitschnass und händereibend standen sie im Eingang. Das Leuchten in ihren Blicken und die Freude darüber, hier zu sein, waren unübersehbar.

»Moin«, begrüßte Anni. »Geben Sie mir doch Ihre Jacken. Ich habe extra für dieses Regenwetter eine Ecke in der Garderobe eingerichtet, wo die Kleidung einigermaßen schnell trocknet.«

»Oh, das ist aber sehr aufmerksam, vielen Dank«, freute sich die Dame, und ihre männliche Begleitung nahm ihr die Jacke ab und reichte beide Kleidungsstücke Anni.

Die Gäste suchten sich einen Tisch am Fenster, und ich brachte ihnen die Speisekarten.

»Unsere heutige Tagesempfehlung ist ein cremiger Käsekuchen mit zarter Vanillenote und Puderschnee«, stellte ich vor.

Die Dame schaute mich mit großen Augen und einem verzückten Lächeln auf den Lippen an.

»Oh, ich liebe Käsekuchen. Und dazu hätte ich gerne eine Tasse *Winterwärme*. Das klingt so, als sei es jetzt genau das Richtige.« Sie machte ein Geräusch, als schlottere sie, und wir mussten beide lachen.

»Da schließe ich mich meiner Frau doch direkt an«, klinkte der Herr sich ein. »Nur hätte ich gerne die *Winterliebe*.« Ein zärtliches Lächeln folgte, das seiner Frau galt, um die er soeben wärmend den Arm legte. Die beiden älteren Herrschaften waren so rührend miteinander. Mir ging das Herz auf bei diesem Anblick.

Ich gab die Bestellung an Anni weiter, die alles vorbereitete.

Ich trat noch einmal an den Tisch und gab dem Paar einen Flyer, der das Konzept unseres Büchercafés vorstellte.

»Falls Sie Interesse haben oder Leute kennen, die gerne lesen – dies ist unser neues Angebot, was wir hier, zunächst bis zum Jahresende, präsentieren. Wir stellen aktuelle Romane, Krimis oder Bücher über die Insel zum Lesen hier vor Ort zur Verfügung, aber auch zum Kauf.« Ich deutete auf den Teil des Cafés, wo nun die Lesesessel mit Lampen neben bereits gut gefüllten Regalen standen. »Und in unserer Secondhand-Ecke finden Sie gegen eine kleine Spende sicher auch so manches Schätzchen zum Schmökern.«

»Oh, wie wunderbar! Was für eine schöne Idee. Gerade bei diesem Wetter genau das Richtige, oder wenn man nicht immer sein Buch mitschleppen, nach einem schönen Spaziergang aber noch ein wenig in gemütlicher Atmosphäre lesen möchte.« Die Frau hielt geheimnistuerisch die Hand vor den Mund. »Denn das ist unser Geheimnis: Jeder hat so seine Themen, die er nur für sich allein genießt. Mein Mann liebt das Golfen, ich das Lesen. Wo könnte das schöner sein als hier – bei gutem Kuchen? Toll!«

»Das freut mich, dass die Idee Ihnen gefällt. Wir heißen Sie jedenfalls jederzeit herzlich willkommen und freuen uns auch über Tipps, was womöglich im Angebot fehlt oder was unbedingt noch mit ins Sortiment muss.«

»Oh, da bin ich gerne behilflich. Ich komme wieder!« Sie hob den Zeigefinger und schaute gespielt ernst.

Ihr Mann scherzte: »Na, da haben Sie jetzt was angerichtet!« Er winkte mit beiden Händen ab. »Meine Golf-Zeit ist also gesichert.«

Sanft knuffte sie ihn in die Seite, und ich lächelte und ließ sie allein.

Der Gastraum füllte sich langsam. Das Mahlen der Kaffeemaschine, das Klappern der Teller und Tassen klang wie Musik in meinen Ohren, dazu der Duft des frischen Kuchens, den Anni nebenbei noch in den Ofen geschoben hatte. Ich sah, dass die ersten Leute ans Bücherregal traten und mit interessiertem Blick das Angebot in Augenschein nahmen. Einige wirkten noch unsicher, andere nahmen bereits in den Sesseln Platz und orderten dorthin ihren Tee. Genau so hatten wir es uns vorgestellt.

»Haben Sie auch schon Termine für Lesungen?«, erkundigte sich kurz vor Feierabend eine Frau, die gerade einen Roman mit einem Lesezeichen versehen ließ, um ihn sich für die abendliche Lektüre auszuleihen. Wir hatten entschieden, dass wir für die Leihbücher auch diese Option anbieten wollten. Dafür notierten wir ihre Daten in einem altmodischen Karteikartensystem. Wir wollten erst einmal sehen, wie intensiv das Angebot genutzt wurde, bevor wir uns eine professionellere Methode überlegten.

»Bisher noch nicht. Wir stehen gerade ganz am Anfang und wollen schauen, wie sich das Projekt so entwickelt.«

In dem Moment trat auch Annilen interessiert an den Tisch. »Ich hoffe, Sie haben alles gefunden, was Sie suchen?«, erkundigte sie sich.

»Oh ja! Sogar weit darüber hinaus. Aber grad kam mir noch eine Idee. Ich habe Ihre Kollegin soeben gefragt, ob es schon Lesungstermine gibt. Eine Lesung in diesem Ambiente wäre doch eine großartige Möglichkeit, um etliche Leute erst auf Ihr Angebot aufmerksam zu machen. Darüber sollten Sie unbedingt nachdenken. Werbung dafür könnten Sie in den Boutiquen machen und an den Werbewänden an den Strandübergängen.« Sie machte mit den Händen eine Bewegung, als streiche sie über eine Plakatwand. »Ich sage Ihnen, dann geht das hier rund.« Sie lachte, als sie meinen fast schon erschrockenen Blick sah. Anni nickte und lächelte.

»Das ist eine wunderbare Idee, absolut.«

»Ach, das wäre traumhaft. Ich sage Ihnen, die Leute werden in Scharen hierherkommen. Entschuldigen Sie. Da gehen mit mir schon die Pferde durch. Aber weil ich selbst so häufig Gast bei derlei Lesungen bin, wollte ich meinen Gedanken unbedingt kundtun.«

»Das ist superlieb und hilfreich. Vielen Dank dafür. Ich schreibe das für uns auf jeden Fall auf die Agenda.«

»Mein Name ist Ute Lorsig. Gerne einfach Ute«, stellte sie sich vor. »Wir werden uns hier nun ganz bestimmt häufiger sehen. Ich vermiete Ferienwohnungen auf der Insel. Da könnte ich übrigens auch ganz wunderbar Werbung für Sie machen.«

»Ich bin Tilda. Freut mich. Das wäre ganz fantastisch. Herzlichen Dank.«

Der Tag verging schnell. Ehe wir uns versahen, saßen wir am Abend in Annis kleiner Wohnung und belohnten uns mit einem leckeren Essen.

Ich hatte aus allem, was Annis Kühlschrank hergab, ein Gericht gezaubert. So genossen wir ein vortreffliches Drei-Gänge-Menü aus Bruschetta, Nudeln mit einer fruchtigen Tomatensoße sowie einem kleinen Snack aus frischem Parmesan und Wiesenkräuter-Käse als Abschluss. Zur Feier des gelungenen Tages gönnten wir uns jeweils eine Weinschorle. Trudi hatte den Tag bei Annis Mutter verbracht und deren Garten unsicher gemacht, sodass sie zufrieden und erschöpft in ihrem Körbchen schlief.

Auf Annis ausgesessenem, aber gerade deshalb urgemütlichem Sofa, angelehnt an meine beste Freundin, kuschelte ich mich in die Kissen und merkte, wie meine Augenlider schwer wurden. »Ich könnte hier direkt einschlafen«, erkannte ich, und Anni strich mir über den Oberarm. »Kannst gerne bleiben«, sagte sie.

»Klingt verlockend«, gab ich zu. »Aber ich hab nichts dabei und möchte morgen ja auch in frischer Kleidung im Café stehen. Ich mache mich gleich mal auf den Weg. Ich danke dir, meine Liebe. Hättest du nicht diese tolle Idee gehabt und an mich gedacht – ich säße noch immer allein im Homeoffice und würde auf das Wunder warten, das höchstwahrscheinlich nie eingetreten wäre.«

»Das will ich so nicht sagen. Aber ich bin fest davon überzeugt, dass es für dich besser ist, du wartest hier auf Sylt darauf und ebnest ihm aktiv den Weg. Und das bekommst du bisher ganz fantastisch hin.«

»Es macht so viel Freude«, erklärte ich.

»Schön, dass du das sagst. Mir fallen Steine vom Herzen. Du bist nun mal durch und durch eine Büchernärrin. Das spüre ich gerade mehr denn je.« Sie lächelte liebevoll. »Was mir nicht mehr aus dem Kopf geht, ist der Tipp mit den Lesungsterminen. So etwas sollten wir unbedingt planen. Eine Themen-Lesung von einer cozy Winter-Weihnachtsstory, in unserem Café am Ofen bei Kerzenschein, leckerem Kuchen und Tee – das kann nur großartig werden. Und du hast Erfahrung darin. Schließlich kamen zu deinen Veranstaltungen im Herzensbuch sogar Leute aus Hamburg.«

»Oh ja, das stimmt. Es hat mir riesigen Spaß gemacht, das zu organisieren. Wir müssen nur schauen, was uns das kosten würde. Wenn wir am Ende draufzahlen, haben wir nichts gewonnen, fürchte ich.« Ich war noch vorsichtig, gerade weil ich den Aufwand kannte, der hinter gut geplanten Lesungsabenden stand.

»Ja, das müssen wir vorher durchrechnen, aber zusammen mit dem Verkauf von Speisen und Getränken müsste das doch gut planbar sein. Ich stelle mir einfach vor, dass Autorinnen und Autoren, deren Bücher einen Bezug zur Insel haben, sicher ein besonderes Interesse daran haben könnten, hier vor passender Kulisse zu lesen.« Anni drückte mich erneut an sich. »Aber eins nach dem anderen, Liebes. Wir schreiben uns das alles auf und machen Pläne, die wir Stück für Stück zum richtigen Zeitpunkt umsetzen können. Womöglich wird das mit dem Büchercafé ja nicht nur was Saisonales, sondern wir bleiben dabei und weiten das Konzept aus.«

Ich seufzte. »Es wäre traumhaft, ja. Es fühlt sich hier alles bisher so gut an. Das hab ich echt kaum für möglich gehalten. Meistens komme ich gar nicht dazu, traurige Gedanken zuzulassen. Ich kann endlich wieder frei leben, ohne ständig an Tim, seinen Tod und die vielen Lügen erinnert zu werden. Und das, obwohl ich hier auf Sylt bin, wo alles geschah. Die Angst vor der Insel, die mich am Anfang hat zögern lassen, war völlig unbegründet.«

»Du glaubst nicht, wie froh ich darüber bin. Ich wusste ja auch nicht hundertprozentig, ob ich mit meinem guten Gefühl recht behalten würde, wenn du hier vor Ort bist. Aber hier bist du eben einfach nur Tilda, die backende Buchhändlerin, die etwas Großartiges mit mir aufzieht, die Bücher und Geschichten liebt, und dein Strahlen lässt noch nicht einmal die Überlegung zu, dass du echt viel Scheiß durchmachen musstest.« Anni blickte mich mit einem Lächeln an, welches so viel Fürsorge und Verständnis ausstrahlte, dass mir auch im Innern warm wurde und ich mich in dieses Gefühl und in den Arm meiner Freundin kuschelte.

»Du tust mir so gut, Anni. Danke, dass du für mich da bist, und auch, dass du nicht jedem hier meine Geschichte umgehängt hast oder so. Das bedeutet mir echt viel.«

»Wo denkst du hin? Sie gehört zwar zu dir, aber außer dir geht sie auch niemanden etwas an – jedenfalls nicht, wenn du das nicht möchtest.« Sie zögerte einen Moment, dann sagte sie: »Ach komm, es ist gerade so gemütlich. Ein Glas noch, bevor du gehst.«

Sie hatte recht, und so saßen wir noch eine Weinglas-Länge im Kerzenschein auf Annis Sofa, bis ich mich widerwillig auf den Weg durch die schneidende Kälte machte. Anni hatte Trudi auch kurz vor die Tür gelassen, während ich mir die Schuhe angezogen hatte. Doch zu mehr als einem schnellen Pipimachen war sie nicht bereit gewesen und direkt wieder ins Haus getapst.

»Rufst du mich gleich an, wenn du angekommen bist? Oder schreibst eine kurze Nachricht?«, rief Anni mir noch hinterher.

»Klar. Zum Glück ist es ja nicht weit«, beruhigte ich sie, auch wenn mir der Gedanke an den Gang durch die eisige Winterluft nach dem gemütlichen Abend auf dem warmen Sofa missfiel.

»Stimmt. Aber dunkel und ungemütlich.«

Ich winkte ihr noch einmal zu und stapfte los, dem Wind entgegen.

Den ganzen Heimweg über hatte ich mich so darauf gefreut, mich unter meine Daunendecke zu kuscheln und die Augen zu schließen. Doch jetzt, als ich es endlich geschafft hatte, lag ich hellwach im Bett. Die Kälte hatte mich offenbar noch einmal so sehr wachgefröstelt, dass an Schlafen nicht zu denken war. Also griff ich zu meinem Buch. Vielleicht würde mich das müde werden lassen.

Wie heute Morgen zogen mich schon die ersten Sätze in die Geschichte hinein und sorgten für ein wohliges Gefühl in mir. Allerdings waren die Thematik, die Emotionen und Erinnerungen der Protagonistin so nah an meinen und beschäftigten mich so intensiv, dass an Schlaf weiterhin nicht zu denken war.

Es hatte keinen Sinn, entschied ich, als die Uhr weit nach Mitternacht zeigte, und legte das Buch weg.

Wieder überlegte ich, der Autorin meine Gedanken zukommen zu lassen. Ich war mir sicher, dass sie sich darüber freuen würde, wenn sie erfuhr, was ihr Buch bei mir ausgelöst hatte. Dass Leser Autoren persönliche Zeilen schrieben, war dank Social Media sicherlich keine Besonderheit mehr. Oder kamen die wirklich wichtigen, persönlichen Nachrichten in dieser schnelllebigen Zeit ganz besonders zu kurz?

Ich suchte in den Netzwerken, in denen ich angemeldet war, ob ich einen Account von Fenja Malé fand. Ich war selbst nicht sehr aktiv auf diesen Plattformen. Beobachtete lieber oder ließ mich von anderen inspirieren.

Leider verlief meine Suche erfolglos. Mir wäre es ganz recht gewesen, hier unter meinem anonymen Nutzernamen die Nachricht zu verfassen. Seit ich nach Tims Unfall so viel Aufmerksamkeit bekommen hatte, nutzte ich gerne die Anonymität, wenn ich mit fremden Leuten Kontakt aufnahm. Andererseits wollte ich mit der Autorin einen persönlichen Kontakt, ihr etwas Persönliches von mir erzählen. Also war es wahrscheinlich nur fair, wenn ich auch mit meinem Namen auftrat, überlegte ich.

Ich fand auf der recht sachlich gehaltenen Homepage der Autorin eine E-Mail-Adresse.

Dorthin wollte ich meine Nachricht schicken und begann zu tippen.

Liebe Frau Malé,
als Buchhändlerin weiß ich Ihre fantastischen Romane seit vielen Jahren zu schätzen.
Nach einer schweren Zeit in meinem Leben habe ich mich von meinem Job und den Büchern zurückgezogen. Besonders Romane mit

glücklichem Verlauf voller Liebe und Herzschmerz samt Happy End konnte ich kaum ertragen, weil sich mein eigenes Leben davon so meilenweit entfernt angefühlt hat. Ich verlor die Verbindung zu meiner Leidenschaft für das geschriebene Wort.

Die Idee meiner besten Freundin, auf Sylt ein Büchercafé zu eröffnen, hat mich wachgerüttelt aus diesem Dornröschenschlaf. Die Entscheidung, dieses Projekt gemeinsam mit ihr umzusetzen, hat mich dazu gebracht, mich endlich wieder einem Roman zu widmen. Es ist ein Roman aus Ihrer Feder. So groß der Respekt davor war, einzutauchen in eine heile Welt voll wohlwollendem Schicksal und Glück, so groß ist nun die Freude darüber, dass es genau das nicht ist. Es fühlt sich gut an, einer Protagonistin zu folgen, deren Probleme, Ängste und Gefühle so sehr den meinen gleichen. Ich hätte mir niemals erträumen können, dass ich mich mit einem Buch jemals wieder so wohlfühle, wie ich es mit Ihrem neuesten Werk tue.

Mir liegt es am Herzen, Sie das wissen zu lassen. Mit dem, was Sie schreiben, berühren Sie mein Innerstes. Es mag belanglos erscheinen, dass ich wieder zum Lesen gefunden habe. Aber mir bedeutet es die Welt – eine Welt, die ich mir selbst verschlossen hatte, aus Angst, was ich darin finden könnte. Lesen gehört für mich zu den wichtigsten Dingen im Leben.

Ich bin Ihnen sehr dankbar für Ihren letzten Roman, der für mich bei Weitem all Ihre vorherigen Geschichten übertrifft, die ich damals ja auch schon so sehr geliebt habe.

Stünde es mir zu, Sie um etwas zu bitten, wäre das, dass Sie niemals aufhören mit dem Schreiben. Ich weiß, dass es vielen Menschen unendlich fehlen würde, Ihre Bücher lesen zu können.

Mit einem großen Dankeschön und den besten Wünschen für Sie
    Tilda Niehus

Ich las den Text noch einmal und war zufrieden. Er war persönlich, emotional und doch nicht zu aufdringlich. Dann schickte ich ihn ab. Ich erwartete nicht, dass ich eine Antwort bekam, aber darum ging es mir auch nicht. Es fühlte sich einfach richtig an, der Autorin meine Gedanken zu schreiben. So wie ein Blick in die strahlenden Gesichter unserer Gäste im Café mir zeigte, dass meine Arbeit wertgeschätzt wurde, würde auch meine Mail bei der Autorin für ein gutes Gefühl sorgen. Davon war ich überzeugt.

Kapitel 9

Der nächste Morgen im Café war trubelig. Der Ofenbauer hatte mit ersten Instandsetzungsarbeiten begonnen. Er hatte uns versprochen, dass nur wenige Handgriffe nötig waren, damit der Kachelofen das *Kliffglück* bald wieder mit wohliger Wärme und Gemütlichkeit erfüllen konnte. Allerdings bedeuteten seine Arbeiten ein wenig Dreck und Unordnung, und wir mussten einige Tische beiseiterücken, was die Plätze für die Gäste reduzierte. Deshalb hatten wir etwas weniger zu tun, mussten jedoch auch einige liebe Besucher vertrösten.

Gerade waren alle Tische besetzt, als die Tür aufging und Oskar eintrat.

Ich merkte, wie Freude in mir aufflammte, als ich ihn sah. Den Reißverschluss der dicken Jacke bis unters Kinn hochgezogen, nahm er die Mütze ab und fuhr sich durch das volle, braune Haar.

»Moin«, sagte ich, als sein Blick suchend durch den Raum ging und an mir hängen blieb.

»Moin«, erwiderte er, und in seinen Augen erkannte ich Freude darüber, dass wir uns wiedersahen.

»Wenn ich ehrlich bin, weiß ich gerade nicht so genau, wo ich dich hinsetzen soll.« Bedauernd ging mein Blick durch den Raum.

»Oh, der Ofen wird wieder aktiviert! Das ist ein schöner Grund, warum ich heute den Terrassenplatz bekomme«, lachte er.

»Nee«, wiegelte ich ab. »Da finden wir eine schönere Lösung.«

Ich ging zu einem der Lesesessel mit Tisch, wo es sich Ute Lorsig mit einem Buch gemütlich gemacht hatte, die Frau, die am Vortag nach den Lesungen gefragt hatte. Sie hatte ihren Kuchen bereits aufgegessen und nippte nur noch ab und zu an ihrem Tee, während sie tief versunken las.

»Entschuldige, Ute, wäre es möglich, dass der Herr sich hier an den Tisch setzt, solange kein eigener Tisch frei ist? Ich würde einen Stuhl dazustellen. Wenn das für dich in Ordnung ist. Wir haben aufgrund des Kaminbauers heute weniger Platz.«

»Sie würden mir eine große Freude machen«, sagte Oskar über meine Schulter hinweg, und ich spürte seinen Atem an meinem Hals. Ich drehte mich zu ihm um und blickte direkt in seine Augen. Meine Knie wurden weich.

»Aber selbstverständlich«, erklärte Ute und lächelte. Sie deutete auf den leeren Platz am Tisch. »Ich bin sowieso bald durch. Musste nur heute direkt wiederkommen und weiterlesen.« Sie kicherte freudig und klopfte auf den Buchrücken. »Und das nächste Mal hoffe ich, dass ihr schon weitergekommen seid in Sachen Lesung.« Sie hob gespielt mahnend den Zeigefinger. »Dann kann ich das auch meinen Gästen erzählen. Wenn sie die Ferienwohnungen beziehen und ich die Schlüssel übergebe, werde ich immerzu nach Programm für Regentage gefragt. Neben dem Büchercafé an sich wäre hier eine Lesung doch ganz besonders schön. Aber ich wiederhole mich.« Wieder ein Kichern.

Oskar, der sich bereits einen freien Stuhl organisiert hatte, war wieder zu uns getreten.

»Moin«, begrüßte er die Frau freundlich. »Danke, dass ich mich zu Ihnen gesellen darf.«

»Sehr gerne. Moin.« Sie machte eine einladende Handbewegung, und Oskar setzte sich.

»Wie immer?«, erkundigte ich mich, und er nickte.

»Danke.« Für den Hauch einer Sekunde stellte ich mir vor, dass ich gerne allein mit ihm wäre, träumte mich in das Außenbecken des Spa-Hotels. Dann fing ich mich wieder und ging zur Kaffeemaschine.

Das Stück Torte hatte Anni schon vorbereitet, und ich konnte die Bestellung für Oskar direkt servieren.

»Herzlichen Dank.«

»Guten Appetit«, sagte ich und wurde bereits zum nächsten Tisch gerufen.

Zwischendurch sah ich am Bücherregal nach dem Rechten, stellte alles wieder ordentlich hin, während Anni noch letzte Details mit dem Ofenbauer besprach.

Oskar hatte seinen Laptop wieder dabei und war vertieft in irgendwelche Dokumente und Tabellen. Konzentriert hatte er die Stirn in Falten gelegt. Er schaute kaum von den Sachen auf, die er las und eingab, außer, um sich aus der Karaffe Wasser, die er bei Anni zum Tee geordert hatte, hin und wieder etwas zu trinken einzuschenken. Einmal sprach er mit Ute. Sie unterhielten sich angeregt, und es schien um Bücher zu gehen. Kurz darauf verabschiedete sie sich, teilte mir aber noch mit, dass sie ihr Buch beendet, ein neues jedoch bereits ausgesucht hatte. Ihr Sitznachbar hätte sie perfekt beraten, schwärmte sie.

Ich freute mich darüber, weil ich wusste, dass Oskar sich gut auskannte und es ihm sicher Freude machte, sich über Bücher auszutauschen. Aber vor allem begeisterte mich das Zusammenkommen der Menschen. Die Gespräche, über die sie einander und neue Geschichten kennenlernten und sich über ihre Lieblingsbücher unterhielten. Genau so hatten wir es uns in unserer Wunschvorstellung für das Büchercafé ausgemalt. Mein Herz machte einen vergnügten Sprung. Es lief wirklich alles hervorragend an.

Nachdem Oskar rund zwei Stunden gearbeitet hatte, lehnte er sich zurück und massierte sich die Schläfen.

»Noch einen Kaffee? Oder ist dir eher nach einem Feierabendbier zumute?«, fragte ich und grinste.

»Oh, danke. Wenn ich noch mehr Kaffee trinke, finde ich bis übermorgen nicht in den Schlaf.« Er lachte.

»Dann vielleicht noch ein Wasser, einen Tee oder ein Erfrischungsgetränk?«

»Gerne einen Tee. Etwas Fruchtiges mit einem Hauch Weihnachten wäre fantastisch. Und eine Minute Zeit, wenn das machbar ist? Der Platz mir gegenüber ist grad frei.« Er deutete auf den leeren Sessel.

Mein Herz klopfte aufgeregt. Nervös wischte ich meine Hände an der Backschürze ab und schaute mich nach Anni um.

»Ich kläre das mit meiner Freundin, okay? Ich kann sie in dem Trubel nicht allzu lang allein lassen. Aber den Tee kann ich direkt zusagen.«

Er lachte. »Alles klar.«

Mit eiligen Schritten lief ich in die Küche, wo Anni gerade am Kühlschrank stand.

»Anni, ich weiß nicht, was ich machen soll. Oskar fragt, ob ich eine Minute Zeit für ihn habe.«

»Ja, und?« Anni machte eine Handbewegung, als scheuche sie mich zu ihm. »Nichts wie los!«

»So mitten im Café?«

»Was meinst du denn, was er mit dir vorhat?« Anni riss die Augen weit auf.

»Du hast so recht. Entschuldige, ich bin ganz durcheinander.«

Anni lächelte liebevoll. »Alles gut! Ich mag das.« Sie nickte energisch und schob mich aus der Küchentür in Oskars Richtung, der zum Glück mit dem Rücken zu mir saß.

»Ach ja, und einen Früchtetee mit Weihnachtsgefühl.« Ratlos schaute ich Anni an.

»Darum kümmere ich mich.« Sie lächelte. Also holte ich tief Luft und trat wieder zu Oskar an den Tisch.

»Meine Freundin bringt gleich den Tee«, erklärte ich und setzte mich in den frei gewordenen Lesesessel.

»Ich freue mich, dass du Zeit hast.« Oskars Blick war ernst, aber freundlich. »Die Dame, die hier saß, ist so begeistert von eurem Konzept. Ihr dürft sehr stolz sein.« Anerkennend nickte er.

»Danke dir, das freut mich. Ich habe mich gestern schon mit ihr unterhalten. Sie vermietet hier wohl Ferienwohnungen und schlug vor, neben dem, was wir jetzt auf den Weg gebracht haben, auch Lesungen anzubieten.« Ich hob fragend die Schultern.

»Und?«

»Nun, das müssen wir mal in Ruhe kalkulieren. Es ist bestimmt eine schöne Sache, aber es muss sich auch lohnen«, antwortete ich ausweichend.

»Das stimmt. So was ist ja auch mit Kosten und hohem Organisationsaufwand verbunden«, stellte er fest.

»Du kennst dich aus?«

»Das wäre übertrieben«, antwortete er. »Aber schon recht bald muss ich mich intensiver damit befassen. Es wird in meinem neuen Job zu meinem Aufgabengebiet gehören, Lesungen zu organisieren.«

»Echt? Da ist ja klasse.«

»Viele Buchhandlungen managen das natürlich selbst. Das sind vielleicht auch die persönlichsten und individuellsten Events. Nicht jedes Unternehmen kann das aber nebenher leisten. Ich werde für eine Firma arbeiten, die Auftritte von Akteuren aus

Kunst und Kultur organisiert, darunter dann auch Autoren. Etliche Agenturen und Verlage stehen mit der Firma, in der ich beginne, im Kontakt, wenn diese Lesereisen für ihre Autorinnen und Autoren planen. Genauso kümmere ich mich jedoch zum Beispiel auch um den Auftritt des Weihnachtsmanns bei einer großen Firma für Lebensmittel.« Er lachte, als er meinen verwunderten Blick bemerkte. »Ich bin einfach für die Eventorganisation zuständig.«

»Verstehe. Das klingt interessant und vielfältig.«

»Ich habe auch den Eindruck, dass ich da vielerlei Bereiche kennenlernen werde. Das reizt mich besonders daran.«

»Das glaube ich dir. Darf ich dann vielleicht auf deine Unterstützung zurückkommen, wenn wir hier die ersten Lesungen gehalten haben und es einschlägt wie eine Bombe? Ich bin mir sicher, dass da professioneller Rat nur helfen kann. Und wenn es wirklich so erfolgreich ist, können wir es uns vielleicht bis dahin sogar leisten, die Orga abzugeben.«

»Ich freue mich, wenn wir weiterhin voneinander hören«, antwortete Oskar. »Deswegen wollte ich auch mit dir sprechen.«

Mein Puls raste, und ich war aufgeregt, gespannt, was nun kommen würde.

»Weil du das erste Mal im Winter auf Sylt bist und so für die Insel schwärmst, würde ich mich freuen, dir ein paar der Besonderheiten, die ich hier so liebe, zu zeigen. Vielleicht gefallen sie dir auch. In den nächsten Wochen habe ich noch etwas Zeit, bevor mein Job offiziell beginnt.«

»Das klingt nach einem wunderbaren Plan«, stellte ich betont lässig fest, spürte gleichzeitig aber prickelnde Nervosität in meinem Bauch.

»Der Tag im Spa war doch bereits ein guter Start. Wenn du dir in der nächsten Zeit hier und da ein paar Minuten frei halten kannst für eine Fortsetzung in Form eines Strandspaziergangs oder um eine Kleinigkeit mit mir essen zu gehen, würde ich mich sehr freuen.«

Wärme stieg kribbelnd in mir auf, und ich spürte, wie Röte meine Wangen überzog.

»Klar, also, gerne. Ich freue mich auch«, stammelte ich.

»Was für ein Glück, dass wir uns noch so kurz vor meinem Neustart über den Weg gelaufen sind. Da freue ich mich doppelt über die freie Zeit und kann mich ganz nach deinen Arbeitszeiten richten.« Oskars Blick haftete an meinen Augen, und ich nickte.

»Ja.« Mehr wollte ich nicht sagen, zu verrückt fühlte sich das alles für mich an.

In diesem Moment trat eine Frau an das Bücherregal und blickte sich ratlos um.

»Ich glaube, deine Hilfe ist gefragt«, erkannte Oskar.

»Entschuldige«, sagte ich, stand auf und trat neben sie.

»Darf ich Ihnen etwas empfehlen, oder suchen Sie ein bestimmtes Buch?«

»Oh, wie aufmerksam. Ich suche tatsächlich ein Buch. Es geht um den neuen Roman von Fenja Malé. Haben Sie den?«

Bedauernd hob ich die Hände. »Noch nicht. Die nächste Auflage ist im Druck, hat man uns mitgeteilt. Ich rechne täglich damit«, erklärte ich.

»Wie schade. Aber dann schaue ich einfach häufiger vorbei.« Sie lächelte freundlich.

»Meinen Sie diesen?«, hörte ich da plötzlich Annis Stimme. Sie kam mit einem Buch auf uns zu. »Die Buchhändlerin hat gerade das Paket mit den neuen Exemplaren vorbeigebracht. Sie sind ein Glückspilz.«

»Sieht ganz danach aus«, bestätigte die Frau und hielt begeistert die Hände nach dem Buch auf. »Danke! Das kaufe ich direkt und beginne gleich hier mit dem Lesen.«

»Sehr gern. Viel Freude mit dem Buch«, wünschte Anni und ging wieder hinter den Tresen.

»Setzen Sie sich gerne in den Lesesessel«, bot ich der Frau meinen Sitzplatz gegenüber von Oskar an. Für den Bruchteil einer Sekunde sah ich Enttäuschung in seinen Augen aufblitzen, doch dann warf er mir ein verständnisvolles Lächeln zu. Ihm war sicherlich klar, dass es für mich selbstverständlich war, meinen Sitzplatz für einen Gast freizugeben.

Mein Blick fiel auf einen Krimi, der ebenfalls in der Bücherkiste von der Buchhändlerin steckte und von dem ich mir bereits überlegt hatte, ihn Oskar zu empfehlen.

»Hier, diesen Krimi wollte ich dir empfehlen. Du fragtest doch neulich nach einem Tipp.« Ich hielt ihm das neue Buch entgegen. »Ich muss mal wieder was tun«, erklärte ich Oskar, der mir einen Zettel entgegenhielt. Es war eine Seite aus seinem Notizbuch, auf die er seine Telefonnummer notiert hatte.

»Natürlich, mach das. Danke für deine Gesellschaft und den Buchtipp. Und wenn sich mal eine Pause ergibt, melde dich«, sagte er und lächelte.

»Gerne. Ich freue mich schon jetzt darauf.« Ich steckte den Zettel in meine Tasche, und noch ehe die Röte in meinem Gesicht erneut aufflammen konnte, wirbelte ich bereits zum nächsten Tisch und nahm eine Bestellung auf.

»Naa«, raunte Anni mir zu, als ich neben sie an die Kaffeemaschine trat. Ich spürte ihren neugierigen Blick von der Seite und konnte mein Dauergrinsen nicht verbergen.

»So süß. Ich freue mich, dich auf genau diese Weise lächeln zu sehen, Tilda«, sagte sie ganz leise.

»Das weiß ich, Anni. Könnten wir nicht bitte jetzt einfach mit einer Weinschorle auf dein Sofa wechseln und quatschen? Danach wäre mir gerade zumute.«

»Ein bisschen dauert es leider noch«, erklärte Anni bedauernd und grinste dabei.

»Aber wenn du eine Pause brauchst – jederzeit! Falls du mit Oskar eine Runde spazieren gehen möchtest oder so. Ich hab das sonst hier ja auch irgendwie gewuppt. Ich schaffe das schon!«

»Nee, nee! Kommt gar nicht infrage, ich hatte eben schon ein schlechtes Gewissen. Jetzt bin ich da und will dir helfen. Das hat Priorität.«

Und ich sollte recht behalten, wie sich in den nächsten Stunden zeigte. Den Cafébetrieb hätte Anni wahrscheinlich allein hinbekommen, das war sie gewohnt, auch wenn es an diesem Tag ziemlich gut besucht war. Aber mit den Abläufen rund um die Bücher, den Beratungen, dem Verleih, Reservierungen und vor allem dem Verkauf, bei dem wir uns an den Leitfaden der Buchhandlung hielten, mussten wir uns erst einmal vertraut machen. Auch inhaltlich hatten einige Gäste Fragen zu den Büchern. An dieser Stelle merkte ich, dass ich zu lange kaum gelesen hatte. Schnell wurde mir klar, dass ich in den nächsten Tagen und Wochen mein Lesepensum erhöhen und mich wieder in die aktuellen Titel einfinden musste, damit ich meinen eigenen Berateransprüchen gerecht werden konnte.

»Ich bin doch sehr froh, dass du die ganze Zeit hier gewesen bist«, gab Anni am Ende des Tages zu und strich sich theatralisch den Schweiß von der Stirn. »Wenn das so weitergeht, sehe ich uns schon im Sommer mit Lesungen auf der Terrasse und laufend ausgebuchten Tischen.« Annis Blick war schwärmerisch und voller Euphorie. »Am Ende müssen wir noch Reservierungen einführen.«

»Mir hat der Tag auch echt Freude gemacht. Aber jetzt bin ich

k. o. Das Sofa ruft! Nur noch ein wenig lesen. Alt werde ich wohl nicht mehr heute Abend.« Als wollte mein Körper meiner Aussage Nachdruck verleihen, gähnte ich genau in diesem Moment.

»So sieht es bei mir auch aus. Ich bin einfach nur froh, wenn ich bald schlafen kann«, sagte auch Anni. »Schon die abendliche Runde mit Trudi fordert mich heute heraus. Ich bin dankbar, dass Lore sie mittags mit Hugo mit ans Meer genommen hat. Da hat sie ordentlich Bewegung bekommen. Die beiden lieben sich.«

Wir räumten noch auf und kümmerten uns darum, dass alles wieder ordentlich und für den nächsten Arbeitstag bereit war. Das ging schnell, weil wir auch im Tagesgeschäft schon versuchten, darauf zu achten, dass nicht allzu viel liegen blieb.

Als ich gerade meine Wohnungstür hinter mir ins Schloss zog, sah ich auf meinem Handy, dass eine E-Mail eingegangen war. Der Absender war Fenja Malé. Plötzlich war ich ganz aufgeregt, doch ich zwang mich dazu, das Handy zur Seite zu legen. Die würde ich gleich ganz in Ruhe lesen, wenn ich es mir gemütlich gemacht hatte.

Schnell schlüpfte ich in einen bequemen Hausanzug und dicke Socken. Dazu machte ich mir einen Tee und kuschelte mich auf das Sofa.

Unter einer flauschigen Decke und in die weichen Kissen gelehnt, öffnete ich die Mail und begann zu lesen.

Liebe Frau Niehus,
ich möchte mich ganz herzlich dafür bedanken, dass Sie mir Ihre so persönlichen Zeilen haben zukommen lassen. Sie berühren mich, und ich freue mich sehr darüber.
Es ist eine Ehre, so wertschätzendes und tolles Feedback zu erhalten, und die Tatsache, dass mein Buch Sie wieder in die Lesewelt geholt

hat, ist keinesfalls belanglos.

Was soll sich eine Autorin mehr wünschen als das?

Worte sollten beim Schreiben aus dem Herzen zu Papier gebracht werden, wo sie auf Menschen treffen, auf deren Herz sie wirken. Mir scheint, als sei das gelungen, und das ist wundervoll. Besonders weil dies Zeilen sind, die auch für mich in Zeiten entstanden sind, die nicht leicht waren. Für mich als Autorin ist das ein Geschenk.

Lassen Sie mich gerne wissen, wie Ihnen der weitere Verlauf des Romans gefällt. Es interessiert mich brennend, zu erfahren, was Sie besonders begeistert. Ob es die Orte sind, die Figuren oder etwas ganz anderes, das Sie berührt – schreiben Sie es mir gerne.

Ich bin sehr gespannt und freue mich darauf.

Herzlichst

  Fenja Malé

Echte Freude über die Nachricht kroch kribbelnd in mir auf. Ich hatte zwar nicht ernsthaft erwartet, dass ich eine Antwort auf meine Mail bekommen würde, es insgeheim aber gehofft.

Kurz schwankte ich, ob ich direkt wieder antworten sollte oder ob das aufdringlich wirkte. Dann aber dachte ich, dass es einfach authentisch wäre. Meine Freude war groß, warum also sollte ich nicht dazu stehen und das die Autorin direkt wissen lassen.

Liebe Frau Malé,

Sie haben mir eine große Freude damit gemacht, dass Sie mir auf meine E-Mail so persönlich geantwortet haben. Ich kann mir vorstellen, dass Sie derzeit viele Nachrichten zu Ihrem neuesten Roman erreichen.

Heute kamen die neuen Auflagen in unserem Büchercafé an, und ein Gast fragte gezielt danach. Wir haben uns sehr gefreut, dass wir sofort mit dem druckfrischen Exemplar der dritten Auflage dienen konnten. Ich wünschte, Sie könnten sehen, mit welch zufriedenem Lächeln im Gesicht die Dame im Lesesessel zu schmökern begann und die Welt um sich herum zu vergessen schien. Sie hat sich so wohlgefühlt, und Ihr Buch hat seinen Teil dazu beigetragen.

Ich weiß nicht, ob ich diese Frage stellen darf, aber sie liegt mir, besonders seit ich hier angekommen bin, auf der Seele:

Die Orte, die Sie in Ihren Büchern beschreiben, klingen für mich so sehr nach der Insel Sylt. War sie es, die Sie zu diesen so fantastischen Ortsbeschreibungen inspiriert hat? Sie müssen diese Frage selbstverständlich nicht beantworten, wenn sie zu persönlich ist.

Ich würde mich sehr freuen, Ihnen zu berichten, wie mir der weitere Verlauf gefällt, und kann schon jetzt sagen, dass in Ihrem aktuellen Roman genau die Dinge mich faszinieren, wegen derer ich lange derlei Bücher gemieden habe. Weil sie mein Herz zerrissen haben, in dem sie zu nah und gleichzeitig zu weit entfernt von der Realität meines Lebens gewesen sind.

Liebe mit Happy End, das Schicksal, welches die Menschen zusammenbringt, die zusammengehören, Orte, zu denen ich selbst früher so gerne gereist bin. All das schmerzte. Und jetzt fühle ich mich darin plötzlich wieder zu Hause. Eine Reise dorthin ist wieder möglich – im Geiste wie im wirklichen Leben.

Das ist mein persönliches kleines Weihnachtswunder, schon jetzt. Ich bin gespannt, ob das, was ich mir für den zarten Hauch der Liebesgeschichte wünsche, in Erfüllung geht. Es wäre das erste Happy End seit langer Zeit und würde mir ein Lächeln auf die Lippen zaubern.

Ihre Geschichte scheint die tiefe Hoffnung zu wecken, die schon so lange in meinem Herzen keimt, dass es auch für mich ein Happy End geben darf.

Mit herzlichen Grüßen
Tilda Niehus

Diesmal zögerte ich nicht eine Sekunde, bevor ich auf »Senden«
klickte. Plötzlich spürte ich wieder die Müdigkeit, die einen kurzen Moment wie weggeblasen gewesen war. Deshalb putzte ich
nur noch die Zähne und ging mit meinem Buch ins Bett.

Im Zimmer unterm Dach schloss ich die Holzfensterläden,
was mich aufgrund des Sturms einige Kraft kostete. Erschöpft kuschelte ich mich anschließend unter die weiche Bettdecke und
lauschte für einen Moment dem Wind, der um das Haus zog und
weiterhin an den Fensterläden zerrte.

Passend zur stürmischen Atmosphäre vor dem Fenster las ich
ein Kapitel im Roman, in dem das Paar sich zufällig bei einem
Strandspaziergang begegnete. Ich merkte beim Lesen das Piksen
des Sandes, den der Wind in die Gesichter der Figuren blies. Ich
hörte das Rauschen des aufbrausenden Meeres und spürte förmlich die Schwere, die jeden Schritt durch den tiefen Sand beglei-
tete, bis man am Wasser ankam. Es musste die bleierne Müdigkeit
in meinen Beinen nach dem langen Tag im Café sein, die dieses
Gefühl so real erscheinen ließ.

Die Protagonistin lauschte den Erzählungen des Mannes. Sie
lernten sich kennen, es waren allererste, zarte Verbindungen, die
man zwischen den Zeilen herauslas. Ein leichtes Kribbeln im
Bauch, welches aufzog, wenn sie ihn von der Seite anschaute. Das
Gefühl, wie der Blick an kleinen Details haftete, die oft nach Jahren mit einem Menschen so gewohnt schienen, die einen zu Beginn einer Liebe jedoch so sehr faszinierten, dass man den Blick
kaum abwenden konnte. Ein Grübchen, ein Fleck in der Iris, die
langen Wimpern oder die Art, wie jemand gestikulierte, wenn er
sprach.

Auch das konnte ich beim Lesen nachempfinden. Und dieses Gefühl war wunderschön. Ich hatte lange gedacht, dass es das für mich nicht wieder geben würde. Dass mein Herz für immer versteinert war, weil Tim den Zauberspruch, der es wieder lebendig machen konnte, mit in den Tod genommen hatte.

In meiner Vorstellung waren es plötzlich Oskar und ich, die dort am Strand entlangliefen. Der Gedanke fühlte sich verwirrend, aber schön an.

Zufrieden musste ich irgendwann eingeschlafen sein, denn ich erwachte, als mein Wecker am nächsten Morgen klingelte. Das Buch lag noch halb aufgeschlagen neben mir.

Seit ich hier auf Sylt war, fiel mir das Aufstehen so viel leichter als in den letzten Monaten zu Hause. Anni würde bald schon vor meiner Haustür stehen, und gemeinsam würden wir das Café aufschließen und den Betrieb starten. Ich freute mich auf den Tag mit ihr.

Während ich mich im Bad fertig machte, dachte ich darüber nach, was ich geträumt hatte. Das gute Gefühl, das der Traum hinterlassen hatte, war noch da. Warm und kraftvoll, so voller Energie, die ich für den Tag gut gebrauchen konnte. Ich versuchte, die Bilder festzuhalten, die wie kurze Sequenzen an meinem inneren Auge vorbeizogen, eine Spur Wohlfühlen im Gepäck, aber dann bereits verschwanden. Ich konnte sie nicht mehr greifen und zu etwas Sinnvollem zusammensetzen.

Wenige Minuten und ein schnelles Frühstück, bestehend aus einem Müsli mit Banane, später, sah ich Anni bereits vorfahren. Eine dicke Jacke übergeworfen, den Schal um den Hals und die Mütze vorsorglich in der Tasche, lief ich auf sie zu.

»Moin«, begrüßte mich diese und strahlte. »Du siehst aus, als hättest du gut geschlafen.«

»Moin, das habe ich tatsächlich. Ich habe etwas total Schönes geträumt. Ich kann mich zwar nicht erinnern, was es war, aber es war wundervoll.«

»Wie schön! Das klingt nach einer guten Grundlage für den Tag«, erkannte sie, und ich nickte. »Hast du gestern bald geschlafen? Ich war so müde. Ich habe noch nicht einmal mehr was gegessen, sondern bin einfach nur ins Bett gefallen.«

»Eine E-Mail und ein paar Seiten in meinem Buch waren noch drin«, sagte ich mit einem Lächeln.

»Dann ist das mit dem Lesen sicher für dich auch total gesund«, stellte Anni fest. »Die Geschichte hat bestimmt bis in deine Träume nachgewirkt, und deshalb hast du so gut geschlafen.«

Ich lachte. »Ja, das mag sein. Ich sollte das Lesen jetzt wieder jeden Abend in mein Ritual mit einbauen. Ich habe es viel zu lange vernachlässigt.«

»Sowieso, Liebes. Aber das hatte seine Gründe, und damit darfst du nicht hadern. Freu dich lieber, dass die Leseflaute vorbei ist. Es ist der richtige Zeitpunkt, um wieder einzusteigen. Du solltest genau jetzt hier sein, wenn deine Leidenschaft für die Bücher zurückkehrt.«

Ich nickte und sah durch das Autofenster über die braun-sandfarbene, winterlich karge Dünenlandschaft hinter Kampen, kurz vorm Strand. Auf dieser Straße in Richtung Meer zu fahren fühlte sich immer sehr erhaben, fast majestätisch an. Vor einem die Weite der See, die zu jeder Jahreszeit auf ihre Weise charmante Natur, das Licht und die Farben am wintergrauen Himmel. In diesem Moment dachte ich, dass ich am liebsten nie wieder von hier weggehen würde. Auch zu Oskar gingen meine Gedanken. Von der Seite spürte ich Annis Blick. Offenbar las sie von meinen Augen, ohne dass ich etwas aussprechen musste.

»Und außerdem kamst du auch gerade zum richtigen Zeitpunkt auf die Insel. Nämlich genau jetzt, wo dieser Oskar hier immer wieder auftaucht. Wäre ja zu schade, wenn ihr euch verpasst hättet.« Sie legte theatralisch verzückt eine Hand an die Wange. »Mein leicht geheimnisvoller, gut aussehender und höchst sympathischer Stammgast und meine beste Freundin. Wie im Roman.«

Perplex schaute ich sie an und schüttelte lächelnd den Kopf. »Grad habe ich über die Landschaft geschaut und dabei gedacht, dass ich mir kaum vorstellen kann, hier wieder abzureisen.«

»Zum Glück«, sagte Anni. Wir waren mittlerweile vorm Café angekommen, wo Anni den Wagen parkte und bereits eine Dame auf uns wartete. Trudi sprang aus ihrer Transportbox und lief zur Tür.

»Moin«, begrüßte Anni die Frau.

»Moin, wie schön, dass Sie da sind. Ich bin heute so früh aus dem Bett gepurzelt und schon eine ordentliche Strecke am Strand gegangen. Und weil mir meine Vermieterin erzählte, dass es hier ein zauberhaftes neues Büchercafé geben soll, habe ich spontan diese Richtung eingeschlagen, in der Hoffnung, hier ein Frühstück abzustauben. Das lasse ich mir ja nicht zweimal sagen.« Sie strahlte und rieb sich die Hände.

»Das freut uns. Dann kommen Sie mal schnell mit hinein. Wir müssen nur noch ein paar Dinge vorbereiten, für das Frühstück müssten Sie sich also noch einen kleinen Moment gedulden, aber einen Tee können wir Ihnen direkt schon servieren.«

»Machen Sie bitte ganz in Ruhe. Ich habe Zeit. Außerdem möchte ich ja sowieso erst mal in den Bücherregalen stöbern.« Die Frau kicherte wie ein kleines Mädchen. Ihre kindliche Fröhlichkeit war rührend. »Darauf freue ich mich ja besonders. Ganz abgesehen von den köstlichen Törtchen und Teesorten.« Sie rieb sich die Hände.

Wir traten zu dritt ein, und die Dame steuerte direkt die Bücherauswahl an. Recht schnell hatte sie sich für einen Roman entschieden und in dem Lesesessel Platz genommen, der mit Blick in Richtung Meer und ein bisschen abseits stand, selbst wenn das Café sich bald füllte. Dieser Platz schuf dadurch echte Wohnzimmeratmosphäre.

Sie bestellte einen Wintertee und nach einem Blick in die Auslage statt eines Frühstücks lieber ein Stück Käsetorte, die Anni gestern Nachmittag noch zubereitet hatte.

Selbst wenn es im Gastraum brummte, schaffte Anni es, nebenbei noch zu backen. Die Rezepte für ihre Kuchen hatte sie allesamt von ihrer Mutter übernommen, und den Großteil konnte Anni mittlerweile beinahe im Schlaf.

Sie führte das Café nun in zweiter Generation. In der Küche standen mehrere handgeschriebene Rezeptbücher, in denen ihre Eltern ihre Backkreationen verewigt und an sie weitergegeben hatten. Sie wohnten zwar beide noch immer auf Sylt und kamen auch oft im *Kliffglück* vorbei, hatten sich aus dem Café-Betrieb aber weitgehend zurückgezogen. Lediglich rund um die Festtage zu Weihnachten oder zu Ostern sprangen sie ein und unterstützten Anni, wenn sie helfende Hände brauchte. Obwohl ich jetzt da war, hatte Ulla, Annis Mutter, bereits ihre Unterstützung beim Backen zugesichert. Sie würde einige Torten und Kuchen zaubern, wenn es hier mal wieder heiß herging und uns das Gebäck nur so von der Theke rutschte. Annis Vater wollte die Sylter Spezialität »Futjes« beisteuern, die hier besonders zu Weihnachten und Silvester beliebt war. Die kleinen Teigbällchen wurden mit Früchten gefüllt oder Nüssen verfeinert, und Anni hatte mir erzählt, dass hier auf der Insel beinahe jede Familie ihre eigenen Futjes-Rezepte über Generationen hinweg weitergab. Ich selbst hatte noch nie bessere als die von Annis Vater gegessen.

Allmählich füllte sich das Café, Gäste kamen und gingen, die Bücherregale waren gut frequentiert. Nur Oskar war an diesem Morgen nicht da. Ich hörte in mich hinein und merkte, dass mich das traurig machte. Ich seufzte.

»Er kommt schon noch vorbei. Achtung«, raunte mir in diesem Moment Anni ins Ohr, und ich fasste mir erschrocken an die Brust.

»Erschreck mich doch nicht so«, motzte ich. Anni deutete auf den Milchaufschäumer. »Ich gebe zu, ich hab dir nicht vorzuschreiben, von wem du träumst, aber ich will dich wenigstens darauf hinweisen, wenn währenddessen was schiefzugehen droht.« In diesem Moment schwappte ein wenig heißer Milchschaum auf den Fußboden.

»Entschuldige bitte«, stammelte ich und fühlte mich ertappt.

»Alles gut. Will nur nicht, dass du dich verbrennst. Das wird verdammt heiß, wenn's einem am Ende über die Hand rinnt.«

Ich nickte. »Jetzt passe ich auf.«

»Gehört alles dazu«, stellte Anni achselzuckend fest und strich mir liebevoll über den Rücken. »Da gibt's Schlimmeres.«

Als es auf die Mittagspause zuging, verspürte ich einen dumpfen Kopfschmerz.

Ich hatte bisher immer gedacht, dass die Haltung am Laptop deutlich schlechter war als jede Bewegung. Nun spürte ich jedoch im Schulter- und Nackenbereich so starke Verspannungen, dass mir das viele Herumtragen von Tabletts, Tellern und Tassen immer schwerer fiel.

»Du wirkst angestrengt. Gönn dir mal eine echte Pause heute Mittag«, riet mir Anni und nickte wohlwollend.

»Mir dröhnt heute der Kopf«, gab ich matt zu und rieb mir die Stirn. »Wolltest du heute Mittag nicht backen?«, fragte ich. »Ich hatte mir eigentlich vorgenommen, dir da über die Schulter zu schauen und zur Hand zu gehen.«

Anni winkte ab. »Das läuft nicht weg. Geh du mal eine Runde ans Meer, lass dich durchpusten oder leg dich ein wenig hin. Sonst wird es nachher nur schlimmer.« Sie schob mich sanft zu dem Haken, an dem meine Jacke und mein Schal hingen.

»Danke, Anni. Ich habe gerade echt den Eindruck, dass das notwendig ist. Verstehe ich gar nicht, wo ich doch so super geschlafen habe. Ich hoffe, ich bin nachmittags mit voller Kraft wieder da.« Zerknirscht lächelte ich.

»Alles gut! Auch wenn nicht. Dann gönnst du dir heute einfach etwas Ruhe. Das ist alles ja auch ungewohnt für dich nach der langen Zeit allein, ohne viel Gesellschaft am PC.«

»Aber lass mich Trudi mitnehmen. Die freut sich doch über einen Spaziergang, und du hast sie unter den Füßen weg.«

»Das stimmt, danke.«

Kapitel 10

Dankbar für ein wenig frische Luft und den kühlen Wind an meiner Stirn trat ich mit Trudi vor die Tür. Ich schloss einen Moment lang die Augen und tat einige tiefe Atemzüge. Die salzige Luft durchströmte meine Lungen, und mir kam es vor, als zöge sie von dort in jede Zelle meines Körpers und heilte sie.

Die Hände tief in den Jackentaschen vergraben, ging ich zum Strandübergang. Trudi lief fröhlich neben mir her. Ein Spaziergang am Wasser war jetzt genau das Richtige für meinen angestrengten Kopf, das merkte ich schon nach wenigen Schritten.

Zu meinem Glück war es heute trocken, und die Sonne schien. Wäre der kalte Wind nicht da gewesen, hätte man es wahrscheinlich sogar als mild empfunden.

So aber kam es mir vor, als müsste ich jede kleine offene Stelle in meiner Kleidung fest verschließen, damit ich nicht fror.

Auf dem hölzernen Aussichtsplateau am Rand zu den Dünen stützte ich mich auf das Geländer und stand mit dem Gesicht gen Sonne einige Minuten nur da, genoss die raue Atmosphäre hier. Das Rauschen der Winterwellen im Ohr, die Sonne, die zwar hell, aber nur wenig wärmend war, der Wind, der meine Haare durcheinanderwehte, was sich leicht und befreiend anfühlte. Trotzdem zog ich mein Stirnband auf, weil ich das Gefühl hatte, dass zu viel

Kälte am Kopf auch nicht angenehm wäre. Außerdem tat es mir gut, meine Ohren warm zu halten.

Ich überlegte, in welche Richtung ich gehen wollte, und entschied mich für den Süden, weil ich so zunächst den kühlenden Wind von vorne meinen Kopfschmerz wegwehen lassen konnte und auf dem Heimweg Rückenwind hätte.

Ich stapfte, Trudi immer in meiner Nähe, zur Meerschaumkante, wo der Sand angenehm fest war und ich deshalb leichter gehen konnte. Wenige Leute waren gerade unterwegs, sodass ich Trudi von der Leine ließ. Sie tobte durch den Sand, sprang in die Wellen und jagte Möwen. Hin und wieder traf sie einen Spielgefährten, mit dem sie kurz durch den Sand fegte und dann wieder zu mir aufschloss. Ich traf fast nur auf Hundebesitzer, die den sonnigen Moment genossen.

Ich lief rund fünfzehn Minuten an der Wasserkante entlang und versuchte, den Gedankenstrom in meinem Kopf abzuschalten und einfach nur im Hier und Jetzt zu sein. Das gelang mir so lange ganz gut, bis ich einem verliebten Pärchen begegnete.

Die beiden waren ungefähr so alt wie ich, vielleicht ein wenig jünger. Sie hielten Händchen und lachten immer wieder. Knufften sich zum Scherz in die Seite, und irgendwann fielen sie in einen innigen Kuss, der mich höflich wegschauen ließ.

Ihre Zuneigung und die Freude darüber, hier sein zu dürfen, waren sichtbar in jeder ihrer Gesten. Sie strahlten pure Verliebtheit aus.

Dieser Anblick versetzte mir einen Stich. Einerseits, weil ich selbst mich so sehr danach sehnte, auch wieder so zu fühlen. Das Herz so leicht zu spüren, einem Menschen nah sein zu wollen in jeder Sekunde. Das Gefühl, dass alles, was man gemeinsam erlebte, wie der Himmel auf Erden war.

Andererseits waren da die Gedanken an Tim. Ich sah ihn, wie

er, wahrscheinlich nur Stunden vor seinem Tod, genau wie dieses Pärchen, mit seiner Geliebten am Strand entlangging.

Mein Herz schmerzte bei dieser Vorstellung, bei der Erinnerung an die Lügen, die er mir aufgetischt hatte. So oft hatte ich überlegt, was gewesen wäre, hätte es nicht diesen tragischen Unfall gegeben. Hätte er mir gebeichtet, dass es eine andere Frau gab? War es das gewesen, worüber er mit mir hatte sprechen wollen? Hätte er sich von mir getrennt oder es lieber feige parallel laufen lassen?

Aber diese Fragen waren überflüssig. Ich würde nie eine Antwort darauf bekommen.

Ich wollte hier am Strand nicht länger an ihn denken. Keine Traurigkeit spüren, aber auch keine Wut. Ich wollte all diese Gedanken und Gefühle loslassen, Sylt wieder so genießen, wie ich es früher getan hatte. Und bisher war mir das gut gelungen, viel besser, als ich es vermutet hätte. Dass die Erinnerungen immer mal wieder aufblitzten, musste ich wohl akzeptieren. Aber ich wollte mich nicht erneut von ihnen in den Abgrund ziehen lassen. Eine Gänsehaut zog trotz der dicken Jacke über meinen Körper. Sie rührte nicht von der Kälte her.

Ich blieb stehen und schaute mich um, betrachtete Trudi, die am Wasserrand spielte, die Weitläufigkeit des Strandes, die Wellen, deren weiße Spitzen auf mich zutanzten und schäumend an Land rollten. Von Weitem wirkten sie bedrohlich, so, wie mir Sylt zwischenzeitlich immer vorgekommen war. Aber je näher sie kamen, als desto harmloser entpuppten sie sich, wurden flacher, kamen sanfter an als gedacht. Einige verloren sich in fluffigem Schaum, noch bevor sie den Strand erreichten. So ging es mir auch mit der Insel. Sie näherte sich mir sanft und stetig. Mit beruhigendem Nachdruck, aber dennoch nordisch zurückhaltend, schlich sie sich wieder in mein Herz. Ab und zu löste sie sogar träumerische Leichtigkeit in mir aus. So leicht wie die Schaumkronen. Ich beobachtete Möwen, die sich vom Wind treiben ließen und zwischendurch zum Sturzflug ansetzten, um sich eine Leckerei aus dem Wasser zu fischen. Der Klang der Wellen glich einer Melodie, die die Stille untermalte und dabei eine Ruhe ausstrahlte, die ich kaum beschreiben konnte. »Wintersturmstille«, flüsterte ich. So hatte Fenja Malé diese Momente in ihrem Roman benannt.

Über all die Gedanken hinweg, die meinen Kopf durchzogen und aufwühlten, verflog der Kopfschmerz vollständig. Es war eine Wohltat, das festzustellen, und ich lächelte dankbar.

An der Meerschaumkante entlang machte ich mich auf den Rückweg. Hin und wieder bückte ich mich nach Kostbarkeiten wie Muscheln und Steinen, die das Meer freigegeben und an Land gespült hatte. Seeglas weckte mein besonderes Interesse. Ich liebte diese weich und rund geschliffenen Glasscherben, die den Händen schmeichelten. In ihnen steckte für mich immer ein wenig Zuversicht. All das Scharfkantige, an dem ich mich vor einiger Zeit noch verletzt und geschnitten hätte, war nicht mehr da. Sand und Meer hatten sie neu geformt und undurchsichtig werden lassen, verborgen war nun, was sich im Inneren befand. Ich strich lächelnd über das Glas und schloss die Hand. Die Atmosphäre hier am Wintermeer erinnerte mich an Szenen aus dem Roman. Nur war ich allein hier und nicht wie das Pärchen im Buch zu zweit. Erneut schaute ich das matte Glas in meiner Hand an.

»Wie schön! Das solltest du aufbewahren«, hörte ich da plötzlich eine Stimme hinter mir, die ich sofort als Oskars erkannte. Beinahe hätte ich die Scherbe vor Schreck fallen lassen.

Als ich mich umdrehte, hockte er neben Trudi und tätschelte ihr den Rücken.

»Oh, hi! Ja, das hatte ich vor.« Ich lächelte unsicher.

»Entschuldige. Ich wollte dich nicht erschrecken.« Er legte die Stirn bedauernd in Falten und erhob sich.

»Alles gut. Ich war nur so in Gedanken.« So war es wirklich. Besonders, da nach meiner Überlegung zum Roman und dem Pärchen auf dem Strandspaziergang nun plötzlich Oskar hier aufgetaucht war. »Kennst du das, wenn Szenen aus dem Alltag dich an etwas aus einem Buch erinnern?«

Jetzt sah Oskar mir direkt in die Augen, und es war, als blickte er noch viel tiefer, direkt hinein in mein Herz, und ich fragte mich, wie ihm das gelang. Wir kannten uns doch kaum, wie konnte er mich so wahrnehmen, und warum fiel es mir so leicht, das zuzulassen?

»Das kenne ich. Und ich bin davon überzeugt, dass es umgekehrt auch so ist. Nur so entstehen authentische Bücher«, sagte er und blickte über das Meer und den Strand. »Eine Szene, ein Moment und eine Geschichte können sich entwickeln.« Ich ließ seine Worte wirken und stimmte ihm innerlich zu, als er fortfuhr: »Ist das schön hier! Eine Runde am Meer in der Mittagspause. Am besten jeden Tag. Was sind wir für Glückspilze. Da weiß man kaum, wie man es ohne diesen Luxus aushalten soll.« Er drehte sich zum Meer und breitete die Arme aus.

Ich nickte und strich mir die wild um mein Gesicht flatternden Haarsträhnen aus den Augen. »Ich behaupte, es hat auch mir immer gefehlt. Nur wusste ich das bisher noch gar nicht.« Wir lachten beide.

»Gehst du grad Richtung Café zurück?«, fragte er.

»Ja.«

»Wenn es in Ordnung ist, begleite ich dich bis dahin. Es sei denn, du möchtest gerne allein sein. Wo könnte man das besser als hier.« Oskar griff nach einem Stock, den er Trudi warf und dem sie begeistert hinterherjagte.

»Ja«, setzte ich an und sah seinen erschrockenen Blick. »Also, nein! Ich meine, es ist herrlich, den Strand allein zu genießen. Aber das habe ich ja schon auf dem Hinweg. Ich freue mich, wenn wir jetzt ein paar Meter gemeinsam gehen.«

Er antwortete nicht, lächelte nur dankbar, und wir liefen los.

»Machst du auch gerade Mittagspause?«, fragte ich ihn, und er nickte.

»So in der Art, ja. Bevor mein neuer Job beginnt, muss noch viel organisiert und vorbereitet, manche Projekte noch abgeschlossen werden. Es ist grad ein wenig turbulent. Wenn's für den Kopf am Laptop zu viel wird, gehe ich oft eine Runde raus. Ein wenig Gedanken sortieren. Dann arbeitet es in mir zwar weiter, aber es ist gleichzeitig trotzdem eine Pause.«

»Das mit der Auszeit im Kopf verstehe ich. Manchmal tut so eine Runde hier einfach gut. Ich hatte vorhin solche Kopfschmerzen, und da riet Anni mir zu diesem Weg. Und es war der beste Ratschlag. Die Schmerzen sind wie weggeflogen. Einfach wundervoll, was so ein Spaziergang bewirkt.«

»Meistens tut es gut, den Gedanken freien Lauf zu lassen, ja.« An der Art, wie er das sagte, erkannte ich, dass es etwas gab, was er nicht aussprach. Ich war mir sicher, zu wissen, was er meinte.

Oskar deutete auf das Seeglas, welches ich noch immer in meiner geschlossenen Faust hielt. Ich öffnete sie und strich mit den Fingerspitzen darüber. Seine weichen Kanten lagen angenehm in meiner Hand. »Das liebe ich auch. Ich habe mittlerweile eine ganze Sammlung davon. Jede, die ich finde, lege ich in ein großes Windlicht in meinem Flur.«

»Wie schön. Das ist eine gute Idee. Mit diesem Seeglas werde ich auch so eine Sammlung beginnen.«

Als ich das ausgesprochen hatte, überlegte ich, was »zu Hause« eigentlich für mich bedeutete. War es die Wohnung in meinem Heimatort, in die ich bald zurückkehren würde? Oder war es schon jetzt die Wohnung hier? Gerade wusste ich es nicht, und erstaunlicherweise fühlte sich das nicht beängstigend an. Schließlich war ich mir bewusst, dass ich in meinem Heimatort immer einen sicheren Hafen hatte.

»Wo wohnst du hier denn eigentlich?«, erkundigte sich Oskar.

Ich deutete vage mit einer Hand Richtung Kampen. »Direkt hinter den Dünen in einer kleinen Wohnung, in der bisher die Tochter der Eigentümerin gelebt hat. Sie hat vor Kurzem die Insel verlassen, und das war gerade mein Glück.« Ich lächelte. »Die Wohnung ist traumhaft. So gemütlich, wahnsinnig geschmackvoll eingerichtet, und das Schlafzimmer unter Reet ist ein Traum – wie im Film. Vor dem Fenster, von dem aus man fast bis zum Meer schauen kann, steht ein Schreibtisch. Ich stelle mir immer vor, dass die Tochter dort gesessen und ihre Bücher geschrieben hat.«

Verdutzt schaute mich Oskar an. »Was für eine romantische Vorstellung vom Autorenleben«, erkannte er und lächelte schief. »Schreibt sie wirklich?«

»Ja, Lore hat angedeutet, dass sie sogar schon Erfolge hatte. Und ihre Wohnung sieht genauso aus, wie ich mir ein Schriftstellerzuhause vorstelle. Bücherregale zum Dahinschmelzen. Jetzt studiert sie Buchwissenschaft. Und weißt du, was, auf dem malerisch platzierten Schreibtisch habe ich jetzt meinen Laptop stehen. Jeder Autor würde vor Neid erblassen, sage ich dir.«

»Ach so, verstehe.« Er lachte, und ich hätte ihn beinahe eingeladen, sich mein kleines Refugium einmal anzuschauen, konnte mich aber gerade noch bremsen. So weit waren wir nun wirklich noch nicht.

»Und wo wohnst du?«, fragte ich stattdessen.

»Auch hier im Ort. Wenige Straßen vom Café entfernt. Es ist nur ein Zimmer, aber es reicht mir.«

»Es ist ja auch nicht ganz leicht, hier etwas zu bekommen«, behauptete ich. »Ich hatte Glück, dass Anni Kontakte hat. Und das Beste ist, ich kann von meinem Schlafzimmer aus das *Kliffglück* sehen und sogar das Meer rauschen hören.«

»Herrlich! Wird die Tochter der Vermieterin denn langfristig woanders wohnen?«

Überrascht über die Frage, zuckte ich die Schultern. »Sie studiert jetzt in München. Eine Zeit lang wird sie demnach wohl dort wohnen. Allerdings zieht um den Jahreswechsel herum eine Freundin in die Wohnung. Sie tauschen sozusagen. Dann muss ich mich nach etwas Neuem umschauen. Es wird nicht ganz leicht, fürchte ich, aber bis dahin habe ich ja noch etwas Zeit. Und zur Not gibt es auch noch Annis Sofa.«

»Gut zu wissen, wenn man immer jemanden hat, bei dem man unterschlüpfen kann, oder?«, erkannte Oskar, und ich nickte.

Er deutete mit der Hand an den oberen Rand des roten Kliffs, wo sich eine Aussichtsplattform befand, von der aus man einen fantastischen Blick über den Strand hatte. Hier war auch ein beliebter Foto-Hotspot. »Dann wohnst du ja echt in der Nähe. Ein Tipp: Manchmal gucke ich mir von der Uwe-Düne aus den Sonnenaufgang an, weil man von da auch bis ganz zum Osten der Insel schauen kann, und breche dann auf zu einem Spaziergang bis zum Kliff. Oder ich laufe erst später los und nutze die ruhigen Morgenstunden für Inspiration und großartige Bilder. Wenn ich Glück habe, hat auf meinem Rückweg dann bereits das *Kliffglück* geöffnet, und ich kann mich dort aufwärmen und meinen Arbeitstag beginnen.«

»Das ist echter Luxus«, stellte ich fest. »Ich war auch schon einmal dort oben. Den Sonnenaufgang von dort aus zu bestaunen, das habe ich noch nie erlebt. Eine tolle Idee.«

»Wir können uns ja mal dafür verabreden. Dann bringe ich

dich im Anschluss direkt zur Arbeit.« Er lächelte, und ich schaute unsicher in Richtung der Dünen. »Ja, das klingt schön. Gerne.«

Ich wünschte mir in diesem Moment, noch viele dieser gemeinsamen Spaziergänge erleben zu dürfen, auch wenn ich keine Ahnung hatte, wie es nach den nächsten Wochen weitergehen würde. Für mich, für unser Büchercafé und für die Zeit mit Oskar sowieso.

Gedankenversunken liefen wir einige Meter weiter, Trudi vorneweg.

»Du wirkst nachdenklich«, sagte er, und ich spürte seine Blicke von der Seite. »Darf ich fragen, was dich so beschäftigt? Ich hoffe, ich habe nichts Falsches gesagt.« Nun war er es, der einen besorgten Eindruck machte.

»Oh nein. Alles gut. Ich war gerade in Gedanken.«

»Und worum kreisen die?«

Mein Herz klopfte schneller, als unsere Blicke sich trafen. Die Haare wehten ihm wild um den Kopf, er hatte den Mantelkragen aufgestellt, seine markanten Gesichtszüge zeichneten sich vor dem graublauen Himmel ab. Die braunen Augen wirkten undurchsichtig, aber interessiert. Er sah so gut aus.

»Ich hoffe so sehr, dass ich hier eine Zukunft habe«, erklärte ich.

»Ich wünsche es dir auch von Herzen«, sagte er dann, und ein Teil von mir hoffte, dass er noch hinzufügen würde, dass er sich ebenso freuen würde, wenn ich hierbliebe, damit wir uns weiterhin treffen könnten. Aber er schwieg und blickte mit zusammengezogenen Augenbrauen, die Hände in den Manteltaschen, auf den Sand vor seinen Füßen. Sein Schweigen irritierte mich.

Mittlerweile waren wir wieder an der Treppe zum Holzplateau angekommen.

»Willst du mit ins Café kommen?«, fragte ich Oskar, der jedoch den Kopf schüttelte.

»Ich habe heute leider noch einen Termin. Geht es dir wieder so gut, dass du weiterarbeiten kannst?«, erkundigte er sich fürsorglich.

»Danke, ja. Die Kopfschmerzen sind weg. Der Spaziergang tat sehr gut. Danke für den gemeinsamen Weg.« Einige Sekunden standen wir unsicher voreinander, bis ich den ersten Schritt gen Übergang und Café tat. Kurz hatte ich den Eindruck, Oskar zögerte noch, mir zu folgen. Womöglich hatte er mehr erwartet. Vielleicht hatte er darauf gehofft, dass ich bedauerte, dass er nicht mehr mit zum Café kam. Aber da er so reserviert reagiert hatte, hatte ich es nicht gewagt, das zuzugeben. Er war nun dran, den nächsten Schritt zu machen.

»Tilda?«, hörte ich ihn hinter mir sagen und drehte mich um. »Darf ich dir heute Abend mein Lieblingsrestaurant zeigen – meinen ersten Geheimtipp, sozusagen? Oder den zweiten, nach dem Sonnenaufgang von der Uwe-Düne aus.«

Mein Herz machte einen überraschten, aber freudigen Sprung. Kurz dachte ich an all die Filme, in denen eine Frau sich nun erst einmal zierte und bedauernd irgendeine Entschuldigung vortrug. Da hörte ich mich selbst jedoch bereits antworten. »Oh, also ... Gerne. Wann soll ich wo sein?«

»Schreib mir doch deine Adresse, und ich hole dich um 19 Uhr ab?«

»Perfekt.« Ich tippte die Adresse direkt ins Handy und verschickte die Nachricht. Dann lächelte ich und hob zaghaft die Hand zum Gruß. »Bis später.«

»Ich freue mich.«

Dann ging ich mit einem vergnügten Lächeln Richtung *Kliffglück*. In meinem Bauch tanzten prickelnde Glückshormone wie

Pingpongbälle. Ich schnappte mir ein Stück Treibholz vom Wegrand und schleuderte es so weit wie möglich, damit Trudi ihm hinterherjagen konnte. Ich musste die Energie loswerden.

Erst als mich Oskar hinter der Düne nicht mehr sehen konnte, vollführte ich einen freudigen Hüpfer. Einige Meter vor dem Eingang des Cafés kam mir Trudi entgegen, das Holz noch immer im Maul. Sie freute sich und hüpfte neben mir her. Ich beugte mich lachend zu ihr herunter und knuddelte meine kleine Hundefreundin, die sich schwanzwedelnd an mich schmiegte. »Na, Süße! War ein schöner Spaziergang, oder?«

Ich schwebte beinahe zur Tür hinein, was Annilen natürlich sofort auffiel. Noch war kein Gast da, so konnten wir ungestört reden. Es duftete verführerisch nach frischem Apfelstrudel, und mir lief das Wasser im Mund zusammen.

»Nanu? Dass ein Spaziergang am Meer guttut, war mir ja klar. Aber dass du wie neugeboren hier hereinschneist – erstaunlich! Du wirkst, als hättest du eine Ladung Glückshormone getankt!« Sie musterte mich staunend. »Es geht dir also wieder gut?«

»Und wie! Bestens!«

»Grandios!« Annilen lachte verblüfft. »Kann es sein, dass ein gewisser Stammgast, der sich heute hier noch nicht hat blicken lassen, damit zu tun hat?« Sie stemmte die Hände in die Hüften und legte den Kopf schief.

Verschmitzt grinste ich.

»Zum Glück! Ich hatte mich schon gewundert, was los ist mit ihm. Das ist normalerweise genau sein Wetter.«

»Er hat auch eine Mittagspause am Strand eingelegt«, erklärte ich. »Wir sind uns zufällig begegnet.«

»Na wunderbar. Von meiner Seite aus hast du übrigens jede Freiheit, die du brauchst. Geht spazieren, nutzt die wenigen Sonnenstunden im Winter, trefft euch jederzeit.«

»Kommt gar nicht infrage«, erklärte ich. »In meiner Pause und nach Feierabend, okay. Aber in erster Linie bin ich hier für dich und unser Büchercafé. Das hat oberste Priorität. Aber ich freue mich echt, wenn ich ihn treffe. Irgendwie ist da so etwas wie eine unsichtbare Verbindung zwischen Oskar und mir. Ich kann das gar nicht erklären. Er wirkt auf mich, als würde er mit seinem Neubeginn ebenfalls ein Kapitel in seinem Leben abschließen wollen. Keine Ahnung, was es ist, aber ich spüre, dass wir beide an einem Wendepunkt stehen. Manchmal ist er nachdenklich, wie ich es auch von mir kenne.« Ich lächelte schief. Anni trat auf mich zu und nahm mich in den Arm.

»Ich wünsche dir das Allerbeste«, flüsterte sie und drückte mich liebevoll an sich. »Die Frau, die so hinter den Lesungen her war, war übrigens noch mal hier. Ute. Sie hat mir auch gleich das Du angeboten. Du hattest ihr doch den neuen Fenja Malé empfohlen. Sie erkundigte sich, ob wir diese fantastische Autorin nicht womöglich für eine Lesung gewinnen könnten. Was meinst du, wie da die Chancen stehen? Ich kenne mich da ja nicht so gut aus.«

Bedauernd hob ich die Schultern. »Fenja Malé hält sich sehr bedeckt, was die Öffentlichkeit angeht. Sie hat bisher jede Lesungsanfrage abgelehnt. Ich glaube kaum, dass wir sie umstimmen könnten. Leider.« Im Hinterkopf hatte ich den Austausch mit ihr. Ich hatte Anni bisher noch gar nicht davon erzählt. »Aber ich kann versuchen, was möglich ist. Ich habe da eine Idee«, erklärte ich dann und erntete einen verblüfften Blick meiner Freundin.

»Seit ich den Roman lese, bin ich wieder angekommen in der Bücherwelt. Die Geschichte berührt mich dieses Mal noch mehr als sonst. Vielleicht, weil es die erste seit Langem ist, die ich überhaupt wieder lese. Vielleicht auch, weil sie an Orten spielt, die Sylt so ähnlich sind, und ich hier gerade wieder glücklich werde. Womöglich, weil sie bisher so viele Parallelen zu meinem Leben hat und dabei nach dem Happy End klingt, das ich mir selbst so sehr wünsche.« Anni schaute mich abwartend an. »Jedenfalls hat mich das alles so berührt, dass ich der Autorin geschrieben habe. Ich war der Meinung, sie sollte wissen, was sie in mir auslöst. Und insgeheim wollte ich auch, dass sie weiß, wie sehr ihre Geschichten fehlen werden, wenn sie aufhören würde zu schreiben.«

»Du bist ja süß. Ich bin mir sicher, dass sie sich über deine lieben Worte gefreut hat. Hat sie denn geantwortet?«

»Das hat sie, ja. Sie hat sehr persönlich zurückgeschrieben, und für mich klang es nach aufrichtiger Freude.«

»Und wenn du ihr einfach mal schreibst, dass das Interesse an einer Lesung so groß ist, dass wir ihr anbieten würden, eine exklusive Veranstaltung hier bei Kaffee und feinem Gebäck zu organisieren? Ich würde mich auch um eine angemessene Unterkunft und umfassende Bewirtung kümmern«, erklärte Anni.

»Ich glaube zwar nicht, dass das Erfolg hätte, aber klar, fragen kann ich ja mal. Was habe ich schon zu verlieren.«

Der Nachmittag im Café verging wie im Flug. Ich war so dankbar, dass es mir wieder gut ging, dass ich voller Energie die Gäste empfing, ihnen ihre Bestellungen brachte, Bücher empfahl und hier und da einen kleinen Plausch hielt.

Gegen Ende des Nachmittags trat eine Frau zu mir, die ich bereits häufiger hier im Büchercafé gesehen hatte, und überreichte mir ein Geschenk: in feines Papier eingewickelte Lesezeichen aus Perlen in maritimen Farben, mit kleinen Muscheln, winzigen silbernen Seesternen und Glitzersteinen. Begeistert packte ich diese aus.

»Wow! Wie wunderschön die sind«, staunte ich.

»Es freut mich sehr, wenn sie Ihnen gefallen. Meine Enkelin und ich haben sie zusammen angefertigt. Sie war in den Herbstferien bei mir, und wir beide lieben das Lesen und haben Freude an so kleinen Handarbeiten. Ich dachte mir, hier im Büchercafé finden die Lesezeichen doch eine ganz hervorragende Verwendung.«

»So eine liebe Geste. Tausend Dank dafür! Auf jeden Fall finden sie hier ein perfektes Plätzchen.« Sofort besorgte ich mir ein Glas, das ich in einem der Fächer mit den Verleihbüchern platzierte. »Wenn unsere Gäste die Bücher hier beginnen und an einem anderen Tag weiterlesen wollen, reservieren wir sie gemeinsam mit dem Tisch, an dem sie sitzen möchten. Dann können sie sich hier ein Lesezeichen aussuchen und immer die Stelle wiederfinden, an der sie zuletzt waren.« Ich drehte die Kunstwerke in meinen Händen. »Sie sind wirklich zauberhaft«, freute ich mich, und die Frau lächelte dankbar.

»Darf ich Sie als Dankeschön auf ein Stück Friesentorte und einen Pott Kaffee einladen? Oder trinken Sie lieber Tee?«

»Kaffee und Friesentorte klingt ganz wunderbar. Herzlichen Dank!« Sie freute sich und nahm an einem freien Tisch Platz.

Während ich arbeitete, gingen meine Gedanken immer wieder zu Fenja Malé, und ich überlegte, wie ich meine Frage nach einer Lesung formulieren könnte, ohne sie zu sehr zu bedrängen.

»Wie sieht denn deine Abendplanung aus?«, erkundigte sich Anni bei mir, als wir alles aufgeräumt und die Kerzen auf den Tischen und in den Fensterbänken gelöscht hatten.

»Oskar hat vorhin gefragt, ob wir gemeinsam etwas essen gehen wollen«, sagte ich und spürte, wie ich errötete.

»Das ist doch wunderbar! Wo soll es denn hingehen?«

»Das weiß ich nicht. Er will mir sein Lieblingsrestaurant zeigen.«

»Spannend. Vielleicht lerne ich da ja auch noch dazu. Du musst mir unbedingt berichten. Nicht nur vom Restaurant natürlich.« Anni kicherte und rieb sich vorfreudig die Hände.

»Selbstverständlich«, versprach ich.

Kurz vor sieben überprüfte ich noch einmal mein Outfit im Spiegel im Flur. Die braunen Haare trug ich offen bis zu den Schultern. Ich hatte ein dezentes Make-up aufgetragen und mich für ein klassisch-schickes Outfit entschieden. Eine Kette mit einem funkelnden Stein und dazu passende glitzernde Ohrringe rundeten mein Outfit ab. Ich fühlte mich wohl. Gerade schlüpfte ich in die dicke Jacke, die bei den Temperaturen derzeit leider unumgänglich war, als es an der Tür läutete. Noch einmal atmete ich tief durch, sammelte mich, dann trat ich hinaus.

Auch Oskar war elegant-lässig gekleidet und umhüllt von der zarten Duftwolke eines angenehmen Herrenparfüms.

»Einen wunderschönen guten Abend«, grüßte er mit seiner charmanten tiefen Stimme, und der Blick aus seinen kastanienbraunen Augen war so intensiv, dass mir ganz warm ums Herz wurde. »Du siehst toll aus.«

Mein Puls beschleunigte. »Hallo, Oskar, danke. Auch für deine Einladung. Ich freue mich auf unseren Abend und bin gespannt, wo es hingeht.«

»Lass dich überraschen«, sagte er geheimnisvoll und hielt mir ganz gentlemanlike den Arm hin. Ich hakte mich unter und ließ mich zu seinem Auto führen, wo er mir die Beifahrertür aufhielt.

Wir fuhren durch Kampen, die *Whiskymeile* entlang, vorbei an wunderschön von Lichterketten erleuchteten Restaurants, Bars und Geschäften, weiter Richtung Süden. An Wenningstedt vorbei ging es gen Westerland, welches wir ebenfalls hinter uns ließen und der Landstraße zum Süden hin in Richtung Rantum und Hörnum folgten.

»Hier bin ich lange nicht mehr gewesen«, gestand ich und schaute aus dem Fenster, wo ich natürlich zu dieser Uhrzeit nur dunkle Wiesen, Dünen und vereinzelte Lichter von allein stehenden Häusern erblickte. Der Blick nach vorn auf die kaum befahrene Landstraße war ein wenig unheimlich, doch neben Oskar fühlte ich mich sicher. Er fuhr souverän und besonnen.

»Ich bin gerne hier, vor allem zum Baden im Meer. Der Strand vor Rantum ist toll.« Er deutete die Straße hinunter. »Auch einen Spaziergang an der Hörnumer Odde muss man erlebt haben«, erklärte Oskar. »Steht alles auf meiner Liste für uns.« Mit einem stolzen Lächeln schaute er mich an, und ich spürte, wie ich leicht errötete. Zum Glück konnte Oskar das im Dämmerlicht des Fahrzeuginnenraums nicht erkennen.

Wir passierten das Ortsschild von Rantum, bis wir ungefähr in der Mitte des Ortes an einem reetgedeckten Restaurant mit einladender Beleuchtung hielten.

»Da sind wir«, erklärte Oskar triumphierend und parkte direkt auf dem angrenzenden Parkplatz. Er stieg aus und lief schnell zu meiner Tür, um sie zu öffnen.

Mir gefiel, wie höflich und charmant er sich verhielt. Es schmeichelte meiner Seele und meinem Herzen. Ich ließ mich an diesem Abend voll darauf ein und nahm mir vor, dieses wunderbare, prickelnde Glücksgefühl mit allen Sinnen zu genießen.

Als er mir die Tür zum Restaurant aufhielt und wir eintraten, wurden wir direkt von einem freundlichen Kellner begrüßt.

»Moin.« Der junge Mann strahlte. »Schön, dass ihr da seid.« Er deutete auf einen Platz am Fenster. »Nehmt doch gerne Platz. Darf ich euch die Jacken abnehmen?«

Zuvorkommend griff er nach unserer Kleidung und verschwand damit hinter einer Wand, wo offenbar die Garderobe war.

Wir setzten uns, bejahten die Frage nach einem kleinen Aperitif und stießen damit direkt an.

»Auf einen wundervollen Abend.«

Wir schauten uns in die Augen, und für einige Sekunden

schien alles um uns herum zu verstummen. Es gab nur Oskar und mich und die warmen, wohligen Gefühle in meinem Bauch.

Wir unterhielten uns vertraut und interessiert, angenehm offen, aber nicht neugierig. Er erzählte von sich und wollte gleichzeitig Dinge über mich erfahren.

Trotzdem blieb weiterhin eine gewisse Mystik, die ihn umgab. Dieser Hauch eines Geheimnisses, der ihn umhüllte und interessant, aber auch wenig greifbar und damit unnahbar machte. Ich hatte das Gefühl, dass er nicht alles von sich preisgab.

»Die letzten Monate haben mich beruflich und privat sehr gefordert und mich umdenken lassen. Deshalb steht nun zum Jahreswechsel der Schritt an, etwas zu verändern. Es lag in meinem Leben einige Zeit vieles in Scherben. Ich mache mich nun daran, all diese Bruchstücke wieder zusammenzusetzen. Es ist eine Herausforderung, aber notwendig.« Ich verstand ihn so gut.

Noch kannte ich seine Geschichte nicht und hatte ihm meine nicht erzählt, und trotzdem spürte ich hier eine Gemeinsamkeit. Genau wie ich schien er abschließen zu wollen, einen Schlussstrich ziehen und nach vorn sehen. Ich wollte durchatmen und frischen Wind in mein Leben lassen, der mich über alles hinwegtrug, mir Auftrieb gab und mich vorwärtsschob.

»Um sich zu sortieren, eignet sich Sylt im Winter mit dieser außergewöhnlichen Ruhe doch bestimmt ganz besonders gut, oder?«, fragte ich. »Wintersturmstille nennt es die Autorin meines Buches.«

»Schön.« Oskar nickte.

»Welche Orte sind es, die du mir vor allem im Winter empfiehlst?«, fragte ich ihn.

»Das Schönste sind für mich die Spaziergänge und dieser fantastische Kontrast aus rauer Kälte und heimeliger Gemütlichkeit, wenn man wieder nach Hause kommt.«

Ich nickte zustimmend.

»Es sind nicht immer konkrete Orte, es sind bestimmte Tageszeiten, Wettermomente, Lichtverhältnisse, die besondere Augenblicke schaffen. Ich finde, man kommt sich zu dieser Jahreszeit manchmal vor wie auf einem einsamen Planeten. Allein am Strand, um einen herum nur klirrend kalte Meeresluft, der Duft von Salz und Frost in der Nase, und ein Himmel, der so viele Facetten von Wolkenformationen in unterschiedlichsten Farben zeigt, dass jeder Maler vor Neid erblassen würde. Erst recht, wenn in den Morgen- oder Abendstunden die Sonne ihre Farben hinzufügt. Was dann am Himmel geschieht, ist wohl schon als magisch zu bezeichnen. Hast du mal den Sonnenuntergang in Kampen bestaunt?« Lächelnd nickte ich, so präsent waren die Bilder.

»Fantastisch, ja«, gab ich zu. »Allerdings kenne ich es nur im Sommer. Die gewaltige Eindrücklichkeit des Winters in diesen Momenten ist mir noch verborgen geblieben. In den letzten Tagen lag ich zum Sonnenaufgang meist noch im Bett und stand bei Sonnenuntergang noch im Café.«

»Wenn du auf der Düne stehst, im Rücken das Rote Kliff, das leuchtet, als wolle es weit über das Meer hinaus dem Feuer aller Leuchttürme der Insel Konkurrenz machen. Es ist wahres Kliffglück, sozusagen. Ich liebe es!« Es gefiel mir, wie schwärmerisch Oskar von Sylt und diesen romantischen Momenten sprach. »Den wohl schönsten Ort, um nach einem dieser Spaziergänge einzukehren, kennst du ja nur zu gut und machst ihn gerade zu einem noch schöneren. Dabei dachte ich bisher, das sei unmöglich.« Er schürzte die Lippen und lächelte liebevoll anerkennend. Ich spürte, wie ich erneut leicht errötete.

»Echt, ich habe den Eindruck, dass die Leute beim Eintritt in das *Kliffglück* das Gefühl haben, die gute Stube einer lieben Großmutter zu betreten, die nach einem alten Familienrezept Torte und Kekse gebacken hat.« Er fuhr sich mit der Zunge über die Oberlippe, als schmecke er förmlich, was er erzählte. »Dazu dann ein Wintertee mit Sahnewölkchen und Kluntjes und jetzt noch ein gutes Buch – was bitte könnte besser sein?«

»Ja, ich gebe zu, dass das schon ziemlich verführerisch ist.«

»Und ich bin mir sicher, da geht es nicht nur mir so. Einen Wellnesstag haben wir ja bereits gemeinsam genießen dürfen«, ging Oskar im Kopf weiter seine Tipps für die winterliche Insel durch. »Hierher zurückzukommen wird nach unserem Essen hoffentlich auch auf deiner To-do-Liste für Sylt stehen – ganz egal, zu welcher Jahreszeit. Hmmm, lass mich überlegen. Kulinarisch und von der wunderschönen Atmosphäre her kann ich dir die Wintermärkte auf der Insel ans Herz legen. Vielleicht ergibt sich ja die Chance auf einen gemeinsamen Glühwein. Kleine, individuelle Unternehmen von der Insel stellen dort ihre Produkte aus, es gibt Waffeln und Schmalzkuchen, Glühwein und Musik – und nette Menschen. Auch die Restaurants und Hotels stellen teilweise eigene Märkte auf die Beine, die man mal besucht haben sollte. Ich bin da, mehr durch Zufall, drauf aufmerksam geworden und habe mich in den letzten Jahren durch die Angebote geschlemmt. Manchmal werden sogar winterliche Lesungen organisiert.«

»Ich merke, es gibt auch im Winter viel zu erleben hier. Ich freu mich drauf!«

Die Vorspeise kam. Die Komposition aus Ziegenfrischkäse mit Nüssen und verschiedenen Früchten schmeichelte dem Gaumen und war ein Geschmacksfeuerwerk.

»Köstlich! Also das beweist mir gerade, dass ich deine Tipps absolut ernst nehmen sollte«, sagte ich mit einem Lächeln, das Oskar erwiderte.

Dieser Hochgenuss setzte sich auch in der Hauptspeise fort, einem Burger, der so besonders zubereitet war, dass er seinesgleichen suchte. Ich hatte selten einen so fruchtig-frischen und dabei trotzdem so deftigen Burger gegessen. Begleitend zum Essen hatte Oskar mir einen Wein empfohlen, dessen Alkoholgehalt ich schon leicht spürte. Nach diesem Glas würde ich auf Wasser umsteigen, bevor es zur Nachspeise ging, die garantiert ein wunderbarer Abschluss sein würde. Ich mochte mich kaum von diesem Ort und dem Gespräch mit diesem Mann trennen.

»Magst du zum Abschluss lieber eine Auswahl verschiedener Käsesorten probieren oder eher ein, zwei Kugeln Eis?«, fragte Oskar mich.

»Oh, ich bin zu satt für Käse – ich plädiere für ein Eis. Das passt gerade noch so in meinen jetzt schon vollen Magen.«

»Wunderbar. Ich bin heute auch im Team Eis. Wie ist denn dein Gefühl? Wird es auch nach der Weihnachtszeit weitergehen mit eurer Idee des Büchercafés? Deine Freundin hatte angedeutet, dass es sozusagen ein Testballon sein soll. Eine Pop-up-Idee, bevor ihr endgültig entscheidet, wie es weitergeht.«

Ich nickte. »Ja, so ist der Plan. Sie hat es so gestaltet, dass wir alles jederzeit unproblematisch rückgängig machen können. Bisher läuft es aber so gut, dass wir uns vorstellen können, es auch im neuen Jahr weiterzuführen. Wir haben gut zu tun, Anni braucht eigentlich längst schon Unterstützung, so viel, wie sie leistet, und ich arbeite endlich wieder mit Büchern.«

Oskar schaute mich an, und um seine Lippen zeichnete sich ein gerührtes Lächeln ab. »Du strahlst. Das steht dir.«

Ich nickte. »Ja, all das hier macht mich gerade wirklich glücklich. Den Menschen Lektüre zu empfehlen, zu erkennen, welches Buch für welchen Leser das richtige sein könnte, mit ihnen in die Geschichten einzutauchen. Es ist wunderbar. Sie sind so dankbar und interessiert. Es hat mir gefehlt. Das merke ich erst jetzt.« Mir fiel ein, dass ich Fenja Malé noch gar nicht wegen der Lesung geschrieben hatte. Ich würde es heute Abend noch erledigen, wenn ich wieder zu Hause war.

»Heute war eine Frau zu Gast, die uns handgemachte Lesezeichen geschenkt hat. So süß. Sie hat sie mit ihrem Enkelkind gestaltet und wollte uns eine Freude damit machen. Sie sind wunderschön, und allein der Gedanke, dass wir so großartige Kunden haben, der ist einfach zauberhaft. Findest du nicht?«

»Absolut«, bestätigte Oskar.

»Und die Gäste wünschen sich noch viel mehr. Sie haben uns ja bereits auf Lesungen angesprochen. Eine wunderbare Idee und genau das richtige Ambiente! Da werde ich mich jetzt drum kümmern und hoffe, dass wir so noch viel mehr Leute zu uns ins *Kliffglück* einladen können.«

»Es macht Freude, dich so begeistert erzählen zu hören«, stellte er fest. »Ich kann mir kaum vorstellen, dass du ohne die Bücher gelebt hast, so euphorisch, wie du gerade wirkst.«

Kurz stockte ich. »Ja, da sagst du was Wahres. Ich kann es mir gerade selbst kaum mehr vorstellen, dass die Bücher bis vor wenigen Tagen in meinem Leben keine Rolle mehr spielen durften. Was für ein Fehler.«

»Das will ich so nicht sagen. Ich denke, alles, was Teil des Lebens sein soll, spielt genau dann eine Rolle, wenn sie ihm gegeben wird. Wenn es passt. Nicht früher und nicht später«, erklärte er weise, und ich ließ die Worte auf mich wirken. Mir gefiel diese Perspektive.

»Eine beruhigende Sicht auf die Dinge«, stellte ich fest. Ich mochte, wie tiefsinnig und klug die Gespräche mit Oskar waren.

»Mir hat sie geholfen, einiges klarer zu sehen, und ich habe sie in meinem Leben auch immer wieder bestätigt bekommen.«

»Aber meinst du nicht, dass man selbst auch einige Fäden in der Hand hat, den Lauf der Dinge zu beeinflussen? Man steht doch all den Entwicklungen nicht ganz machtlos gegenüber, oder?«

»Vielleicht muss man an den entscheidenden Weggabelungen rechtzeitig ›Ja‹ oder ›Nein‹ sagen. Korrigieren, wenn man merkt, dass man falsch abgebogen ist, und manchmal den Mut aufbringen, die richtigen Schritte zu gehen, da hast du recht. Aber natürlich muss man genau diese Weggabelungen auch erst erkennen. Und den Moment, in dem man falsch abbiegen könnte.«

»Ich behaupte, das ist mit die größte Herausforderung«, bemerkte ich.

»Ja.« Er machte eine Pause. »Sie bereitet einem manchmal schlaflose Nächte«, fügte er hinzu, und für eine Weile schwiegen wir. Ich hatte den Eindruck, dass er seine Aussage auf seine persönliche Situation bezog, und überlegte, was passiert sein könnte in seinem Leben, woran er dachte. Aber eine innere Hürde hinderte mich daran, ihn danach zu fragen, und auch er ging nicht näher darauf ein. Ihm ging es offenbar genauso.

»Wie lange bist du eigentlich schon Stammgast bei Anni?«, erkundigte ich mich. »Früher war ich so oft hier bei ihr auf Sylt. Ich bin mir sicher, wir wären uns damals schon über den Weg gelaufen, wenn du da bereits täglich im Café gewesen wärest«, wechselte ich das Thema.

»Ich habe dieses zauberhafte Fleckchen Erde erst vor anderthalb Jahren für mich entdeckt.«

»Verstehe.«

»Seitdem bin ich aber echt oft da. Warst du seltener hier in dieser Zeit?«

»Ich war lange gar nicht hier, ja«, gab ich zu und überlegte, wie ich fortfahren sollte, ohne neue Fässer zu öffnen, die ich lieber geschlossen lassen wollte. »Beruflich und privat war ich in dieser Zeit recht eingespannt.« Ich dachte daran, wie oft Anni auf mich eingewirkt hatte, endlich wieder nach Sylt zu kommen. Einige Male war ich kurz davor gewesen, hatte mich dann aber doch dagegen entschieden und wieder in meiner Wohnung eingeigelt, mich selbst bemitleidet und vor dem eigentlichen Leben versteckt.

»Anni wird dich sicher vermisst haben«, überlegte er.

»Sie hat mich hin und wieder im Alten Land besucht. Manchmal haben wir uns auch ein Mädels-Wochenende in Hamburg oder Hannover gegönnt. Das Café schließt ja zwei Wochen im Jahr, da ist dann Zeit für solche Dinge.«

»Ach, schön. Tut ja auch mal gut, die Insel für ein paar Tage zu verlassen. Grad wenn man so viel arbeitet wie Annilen. Sie ist eine bemerkenswerte Frau«, sagte Oskar, und es freute mich, wie wertschätzend er von meiner Freundin sprach. »So zugewandt und freundlich, dabei aber überhaupt nicht aufdringlich oder neugierig. Das trägt auch dazu bei, dass ich mich so wohlfühle bei ihr im Café. Sie ist interessiert und präsent, wenn man spricht, ist aber ebenso feinfühlig zurückhaltend, wenn man einmal wenig Lust hat zu reden und einfach stumpf vier Stunden in den Laptop starren möchte. Das erkennt sie, und es ist okay.«

Ich lächelte. »Ich schätze ihre Art auch sehr, ja. Sie hat mir gefehlt, während wir uns nur so selten gesehen haben. Jetzt, wo ich hier bin, merke ich erst recht, wie sträflich ich meine liebe Anni vernachlässigt habe. Aber umso mehr freue ich mich, dass ich das nun wiedergutmachen kann. Sie hat so viel Geduld mit mir bewiesen und es mir nicht übel genommen, dass ich mich zurückgezogen habe. Jetzt hole ich alles nach.«

»Das klingt toll. Vielleicht ist es eine dieser Weggabelungen im Leben, an der wir beide gerade stehen«, sagte er dann, und mir blieb für einen kurzen Moment das Herz stehen, weil sein Blick mich fesselte und so tief ging. Eben noch hatten wir darüber gesprochen, dass man diese nur im richtigen Moment erkennen und nutzen musste, und jetzt standen wir genau davor? Ich wusste nicht, was ich dazu sagen sollte, war vollkommen verwirrt und trank zur Ablenkung einen großen Schluck.

»Einen Abschiedsdrink noch, bevor wir nach Hause fahren?«, fragte er. Auch dieses Wort sorgte nicht unbedingt dafür, meinen Puls zu beruhigen. Hoffentlich meinte er nur unseren Restaurantbesuch und vielleicht den Abend. »Ich würde etwas Alkoholfreies nehmen, damit ich uns nicht noch an den Straßenrand bugsiere.« Oskar lächelte.

»Dafür bin ich auch und steige auch auf etwas ohne Alkohol um«, erklärte ich.

»Wie wäre es mit einem Sylter Rosen-Tonic? Das ist ein alkoholfreier Cocktail mit Rosensirup.«

»Oh, gerne.«

Die Bestellung ließ nicht lange auf sich warten, und Oskar stieß sein Glas zart gegen meins.

»Auf die Wege, die sich auftun, und den Blick dafür, sie zu erkennen«, erklärte er, und ich nickte nur lächelnd, unsicher, was ich darauf antworten sollte. Er sprach für mich in Rätseln, und das passte so gut zu dem Eindruck, den ich schon anfangs von ihm hatte. Er war freundlich, aber es umgab ihn etwas Geheimnisvolles. Wie eine Nebelwolke, die ich noch nicht durchdringen konnte, aus der immer wieder sein freundliches Gesicht klar und offen in den Vordergrund trat, während sich dann wieder Schleier darüberlegten und Teile von ihm verhüllten.

»Das mit dem Abschiedsdrink hast du aber hoffentlich nur auf den Abend bezogen?«, fragte ich. Oskar zögerte mit seiner Antwort, was mir einen kleinen Schreck einjagte, dann lächelte er aber wieder.

»Die Sorge, die da in deinem Blick durchschimmert, die

schmeichelt mir«, sagte er, der Frage ausweichend, aber dabei dennoch persönlich.

»Du bleibst mir die Antwort schuldig«, sagte ich und schaute ihm dabei betont eindringlich in die Augen. »Dann muss ich mir all die schönen Orte doch allein anschauen. Entweder Anni oder ich müssen schließlich immer im Café stehen. Wie schade.«

»Wenn ich dich begleiten darf, würde ich mich freuen.«

Erleichtert lächelte ich, und wir ließen die Gläser erneut aneinanderklingen.

Langsam war es so spät, dass wir den Heimweg antreten wollten. Zwar bedauerte ich, dass unser Abend nun zu Ende ging, freute mich aber schon auf den nächsten.

Oskar bezahlte und half mir in meine Jacke, als wir wieder in die kalte Dunkelheit hinaustraten und bei wirklich gruseligem Wetter zum Auto liefen.

Kalte, dicke Regentropfen prasselten ergiebig auf uns nieder. Lachend und schon nach dem kurzen Weg ziemlich nass ließen wir uns in die Sitze fallen.

»Oh Mann. Also wenn ich nicht wüsste, wie schön es hier auf Sylt sein kann, dann würde ich echt überlegen, ob man sich diese Witterung hier freiwillig antun muss«, stellte ich fest.

»Heute Abend ist das Wetter wirklich wenig charmant. Im Sommer hätte ich dir jetzt gerne noch den abendlichen Strand gezeigt. Den mag ich in Rantum besonders. Aber weder in dieser totalen Dunkelheit noch bei waagerecht prasselndem Regen und schneidenden Windböen ist das erstrebenswert. Auch wenn man Sylt noch so sehr liebt. Das braucht es nicht.« Oskar hob bedauernd die Hände, als wolle er sich für die divenhaften Wetterkapriolen der Insel entschuldigen.

»Es ist trotzdem ein wunderschöner Abend«, sagte ich und lächelte ihn an. Das Licht im Auto war gerade wieder ausgegangen, und ich sah nur das Funkeln der Straßenlaterne in seinen Augen. Er erwiderte meinen Blick, und einige Sekunden lang saßen wir schweigend da, die Blicke ineinander verhakt.

Wärme kroch in mir auf, obwohl es eigentlich kühl war im Auto. Den Motor hatte Oskar noch nicht angelassen. Seine Augen funkelten mich an, sorgten für kleine zündende Funken in der Hitze, die mittlerweile überall in mir loderte.

Da spürte ich, wie er seine warme, weiche Hand an meine Wange legte und sanft darüberstrich. Dabei schob er eine nasse Haarsträhne beiseite. Sein Blick ließ meinen nicht los, und mir schwirrte der Kopf in einem wohligen Schwindel. Zärtlich legte ich meine Hand auf seine, hielt sie dort, wo sie war. Sein Gesicht kam näher, ich roch seinen Duft. Es war so lange her, dass ich die Nähe eines Mannes zugelassen hatte. Mir kam es vor, als erlaubte ich meinem Herzen seit langer Zeit, endlich wieder höherzuschlagen.

»Es wäre schöner, wenn wir jetzt im Strandkorb den Sonnenuntergang anschauen könnten. So viel romantischer«, raunte er mir zu. Ich spürte seinen Atem auf meiner Haut, wo er eine prickelnde Gänsehaut hinterließ. »Und wir hätten viel mehr Zeit.«

»Es ist alles gut. Viel mehr als gut«, erwiderte ich, und wenige Augenblicke später trafen sich unsere Lippen, und wir fielen in einen Kuss. Ein Kuss, der mir, trotz der nasskalten, beengten Atmosphäre im Auto, das Gefühl gab, als wäre ich am schönsten Ort der Welt und als täte ich das einzig Richtige. Das Glück, das meinen Körper flutete, gab mir das Gefühl, als könnte ich schweben, und ich wünschte mir, diese Explosion der Emotionen würde niemals enden.

Als unsere Lippen sich voneinander lösten, schienen wir beide sprachlos über das, was passiert war. Wir fanden keine Worte, spürten aber, dass etwas Besonderes geschehen war. Oskar ließ den Motor an, parkte aus und fuhr auf die Straße Richtung Westerland und weiter gen Kampen. Im wiederkehrenden Schein der Straßenlaternen sah ich ein Lächeln auf seinen Lippen.

Die Straßen waren leer, kaum jemand war unterwegs, was bei dem Wetter kein Wunder war.

In meinem Kopf flogen die Gedanken, wirr und aufgeregt, hoffnungsvoll und gleichzeitig irritiert. Seine rechte Hand lag auf meinem Oberschenkel, und meine Finger streichelten über seine weiche Haut.

Bald schon waren wir in Kampen angelangt, wo wir an wunderschön dekorierten Häusern vorbeikamen. Lichterketten ließen sie erstrahlen wie in einer zauberhaften Weihnachtswelt. Überall glitzerte und funkelte es. Ich sah Menschen in den Restaurants, die gemütlich beisammensaßen, und ich träumte mich zurück in das Restaurant, an den Tisch mit Oskar. Schon bald fuhren wir vor meiner Wohnung vor.

»In einem romantischen Film wäre jetzt der Moment, wo der eine den anderen fragt, ob er noch mit hochkommen möchte«, sagte Oskar, und mein Herz setzte zwei Takte aus. »Aber da wir beide morgen viel zu tun haben, bedanke ich mich für den tollen Abend und hoffe, dass wir uns ganz bald wiedersehen«, fuhr er fort.

Ich war erleichtert, dass der Abend so verlief. Alles andere wäre mir zu schnell gegangen, und ich wollte diesen Zauber der prickelnden Vorfreude und Neugier auf alles, was noch kommen und geschehen durfte, so lange wie möglich auskosten.

»Ich danke dir, Oskar. Es war ein besonders schöner Abend. Ein toller Auftakt unserer persönlichen Sylt-Winter-Highlights-Tour. Danke.« Ich hauchte ihm einen zärtlichen Kuss auf die Lippen und freute mich über das Leuchten in seinen Augen. Ihm schien es ähnlich zu gehen wie mir, und die Freude auf unser Wiedersehen funkelte aus seinem Blick.

»Danke dir, Tilda.«

Ich stieg aus, und er wartete noch, bis ich mit einem Winken in der Haustür verschwunden war. Dann hörte ich, wie er davonfuhr. Mit klopfendem Herzen tanzte ich voller Übermut durch den Raum. Ich presste ertappt die Hand vor den Mund, als mir auffiel, dass die Vorhänge zum Wohnzimmer geöffnet und der Raum aufgrund des Lichts sicher von draußen einsehbar war. Hoffentlich hatte ich mich nicht verhört, und Oskar war wirklich bereits losgefahren. Lachend ließ ich mich auf mein Bett fallen und den Abend in vielen kleinen, glücklichen Sequenzen an meinem inneren Auge vorbeiziehen. Ich war endlich wieder verliebt, und das so sehr wie noch nie. Aus seiner Versteinerung heraus geweckt, kam es mir vor, als presche mein Herz mit so viel Euphorie und Zuversicht diesem lange vermissten Zustand entgegen, dass ich staunend kaum hinterherkam.

So aufgedreht wie ich jetzt war, konnte ich unmöglich schlafen. Deshalb setzte ich mich an meinen Laptop und verfasste die Mail an Fenja Malé, um sie nach der Lesung zu fragen. Doch nach diesem Abend kam mir noch ein anderer Gedanke.

Liebe Frau Malé,

es ist wirklich beinahe unheimlich, wie verstanden ich mich von Ihrem Roman fühle, und deshalb brennt mir eine Frage auf dem Herzen. Ich hoffe, es ist in Ordnung, dass ich sie stelle:

Sind der Verlauf und das Ende dieses Romans fiktiv, oder wurden Sie von wahren Begebenheiten inspiriert? Wenn ich es nicht besser wüsste, erscheint es mir manchmal, als schrieben Sie meine eigene Geschichte, so sehr erinnert mich der Roman daran.

Und dieses Happy End – ich wünsche es mir so sehr.

Unsere Gäste lieben Ihren neuen Roman übrigens auch sehr, man reißt uns die neue Auflage förmlich aus den Händen. In dem Zuge kam die Frage auf, ob wir eigentlich auch Lesungen anbieten, und natürlich würden wir das in unserem Büchercafé gerne umsetzen. Welche Kulisse würde sich besser eignen? Ich habe früher so gerne Lesungen organisiert, und sie hatten immer eine besondere Bedeutung für mich und waren ein Highlight für unsere Kunden.

Ich weiß, dass Sie bisher jegliche Anfragen zu Lesungen abgelehnt haben, will es aber dennoch nicht unversucht lassen, Sie um diese Ausnahme zu bitten, wo wir bereits in so persönlichem Austausch stehen.

Könnten Sie sich vorstellen, bei uns im Büchercafé auf Sylt zu lesen, wäre das eine riesengroße Freude für uns. Wir versprechen Ihnen, das tollste Publikum, das schönste Hotelzimmer und die feinste Bewirtung sicherzustellen und ein großartiges Ambiente zu schaffen. Wir würden uns riesig freuen!

Herzlichst
Ihre Tilda Niehus

Ich schickte die E-Mail ab und ging zu Bett, aufgedreht vom Abend, aber müde genug, um nicht länger zu lesen, sondern das Licht zu löschen und zu schlafen.

Kapitel 11

Am nächsten Morgen kitzelten mich die Sonnenstrahlen wach, die durch das weiße Butzenfenster in mein Schlafzimmer fielen. Ein strahlend blauer Himmel war sichtbar. Wie ein Gemälde war dieser Ausblick, begleitet vom Rauschen des Windes, der um das Reetdach zog.

Einige Minuten lag ich so, den Blick aus dem Fenster gerichtet, eingekuschelt unter der warmen Decke. Kurz wünschte ich mir, liegen bleiben zu dürfen, freute mich dann aber doch darauf, gleich wieder mit Anni im Café zu stehen und unsere Gäste zu begrüßen.

Ein Blick auf die Uhr zeigte mir, dass ich noch ein wenig Zeit hatte, bis mein Wecker klingeln würde. Also griff ich nach meinem Handy und sah zu meiner Überraschung, dass bereits heute Nacht eine Antwort von Fenja Malé eingegangen war. Mit klopfendem Herzen öffnete ich die E-Mail.

Liebe Frau Niehus,

die schlechte Nachricht vorab: Ich muss Sie enttäuschen. Weil ich mich komplett aus der Öffentlichkeit zurückgezogen habe, muss ich leider Ihre freundliche Einladung zu einer Lesung absagen. Bitte haben Sie Verständnis, dass ich hier keine Ausnahme machen kann.

Ich habe unter einem Pseudonym geschrieben, war damit aktiv, und werde hinter der Fassade dieses Pseudonyms höchstwahrscheinlich auch wieder Abschied von meiner Zeit als Autorin nehmen. Ihr Interesse und Ihre lieben Worte ehren mich jedoch sehr, und ich bedanke mich dafür.

Ich schluckte. Nicht nur, weil ich bedauerte, dass sie nicht für eine Lesung zur Verfügung stand, sondern auch, weil sie mit ihren Worten den traurigen Verdacht bestätigte, nicht weiter Bücher zu veröffentlichen.

Aber nun zur guten Nachricht und Ihrer Frage nach dem Ende der Geschichte. Zwar entspringt es gänzlich meiner Fantasie, aber ich wünsche mir sehr, dass es meine Leser und Leserinnen motiviert und ihnen Zuversicht schenkt, an die große Liebe zu glauben. Denn dieser Roman ist für einen bestimmten Menschen geschrieben worden, dem ich von Herzen die ganz große Liebe wünsche, und ich hoffe sehr, dass er mithilfe dieser Geschichte wieder einen Lebenssinn und hoffentlich ebenfalls ein Happy End finden wird. Was Sie schreiben, kenne ich gut. Auch ich habe Phasen erlebt, in denen ich dachte, dass es die große Liebe nur noch für meine Figuren geben darf und nicht mehr für mich selbst. Und gleichzeitig hat mir das Leben schon so oft gezeigt, dass man nie die Hoffnung verlieren darf und dass es bestimmt diesen einen Menschen gibt, für den es sich lohnt, den Glauben an die Liebe nicht zu verlieren.

Herzliche Grüße und alles Liebe für Sie
Ihre Fenja Malé

Mein Herz schlug schneller und fühlte sich gleichzeitig an wie in zuversichtliche Hoffnung und Wärme gehüllt. Mir kam es vor, als meine die Autorin mit dem, was sie zum Adressaten ihrer Geschichte sagte, mich, und ich war so gerührt, dass der Sturm, der durch meine Brust tobte, sich kaum legen wollte. Die Enttäuschung darüber, dass die Autorin zu einer Lesung nicht bereit war und es womöglich keine weiteren Bücher von Fenja Malé geben würde, trat plötzlich in den Hintergrund. Wenn ich ehrlich war, hatte ich es nicht anders erwartet, zumindest, was die Lesung anging.

Noch ehe ich aufstand, musste ich eine Antwort formulieren. In der Anonymität der Worte fiel es mir erstaunlich leicht, mir meine Gedanken von der Seele zu schreiben.

Liebe Fenja Malé,

das, was hier gerade geschieht, unser Austausch und Ihre Worte, die mein Herz berühren, geht weit über das hinaus, was ich mir von meiner allerersten Mail an Sie erhofft hatte.

Und doch erscheint es mir kein bisschen merkwürdig, Ihnen von meinem Leben zu erzählen. Ich hoffe, ich überschreite damit keine Grenze. Bitte sagen Sie mir, wenn es Ihnen zu persönlich wird. Ich fühle mich Ihnen und Ihren Figuren einfach so verbunden.

Genau wie die Protagonistin gestatte ich mir zum ersten Mal seit langer Zeit, wieder an das Verliebtsein zu glauben, was mich sehr fröhlich macht.

In unserem Café bin ich einem Mann begegnet, der mein Herz aus dem Takt bringt. Es macht mich unfassbar froh, aber noch weiß ich es kaum einzuordnen, weiß nicht, wo es uns hinführen wird und ob wir die Chance auf eine Zukunft haben. Doch ich schiebe die Zweifel und Unsicherheiten beiseite und genieße den Moment.

Parallel lese ich von den Erlebnissen und Entwicklungen Ihrer Romanfigur und erkenne mich darin.

Ich genieße den Gedanken, dass es eine Art Verbindung zwischen mir und Ihrer Protagonistin gibt, so sehr, genau wie dieses lang ver-

misste Gefühl der Verliebtheit, in dem Sie mich mit Ihrem Roman be-
stärken.
Entschuldigen Sie bitte meine Sentimentalität. Aber ich würde es
bereuen, Sie das nicht wissen zu lassen. Ich kann es nicht oft genug
sagen, weil es einfach die Wahrheit ist.

Herzliche Grüße
   Tilda Niehus

Während ich die E-Mail getippt hatte, war eine Nachricht von Oskar angekommen. Noch bevor ich sie öffnete, spürte ich das aufgeregte Kribbeln in mir. Er wünschte mir einen guten Morgen und schrieb, dass er noch immer in Gedanken bei mir und dem gestrigen Abend war. Mit Herzklopfen und zittrigen Fingern antwortete ich, dass es mir auch so ging und ich mich darauf freute, ihn vielleicht später im Café zu sehen.

Dann gab ich mir einen Ruck, schlüpfte unter der warmen Decke hervor und stapfte ins Badezimmer, um mich für den Tag fertig zu machen.

Zwanzig Minuten später trat ich gut gelaunt und mit vor Glückshormonen übersprudelndem Herzen vor die Tür. Anni, die in ihrem pistazienfarbenen Lieferwagen bereits vor dem Haus wartete, erkannte auf den ersten Blick, was los war.

»Na, du siehst aus wie jemand, der einen wundervollen Abend verbracht hat. Oder war es womöglich eine ganze Nacht?« Theatralisch schaute sie sich um, als würde sie irgendwo noch Oskar entdecken.

Ich stieg ein, knuffte sie leicht in die Seite und lachte. »Langsam, langsam. Aber ja, es war ein ganz wundervoller Abend«, gestand ich.

»Das freut mich so sehr! Du musst mir alles erzählen«, bat Anni und fuhr los.

»Erst einmal habe ich ein Restaurant in Rantum kennengelernt, da müssen wir beide auch unbedingt mal zusammen hingehen.« Kurz beschrieb ich ihr, wo wir gewesen waren und was es dort zu essen gab. »Und ich muss gestehen, dass es mich so richtig erwischt hat. So richtig.«

»Wie sehr ich mich freue, meine Liebe«, sagte Anni leise. Sie schaute mich von der Seite an, und ihr Blick war dabei so herzlich und voller aufrichtiger Mitfreude, dass mir mein Herz aufging.

»Es tut besonders gut, wenn man einen Menschen wie dich um sich hat, der sich darüber beinahe noch mehr freut als man selbst. Danke, Anni.« Ich griff nach ihrer Hand, die auf dem Schaltknauf lag, und drückte sie sanft.

»Und wie, Liebes. Für keinen Menschen freue ich mich mehr.«

»Ich weiß gar nicht, wie ich mich verhalten soll, wenn Oskar heute ins Café kommt«, gestand ich und erntete einen irritierten Blick von Anni.

»Aha. Das halte ich für unbegründet. Oder hast du dich irgendwie unsittlich verhalten und Dinge getan, die dir heute peinlich sein müssen?« Sie grinste anzüglich.

»Hallo? Natürlich nicht!« Empört schüttelte ich den Kopf. »Über diverse wunderschöne Küsse ging es nicht hinaus.«

»Hey, wow! Das klingt aber schon sehr vielversprechend! Wie schön!«

»Das war es wirklich.« Verträumt lächelte ich und schaute über die Dünen, die mit Raureif überzogen waren, als seien sie zart mit Puderzucker bestäubt. »Ich bin so durch den Wind, fürchte ich. Ich hoffe, mir passieren heute keine Fehler bei der Arbeit.«

Als Anni mir sanft auf den Oberschenkel klopfte, zuckte ich direkt erschrocken zusammen, so sehr war ich in Gedanken.

»Ich bin ja immer da, falls du den totalen Verliebtheits-Blackout hast. Mach dir also keine Gedanken. Und wenn wir gerade dabei sind, lass uns doch kurz was Geschäftliches besprechen. Ein Streusel-Hersteller hat mir ein riesengroßes Promo-Paket an weihnachtlichen Streuseln gesendet. In den vergangenen Jahren habe ich die kleinen Päckchen gerne Gästen geschenkt rund um die Weihnachtszeit. Mir kam die Idee, dass wir das jetzt, wo wir zu zweit sind, doch als ein kleines ›Schauverzieren‹ gestalten könnten. Ich habe mir vorgestellt, dass wir Kekse vorbereiten und du live auf Wunsch Kekse gestaltest, die die Gäste dann kaufen können. Da können wir die Plätzchen nach Herzenslust der Gäste verzieren. Die Gäste verlassen das *Kliffglück* dann mit einem individuellen Präsent zum Selbergenießen oder Verschenken. Weil ich aktuell grad eine Menge Rohlinge in der Tiefkühltruhe habe, würde sich anbieten, dass wir das direkt morgen machen. Wie klingt das für dich? Bist du dabei?«

»Nach einer wunderbar weihnachtlichen Idee klingt das! Ganz großartig. Meinst du denn, das ist neben dem normalen Betrieb zu schaffen?«

»Da sehe ich kein Problem. Wir werden dann natürlich schon mittags für den Normalbetrieb schließen, damit wir alles vorbereiten und ab vier starten können. Die Keksrohlinge müssen wir nur rechtzeitig in den Ofen schieben, damit sie dann verzierfertig sind.«

»Ich bin da und helfe dir, wo ich kann. Es macht sicher viel Spaß, mit den Gästen zusammen kreativ zu sein und neue Streusel, Farben und Zuckergüsse auszuprobieren. Wenn alles gesponsert wird, kann man sich so richtig schön austoben.«

Der Geruch von Kaffee und Kuchen und das dezente Aroma der Duftkerzen lagen noch in der Luft, als wir zusammen das Café betraten.

»Ich habe gestern ausreichend Kuchen gebacken, die wir jetzt aus der Kühlung vorne zur Theke bringen können. Jedenfalls so viel, wie erst mal reinpasst.«

»Alles klar. Ich mache mich direkt an die Arbeit«, erklärte ich, legte meine Jacke ab und wusch mir die Hände. Die Kuchen, die so wunderschön aussahen, dass man sie kaum anschneiden mochte, waren schnell arrangiert. Ich machte einige Fotos, die ich im Social-Media-Account des Cafés posten wollte. Anni hatte mir die Passwörter gegeben, damit ich sie dabei unterstützen konnte.

»Wer auf der Insel ist und sich nicht direkt auf den Weg macht, wenn er das hier sieht, der macht was verkehrt.«

Anni lachte. »Die Konkurrenz ist groß, aber danke dir.«

»Gestern Abend habe ich übrigens noch Fenja Malé geschrieben und nach einer Lesung gefragt. Leider kam es, wie ich erwartet habe: Sie möchte nicht zu uns kommen und lesen.«

»Schade, das wäre toll gewesen, aber wir können ja erst einmal klein anfangen und einen Abend planen, an dem wir selbst aus dem Roman vorlesen. Meinst du nicht, dass das auch Gäste anlocken könnte?«

»Wenn das Drumherum stimmt, sicher. Und du hast recht, das würde für den Anfang weniger Organisationsaufwand und auch weniger Kosten bedeuten. Wir sollten darüber nachdenken.« Sofort überlegte ich verschiedene Möglichkeiten. Vielleicht sollte ich mich mal mit Oskar austauschen und ihn nach Tipps fragen.

Nachdem Anni das Schild in der Tür auf »Geöffnet« gedreht hatte, füllte sich der Gastraum schnell. Während ich Kaffee kochte, Tee aufgoss, Torten schnitt und die Gäste bediente, wirbelten mir die unterschiedlichsten Ideen durch den Kopf. Fast durchgehend waren alle Tische besetzt, und Anni und ich kamen ganz schön ins Rotieren. Als es endlich auf Mittag zuging, sehnte ich eine Pause und ein wenig Ruhe herbei, um etwas zu essen und wieder Kraft zu tanken.

»Ich will mich gleich mit meiner Mama treffen«, erklärte Anni. »Du bist jederzeit herzlich eingeladen, mitzukommen«, bot sie an.

»Danke dir, das ist ganz lieb. Ich glaube, ich gehe noch mal ein paar Schritte am Meer entlang. Das war gestern so angenehm, und nach all dem Trubel kann ich die Stille und Einsamkeit gut gebrauchen«, sagte ich.

»Soll ich dir denn was zu essen mitbringen?«

»Nein danke. Ich finde bestimmt irgendwo einen kleinen Snack für unterwegs.« Insgeheim hatte ich gehofft, dass Oskar sich melden würde und wir die Mittagspause vielleicht zusammen verbringen würden. Bisher war es aber bei der morgendlichen Nachricht geblieben, und er war auch nicht im Café aufgetaucht. Ein wenig enttäuscht wollte ich mich gerade allein auf den Weg machen, als noch einmal die Tür aufging und Oskar darin stand.

»Moin«, sagte er, und sofort tanzte mein Herz. Er wandte sich an Anni. »Ich wollte fragen, ob ich Ihre Mitarbeiterin zu einem Essen entführen darf. Vorher wollte ich Ihnen aber, was meiner Meinung nach längst überfällig ist, das Du anbieten. So lange, wie wir uns schon kennen, ist es an der Zeit, oder?«

»Annilen. Sehr gerne.«

»Oskar.« Oskar zückte seinen imaginären Hut, und Anni lachte. »Falls du auch mitkommen magst, freuen wir uns beide, oder, Tilda?«

»Nein danke, das ist lieb, aber ich bin schon mit meiner Mama verabredet. Beim nächsten Mal gerne.«

Jetzt wandte Oskar sich an mich. »Wie sieht es denn bei dir aus? Hast du Hunger und Lust auf ein gemeinsames Essen? Ganz so wörtlich habe ich das mit dem Entführen nämlich auch wieder nicht gemeint.«

Ich musste lachen. »Ja, das habe ich. Eigentlich wollte ich ein wenig spazieren gehen, um Stille zu tanken, aber vielleicht finden wir ja etwas, wo wir trotzdem ein bisschen zur Ruhe kommen können.«

»Dann lass uns das doch kombinieren. Wir gehen am Wasser entlang, bis zu dem Bistro direkt am Strand. Das ist für einen Mittagssnack doch genau das Richtige.«

»Perfekt! Dann schnappe ich mir nur noch Mütze, Schal und die dicke Jacke, damit ich nicht als Eiszapfen zurückkomme, und es kann losgehen. Sollen wir Trudi mitnehmen, Anni?«

»Ach, klasse. Da freut sie sich bestimmt.« Als der Hund seinen Namen hörte, kam er schwanzwedelnd zu mir, und Anni nickte zufrieden. »Das sieht ganz danach aus.«

Ich schnappte mir die Leine, bevor wir alle gemeinsam hinausgingen.

»Bis später. Und lasst euch Zeit! Meine Mama will sowieso nachher noch mitkommen. Sie hilft mir immer gerne.«

»Alles klar, danke, Annilen«, sagte Oskar.

»Bis nachher, Anni. Sag deiner Mama liebe Grüße und dass ich bald mal vorbeikomme und Hallo sage.«

»Mach ich, aber vielleicht seht ihr euch ja nachher noch hier!«

Während Anni ins Auto stieg, schlugen Oskar, Trudi und ich den Weg zum Strand ein. Ich spürte den sanften Druck seiner Hand auf meinem Rücken. Schon nach wenigen Schritten ließ er sie zu meiner Schulter wandern, legte schützend seinen Arm um mich und zog mich etwas näher an sich.

Auch heute war es windig, aber nicht so stürmisch wie in den letzten Tagen. An der Holzplattform machten wir eine kurze Pause und hielten unsere Gesichter der Sonne entgegen. Ihr fehlte die Wärme, aber dennoch tat es gut. Trudi trabte vorfreudig neben uns Richtung Strand, als wir weitergingen. Die kleinen Schlappohren wehten im schneidenden Eiswind, der vom Meer herüberzog. Die Kälte schien Trudi nicht viel auszumachen, aber Anni hatte ihr trotzdem ein kleines Mäntelchen übergezogen. Der Wind ließ mich mich näher an Oskar kuscheln. Er strich über meinen Arm.

»Zu kalt?«, erkundigte er sich fürsorglich.

»Nein. Frostig, aber wunderschön.« Ich schaute ihn an und verlor mich in seinen dunklen Augen.

»Deine Augen leuchten vor diesem strahlend blauen Himmel besonders hell«, erklärte Oskar. Ich las Bewunderung in seinem Blick.

»Danke.«

»Es ist selten, dass Frauen mit braunen Haaren so kristallklare, helle Augen haben. Das ist mir sofort aufgefallen, als ich dich zum ersten Mal gesehen habe.«

»So wie mir deine dunklen Augen. Sie wirken unergründlich und unheimlich tief. Ein bisschen melancholisch. Ich weiß nicht. So, als wärst du immer ein wenig nachdenklich, nie ganz im Jetzt. Erst wenn man mit dir spricht, verschwindet dieser Ausdruck.« Meistens jedenfalls, fügte ich in Gedanken hinzu.

»Interessant, dass du das so wahrnimmst.«

»Hab ich denn recht mit meiner Vermutung? Bist du nachdenklich?«

»Ich glaube schon, dass ich ein nachdenklicher Typ bin, ja. Auch einen Hang zur Melancholie kann ich wohl nicht abstreiten, wenn ich ehrlich bin.«

»Ich mag das.« Wir lachten beide, und ich betrachtete sein gut aussehendes Profil vor dem graublauen, kabbeligen Meer. Er passte so gut hierher. Der Mann mit dem markanten Gesicht und der kräftigen Statur, die dem rauen Klima trotzte, mit dem ich mir hier neben diesem Winter auch den schönsten Sommer ausmalen konnte. Das Bild, Oskar hier am Strand, im Rücken Annilens Café und, weiter entfernt, mein kleines Zuhause auf Zeit, machte mich gerade überglücklich.

Am fast menschenleeren Strand leinten wir Trudi ab, und sie tobte fröhlich in Richtung Wasserkante und jagte einen der umherfliegenden Schaumberge, die die Wellen an Land gebildet hatten und die der Wind wie fluffigen Pudding zittern ließ. Oskar griff nach meiner Hand, und seine Wärme flutete meinen gesamten Körper mit Glück.

Hand in Hand liefen wir am Meer entlang und genossen diese zärtliche Berührung, die Ruhe und die Zweisamkeit. Obwohl es so kalt war, fror ich nicht. Oskars Nähe wärmte mich. Die Nordsee rauschte laut und fast ein wenig bedrohlich. Es war eine außergewöhnliche Stimmung. Durch den Meerschaum zu laufen war fast ein wenig, als stapften wir durch Schnee.

Das Bistro war bereits zu sehen, und wir liefen gerade unterhalb des Hauses *Kliffende* entlang. Eine kleine Reetdachspitze lugte über die Düne in Richtung Meer. Jedes Mal, wenn ich dieses Haus sah, stellte ich mir den traumhaften Ausblick aus dem Zimmer im Dachgiebel vor. Dort ein Bett unterhalb des halbrunden Fensters, das stetige Rauschen des offenen Meeres im Ohr, die saubere, klare Salzluft, die Weite beim Blick aus dem Fenster über das graublaue Meer. Es musste sich wie ein Traum anfühlen, dort aufzuwachen, den Tag zu verbringen oder den Sonnenuntergang in erster Reihe zu bestaunen.

Im Sommer hatte ich mal erlebt, wie Leute direkt von einem kleinen eigenen Steg vom *Kliffende* aus den hauseigenen Strandkorb bezogen. Das erschien mir wie Luxus pur.

»Ach, wie ist das schön hier«, sagte ich seufzend. »Wenn ich nicht so großen Hunger hätte, könnte ich noch ewig hier mit dir entlanglaufen.«

Unwillkürlich blieb Oskar stehen, zog mich sanft zu sich und legte beide Arme um mich.

»Geht mir genauso. Übrigens, wenn ich so melancholisch auf dich gewirkt habe, dann müsstest du jetzt merken, dass sich das in den letzten Tagen ganz schön verändert hat, oder? Du bringst mich zum Strahlen. Da bleiben kaum noch Raum und Grund für Melancholie.«

»Ich finde auch, dass sich in den letzten Tagen alles etwas leichter anfühlt.«

Er nickte zaghaft, legte seine Hände sanft an meine Wangen und küsste mich zärtlich. Wärme und Glück wallten in mir auf, und Verliebtheit kribbelte bis in meine Fingerspitzen.

Mein Magenknurren ließ uns den Kuss unterbrechen und beide laut lachen.

»Ich glaube, wir sollten uns dringend um ein Mittagessen für dich kümmern«, meinte Oskar und zwinkerte mir zu.

»Sorry, aber seit ich nicht mehr nur am Schreibtisch sitze, sondern den ganzen Tag auf den Beinen bin, habe ich mittags immer riesigen Hunger.« Ich zuckte entschuldigend die Achseln. »Das lässt sich einfach nicht leugnen.«

»Dann mal los. Deshalb sind wir ja hier.« Er deutete auf das Bistro und griff wieder nach meiner Hand. Sein Daumen strich sanft über meinen Handrücken, und schon diese winzige Geste schenkte mir erneut eine Gänsehaut. Trudi hatte offenbar erkannt, wohin es gehen sollte, und hüpfte voran.

Im Bistro empfing uns eine wohlige Wärme. Dazu zog ein verlockender Duft nach Kartoffelsuppe durch den Raum. Genau das Richtige, um sich auch von innen wieder aufzuwärmen.

»Mmh«, schwärmte ich. »Ich kann es kaum erwarten.«

»Geht mir auch so. Ich kann die Kartoffelsuppe mit Würstchen nur empfehlen. Auch die Linsensuppe ist großartig, und Currywurst mit Pommes geht auch immer.« Er lachte leise. »Wenn du eher was Süßes magst, gibt's aber auch Milchreis oder Crêpes mit Zimt und Zucker.«

»Hör lieber auf, ich kann mich kaum entscheiden.« Wir setzten uns an einen freien Tisch am Fenster. Hier hatten wir einen wunderbaren Blick über den Strand zum Meer. Trudi rollte sich auf der kleinen Kuscheldecke, die Anni mir mitgegeben hatte, unter unserem Tisch zusammen.

»Wäre es nicht mitten am Tag, wäre wohl ein Pharisäer das Richtige, um wieder aufzutauen«, stellte Oskar fest. »Aber das können wir wann anders ja mal nachholen.«

»Sehr gerne. Es ist schön hier und bestimmt auch abends wunderbar gemütlich«, bemerkte ich.

»Das stimmt. Aber natürlich vor allem im Sommer, wenn es länger hell ist.«

Eine Kellnerin brachte eine Schale mit Wasser und ein paar hausgemachte Leckerlis für Trudi, nahm unsere Bestellung auf und servierte sie schon wenig später. Wir hatten uns beide für die Kartoffelsuppe und einen gemeinsamen Crêpe zum Nachtisch entschieden.

»Sommer«, sagte ich. »Das klingt noch so weit weg. Ich bin sehr gespannt, was bis dahin alles so geschehen wird.«

Oskar nickte und trank einen Schluck aus seinem Glas. »Das bin ich auch«, meinte er dann, doch bei ihm klang es nachdenklich. Da war es wieder, das Gefühl, dass ihn etwas beschäftigte, dass der neue Job nicht nur eine positive Herausforderung für ihn war.

»Du wirkst, als belaste dich etwas. Geht es dir gut?«

»Danke. Mir geht es gut, sehr gut sogar.« Er griff nach meiner

Hand, strich zärtlich darüber und lächelte. »Ich freue mich auf die neue Lebensphase, die auf mich wartet, aber ich habe auch Zweifel. Grüble, ob ich alles richtig mache, ob die Veränderung die Wirkung hat, die ich mir davon erhoffe, all so was. Es gibt Tage, da strotze ich vor Optimismus, und dann sehe ich plötzlich wieder alles schwarz und rutsche in eine Pessimismus-Spirale. Du weißt ja, das falsche Abbiegen und so.«

»Das tut mir leid«, sagte ich und stellte gleichzeitig erleichtert fest, dass in meinem Leben derzeit der Optimismus überwog und es wenig dieser skeptischen Gedanken gab. Die meiste Zeit war ich dankbar und froh darüber, dass ich diesen Weg gegangen war. Nicht zuletzt, weil ich Oskar kennengelernt hatte und sich mit ihm alles so gut anfühlte.

»Aber was ist es, das dich pessimistisch werden lässt?«

Oskar machte eine Pause, schien einen Moment über meine Frage nachdenken zu müssen und aß, wie um Zeit zu gewinnen, einige Löffel Suppe.

»Ganz ehrlich?«, setzte er dann an, und ich nickte. »Gerade ist es das, was zwischen uns passiert.«

Erschrocken schaute ich ihn an und schluckte. Mit dieser Antwort hatte ich nicht gerechnet.

»Was meinst du damit?« In meiner Stimme lag ein Zittern.

Dass Oskar nun angespannt die Hände rang, sorgte nicht unbedingt dafür, dass ich mich entspannte. Mein Herz klopfte mir bis zum Hals.

»Mein neuer Job bedeutet, dass ich ab dem Jahreswechsel erst einmal eine Zeit lang viel unterwegs sein werde. Quer durch Deutschland, oft für mehrere Wochen.«

Der Gedanke war nicht schön, aber zumindest hatte er nichts Negatives über das zwischen uns beiden gesagt.

»Wir werden uns viel weniger sehen können, und dabei lernen

wir uns doch gerade erst kennen. Natürlich hoffe ich, dass es uns dennoch gelingt, dass wir in Kontakt bleiben, trotzdem macht es mich traurig.«

Bedauernd presste ich die Lippen aufeinander. »Das hoffe ich auch. Weißt du denn schon, wo du hingehen wirst und wie lange?«

Oskar schüttelte den Kopf. »Noch nicht genau. Ich habe bei meiner Bewerbung angegeben, dass ich örtlich und zeitlich vollkommen flexibel bin und deutschlandweit einsatzbereit.«

Ich hob die Augenbrauen. Diese Aussicht klang in der Tat nicht sehr vielversprechend.

»Einige Arbeiten sind problemlos auch aus dem Homeoffice möglich. Auch wenn ich zunächst auf diese Option verzichtet habe, möchte ich diese Möglichkeit noch einmal ansprechen.«

Mich rührte, dass er bereits diese Gedanken hatte, zumal das zarte Band zwischen uns so frisch war, dass man davon längst noch keine Zukunftsentscheidungen abhängig machen konnte. Und wahrscheinlich auch nicht sollte.

»Ich wollte jetzt nicht auf die Stimmung drücken, entschuldige.«

»Du drückst nicht auf die Stimmung. Ich freue mich, dass du dir diese Gedanken machst, dass dir unser Kennenlernen so wichtig ist. Natürlich bin ich auch nicht glücklich darüber, dich so bald wieder hergeben zu müssen, und hoffe sehr, dass wir einen Weg finden.«

Trotz dieses Gesprächs genossen wir die kleine gemeinsame Mittagsauszeit. Wir unterhielten uns so gut, als würden wir uns schon ewig kennen und derlei Pausengestaltung längst zu unserem persönlichen Ritual gehören.

Und so vertraut, wie es mir vorkam, so prickelnd neu und aufregend war es dabei. Es war wie Urlaub und Heimat zugleich.

Und vielleicht konnte dieser Mann wirklich die Erfüllung meines Traums sein. In diesem Moment zweifelte ich nicht daran, dass wir die zeitweise Trennung und Entfernung meistern konnten. Außerdem hatten wir bis zum Jahreswechsel ja noch genügend Zeit, die wir mit vielen tollen gemeinsamen Momenten füllen und in der wir uns weiter kennenlernen und näherkommen konnten. Ich freute mich darauf, noch weitere seiner Lieblingsorte zu entdecken, besonders in dieser magischen Zeit vor Weihnachten.

»Willst du im Café noch ein wenig arbeiten heute Nachmittag?«, erkundigte ich mich auf dem Rückweg.

»Leider habe ich später noch einen Termin in Westerland und muss mich dafür vorbereiten. Die Unterlagen habe ich in meiner Wohnung. Ich denke aber, morgen komme ich bestimmt wieder vorbei.« Er lächelte. »Heute Abend bin ich verabredet. Wie sieht dein Tag noch aus?«

»Ich bin gespannt, was heute so los ist bei uns. Der Morgen war ziemlich turbulent. Außerdem feilen wir an Ideen, wie wir das Thema Bücher im Café weiter ausbauen können. Weil die Autorin, die ich zu einer Lesung angefragt hatte, mir leider abgesagt hat, überlege ich, nun selbst aus dem Roman zu lesen und einen Themenabend dazu zu organisieren.«

»Klasse. Das klingt nach einer guten Idee.«

Trudi forderte uns zum Spielen auf, indem sie einen Stock vor unsere Füße legte, den sie an der Wasserkante gefunden hatte. Oskar warf geduldig das Spielzeug, und Trudi apportierte. Ich blickte über das im zarten Sonnenschein glitzernde Meer und schloss die Augen, als die Sonne auf mein Gesicht fiel. Wir schwiegen fast die gesamte Strecke über, aber Oskar hielt die ganze Zeit meine Hand.

Gerade bei der Holzplattform angekommen – ich war noch ein

wenig aus der Puste – zog mich Oskar an sich und nahm mich fest in den Arm. Seine Nähe fühlte sich gut an, und ich lehnte mein Gesicht an seine Brust. Er duftete nach seinem herben Parfüm und salziger Luft. Sein Atem ging ruhig und sanft, eine Hand strich zärtlich über meine Wange.

»Schön, dass wir uns getroffen haben, Tilda«, raunte er mir zu, vergrub sein Gesicht in meinem Haar und drückte mir einen zärtlichen Kuss auf den Scheitel, der mich wohlig schaudern ließ.

»Das ist es, Oskar«, antwortete ich und sah zu ihm auf. Er schaute mich an und lächelte.

Sanft strich seine Hand über meine Schulter, weiter zu meinem Hals, fuhr unter meinen Schal, bis Oskar mich zärtlich an sich zog. Wir schauten uns in die Augen, und das helle Blau des Himmels ließ Oskars dunkle Augen ein wenig klarer erscheinen als sonst.

Und dann küssten wir uns, und dieser Kuss war so schön, dass ich es zum ersten Mal, seit ich auf Sylt war, bereute, nun ins Café zu müssen.

»Ich hoffe, bis ganz bald«, sagte Oskar, und ich nickte.

»Das hoffe ich auch.«

Wir liefen weiter, die Finger ineinander verhakt, auf das Café zu. Zum Abschied gab Oskar mir einen Kuss auf die Stirn, der mich besonders berührte. Für mich waren Stirnküsse das Zeichen liebevollster Fürsorge. Er ging rückwärts in Richtung der Straße, die zum Ort führte. Langsam lösten sich unsere Finger voneinander, bis sich nur noch die Fingerkuppen berührten. Erst dann drehte er sich um und winkte mir über die Schulter noch einmal, und obwohl er es nicht sah, winkte ich zurück.

Dann klopfte ich Trudi den Rücken, die geduldig neben uns gewartet hatte, öffnete die Holztür zum Café und trat ein in die heimelige Wärme und den süßen Duft nach Vanillegebäck.

»Mmh«, schwärmte ich genießerisch. Der Gastraum war noch leer. An einem Tisch am Fenster saß jedoch Annis Mutter Ulla, die in dem Moment, als sie mich erkannte, aufsprang und mich stürmisch umarmte. Gleich darauf wurde sie selbst überschwänglich von Trudi begrüßt, die sich an ihre Beine schmiegte.

»Ach, du kleine Maus, hallo.« Ulla lachte. »Als hätten wir uns ewig nicht gesehen. Dabei gilt das eher für Tilda und mich. Liebes! Wie schön, dich wiederzusehen«, freute sie sich und drückte mich erneut fest an sich.

»Ulla, das geht mir genauso! Schön, dass du heute vorbeigekommen bist. Hattet ihr ein leckeres Mittagessen?«

»Es war ganz herrlich. Ich hoffe, du auch?« Sie grinste verschmitzt, und mir war klar, dass Anni ihr bereits erzählt hatte, mit wem ich zum Mittag verabredet gewesen war.

»Es war wunderbar«, sagte ich. »Wir sind mit Trudi am Meer entlangspaziert bis zum Bistro, haben uns dort mit einer köstlichen Suppe aufgewärmt und sind dann wieder am Wasser entlang zurückgelaufen. Trudi hat mehrere Kämpfe gegen riesige Schaumwölkchen gewonnen, und wir hatten hin und wieder sogar einen Sonnenstrahl zu verzeichnen. So dürfte jede Pause aussehen«, sagte ich und hob die Handflächen. »Glück pur.«

»Das klingt danach. Aber ich finde, mit deinem Vorhaben, Anni hier bei den Büchercafé-Plänen zu unterstützen, hast du doch bereits einen tollen ersten Schritt in die Richtung gemacht, die derlei Pausengenüsse nun viel häufiger möglich macht, meinst du nicht?«

Ich nickte zustimmend. »Ich bin so glücklich darüber, hier zu sein. Das kann ich kaum beschreiben.«

»Vor allem, weil sie nun zu diesem sensationellen Traumjob an *meiner* Seite auch noch einen Mann kennengelernt hat, der ihr

Herz doppelt höherschlagen lässt«, kam es da hinter der Kuchentheke hervor, und Anni trat zu uns.

Verschämt senkte ich den Blick. Anni jedoch legte den Arm um mich. »Besser hätte es bis hierher nicht laufen können, finde ich.«

»Fast«, lenkte ich ein und erntete einen erschrockenen Blick meiner Freundin.

»Was soll das heißen?«

»Oskar hat grad erzählt, dass sein neuer Job auch bedeuten wird, dass wir uns bald weniger sehen können, weil er viel unterwegs sein wird.« Bedauernd zuckte ich die Schultern.

»Das ist schade, aber doch sicher begrenzt, meinst du nicht?«

»Ich hoffe es, ja.«

»Besser so, als wenn ihr euch gleich verpasst hättet. Jetzt habt ihr wenigstens noch ein paar Wochen, die ihr mit ganz viel Kuscheln und tollen Unterhaltungen füllen könnt.«

»Da stimme ich meiner Tochter zu«, erklärte Ulla mit fürsorglichem Blick. Ich nickte, dankbar für die liebevoll streichelnde Hand von Annis Mutter auf meinem Rücken und dafür, dass gerade die ersten Gäste das Café betraten. Ich lief emotional ein wenig neben der Spur, und die Ablenkung durch die Arbeit würde mir guttun und mich von diesen unnötigen Grübelgedanken ablenken. Genau, wie Anni sagte.

Kapitel 12

»Aber das ist doch eine ganz wunderbare Idee, dass du anstelle der Autorin liest«, freute sich Ute Lorsig, als ich ihr am Nachmittag unsere Idee vorstellte.

»Freut mich sehr, dass du die Idee gut findest. Ich bin auch gespannt, wie das ankommen wird.«

»Meinst du, das wird noch vor Weihnachten möglich sein? So viel Zeit ist bis dahin ja nicht mehr. Und sie rennt ja immer, grad, wenn man noch was organisieren muss. Also, wenn ihr wen fürs Marketing braucht – ich mache überall Werbung für eine Lesung in eurem zauberhaften Café! Da könnt ihr euch ganz sicher sein.« Sie nickte bekräftigend und strahlte voller Euphorie.

»Danke.« Nachdenklich legte ich die Stirn in Falten. Bisher war mir die Zeit bis zu den Festtagen noch so lang vorgekommen, aber vielleicht redete ich es mir auch bloß ein, weil ich sie voll auskosten wollte. Aber sie hatte recht. Es waren nur wenige Wochen bis Weihnachten.

»Ich hoffe, dass wir bis dahin eine wunderbare Lesung auf die Beine gestellt bekommen, ja, schließlich wissen wir noch gar nicht genau, wie es nach den Feiertagen mit dem Büchercafé weitergehen wird. Bleiben wir erst mal optimistisch.«

»Das ist genau meine Lebenseinstellung. Und sag bitte jederzeit Bescheid, wenn ein Termin feststeht und ich die Werbetrommel rühren soll.« Sie rieb sich freudig die Hände. »Weißt du, was, ich gebe dir einfach mal meine Telefonnummer. Wenn's schnell gehen muss.« Sie reichte mir ihre Visitenkarte.

»Das mache ich sehr gerne! Vielen herzlichen Dank für dein Angebot.«

Annilens Mutter hatte sich in die Küche zurückgezogen, wo sie noch einige Torten vorbereitete. Als es etwas ruhiger wurde, besuchte ich sie dort.

Sie rührte einen Teig, der fluffig leicht aussah und verführerisch nach Vanille und Zucker duftete. »Was zauberst du da Wunderbares? Das hat auf jeden Fall Lieblingskuchen-Potenzial, wenn ich diesen zauberhaften Duft richtig deute.«

Ulla lachte. »Eine meiner Spezialitäten: Vanilletraum mit Schaumkrone. Ein Vanillekuchen mit reichlich frischer Schlagsahne und Puderzucker-Schnee. Gar nichts Kompliziertes – nur leicht zu backen und verdammt lecker!«

»Großartig!«

»Anni sagte, ihr wollt eine Lesung organisieren. Wie wäre es, wenn wir die auf die Nachmittagsstunden an einem Samstag legen, und ich backe dazu ein paar Torten? Die Kekse könnt ihr selbst ja noch viel besser zaubern als ich. Dazu die Bücher, Tee und Kaffee? Ich kann mir das ganz wunderbar vorstellen. Was meinst du?«

»Absolut! Was schätzt du, wie viele Leute wir verköstigen können an dem Nachmittag?«

»Das hängt davon ab, wie ihr das Café bestuhlen wollt.«

»Oh, ich würde die Tische beibehalten und damit eine lockere Atmosphäre schaffen. Dort drüben würde ich die Leseecke einrichten, wo ich es mir mit dem Buch gemütlich machen kann.«

»Dann rechne mit rund vierzig Gästen zur Lesung, und wenn wir daraus eine geschlossene Gesellschaft machen, können wir damit auch wunderbar kalkulieren. Ein Eintrittspreis wird außerdem ein wenig Spielraum für kleine kulinarische Besonderheiten bieten.« Ullas Augen leuchteten.

»Ja, Eintritt sollten wir auf jeden Fall nehmen. Dadurch machen wir es auch etwas exklusiver und attraktiver. Mit Glück reißen die Leute sich irgendwann um die Karten. Die Menschen lieben so was! Urlauber und Einheimische. Dann passt man die Bücher den Jahreszeiten an, nimmt Kontakt zu regionalen Autoren auf, und so hat man zu jeder Zeit garantiert interessante Themen, die gelesen werden können.«

»Du und meine Anni, ihr seid ein super Team! So viel steht schon mal fest. Euch gemeinsam kann doch nichts stoppen!«, sagte Ulla mit Begeisterung in der Stimme, und ich wusste, dass sie recht hatte. Das hatten mir die letzten Tage gezeigt.

Auch an diesem Abend kam ich vollkommen erschöpft nach Hause.

Während ich etwas aß, ließ ich mich von einer Nachrichtensendung und einer anschließenden Talkrunde berieseln. Als ich spürte, wie mir immer wieder die Augen zufielen, beschloss ich, ins Bett zu gehen.

Beim Stellen meines Weckers im Smartphone bemerkte ich eine neue Nachricht von Fenja Malé. Ich konnte nicht anders, als sie direkt zu öffnen.

Liebe Frau Niehus,

Ihre Nachricht wärmt mein Herz, und ich bedanke mich dafür. Ich wünsche Ihnen für Ihre Liebesgeschichte Ihr persönliches Happy End.

Meinen Roman habe ich für eine Person geschrieben, die dadurch wieder einen Lebenssinn finden und wieder an die Liebe glauben

soll. Manchmal tut eine solche Geschichte für den eigenen Seelen-
frieden gut. Das ist meine Hoffnung. Und wenn ich Ihre Zeilen lese,
habe ich ihn wohl, ohne es zu wissen, auch für Sie geschrieben. Das
berührt mich sehr und lässt mich an meiner Entscheidung zweifeln,
das aufzugeben. Es ist daher kein leichter Schritt für mich, das
Schreiben zu beenden, aber ein unumgänglicher. Zu groß sind die
Hürden, die mich vom Umkehren abhalten.
Aber natürlich bedeutet das nicht, dass ich die Meinungen meiner
Leser nicht mehr schätze. Das Gegenteil ist der Fall.

Bis hierher vielen Dank an Sie.
Herzlichst
   Ihre Fenja Malé

Es würde also wirklich keinen weiteren Roman geben. Obwohl ich
das wusste, hatte ich doch immer wieder einen Funken Hoffnung,
dass sie es sich noch einmal anders überlegen würde. Diese Nachricht machte mich schlagartig ernsthaft traurig, und ich musste
direkt darauf antworten.

Liebe Fenja Malé,
herzlichen Dank für Ihre E-Mail. Es ehrt mich sehr, dass Sie sich die
Zeit nehmen, mir zu antworten. Dieses Mal liegt mir eine Antwort
meinerseits besonders am Herzen.
Ihre Gedanken zum Ende Ihrer schriftstellerischen Arbeit machen
mich traurig. Auch wenn mir eine Meinung dazu nicht zusteht, so
will ich Sie dennoch wissen lassen, dass Sie und Ihre Bücher fehlen
werden.
Wenn Sie bei anderen Lesern auch nur annähernd das erreicht ha-
ben, was Ihre Worte mir bedeuten, ist der Verlust unermesslich.
Dennoch verstehe und respektiere ich Ihre Entscheidung natürlich.

Aus eigener Erfahrung weiß ich, dass es Zeiten gibt, da muss man
die Dinge aufgeben, die man liebt, um sich selbst wiederzufinden. Ich
kenne die Gründe dafür nicht, und so steht es mir auch nicht zu, dar-
über zu urteilen.

Alles Liebe und herzliche Grüße
Tilda Niehus

Todmüde ließ ich mich in mein flauschiges Kissen fallen, drehte mich auf die Seite in meine Schlafposition, mit Blick Richtung Fenster, und war schon kurz darauf eingeschlafen.

Am nächsten Morgen war ich früh wach. Heute stand schon das Kekseverzieren an, und ich freute mich darauf. Wir hatten uns überlegt, dass dies während des Betriebs und in kleinem, aber feinem Rahmen stattfinden sollte. Wer Lust hatte, seinen persönlichen Keks von mir verzieren zu lassen, war herzlich eingeladen. Man konnte aber auch einfach weihnachtlich verzierte Kekse kaufen.

Bevor ich aber ins Café ging, entschied ich, zum Keitumer Watt zu fahren, um dort den Sonnenaufgang anzuschauen. Das hatte ich mir längst vorgenommen, war nur bisher nicht dazu gekommen. Ich liebte diesen Ort im Sommer und stellte mir das winterliche Watt auch besonders vor. Anni und ich hatten uns gestern darüber unterhalten, weil die Figuren aus meinem Roman an einem ähnlichen Ort unterwegs waren.

Schnell duschte ich und zog mich an. Mit Schal und Mütze sowie dicker Jacke machte ich mich auf den Weg. Aus Kampen heraus fuhr ich über Braderup, vorbei am Leuchtturm und einigen Pferdeweiden, wo die Tiere dem rauen Wetter trotzten und sich stoisch gegen den Wind stellten. Es ging weiter über Munkmarsch bis ins kleine Kapitänsdorf Keitum. Ich parkte in der Mitte des Ortes und lief an einer kleinen Galerie vorbei hinunter zum Watt. Es war ganz still, bis auf einen Spaziergänger mit Hund war noch niemand da.

Das Schilfgras rechts und links des Weges wogte rauschend im sanften Wind. Das Meer zog sich gerade wieder zurück, nur wenige Pfützen standen noch auf dem gepflasterten Weg, der bei Flut überschwemmt war. In ihnen tummelten sich einige Meeresbewohner. Ich beobachtete einen Krebs, der seitlich durch das Wasser lief. In der Wasseroberfläche spiegelte sich der Himmel, und ich ließ meinen Blick hinaufschweifen. Ein faszinierendes Farbenspiel aus Rosatönen über dem lila schimmernden Grau des Meeres, das langsam in ein helles Blau überging, begeisterte mich. Einige Wolken, die sich dunkelgrau abzeichneten, verbargen den orangefarbenen Sonnenball hinter sich. Erst sie machten die besondere Schönheit dieses Sonnenaufgangs aus. Wie im wahren Leben ließen erst die dunklen Stellen die hellen umso stärker strahlen.

Vögel suchten im Watt nach Nahrung, andere stiegen in Scharen auf. Neben dem Rauschen des Windes im Schilfgras war nur das Geschrei der Möwen zu hören.

Die Atmosphäre umarmte mich hier mit einer charmantrauen Art, die ihresgleichen suchte. Während ich die tosende Brandung auf der Westseite gerade in den letzten Tagen genossen hatte, um meinen gedankenschweren Kopf frei pusten zu lassen, genoss ich hier heute die Stille, die mich gleichermaßen befreite und erdete.

Ich lief ans Wasser und bückte mich nach Herzmuscheln, die hier in jeder Farbe und Größe zu finden waren. Besonders schön waren die winzigen, die man auf den ersten Blick gar nicht als Muscheln erkennen konnte, sondern für grobkörnigen Sand hielt.

Ich ließ die kleinen Kunstwerke der Natur wie einen Mini-Muschel-Regen glitzernd durch meine Finger zu Boden rinnen.

Für einige Minuten stand ich einfach nur da. Dieser schroffe Charme, den die Insel hier in voller Breite und Perfektion ausspielte, faszinierte mich auf eine ganz neue Art.

Fast bedauerte ich ein wenig, dass ich das mit niemandem teilen konnte. Sowohl mit Anni als auch mit Oskar wäre es doppelt so schön. Ich nahm mir fest vor, unbedingt auch mit Oskar hier einen Wintermorgen zu beginnen, bevor er diese Zeit für den Job aufwenden und nicht mehr in meiner Nähe sein könnte.

Mich fröstelte, und ich schlang die Arme um meinen Körper. Doch viel wärmer wurde mir dadurch nicht. Ich konnte nicht länger hier stehen, sondern musste mich bewegen.

Ein Blick auf meine Uhr verriet, dass ich noch ein wenig Zeit hatte. Also lief ich den gepflasterten Weg, im Slalom um die Pfützen herum, in Richtung Süden, bis ich an dem Schotterweg ankam, an dem es wieder hoch zum Ort ging. Am Parkplatz und der Ladenzeile vorbei, wo auch ein kleiner Buchladen war, den ich zu den Öffnungszeiten unbedingt besuchen wollte, lief ich wieder zu meinem Auto.

Ich passierte reetgedeckte Kapitänshäuser und Friesenwälle, auf denen um diese Zeit kahle Rosenhecken standen, und geriet ins Träumen. Bilder, wie man das Jahr über ein solches Anwesen bewohnte, zogen an meinem inneren Auge vorbei. Ich träumte mich in den Frühling und den Sommer, freute mich auf den Strand, den warmen Sand und den Duft der Heideblüte, wenn ich bei Braderup durch die Landschaft spazierte.

Ein Lächeln breitete sich auf meinen Lippen aus, und mein Herz schlug schneller.

Zeitgleich fühlte es sich überraschend leicht an, so vollkommen selbstverständlich über die kommenden Jahreszeiten hier auf der Insel nachzudenken. Ich spürte, dass meine Entscheidung, ob ich hierbleiben würde, wenn unsere Idee sich trug, längst gefallen war.

Doch selbst wenn nicht, war ich mir sicher, hier einen anderen Job zu finden, der es mir ermöglichte, zu bleiben. Dieser Spaziergang hatte meinen Optimismus und meine Zuversicht wachsen lassen.

Bei meinem Auto angekommen, fuhr ich direkt zu Anni.

»Hallöchen«, trällerte meine Freundin, als sie sich auf den Beifahrersitz fallen ließ. In der Hand hielt sie eine Tüte, aus der es verführerisch duftete.

»Mmh, was hast du denn da Feines dabei?«

»Ich habe mit meiner Mama gestern ein neues Rezept für Quark-Milchbrötchen ausprobiert. Einen Teil des Teiges habe ich erst heute Morgen in den Ofen geschoben, damit ich dir die guten Stücke noch warm zum Frühstück überreichen kann.«

»Du bist ein Goldstück! Tausend Dank! Es duftet fantastisch. Das werde ich gleich mit einem leckeren Tee genießen.« Anni lächelte. »Was für ein perfekter Tagesstart. Ich war schon eine Runde in Keitum spazieren. Es war herrlich.«

»Oh, eine tolle Idee. Ich mache das viel zu selten – wie das immer so ist, wenn man die Dinge ständig vor der Tür hat. Das wirst du auch noch merken, wenn du dauerhaft hier lebst.«

»Klar. Das kenne ich von zu Hause auch, aber ich nehme mir hiermit vor, das ab sofort zu ändern und einen täglichen Spaziergang am Strand oder einen Weg am Watt einzubauen. Nächstes Mal will ich zur Lügenbrücke gehen. Komm doch einfach hin und wieder mit. Ich bin mir sicher, auch Trudi freut sich.«

»Das tut sie definitiv. Ich muss mich nur aufraffen, nicht immer die gleichen bekannten Runden mit ihr zu gehen. Ich bin der Meinung, dass das zu zweit viel besser gelingt. Also tritt mir ruhig immer schön in den Hintern, damit ich dich ab und zu begleite. Das ist doch ein schönes Ziel: die Tage mit schönen Dingen zu füllen, nicht nur mit Arbeit, auch wenn sie mit dir doppelt Spaß macht.«

»Das ist ein guter Plan.« Ich fuhr vor dem Café vor, und wir stiegen aus.

Nachdem ich die köstlichen süßen Brötchen mit einem Becher meines geliebten *Winterzauber*-Tees genossen hatte, ging es an die Arbeit. Anni hatte bereits einiges vorbereitet, die frischen Brötchen, die der Bäcker lieferte, entgegengenommen und die Kerzen angezündet. Gemütliches, warmes Licht flutete den Raum und ließ auf den Tischen tanzende Schatten entstehen.

Das Wetter hatte sich wieder zu einem wechselhaften Schauer-Sonne-Mix entwickelt, weshalb es hier im Café direkt doppelt gemütlich wirkte.

»Den Ofen habe ich auch gerade angeworfen. Nun kann es losgehen«, freute sich Anni und klatschte motiviert in die Hände.

Die ersten Gäste ließen nicht lange auf sich warten. Anni beschränkte sich bei ihrem Frühstücksangebot ausschließlich auf regionale Angebote wie Marmelade, die eine Frau aus dem Nachbarort herstellte, und Wurst und Käse vom Sylter Bio-Bauernhof. Die Auswahl war nicht groß, aber dafür erlesen.

»Wo bleibt denn dein Herzensmann heute eigentlich?«, wunderte sich Anni und hob mit betont überraschtem Blick die Augenbrauen, als der Vormittag schon fast verstrichen war.

»Das kann ich dir in der Tat nicht beantworten«, erklärte ich. »Vielleicht hat er zu tun.«

»Ja, das mag sein. Seid ihr denn mittags wieder verabredet heute?«

»Nein. Das muss ja jetzt auch nicht täglich so sein«, antwortete ich ausweichend.

»Kann's doch aber«, stellte Anni fest.

»Aber ich will dir doch beim Backen helfen, schließlich muss ich noch so einiges lernen – auch in Sachen Teeauswahl und -zubereitung.«

»Natürlich kannst du mir über die Schulter schauen und mich langfristig auch beim Backen unterstützen und entlasten, aber das hat doch Zeit.« Anni winkte ab. »Zeit, die dir und Oskar fehlt, wenn ihr euch wirklich kennenlernen wollt, bevor er erst einmal verschwindet.«

»Na gut, vielleicht hast du recht«, sagte ich. »Aber ich will ihn auch nicht bedrängen. Ich warte erst mal ab, ob er sich meldet, deswegen würde ich die Pause heute Mittag gerne mit dir in der Backstube verbringen.«

»Abgemacht! Dann freue ich mich drauf«, bestätigte Anni.

Der Vormittag lief gut. Wir hatten sowohl mit den Bestellungen als auch mit den Büchern wieder einmal gut zu tun. Vor der Mittagspause sortierte ich das Bücherregal wieder ein und schaffte Ordnung. Es war viel leerer als sonst.

»Heute haben einige Gäste sich Bücher ausgeliehen«, erklärte Anni, die meinen fragenden Blick erkannt hatte.

»Schön. So soll das sein. Freut mich, dass das so gut angenommen wird.«

»Und mich erst. Und ein Aspekt, der noch dazukommt, wurde mir auch bewusst: Etliche Leute bringen ihr Lesebuch einfach selbst mit und schmökern darin. Ich stelle mir vor, dass sie sich zu Hause vielleicht eher nicht die Zeit nehmen, in Ruhe zu lesen. Das kennen wir ja selbst. Immerzu klingelt ein Paketbote, der die gesamte Nachbarschaft mit Kartons versorgen will, und keiner ist da. Oder die Waschmaschine piept. Ganz zu schweigen vom

Haushalt, der ständig Aufmerksamkeit fordert.« Anni rollte mit den Augen, und ich lachte.

»Oh ja. Das kenne ich in der Tat«, stimmte ich ihr zu.

»Und bei den Urlaubern ist es genau das Gegenteil. Keiner hat was zu tun, man sitzt sich eng auf der Pelle und geht sich auf den Keks. Da tut es gut, mal rauszukommen und in gemütlicher Umgebung ein Buch zu lesen – schließlich ist es im Strandkorb am Wasser im Moment nicht allzu angenehm.«

»Du hast recht. Ich glaube, wir haben wirklich einen Nerv getroffen.«

»Definitiv. Bisher geht unser Konzept jedenfalls gut auf. Aktuell bin ich der Meinung, wir sollten unser Pilotprojekt auf jeden Fall bis Frühlingsanfang ausweiten.«

Was Anni sagte, freute mich. »Das wäre fantastisch. Merkst du denn auch, dass die Umsätze steigen, seit wir die Bücher mit im Programm haben?«

»Dafür ist es noch ein wenig früh. Aber ganz subjektiv habe ich schon den Eindruck, dass wir einige Kaffees und Torten mehr verkaufen, weil die Leute länger verweilen. Auch der Tee zum Mitnehmen geht gut über die Theke, weil viele sich für den Leseabend zu Hause noch eine Portion mitnehmen. Jetzt am Anfang sind einige größere Ausgaben natürlich unumgänglich, die wir später mit in die Bilanz rechnen müssen. Deswegen beobachte ich derzeit intensiv, denke aber, dass wir auf einem guten Weg sind.« Anni nickte zuversichtlich und lächelte. »Komm mit«, sagte sie dann, nachdem sie die Eingangstür abgeschlossen hatte, und machte eine einladende Handbewegung.

»Dann wollen wir uns jetzt mal ans Werk machen«, erklärte ich und folgte Anni in die Küche.

Dort hatte Anni bereits die Zutaten bereitgestellt. Wir wuschen unsere Hände und legten frische Schürzen um.

»Wir beginnen mit *Omas Apfelliebe*«, entschied sie.

Ich ertappte mich dabei, wie ich mir mit der Zunge über die Lippen fuhr, und Anni grinste breit. »Keine Sorge. Du bekommst nachher direkt ein Stück zum Testen. Den Blätterteig habe ich bereits vorbereitet.« Sie legte ihn in eine Auflaufform und schnitt ihn zurecht, sodass er genau dort hineinpasste. »Wir schälen sechs Äpfel und halbieren sie. Dann schneiden wir die Hälften in ganz feine Spalten und legen sie halbrund auf den Teig«, gab sie Anweisungen und reichte mir direkt das Obst.

»Vier Eier, Milch, Zucker, Vanillemark, Mehl und Butter verquirlen wir mit dem Schneebesen zu einer cremigen, puddingartigen Masse«, fuhr sie fort, zog eine große Schüssel herbei und ging ans Werk. Als sie eine goldgelbe Masse gezaubert hatte, füllte sie sie zwischen die Äpfel, sodass sie beinahe ganz bedeckt waren. »Jetzt streuen wir noch ein wenig braunen Zucker, gemischt mit Vanillezucker, drüber«, erklärte sie und deutete auf den Zuckertopf, der neben mir stand. Vorsichtig nahm ich etwas Zuckermischung zwischen die Finger und streute sie über die Äpfel.

»Das sieht jetzt schon köstlich aus«, stellte ich fest.

»Dann ab in den Ofen, bis sich die Oberseite zartbraun färbt und der Zucker leicht karamellisiert ist. Man kann ihn perfekt mit Sahne, Vanilleeis oder Vanillesoße servieren. Das ist besonders lecker, wenn der Kuchen noch warm ist. Eine wunderbare Kombination, gerade im Winter.«

»Da läuft einem wirklich das Wasser im Mund zusammen.«

»Ich mache ganz viel mit Blätterteig. Auch für *Holles Kissenzauber*. Dafür kommen Puddingcreme, dünn geschnittene Apfelspalten und Frischkäse auf ein Teigstück, das dann von oben abgedeckt, zu einem kleinen Kissen geformt und später – ganz nach Frau-Holle-Manier – mit Puderzucker-Schnee bestäubt wird.« Annis Augen leuchteten bei dieser Erklärung.

»Du bist voll in deinem Element. Das sieht man dir an«, freute ich mich, und Anni nickte. »Ich esse das alles nicht nur wahnsinnig gerne, sondern bereite es ebenso gerne zu.« Anni hatte in meinen Augen eine wunderschöne, frauliche Figur mit Rundungen an den richtigen Stellen. Sie liebte und lebte es, Konditorin zu sein, und strahlte aus, dass sie ein absoluter Genussmensch war. Dabei ruhte sie in sich und hatte sich noch nie über ein Kilo zu viel beschwert. »Wer genießen will, darf keine Kalorien zählen«, sagte sie immer, und dafür liebte ich sie.

»Unser Glück! Alle, die deine Köstlichkeiten und deine Gastfreundschaft genießen dürfen, wissen das zu schätzen. Da bin ich mir sehr sicher.«

»Genau wie bei dir mit den Büchern. Nur dass sie eben Seelenfutter sind«, erwiderte Anni.

»Stimmt. Wir ergänzen uns gut. Und ich merke jeden Tag mehr, wie sehr ich das vermisst habe.« Ich nickte und wischte dabei nachdenklich mit einem feuchten Lappen über die Arbeitsfläche.

»Und deinen Oskar hast du heute auch vermisst, hab ich recht?« Mit einem bedauernden Ausdruck in den Augen schaute Anni mich an.

»Schon ein wenig. Aber das ist ja verrückt. Nur weil er mal einen Vormittag nicht hier ist …«

»Vielleicht hält er es einfach nicht aus, dich hier im Café nur aus der Ferne beobachten und sich nicht in Ruhe mit dir unterhalten zu können.« Sie grinste und setzte das Wort »unterhalten« mit den Händen in Anführungszeichen.

»Ach, Anni«, mahnte ich sie.

»Also wenn er unseren Apfelkuchen riechen könnte, würde er längst an der Tür kratzen.« Wir mussten beide lachen.

Um die Backzeit des Kuchens zu überbrücken, bereiteten wir noch ein Blech verführerisch duftender Vanillekipferl zu.

Dann holte Anni die dampfende Auflaufform aus dem Ofen. »Setz du dich schon mal an einen Tisch. Wenn du für uns Gabeln mitnimmst, wäre das klasse. Den Kuchen bringe ich sofort.«

»Mmh! Wir testen direkt selbst? Ich freue mich«, sagte ich und setzte mich an meinen liebsten Platz am Kaminofen mit Blick aus dem Fenster, wo man fast bis zum Meer schauen konnte.

Anni folgte kurz darauf und stellte neben dem Kuchen auch ein kleines Schälchen mit Eis auf den Tisch.

»Ich habe uns direkt eine Kugel Eis mitgebracht. Ich kann es wirklich nur empfehlen«, riet sie mir.

»Das lasse ich mir nicht zweimal sagen«, gestand ich und grinste breit. Ich legte eine Eiskugel auf den warmen Kuchen, die sofort zartschmelzend zerfloss und sich wie eine süß-cremige Decke über das Gebäck legte. Der erste Bissen sorgte für eine Geschmacksexplosion in meinem Mund, die schlagartig meine Sinne verzauberte.

»Anni, es schmeckt fantastisch«, sagte ich und rollte genießerisch mit den Augen.

»Das freut mich sehr. Und der Kuchen ist schnell und unkompliziert zubereitet. Aufwendige Torten sind toll, aber köstliche einfache Sachen sind immer noch am erfolgreichsten und bilden die Grundlage hier.«

»So was ist Gold wert«, stimmte ich ihr zu, als Anni panisch aufsprang, den Bissen Kuchen noch im Mund. Da fiel auch mir wieder ein, dass wir ja noch die Vanillekipferl im Ofen hatten. Anni lief schnell in die Küche.

»Alles gut gegangen«, gab sie Entwarnung, und ich hörte es klappern. Als sie zurückkam, umwehte sie eine Wolke aus Vanille und Zucker, vermengt mit dem rosigen Duft ihres Parfüms.

»Die Kipferl kühlen nun ein wenig ab«, erklärte sie. »Dann können wir sie ab morgen schon als kleine Zugabe bei Tee oder Kaffee dazulegen. So kommen die Gäste vielleicht auf den Geschmack und nehmen ein Tütchen mit oder freuen sich über ein Stück Kuchen als Ergänzung.«

»Das ist ein super Plan.« Ich grinste und schob mir den letzten Bissen Kuchen in den Mund. »So, jetzt lass uns aber noch schnell klar Schiff machen, bevor es losgeht«, schlug ich vor, und Anni nickte müde.

»Wenn ich in der Pause backe, bin ich am Abend echt angestrengt. Ein Moment Ruhe fehlt mir dann«, gab sie zu.

»Willst du noch kurz die Beine hochlegen? Dann mache ich Ordnung und empfange die ersten Gäste«, bot ich an.

»Das ist ganz lieb, danke. Aber ich schaff das schon. Ich werde heute einfach früh ins Bett gehen.«

»Das werde ich wohl auch tun. Oskar hat sich immer noch nicht gemeldet«, gestand ich seufzend und zuckte bedauernd die Schultern.

»Vielleicht hat er heute viel um die Ohren«, versuchte Anni, mich aufzumuntern.

»Ja, vielleicht.« Anni legte den Arm um mich und drückte mich an sich.

»Ach, Süße! Du bist ganz schön verliebt, und das ist wunderschön. Aber dass du nach deiner Geschichte auch deine Zweifel und Ängste hast, ist doch ganz normal. Wie sagt meine Mama immer? Nur, wenn der Wind und die Wellen, die einem entgegenschlagen, stürmisch und herausfordernd sind, weiß man die ruhige See zu schätzen. Da ist halt leider was Wahres dran.«

Ich nickte, und mein Blick wanderte aus dem Fenster, wo der Sturm den Strandhafer bog und an den Fensterläden rüttelte.

Die Tür ging auf, und die ersten Gäste kamen. »Das duftet

fantastisch nach Apfelkuchen«, klang es direkt zur Begrüßung, und eine Dame schaute uns erwartungsvoll an. Sie strahlte übers ganze Gesicht.

»Genau richtig erkannt! Moin! Und Sie sind die Erste, die ihn als unser Gast kosten darf.«

»Das ist wohl mein Glückstag«, freute sie sich und setzte sich an einen Tisch. »Dieser Blick über die Dünen, draußen der Wind und die Kälte, hier drinnen diese Gemütlichkeit und die Aussicht auf ein leckeres Stück Kuchen. Was geht es mir gut!«

Während der Gastraum sich allmählich füllte, ich Bestellungen aufnahm und servierte und Anni Tee und Kaffee kochte, schob ich die erste Runde von Annis handgemachten TK-Keksrohlingen in den Ofen. Anni hatte sich angewöhnt, in ruhigeren Zeiten Teig zuzubereiten und Rohlinge auszustechen, die sie dann in der Tiefkühltruhe aufbewahrte, um zum richtigen Zeitpunkt die perfekte Menge aufbacken zu können. Außerdem drapierte ich die riesige Auswahl an Streuseln auf Tabletts und stellte alles auf den Tresen im Gastraum. Hier konnten die Gäste mir in den nächsten zwei Stunden dabei zuschauen, wie ich die Kekse nach ihren Wünschen mit Streuseln und Schriftzügen versah, oder aber sie orderten bereits vorgefertigte Tütchen mit Keksen, auf denen weihnachtliche Grüße standen.

Die zuckrige Masse in Pastelltönen, die ich zur Beschriftung und Umrandung der Kekse nutzte, die zum Teil bereits mit Zuckergussmotiven versehen waren, glitzerte. Gold- und silberfarbene Perlen, Schneeflocken und Zuckerstangen rundeten die perfekte Winter-Weihnachtsdekoration für unsere handgemachten Kekse ab.

Die kleine Keks-Individualisierungsaktion war ein voller Erfolg, und es blieben kein Keks und auch kein restlicher Teig übrig.

Ich konnte mir gut vorstellen, dass wir solche Nachmittage häufiger in den Café-Alltag einbauten.

Zwischen Plätzchenteig, Zuckerguss und Glitzerperlen musste ich auch an diesem Nachmittag immer wieder Fragen zu Büchern beantworten und erstmals auch mit einem nörgelnden Gast klarkommen, der sich über zu viel Trubel durch die Keksaktion, zu viel Rauchentwicklung beim Nachfeuern des Ofens und zu wenig Platz durch die neuen Bücherregale voller Schund beschwerte.

»Puh«, sagte ich, als er kurz vor Feierabend endlich gezahlt hatte und gegangen war. »Der war anstrengend. Zum Glück ist das die Ausnahme. Oder? Sag bitte, dass das so ist! Bisher hatten wir nur nette Gäste hier im Café. Ich will glauben, dass das immer so ist. Was war denn mit dem los?«

Anni lachte. »Ja, zum Glück ist das die Ausnahme, da kann ich dich beruhigen. Aber du hast dich gut geschlagen.« Sie grinste. »Was bin ich froh, dass ich mit dem nicht selbst klarkommen musste.«

»Na, ich hab ja genug Erfahrung aus der Buchhandlung. Das kam mir jetzt zugute.«

»Es sind nur noch ein paar Minuten. Willst du schon mal die freien Tische sauber wischen, dann mache ich hier hinterm Tresen Ordnung, bevor wir schließen?«

»Gerne.« Ich lief zur Spüle und schnappte mir einen Lappen, um mich ans Werk zu machen. Da merkte ich, wie mein Smartphone in meiner Hosentasche vibrierte. Aus irgendeinem Grund war ich mir sicher, dass Oskar mir geschrieben hatte, und mein Herz schlug schneller.

Kurz sah ich mich um, ob einer der übrigen Gäste meine Aufmerksamkeit brauchte, dann zog ich mein Handy hervor und warf einen Blick auf Oskars Nachricht.

Liebe Tilda, du fehlst mir schon nach einem Tag.
Leider habe ich so viel zu tun heute, weshalb ich es
gar nicht zu euch geschafft habe. Bis zum Abend jagt
ein Termin den nächsten. Ich hoffe, wir sehen uns
morgen wieder. Ich würde mich sehr freuen. Kuss,
Oskar.

Lächelnd betrachtete ich die Nachricht. Mein Herz hüpfte in meiner Brust. Anni hatte recht behalten. Oskar hatte einfach viel zu tun, und wenn ich ehrlich war, war ich erleichtert, heute ganz offiziell keine Pläne mehr zu haben und es mir bald in meinem Bett gemütlich zu machen.

Als ich Anni auf dem Heimweg von Oskars Nachricht erzählte, grinste sie triumphierend.

»Siehst du. Alles in bester Ordnung.«

Ich nickte, und obwohl er nichts geschrieben hatte, was mich beunruhigen sollte, hatte ich ein merkwürdiges Bauchgefühl. Ich schob es darauf, dass ich es einfach nicht mehr gewohnt war, in dieser Form mit einem Mann zu kommunizieren und sich so sehr auf ein Wiedersehen zu freuen, dass eine Absage, die eigentlich gar keine war, weil wir ja nie verabredet gewesen waren, mich schon durcheinanderbrachte. Ich unterdrückte ein Seufzen.

Als ich Anni zu Hause abgesetzt hatte und kurz darauf selbst aus dem Auto stieg, hörte ich, wie bei Lore die Tür aufging.

»Hallo, Tilda«, rief sie von Weitem. »Schön, dass ich dich noch treffe. Ich wollte dir nur sagen, dass ich für ein paar Nächte zu meiner Tochter reise. Nicht, dass du denkst, ich bin verschollen.«

»Danke für die Info. Da wird sich deine Tochter sicher sehr freuen.«

»Ja, der Neustart ist wohl doch nicht ganz so einfach. Da braucht es doch noch mal die Mama.« Lore wirkte betrübt.

»Lieb von dir, dass du ihr beistehst. Das wird deiner Tochter helfen. Und Hugo kommt mit, oder ist er hier in Betreuung?«

»Hugo nehme ich mit. Meine Tochter vermisst ihn so sehr. Sie und ihr kleiner Dackel haben große Sehnsucht nach unserem sanften Riesen.« Lore tätschelte dem Hund, der neben ihr stand, liebevoll den Rücken. »Darf ich dir vielleicht einen Schlüssel für mein Haus geben? Es ist nichts zu tun. Aber falls mal irgendwas ist, wäre es mir lieber, jemand hat Zugang zum Haus. Sonst gebe ich den immer den Nachbarn, aber jetzt, wo du hier bist, dachte ich, dass du ihn vielleicht nehmen könntest.«

»Selbstverständlich, gerne!« Ich trat auf Lore zu und nahm den Schlüssel entgegen.

»Danke, Tilda.«

Mir fiel der besondere Schlüsselanhänger auf, der am Bund hing. Es war eine silberne Schreibfeder.

»Wie schön«, stellte ich fest, und Lore nickte.

»Ein Anhänger speziell für die Lese- und Schreibverrückten. Mein verstorbener Mann hat ihn angefertigt. Er hatte neben seinem Fliesengeschäft auch eine winzig kleine Goldschmiede hier auf Sylt. Der Anhänger gehört eigentlich meiner Tochter, aber sie wollte, dass er an ihrem Hausschlüssel hier vor Ort bleibt.« Lore zuckte die Achseln. »Sie verbindet damit ein Kapitel, das immer ein Teil von ihr bleiben wird, aber hierher nach Sylt gehört.«

»Was für ein schöner Gedanke«, stellte ich fest. Ich würde mir das filigrane Kunstwerk gleich noch einmal bei Licht ansehen. Hier im Halbdunkeln konnte ich die Einzelheiten eher ertasten.

»Das finde ich auch. Geht es dir gut? Hast du dich bei Anni im Café gut eingelebt?«, fragte Lore.

»Sehr gut, ja. Es macht so viel Freude. Ich liebe es bisher sehr.

Und deine Bücher kommen besonders gut an. Die Leute leihen wie verrückt aus.«

»Das freut mich.« Lore lächelte. »Und es klingt, als würdest du gerne länger bleiben. Hab ich recht? Mir tut es fast leid, dass die Freundin meiner Tochter hier irgendwann einziehen wird.«

Ich nickte. »Am liebsten würde ich für immer hierbleiben. Aber mach dir bitte gar keine Gedanken. Ich finde schon etwas – wobei die Messlatte nach eurer wunderschönen Wohnung natürlich hoch liegt. Aber als Notlösung bleibt ja Annis Sofa.«

»Freut mich, dass es dir bei uns so gut gefällt. Ein Bekannter von mir hier in Kampen hat bald ein Zimmer frei. Vielleicht passt das ja zufällig. Ich horche da mal nach, wenn du möchtest?«

»Das wäre superlieb! Mach dir aber bitte keinen Stress, und genieß erst mal die Zeit mit deiner Tochter.«

»Danke dir, Tilda. Dir weiterhin eine angenehme Zeit hier bei uns auf Sylt«, sagte Lore. »Hugo und ich drehen noch eine kleine Runde durch den Ort, und dann muss ich mich mal ans Packen machen.«

»Eine gute Reise, Lore.« Mit diesen Worten schloss ich die Tür auf und betrat die warme Wohnung. Nachdem ich mir meinen Schlafanzug, dicke Socken und einen kuscheligen Pullover angezogen hatte, machte ich es mir mit einem kleinen Snack und einer Tasse Tee im Bett gemütlich und begann zu lesen. Doch der Gedanke an Oskar ließ mich nicht los, also zückte ich mein Handy und tippte eine Nachricht:

Ich wünsche dir erfolgreiche Termine und später eine gute Nacht. Anni und ich sind so müde gewesen – ich werde wohl bald schon schlafen gehen. Würde mich freuen, wenn wir uns morgen sehen. Melde dich

gerne, wenn es bei dir passt. Oder schau einfach bei
uns vorbei. Gute Nacht, Kuss, Tilda.

Die Nachricht ging raus, doch er las sie nicht direkt. Offenbar war er noch beschäftigt. Also versank ich wieder in meiner Geschichte.

Irgendwann musste ich beim Lesen eingeschlafen sein, denn als ich mitten in der Nacht aufwachte, lag das Buch neben meinem Kopfkissen und die Nachttischlampe leuchtete mich an.

Ich tastete nach dem Schalter der Lampe, um sie auszuschalten, und hörte ein Poltern – mein Handy! Als ich es aufhob, fiel mir auf, dass noch immer keine Nachricht von Oskar eingegangen war. Ein enttäuschter Laut entfuhr mir. Ich legte das Telefon weg, knipste das Licht aus und drehte mich auf die Seite, in der Hoffnung, einfach wieder einzuschlafen. Doch ich war plötzlich viel zu wach. Die altbekannten Zweifel waren wieder da.

Ich wollte nicht in die üblichen Gedankenmuster verfallen, also stand ich auf, holte mir ein Glas Wasser und ging dann noch einmal ins Bad. Im Flur fiel mein Blick auf den Schlüsselbund, der neben der Tür in einer Schale lag.

Der Schlüsselanhänger baumelte herunter. Jetzt im Licht erkannte ich, dass die Initialen auf dem Schmuckstück »F. M.« lauteten. Kurz stockte ich über den unheimlichen Zufall, dass die Tochter von Lore offenbar dieselben Initialen hatte wie meine aktuelle Lieblingsautorin Fenja Malé. Lore hieß mit Nachnamen Knudsen. War ihre Tochter verheiratet und trug deshalb einen anderen Nachnamen? Wie hieß sie noch gleich mit Vornamen?

Lore hatte erzählt, dass ihre Tochter als Schriftstellerin tätig gewesen war – hier auf Sylt, erfolgreich. Konnte es sein, dass es eine Verbindung zwischen ihr und Fenja Malé gab? Waren das

Pseudonym und die Romane das Kapitel, das Lores Tochter »auf Sylt lassen wollte«?

Aber das hieße ja, dass ich mit der Frau E-Mails schrieb, in deren Wohnung ich wohnte. Das wäre beinahe unwirklich verrückt. Ich tappte noch einmal durch die Wohnung und hoffte, irgendeinen persönlichen Hinweis auf Lores Tochter zu finden, allerdings ohne Erfolg.

War ich albern, diese Verbindung zu ziehen? Ging meine Fantasie mit mir durch? Wüssten nicht zumindest die Menschen in ihrem Umfeld von einem solchen Pseudonym? Hätte Anni nicht längst etwas davon erfahren müssen, wenn Fenja Malé in ihrer direkten Nachbarschaft wohnte?

Mit Nachdenken würde ich zu keinem Ergebnis kommen, entschied ich und legte mich wieder ins Bett. Ich war wirklich hundemüde und brauchte dringend Schlaf.

Kapitel 13

»Anni, darf ich dich mal was fragen?«, sprach ich meine Freundin an, als wir vormittags nach wuseligen ersten Stunden endlich eine kleine Pause hatten. Den ganzen Vormittag über waren meine Gedanken um Fenja Malé und Lores Tochter gekreist.

»Alles, meine Beste«, erwiderte Anni.

»Kennst du die Tochter von Lore besser?«

»Katha?« Anni schürzte die Lippen. »Nun, wenn wir uns sehen, reden wir so über dies und das. Dass wir uns so richtig gut kennen, kann ich nicht behaupten. Sie lebt eher zurückgezogen, liest viel, ist mit ihrer Mutter zusammen. Die beiden haben ein sehr inniges Mutter-Tochter-Verhältnis. Eine Zeit lang hatte sie ein paar Freunde hier, mit denen habe ich sie ein paar Mal gemeinsam gesehen. Aber dann wieder jahrelang hauptsächlich die Mutter und sie. Dabei ist sie gar nicht unsympathisch oder so, nur eher eine leise Person. Sie hat eine Weile wohl als Redakteurin für das Inselmagazin im Homeoffice gearbeitet. Und jetzt, sagte Lore, studiert sie irgendwas mit Büchern, meine ich. Deshalb musste sie die Insel verlassen.«

»Ja, das weiß ich, das hat Lore mir auch erzählt.«

»Hat es einen Grund, dass du fragst? Stimmt etwas nicht?«

»Lore hat mir gestern Abend einen Hausschlüssel gegeben, weil sie für ein paar Tage zu ihrer Tochter fahren will. Der hat so einen Anhänger in Form einer Schreibfeder. Ihr Vater hat ihn angefertigt, und es sind Initialen eingraviert. ›F. M.‹ Aber wenn Lores Tochter Katharina Knudsen heißt, ergibt das keinen Sinn. Wofür könnten die Buchstaben stehen?«

»Hm.« Anni schien zu überlegen.

»Nenn mich verrückt, aber im ersten Moment habe ich darin ›Fenja Malé‹ gelesen. Lore sagte noch, ihre Tochter würde den Anhänger mit etwas verbinden, das sie auf Sylt zurücklassen wolle.«

»F und M. Du hast recht, passen würde das. Die Liebe zur Schreiberei, die Inselbeschreibungen in den Romanen, das geschlossene Pseudonym. Das Ende der Autorenkarriere.« Anni machte eine Pause und legte die Stirn in Falten. »Meinst du echt, sie könnte die Autorin sein, die die Romane schreibt?«

Ich hob unsicher die Schultern. »Vielleicht habe ich in meinem Leben schon zu viele dieser Romane gelesen und spinne mir nun etwas zusammen«, vermutete ich entschuldigend. »Aber es passt so viel, oder?«

»Ich weiß nicht«, sagte Anni skeptisch. »Das würde ja bedeuten, dass du die ganze Zeit mit Lores Tochter schreibst, während du in ihrer Wohnung wohnst. Glaubst du, sie weiß, dass du das bist?«

»Nein. Jedenfalls war davon bisher nichts spürbar.« Ich hob zweifelnd die Schultern. »Wahrscheinlich steigere ich mich da in etwas hinein«, sagte ich und winkte ab. Ich war fast erleichtert, dass in diesem Moment ein neuer Gast unser Gespräch unterbrach, und eilte an den Tisch, um die Bestellung aufzunehmen.

Doch obwohl viel zu tun war, kehrten meine Gedanken immer wieder zu Fenja Malé zurück – und zu Oskar.

Auch heute kam er nicht vorbei, stattdessen erreichte mich irgendwann eine Nachricht, in der er mich zum Abendessen einlud.

Darüber freute ich mich und sagte zu. Ich spürte, wie die Aussicht auf Zeit mit Oskar meine Laune hob.

Um kurz vor sieben stand Oskar vor meiner Tür. In seinem Parka, einem Rollkragenpullover und mit gekonnt zerzaustem Haar sah er wieder einmal sehr gut aus. Ohne ein Wort zog er mich an sich und hüllte mich mit einem zarten Begrüßungskuss in eine Wolke aus seinem angenehmen Parfüm und Heerscharen von Glücksgefühlen, die mein Herz tanzen ließen.

»Schön, dass wir uns sehen, Oskar«, sagte ich, und er nickte.

»Tut mir leid, dass ich so beschäftigt war. Aber es gibt derzeit noch einige Dinge zu regeln, die mich ganz schön fordern. Ich wollte dir meine angespannte Laune zwischen zwei Terminen nicht antun.«

»Alles gut. Hab ja auch viel um die Ohren. Das gehört wohl dazu, wenn man sein Leben neu ausrichtet. Umso schöner, dass es heute Abend klappt.«

»Ich habe uns ein Restaurant in Keitum herausgesucht, wenn du magst.«

»Sehr gerne.«

Ich schnappte mir meine Jacke vom Haken und folgte ihm zu seinem Auto, wo er mir die Beifahrertür aufhielt und ich einstieg.

»Ich hab auf der Fahrt hierher schon mal die Sitzheizung angestellt und deinen Sitz vorgewärmt.«

»Wie aufmerksam«, sagte ich. »Danke dir.« Ich schaute ihn von der Seite an und genoss sein sympathisch herzliches Lächeln. Der warme Schauer, den es zusammen mit seiner bloßen Anwesenheit über meine Haut jagte, war aufregend schön.

Im Radio lief Musik, die ich auch gerne hörte. Deutsche Texte, tiefsinnig, nachdenklich, aber nicht traurig. Ich mochte diese Songs.

»Das Nachbarhaus wirkte so dunkel. Ist deine Vermieterin verreist?«

»Sah man das so genau? Ja, sie ist zu ihrer Tochter gefahren. Vielleicht sollte ich mich um ein wenig Licht im Haus kümmern. Sie hat mir ihren Schlüssel dagelassen.«

»Fiel mir irgendwie auf, aber geht mich ja nichts an.«

»Na, wenn es dir auffällt, können es auch andere bemerken.«

»Macht sie Urlaub?«

»Sie besucht ihre Tochter, die ja gerade erst von der Insel weggezogen ist und wohl ein wenig Heimweh hat.«

»Sicher kein leichter Schritt, die Insel zu verlassen«, vermutete Oskar, den Blick auf die Straße gerichtet, die zwischen Kampen und Braderup wirklich sehr finster war.

»Ganz sicher nicht. Hierherzukommen fühlt sich da so viel leichter an«, gestand ich.

»Bestimmt. Du sagtest, sie studiert Buchwissenschaft?«

Mich irritierte, dass er so gezielt danach fragte, aber vielleicht wollte er einfach nur das Gespräch weiterführen.

»Ja, genau.«

»Cool. Das ist selten.«

»Stimmt. Allerdings bin ich auch so ein seltenes Exemplar«, gestand ich grinsend.

»Ach? Spannend! Hast du mal daran gedacht, selbst Bücher zu schreiben?«

Ich schüttelte den Kopf. »Nein, aber das ist auch nicht das Ziel des Studiums. Es ist ein Studiengang, der auf das Verlagswesen und den Buchhandel in all seinen Facetten vorbereitet.« Er nickte, und plötzlich hatte ich das Bedürfnis, ihm von meiner Entdeckung und meinem Verdacht zu erzählen.

Doch was auf mich so passend und schlüssig wirkte, schien Oskar eher weniger zu beeindrucken. Er zuckte nur matt die

Schultern. »Das kann ich mir nicht vorstellen.« Sein Kopfschütteln war energisch.

Irgendwas gab mir das Gefühl, dass er diesen Gedanken nicht weiter verfolgen wollte. Kannte er Lores Tochter? Warum aber gab er das nicht zu?

Ich baute ihm eine Brücke. »Eigentlich müsstest du sie doch kennen, oder? Wenn man hier wohnt, läuft man sich doch bestimmt mal über den Weg – besonders bei Anni im Café.«

»Kann schon sein«, antwortete er ausweichend. »Wie heißt sie denn?«

»Katha Knudsen. Also eigentlich Katharina.«

Eine Pause folgte, die für mich einen Hauch zu lang war. Ich konnte seine Augen nicht sehen, um daraus etwas abzuleiten. Weil wir in dem Moment auf den Parkplatz vor dem Restaurant fuhren und Oskar sich auf das Einparken konzentrieren musste, blieb er mir eine Antwort schuldig. Als er das Thema auch nach dem Aussteigen nicht wieder aufnahm, wollte ich nicht länger bohren. Wahrscheinlich war ihm das Thema einfach nicht wichtig genug.

Fürsorglich legte er auf dem Weg zur Tür den Arm um mich. Eine angenehme Wärme ging von ihm aus. Es fühlte sich wunderschön an, hier als Paar aufzutreten. Ich war stolz, neben diesem interessanten, gut aussehenden Mann das Restaurant zu betreten, und kam mir vor wie das Mädchen, das mit dem tollsten Typen der Schule zum Abschlussball gehen durfte. Das Schönste an Oskars Ausstrahlung war, dass er sich ihrer selbst gar nicht bewusst zu sein schien. Ich verliebte mich jede Sekunde mehr in ihn.

Unser Tisch stand in einer kleinen Nische, in der wir vollkommen ungestört waren. Ich bedauerte nur, dass wir uns nicht einfach direkt nebeneinanderkuschelten, sondern uns gegenüber voneinander hinsetzten.

Wir bestellten bei dem freundlichen Kellner Essen und Getränke und tauschten uns darüber aus, was wir in den letzten Tagen erlebt hatten. Oskar berichtete, dass einige anstrengende Anrufe ihn beschäftigt hatten, er aber mit jedem dieser Telefonate einen Schritt weitergekommen war, während ich von unserer Keksaktion erzählte und dass Anni mir eine Kurzschulung im Kuchenbacken gegeben hatte. Oskar versprach, zum Testen eines von mir gebackenen Apfelkuchens so schnell wie möglich wieder im *Kliffglück* vorbeizukommen.

Unser Gespräch war offen und locker. Immer wieder griff Oskar nach meiner Hand oder strich mir sanft über den Arm, während seine Augen nie von mir ließen. Ich fühlte mich geschmeichelt, schließlich hatte ich lange nicht mehr so viel Bewunderung erfahren.

Der Fisch, den wir beide bestellt hatten, schmeckte köstlich, und trotz der unzähligen Schmetterlinge in meinem Bauch schaffte ich die riesige Portion ganz.

Wir warteten gerade auf das Dessert, ein Tiramisu, als Oskars Handy klingelte.

»Ist es in Ordnung, wenn ich kurz drangehe? Nur ein schnelles Telefonat. Es ist sehr wichtig«, stammelte er leicht unbeholfen. Ich sah ihm sofort an, dass das Gespräch ihm etwas bedeutete.

»Klar, kein Thema«, antwortete ich und machte eine Handbewegung, als machte ich ihm den Weg frei.

Er lächelte und schob sich aus unserer Nische. Ich folgte ihm mit meinen Blicken zur Tür. Durch ein Seitenfenster neben dem Restauranteingang konnte ich beobachten, wie er beim Telefonieren auf und ab lief. Er fuhr sich angestrengt durch die Haare. Das Telefonat wirkte angespannt.

Nach wenigen Minuten kam er wieder herein und brachte einen kalten Windzug mit sich.

»Du bringst richtig Kälte mit herein«, sagte ich, und Oskar machte ein zerknirschtes Gesicht.

»Entschuldige bitte, das wollte ich nicht«, sagte er. Das Grinsen, das er mir schenkte, war schief und erreichte seine Augen nicht. Er wirkte abwesend.

Ich umfasste seine Hand und strich zärtlich darüber.

»War es kein gutes Telefonat? Wir können uns auch auf den Heimweg machen, wenn dir eher danach zumute und der Appetit dir vergangen ist«, bot ich an. Ich kannte es selbst, dass manche Nachrichten einem nahezu den Magen zuschnürten und auch das beste Essen plötzlich nicht mehr schmeckte.

»Nein, entschuldige. Alles gut. Manchmal muss man ein Gespräch nur kurz sacken lassen, um es einzuordnen. Geht schon wieder. Und diesen Nachtisch lasse ich mir nicht entgehen.« Er lächelte erneut und war dabei fast wieder der Alte. »Und Zeit mit dir schon gar nicht.«

Oskar gab sich große Mühe, sich nicht anmerken zu lassen, dass das Telefonat etwas in ihm ausgelöst hatte. Er schien nicht verärgert, eher irritiert und fahrig. Manchmal schaute er mich an, und sein Blick ging wie durch mich hindurch. Nicht abweisend oder unfreundlich, nur sehr, sehr nachdenklich. Trotzdem unterhielten wir uns gut, bis wir schließlich entschieden, aufzubrechen.

»Hast du Lust, noch ein paar Schritte durch Keitum zu gehen? Auch wenn es bitterkalt ist, mag ich die Runde durch das malerische Dorf. Gerade zu dieser Zeit. Einige Leute haben ihre Häuser und Gärten wunderschön erleuchtet und winterlich dekoriert. Hinter den Butzenfenstern sieht es dann richtig gemütlich aus«, erklärte er.

»Sehr gerne. Ein wenig frische Luft und vor allem Bewegung tun gut nach dem Essen.«

»Dann lass uns starten.« Er legte wieder den Arm um mich und führte mich vorbei an verschiedenen Geschäften, anderen Restaurants sowie etlichen Kapitänshäusern, von denen einige um diese Zeit leer standen und komplett im Dunkeln lagen, andere wiederum wie von Oskar versprochen wunderschön mit Lichtern geschmückt waren.

Eine gespenstische Ruhe lag über dem Dorf.

»Danke für das leckere Essen, Oskar. Ein tolles Restaurant. Hat mir sehr gut gefallen, und wir hatten wirklich einen schönen Platz. Besonders gemütlich.«

»Das freut mich, ich fand es auch sehr schön mit dir. Dann weiß ich ja, welchen Tisch ich beim nächsten Mal reserviere.«

Ich lehnte den Kopf an seine Schulter, und es fühlte sich gut an, wie er von uns sprach. So selbstverständlich, nach Zukunft. Das wärmte mein Herz.

»Wie sehen denn die nächsten Tage bei dir aus? Ist ein wenig Entspannung in Sicht, oder jagt weiterhin ein Termin den nächsten?«

»Es wird noch mal etwas trubelig. Ich bekomme Besuch von jemandem, mit dem ich bisher eng zusammengearbeitet habe. Nun wollen wir noch einiges klären, und dann hoffe ich, dass es endlich ruhiger wird.«

»Verstehe«, sagte ich. »Ich drücke die Daumen.« Ich überlegte, ob wir jemals darüber gesprochen hatten, was er bisher gearbeitet hatte. Es war immer nur um seine Zukunft gegangen.

»Was war dein Job?«, fragte ich. Kurz stockte Oskar, bevor er weitersprach, als überlege er, wie er es mir erklären könnte.

»Ich war selbstständig, hatte viel mit Texten für verschiedene Bereiche zu tun, habe für diverse Zeitschriften geschrieben. Da sind gute Geschäftspartner und Berater unersetzlich, gerade in unruhigen Zeiten. Wenn ich Unterstützung oder einen guten Rat in verschiedensten Angelegenheiten brauchte, habe ich sie in dieser Partnerschaft gefunden. Manche Menschen sind existenzielle Wegbereiter.«

»Solche Menschen sind Gold wert«, erkannte ich, und Oskar nickte bestätigend. »Sie sind immer irgendwie da, lassen einen handeln, schieben einen auf den richtigen Weg. Helfen, wenn man sie braucht. Wie eine Leitplanke. Aber manchmal rütteln sie einen auch ganz ordentlich wach, wenn man mal auf dem Schlauch steht«, behauptete Oskar, und ich vermutete, dass sein Gespräch von eben mit dieser Aussage zu tun hatte. Er griff nach meiner Hand. »Aber ich möchte trotzdem versuchen, dich in den nächsten Tagen zu sehen und noch viel mehr Orte gemeinsam zu entdecken. Ich kann dir nur noch nichts versprechen.«

»Alles gut. Melde du dich einfach, wenn bei dir genug Luft ist.«

Er nickte, und wir liefen die Straße hinunter, die am Ende in einen kleinen Pfad mündete, über den es zum Watt ging. Es war stockfinster, doch man hörte das leise Plätschern der sanften Wellen. Sie wirkten nah, es schien also gerade Flut zu herrschen.

»Zum Watt herunterzugehen, halte ich für ein wenig riskant. Aber hier oben ist ein schöner Platz, an dem wir die Geräusche der Nacht an der Sylter Ostseite auf uns wirken lassen können«, schlug Oskar vor.

»Okay«, erwiderte ich, und er drückte meine Hand zärtlich. Ich dachte an die Protagonistin in meinem Roman, die eine ganz ähnliche, wunderschön detailreich beschriebene Szene erlebte.

Vor uns lag das dunkle Watt. Mit jeder Sekunde, die wir in das Schwarz vor uns schauten, gewöhnten sich unsere Augen mehr an die Dunkelheit und erkannten Umrisse. Viel präsenter als alles, was man sehen konnte, waren jedoch die Geräusche aus sanften

Wellen und Wind, der durch das für uns gerade unsichtbare Schilfgras strich. Wir waren ganz allein.

Oskar löste seine Hand von meiner und legte den Arm wieder um meine Schultern. »Ist das nicht eindrucksvoll?«, fragte er.

»Absolut. Wattflüstern in der Nacht. So nennt es die Autorin in meinem Buch.« Ich schmiegte mich an ihn und legte die Arme um seinen Bauch. »Und in wenigen Stunden geht hier morgens mit einem so beeindruckenden Schauspiel die Sonne wieder auf. Es ist schon ein magisches Fleckchen Erde, auf dem wir uns hier befinden«, fügte ich hinzu. »Ich bin erst so kurz hier, aber kann mir schon nicht mehr vorstellen, die Insel wieder zu verlassen und auf all das zu verzichten. Verrückt, oder?«

»Das ist doch das beste Zeichen dafür, dass du am richtigen Ort gelandet bist, meinst du nicht?«

Ich fuhr mit der einen Hand seine Brust herunter. »Nun, es ist nicht nur die Insel, die das bewirkt.« Ich blickte hoch und damit direkt in seine wunderschönen dunklen Augen, in denen sich ein weit entfernter Lichtpunkt spiegelte. Seine Lippen formten ein liebevolles Lächeln. Es zauberte zarte Grübchen auf seine Wangen, die ich mit dem Finger berührte. Er erwiderte meine Berührung, indem er seine große Hand zärtlich an mein Gesicht legte. Behutsam und sanft spürte ich sie dort und schloss gerade noch die Augen, als ich bereits seine weichen Lippen auf meinen fühlte und wir in einen langen, wundervollen Kuss fielen. Er fühlte sich an wie ein leuchtendes Feuerwerk oder ein Sternschnuppenregen inmitten der Dunkelheit und ließ mich all die Kälte und das fahle Licht vergessen.

»Auch das ist ein gutes Zeichen – für mich«, flüsterte Oskar, als unsere Lippen sich trennten und er mir tief in die Augen blickte. Ich schmiegte meinen Kopf in die Mulde an seinem Hals und atmete seinen Duft. Oskar lehnte sich an mich, und für einige Sekunden standen wir schweigend so da.

»Lass uns weitergehen«, schlug Oskar irgendwann vor und rieb meine Arme. »Es ist doch viel zu kalt hier auf Dauer.«

Wir liefen noch einige Meter die Straße entlang, und erst jetzt merkte ich, wie sehr ich fror.

»Es ist echt bitterkalt«, gestand ich. »Wollen wir fahren?«

»Na klar. Wir gehen hier lang, das ist der kürzeste Weg zurück zum Auto«, erklärte Oskar und deutete in eine Richtung.

Ich war richtig dankbar, als wir an Oskars Auto ankamen, in dem es überraschend warm war.

»Nanu«, wunderte ich mich. »Es kommt mir vor, als setze ich mich an einen warmen Ofen. Wie wunderbar!«

Oskar lachte leise. »Das ist in der Tat ein Luxus, den ich mir gegönnt habe, nachdem ich den ersten Winter hier auf der Insel erlebt habe – ich habe eine Standheizung nachgerüstet.«

»Eine super Investition!«, sagte ich und kuschelte mich in den warmen, gemütlichen Sitz.

Oskar startete den Motor, und die Musik, die jetzt leise und zurückhaltend war, untermalte unsere Fahrt auf unaufdringliche, angenehme Weise. Oskar hatte nach meiner Hand gegriffen und streichelte immer wieder sanft mit dem Daumen über meinen Handrücken. Unsere Verbindung fühlte sich wohlig gut an, und schon bei der kleinsten Unterbrechung, wie dem Griff zum Lenkrad oder zu irgendwelchen Bedienelementen, vermisste ich sie. Ich war dankbar, wenn die Wärme der Berührung zurückkehrte und meine Haut jedes Mal aufs Neue prickeln ließ.

Auch wenn wir die meiste Zeit unserer Fahrt schwiegen, war die Stimmung angenehm und vertraut. Als mein Handy piepste, warf ich einen Blick darauf. Anni fragte, ob alles in Ordnung war. Sie selbst war heute bei einem Treffen mit ehemaligen Schulfreunden – »Klatsch und Tratsch abgreifen«, hatte sie es genannt. Ich bestätigte ihr, dass alles mehr als gut sei, und bekam ein Emoji mit Herzen zurück. Ich lächelte verträumt über diese wunderbare Freundschaft.

Je näher wir meiner Wohnung kamen, desto nervöser wurde ich jedoch, weil ich nicht wusste, wie ich mich richtig verhalten sollte. Sollte ich ihm anbieten, noch mit hochzukommen, oder mich vor der Tür von ihm verabschieden? Unsicher flogen meine Gedanken hin und her, ohne dass ich eine Antwort fand.

Mein Herz schlug schneller, als Oskar vor dem Haus hielt.

»Kommst du noch mit zur Tür?«, fragte ich schüchtern und stieg mit zitternden Knien aus.

»Selbstverständlich. Ich bringe dich auch noch in die Wohnung, wenn du möchtest«, bot er an, und ich nickte.

»Ich dachte, vielleicht möchtest du heute Nacht bei mir bleiben?«, fragte ich, all meinen Mut zusammennehmend. »Also, ich meine, es ist so dunkel und einsam, wenn Lore und der Furcht einflößende Hugo nicht da sind«, fügte ich gespielt unschuldig hinzu und wagte nicht, Oskar in die Augen zu sehen. Ging ich zu weit?

»Ich muss gestehen, ich hätte mich nicht getraut zu fragen, ob ich bleiben darf, aber wenn du mich so lieb bittest«, gab Oskar zu, und ich hörte das Lächeln in seinen Worten. Oskar trat auf mich zu und legte die Hände auf meine Hüften. Er küsste mich, und es war, als ginge damit seine innere Ruhe auf mich über.

»Das wäre schön. Als Hugo-Ersatz sozusagen.« Ich lächelte. »Eine Zahnbürste finde ich bestimmt irgendwo für dich, und genug Platz ist auf jeden Fall.«

»Dann lass uns mal reingehen«, flüsterte er in mein Ohr, und sein Atem schickte einen schmeichelnden Hauch über meine Haut.

»Komm.« Ich griff nach seiner Hand und zog ihn hinter mir her bis zur Haustür. Die kleinen Lichter neben dem Weg gingen an, als wir an ihnen vorbeiliefen.

Während ich den Schlüssel ins Schloss steckte, verteilte Oskar zärtliche Küsse auf meinem Hals. Genießerisch seufzte ich und schloss die Augen, drehte blind den Schlüssel und stieß vorsichtig die Tür auf. Erst dann wandte ich mich in seinen Armen zu ihm um und ließ mich in einen innigen Kuss fallen. Blindlings stolperten wir in den dunklen Flur, Oskar schob die Tür mit einer Hand hinter sich zu und zog mich sanft, aber bestimmt noch enger an sich, vertiefte den Kuss.

Ohne uns voneinander zu lösen, zogen wir im Gehen die Jacken aus und warfen sie über die Sofalehne, streiften die Schuhe ab und hielten uns fest im Arm.

Ohne Worte, nur durch Berührungen, dirigierte Oskar mich in Richtung der Treppe, die zum Schlafzimmer führte. Erst hier mussten wir uns für einen Moment trennen, rannten hinauf. Kurz überlegte ich, woher Oskar so genau wusste, wohin wir mussten, schüttelte den Gedanken jedoch sofort wieder ab, als unsere Lippen sich erneut fanden.

Mein Herz pochte, als wolle es sich überschlagen. Mein Kopf war leer, ohne jeden Gedanken, und doch war mein Körper so voller Glück. Wie in Watte sank ich auf die Bettkante und zog Oskar mit mir, ließ mich von seinem kräftigen, gut duftenden Körper sanft in die Laken drücken.

Eben noch hatte ich gezögert, gezweifelt, und doch fühlte sich jetzt alles so selbstverständlich und perfekt an. Wie ein unwirklicher Traum und dabei so real.

Nie würde ich diese Nacht vergessen. Dessen war ich mir schon nach wenigen Sekunden so sicher wie selten zuvor.

Kapitel 14

Ich wachte mitten in der Nacht auf, weil ein kühler Luftzug über das Bett zog. Für einen Moment verwirrte mich die Anwesenheit eines anderen Körpers neben mir, dann erinnerte ich mich an den Abend. Wohlig schmiegte ich mich an Oskars Rücken, zog die Decke über uns beide, weil auch seine Haut sich kühl anfühlte, und schloss wieder die Augen. Sehnsucht durchströmte meinen Körper, und die Nähe zu diesem Mann fühlte sich für mich an wie der Himmel auf Erden.

Ich war fast wieder eingeschlafen, als Oskar sich sanft aus meiner Umarmung wand, aufstand und, ohne Licht zu machen, ins Bad tappte. Das Badezimmerlicht ging an und wenig später wieder aus. Seine Schritte entfernten sich, statt zum Bett zurückzukommen. Kurz überlegte ich, mit einem Anflug enttäuschter Panik, ob er nach Hause gehen und mich hier zurücklassen würde. Ich lauschte seinen Schritten. Er nahm die Treppe und ging nach unten, wo ein ständig brennendes Nachtlicht Katharinas Bibliothek beleuchtete. Man konnte es von hier aus nicht sehen, es spendete aber dezentes Licht für den unteren Bereich der Wohnung. Ich hörte das Klimpern eines Schlüsselbunds.

Noch ehe ich zu Ende überlegt hatte, ob ich ihm folgen sollte, kam er bereits zurück.

Unsicher, was ich tun sollte, stellte ich mich schlafend und bewegte mich erst, als er wieder ins Bett stieg. Ich murmelte »Wo warst du?«, und kuschelte mich in seinen Arm.

Er küsste mein Haar und flüsterte: »Ich wollte dich nicht wecken.«

Einige Minuten lag ich wach, versuchte zu ermitteln, ob auch Oskar nicht wieder in den Schlaf fand. Als er sich neben mir bewegte, fasste ich mir ein Herz.

»Alles okay, Oskar?«, flüsterte ich. »Hast du draußen was gehört oder so?«

»Es ist alles ruhig draußen«, sagte er beschwichtigend und küsste mich auf die Stirn. »Schlaf weiter. Du hast bestimmt einen langen Tag vor dir.«

Ich nickte und hauchte ihm noch ein »Schlaf du auch weiter« zu, dann merkte ich, wie mir in seiner beschützenden Nähe bereits die Augen zufielen, während mir noch einmal der Gedanke kam, wie vertraut er mit dieser Wohnung schien. War er schon einmal hier gewesen? Kannte er Lores Tochter doch näher? Aber die zärtlichen Bewegungen seiner Finger auf meinem Rücken trugen ihr Restliches dazu bei, mich in einen tiefen Schlaf fallen zu lassen.

Der Duft nach frischem Kaffee und das Gefühl einer warmen Hand auf meinem Rücken weckten mich.

»Guten Morgen«, flüsterte Oskar und hauchte mir einen Kuss auf die Wange. Ich blinzelte ihm entgegen. Nur mit Boxershorts bekleidet saß er an der Bettkante. Durch das Fenster hinter ihm fielen bereits Sonnenstrahlen auf den Holzboden. Es schien ein schöner Tag zu werden. Auf dem Nachttisch standen zwei Tassen mit dampfendem Kaffee.

»Das ist ja ein wunderbarer Service, guten Morgen«, sagte ich, richtete mich auf und griff nach einer Tasse Kaffee. »Ein perfekter Start in den Tag«, erkannte ich.

»Nun, ich könnte mir einige Dinge vorstellen, die ihn noch ein wenig perfekter machen würden. Aber mangels Zeit belassen wir es wohl für heute bei Kaffee.« Oskar zog einen Mundwinkel hoch und blickte mir tief in die Augen. Ich spürte, wie ich errötete. Ich fuhr ihm mit den Fingerspitzen den Rücken hinunter, und er gab mir einen Kuss auf die Schulter.

»Wie spät ist es denn?«, fragte ich.

»Gleich acht Uhr. Bis ihr um neun Uhr eröffnet, solltest du es aber schaffen, oder?«

Ich nickte. »Das klappt.« Genüsslich trank ich einen Schluck des heißen Kaffees. »Wie sieht denn dein Tag aus? Wann bekommst du Besuch?«

»Ich denke, im Laufe des Vormittags«, antwortete Oskar. »Mittags gehen wir was essen, und nachmittags stehen noch andere Termine an. Ich muss mal sehen, ob der Tag ausreicht oder ob wir noch weitere Zeit benötigen.«

»Vielleicht telefonieren wir heute Abend einfach mal, ich würde mich freuen«, sagte ich, und Oskar strich mir über die Wange.

»Auf jeden Fall! Du fehlst mir schon jetzt!« Sein Lächeln war so hinreißend und ließ mich sofort wieder in seinen dunklen Augen versinken.

»Ich muss jetzt wirklich einmal unter die Dusche springen«, erklärte ich und trat zur Badezimmertür. Dort drehte ich mich noch mal um. »Was ist mit dir? Willst du schon fahren, oder bist du gleich noch da?«

Oskar bedachte mich mit einem langen Blick. »Am liebsten würde ich dir direkt ins Bad folgen, wenn ich ehrlich bin.« Er grinste. »Aber dann kommst du definitiv zu spät ins Café. Deshalb mache ich mich auch auf den Weg und dusche zu Hause.«

»Sehr rücksichtsvoll und umsichtig von dir«, sagte ich voller Ironie, und ein Lächeln zog über seine geschwungenen Lippen.

Er stand auf, trat auf mich zu und umarmte mich. Dann gab er mir einen Kuss auf mein Haar. Ich schloss die Augen und genoss diese Nähe und das warme, weiche Gefühl seiner Haut auf meiner. »Bis bald. Ich freue mich auf dich.«

»Ich mich auch auf dich.«

Beschwingt trat ich unter die Dusche und ließ das Wasser sprudelnd über meinen Körper laufen. Ich ertappte mich dabei, wie ich fröhlich ein Lied summte und ein Dauergrinsen im Gesicht hatte.

Heute wollte Anni mich vor der Haustür einsammeln, und erstaunlicherweise schaffte ich es, pünktlich vor der Tür zu stehen und schon von Weitem zu winken, als ich Annis Auto erkannte.

»Ja, moin«, begrüßte Anni mich, als ich auf dem Beifahrersitz Platz nahm.

»Guten Morgen«, flötete ich, und das Grinsen war weiterhin da.

»Na, immer wenn ich denke, mehr strahlen kann ein Mensch nicht, dann beweist du mir das Gegenteil, Tilda! Du siehst aus wie die Mensch gewordene Verliebtheit. Warte mal!« Sie legte eine Hand auf meine Schulter und schaute mich prüfend an. Ich zuckte zusammen. Kurz fürchtete ich, ich hätte einen Knutschfleck wie ein Teenie. »Sehe ich da lauter kleine Herzchen aus deinen Augen fliegen?«

Wir lachten beide, und ich knuffte meine Freundin in die Seite.

»Möglich!«

»Also?«

»Ja, es war schön mit Oskar. Sehr schön.«

Eine Pause entstand, in der Anni mich abwartend anschaute.

»Oh, bitte! Überfordere mich nicht mit deinen ausufernden Erzählungen. Ich komme ja kaum hinterher bei all den Details.«

»Was willst du wissen?«, fragte ich kühn. Die Antwort war mir schon vorher klar.

»Na, alles selbstverständlich.«

Begeistert und aufgeregt verfolgte Anni meine Schilderungen des gestrigen Abends und der zensierten Version der Nacht und stöhnte enttäuscht auf, als ich erzählte, dass wir uns heute nicht sehen würden.

»Alles gut. Ich freue mich auf unseren Arbeitstag, und vielleicht haben wir ja mal wieder einen Abend für uns? Oder hast du was vor?«

»Absolut gar nichts! Lass uns doch bei mir gemeinsam was kochen und es uns dann gemütlich machen.«

»Das klingt super. Dann kaufen wir vorher noch was Schönes ein, worauf wir Lust haben. Perfekt.«

»Und mittags können wir ja vielleicht ein Ründchen zum Wasser gehen und nur einen kleinen Snack genießen. Ich brauche heute mal wieder eine echte Pause. In der Küche steht schon alles ausreichend vorbereitet von gestern, und das, was ich frisch backen will, kann ich im Tagesgeschäft einbauen. Das Wetter bietet sich einfach an, so schön sonnig, wie es heute ist.«

»Du machst wirklich alles, dass hier jeder Tag wundervoll ist, Anni. Dabei ist es sowieso schon so schön hier. Fühl dich bitte nie unter Druck gesetzt. Ich bin nicht zu Besuch. Ich bleibe, und wir haben jetzt so viel Zeit für uns.«

»Nein, ich brauche diese Auszeit, und gemeinsam ist es doch so viel schöner, und man kann die besonderen Momente später teilen.«

»Das stimmt.«

Wir waren mittlerweile im Café angekommen und bereiteten alles für den Tag vor. Nach der Anfangszeit, in der mir Anni noch viel erklärt und aufgetragen hatte, hatten wir inzwischen in einen guten Rhythmus gefunden, in dem jeder seine Aufgaben kannte.

Anni war schon in der Backstube, wo sie einen köstlich nach Vanille duftenden Käsekuchen zubereitete. »Darf ich davon ausgehen, dass dieser Käsekuchen-Traum heute als Tagesempfehlung auf unsere Tafel für den Nachmittag darf?«, rief ich nach hinten.

Anni lachte. »Ganz genau. Ich habe gleich Teig für mehrere Kuchen zubereitet. Ein paar Stunden ruht der Kuchen, und pünktlich zur Kaffeezeit sollte er perfekt sein.«

»Wunderbar. Dann lass ich dich mal werkeln und kümmere mich um die ersten Gäste vorne. Wenn ich ins Straucheln gerate, rufe ich.«

Trudi hatte ihren Stammplatz in ihrem Hundebett am Fenster eingenommen und blickte erwartungsvoll über die Dünen.

Der Tag verging wie im Flug. Die Mittagspause am Strand war herrlich gewesen und genau die richtige Vorbereitung auf den trubeligen Nachmittag, der folgte. Zum Abend hin wurde es wieder ruhiger. Anni nutzte die Zeit, um mir noch ein wenig mehr über Tee und die Art, ihn zuzubereiten, zu erzählen. Eine Kundin, die an einem Tisch in der Nähe des Tresens saß, lauschte Annis Ausführungen ebenso gespannt wie ich.

»Wissen Sie, was, bringen Sie mir doch einfach noch ein Kännchen, dann können Sie uns das, was Sie gerade erklären, direkt vorführen«, schlug sie vor. Das ließ Anni sich nicht zweimal sagen.

Auf einem Tablett trug sie eine kleine Schale mit Sahne, in der ein spezieller Löffel ruhte, dazu die bauchige Teekanne, die sie vorher aufgewärmt hatte, ein Teesieb, heißes Wasser, die Teetasse und ein Schälchen mit Kandis-Klümpchen und eins mit der Teemischung an den Tisch. »Die Teeblätter habe ich so abgewogen, dass sie sich für die gewünschte Menge an Tee im Wasser optimal entfalten können. Diese kommen dann in das Teesieb, das in die Kanne gelegt wird. Dies wird nun mit heißem Wasser übergossen und darf rund vier Minuten ziehen. Dann gebe ich den Tee in die Teetasse, wo bereits ein Stück Kandis auf die Mischung wartet. Auf den Tisch stelle ich gerne auch ein Stövchen, damit der Tee warm bleibt.« Anni deutete auf den Tisch, wo bereits ein kleines Licht flackerte. Sie legte mit einer Zuckerzange zunächst den Kandis in die Tasse, der leise knackend zersprang, als sie den dampfenden Friesentee darübergoss. Anni lächelte.

»Perfekt. Dieses Geräusch muss man beim Einschenken hören. Und jetzt kommt das Wölkchen.« Anni griff nach dem Sahnelöffel und ließ die Sahne ganz langsam in einem Bogen vom Rand der dünnwandigen Teetasse aus in den Tee laufen.

»Gegen den Uhrzeigersinn«, erklärte Anni. »Die Wolke breitet sich von selbst im Tee aus. Keinesfalls darf da nachgeholfen und gerührt werden.« Annis erhobener Zeigefinger wirkte fast ein wenig lustig. Aber mir gefiel, wie ernst sie diese Zeremonie nahm. »Nur so entfaltet sich das ganz besondere Aroma der einzelnen Teesorte. Das Herbe des Tees, die Süße des Zuckers und die Sahne als i-Tüpfelchen.«

»Wow, dass etwas so Einfaches wie eine Tasse Tee so kunstvoll sein kann«, sagte die Dame begeistert. Auch ich bedankte mich. Zwar hatte ich Anni schon häufiger die Zeremonie durchführen sehen, sie aber noch nie so bewusst wahrgenommen.

»Da habe ich was gelernt«, erkannte ich. Wieder hinter dem Tresen warf ich einen Blick auf mein Handy.

»Oskar hat geschrieben, dass er heute auf jeden Fall keine Zeit mehr hat. Die Geschäftsgespräche ziehen sich wohl ziemlich.« Bedauernd hob ich die Schultern. »Das Gute daran ist, dass unserem Mädelsabend damit nichts im Wege steht.« Ich lächelte.

»Was hältst du davon, wenn du jetzt schon mit meinem Auto kurz was einkaufen fährst und mich dann hier wieder einsammelst? Den Rest schaffe ich allein, und dann können wir zu Hause gleich mit dem Kochen loslegen.«

»Klar. Was brauchen wir?«

»Hast du Lust, was Italienisches zu essen? Ich habe ein Rezept für köstliche Gemüsebolognese. Fast alle Zutaten habe ich da. Das, was ich noch brauche, schreibe ich dir kurz, dann hast du es auf dem Handy, okay?«

»Super! Und dazu ein bisschen was zu knabbern und Prosecco?«

»Das wäre klasse. Da sind meine Vorräte ziemlich aufgebraucht.«

»Dann bis gleich. Wenn dir noch was einfällt, schreib mir, und sollte es hier unerwartet doch noch mal brennen, dann eile ich zurück.«

Auf dem Parkplatz des Supermarktes in Wenningstedt fand ich direkt eine Lücke und stellte das Auto ab. Gerade griff ich nach meiner Handtasche, die auf dem Beifahrersitz stand, da blieb mein Blick an einem Wagen hängen, den ich sofort wiedererkannte. Es war Oskars Auto. Als ich gerade aussteigen und freudig darauf zugehen wollte, sah ich ihn aus dem Supermarkt kommen – in Begleitung einer Frau. Ich konnte ihr Gesicht nicht erkennen, weil die langen Haare, die unter einer Mütze hervorlugten, mir den Blick versperrten. Genau wie er es bei mir immer tat, öffnete Oskar ihr eben die Beifahrertür. Doch bevor sie einstieg, trat er auf sie zu, zog sie an sich und umarmte sie innig. Ich konnte erkennen, dass sie die Geste erwiderte.

Mir wurde schlecht. Auch wenn das, was ich sah, eine rein freundschaftliche Geste sein konnte. Ich war in dieser Hinsicht einfach ein gebranntes Kind.

Unsicher, ob ich sehen wollte, was darüber hinaus geschah, und gleichzeitig so sicher, dass ich wissen musste, was da vor sich ging, haftete mein Blick an den beiden. Die Frau knuffte ihn, als er etwas zu ihr sagte, beide lachten, als sie sich auf den Sitz fallen ließ, und Oskar schloss die Tür hinter ihr. Dann ging er mit seinem mir mittlerweile so vertrauten Gang um den Wagen. Im Schein einer Straßenlaterne konnte ich erkennen, dass er ein Lächeln auf den Lippen trug. Die Rücklichter seines Wagens strahlten mich teuflisch rot und warnend an, als er den Motor startete. Dann blendete mich das helle Licht der Rückfahrleuchte, weil sich meine Augen unweigerlich mit Tränen füllten. Ich konnte es nicht aufhalten und war froh, dass er mich in Annis Auto nicht erkannt hatte, wie ich wie ein Reh im Scheinwerferlicht des nahenden Autos erstarrt war. Andererseits wäre ich dann jetzt vermutlich ein klein wenig schlauer, wer die Frau war.

Die Vertrautheit zwischen den beiden ließ mich vermuten, dass die Wahrheit mir wehtun würde.

Ich wischte mir die Tränen von den Wangen, prüfte im Spiegel mein Make-up – wenigstens hatte das gehalten –, holte tief Luft und straffte die Schultern.

»Jetzt geht es erst recht darum, besonders viel schönes Seelenfutter einzukaufen«, sagte ich laut zu mir selbst. Doch die Kraft in meiner Stimme passte nicht zu dem, was ich fühlte.

Ich stieg aus und holte mir einen Korb. Die Liste von Anni war kurz.

Mit schweren Schritten ging ich in den Markt. Mir kam es hier laut vor und viel zu hell und grell. Am liebsten hätte ich mich in einer dunklen Ecke verkrochen und mich meinem Weltschmerz hingegeben. Immer wieder tauchte das Bild von Oskar vor meinem inneren Auge auf. Sein Blick, mit dem er mich heute Morgen angesehen hatte, die Bewegung, wie er die Frau umarmte, sein Lächeln auf dem Weg ums Auto herum Richtung Fahrersitz.

War diese Frau der Geschäftspartner, von dem er gesprochen hatte? Möglich war das. Dennoch hinterließ meine Beobachtung ein komisches Gefühl.

Und plötzlich war sie wieder da, die Angst, erneut bitter enttäuscht zu werden, wie schon einmal in meinem Leben.

Wie mechanisch griff ich nach den Artikeln, die ich kaufen wollte, legte noch ein paar Süßigkeiten und Chips hinzu, schleppte mich zur Kasse und bezahlte.

Zurück im Auto stellte ich mir Musik an und startete den Motor. Mit deutlich schlechterer Stimmung als auf dem Hinweg fuhr ich wieder Richtung Kampen und hatte, wenn ich ehrlich war, auch wenig Appetit und Lust auf Kochen. Aber gemeinsame Zeit mit Anni war genau das, was ich jetzt brauchte.

Schwungvoll zog Anni die Tür auf, als ich vor dem Café hielt. Trudi sprang in den Fußraum, rollte sich zusammen, dann ließ sich Anni auf den Beifahrersitz fallen. Sie merkte sofort, dass meine Stimmung umgeschlagen war, und wurde ernst.

»Was war?«, fragte sie ohne Umschweife und legte ihre Hand auf meine.

»Ich hab Oskar am Markt gesehen.«

»Habt ihr geredet?«

»Nein. Er stieg gerade ins Auto.«

»Lass mich raten, er war nicht allein?«

Ich schüttelte den Kopf. »Nein. Eine Frau war bei ihm.«

Kurz arbeitete es in Annis Kopf. »Okay. Aber muss das was heißen? Vielleicht die Schwester, beste Freundin, Kollegin?«

Ich nickte und zuckte teilnahmslos die Schultern. »Klar, das kann sein.«

»Sagte er nicht was von Terminen und so?«

»Ja.«

Ich wendete den Wagen und fuhr zu Annis Wohnung.

»Vielleicht gibt es eine ganz banale Erklärung dafür. Haben sie sich denn irgendwie verhalten, als liefe da was?«

»Ich weiß es nicht. Es wirkte sehr vertraut und herzlich. Sie haben sich umarmt, gelacht, sind ins Auto gestiegen, hatten vorher womöglich für einen gemütlichen Abend zu zweit eingekauft.« Bevor ich weitersprechen konnte, versagte meine Stimme vor lauter Enttäuschung. Wieder zitterten Tränen in meinen Augenwinkeln. »Anni, ich möchte das einfach nicht! Alles war doch so schön! Warum sagt er nicht, dass er eine Freundin hat? Was soll das? Bin ich ein Flirt für ihn, jemand, den man mal flüchtig hier kennenlernt, und mehr nicht?« Die erste Träne rollte heiß meine Wange hinunter. Ich krallte mich an das Lenkrad und konzentrierte mich darauf, trotz der Tränenschleier vor Augen die Fahrspur zu halten.

»Liebes, das glaube ich nicht. Du solltest jetzt nicht zu viel interpretieren. Eher das Gespräch mit ihm suchen. Vielleicht gibt es eine ganz einfache Erklärung.«

»Ich weiß nicht. Wir sind ja auch offiziell noch gar kein Paar. Vielleicht bewerte ich das alles über und darf mir nicht herausnehmen, ihn dann auf eine etwaige Bekanntschaft so direkt anzusprechen.«

»Das sehe ich anders. Er erfährt auf diesem Wege, dass er dir etwas bedeutet. Damit brichst du dir keinen Zacken aus der Krone, und ich finde es auch nicht übertrieben oder verfrüht, mit ihm darüber zu reden, dass diese Begegnung dir Bauchschmerzen verursacht hat.«

»Ich glaube, ich habe zu viel Angst vor einer Antwort, die ich nicht hören will. Ich habe da keine Kraft für. Nicht nach allem, was war. Gerade versuche ich, wieder zu vertrauen, und jetzt das. Nein, Anni. Dann soll es nicht sein, und ich möchte ihn nicht länger sehen. Vielleicht ist es gut, dass er bald beruflich so eingespannt ist, so laufe ich nicht mehr Gefahr, ihm hier ständig über den Weg zu rennen.«

»Ach, Tilda.« Anni klang ganz verzweifelt. Mittlerweile hatte ich das Auto vor Annis Tür geparkt. Wir blieben noch einen Moment sitzen. »Ich gebe zu, dass das, was du erzählst, nicht nach meiner Wunschvorstellung für dich klingt. Aber auch absolut nicht danach, dass alles vorbei sein muss.«

»Vielleicht soll es so sein, und es ist dann auch besser so.«

»Ich bin echt sauer«, sagte Anni dann in ernsthaftem Tonfall, und ich starrte sie verwirrt an.

»Auf mich?« Meine Stimme zitterte.

»Quatsch. Auf Oskar. Endlich hat meine liebste Freundin das Lachen und das Leuchten in den Augen wieder, nach einer Zeit des Einigelns und der traurigen Blicke. Da kommt er so charmant und interessant daher und schafft es, dass du von ganzem Herzen strahlst. Und nun sitzt du seinetwegen wieder wie das erschütterte, unglücklich verliebte Mädchen neben mir. Das macht mich unsagbar sauer. Nein, das reicht gar nicht. Ich schäume vor Wut! Am liebsten würde ich direkt zu ihm fahren und ihn zur Rede stellen.«

Matt lachte ich. »Ich weiß nicht, ob das der richtige Weg ist«, murmelte ich. »Ich fürchte, du störst ihn gerade bei irgendwas.«

»Dann erst recht! Wo wohnt er?« Kampfeslustig blitzten ihre Augen, und ich liebte meine Freundin einmal mehr dafür, dass sie immer hinter mir stand. Ich lächelte und strich ihr sanft über die Wange. »Aber womöglich sitzt er tatsächlich nur mit dieser Frau, die irgendwie geschäftlich mit ihm zu tun hat, in einem Meeting, und ich mache mich komplett zum Affen«, sagte Anni.

»Das möchte ich keinesfalls riskieren, aber wünsche mir so sehr, dass Zweiteres der Fall ist.« Meine Stimme klang jämmerlich.

»Also gut, eine Hauruckaktion wird uns heute wohl kaum ans Ziel bringen. Wollen wir denn noch was kochen?«, erkundigte sich Anni vorsichtig. »Essen ist ja immer gut für die Seele, so viel steht fest.« Ich nickte, und wir trugen die Einkäufe in die Küche. Anni stellte ein Kochbuch, aus dem wir eine Gemüsebolognese nachkochen wollten, in einen Halter.

»Zuerst schnippeln wir alles klitzeklein«, erklärte sie und schob mir ein Brett samt Messer zu. Sie griff selbst nach einem und teilte das Gemüse, bestehend aus Staudensellerie, Paprika, Tomaten und Karotten, unter uns auf.

»Das dünsten wir alles in Öl, und, je nach der Garzeit, geben wir das nächste hinzu. Tomatenmark und meine Spezial-Gewürzmischung dazu, und ich verspreche dir, wir bekommen die feinste vegetarische Bolognese, die du je gegessen hast.« Stolz nickte sie. »Ich nehme immer gerne die ganz dünnen, feinen Spaghettini. Die geben dem Essen einen besonderen Pfiff.«

»Das klingt ganz wunderbar und genau nach dem, was ich jetzt brauche«, schwärmte ich und fuhr mir mit der Zunge über die Lippen. Ich freute mich, dass nach dem Gespräch mit Anni mein Appetit schon wieder zurückgekehrt war.

Rund anderthalb Stunden später hatten wir beide eine Riesenportion Nudeln vertilgt.

Ich lehnte mich in Annis bequemem Esszimmerstuhl zurück

und strich mir über den Bauch. »Das war fantastisch lecker«, lobte ich Anni, und sie lächelte.

»Es freut mich, dich wieder so zufrieden zu sehen«, erklärte sie und legte mir sanft ihre Hand auf den Handrücken. »Hast du von Oskar denn noch mal was gehört? Dass man einen Geschäftstermin hat, bedeutet ja nicht, dass man sich zu keiner Zeit mal kurz melden kann«, überlegte sie.

»Stimmt.« Ich tastete nach meinem Smartphone. »Ich hab das Handy tatsächlich in meiner Tasche gelassen. Gar nicht gemerkt bisher. Keine Ahnung, ob er sich gemeldet hat. Soll ich mal nachschauen?«

»Nicht, dass unser schöner Abend dann eine unschöne Wendung nimmt«, fürchtete Anni und machte ein zerknirschtes Gesicht.

»Du hast recht. Grad geht's mir so gut. Lass uns den Abend lieber genießen und die Männer vergessen«, erklärte ich und blieb sitzen.

Nachdem wir noch ein wenig geplaudert hatten, merkte ich jedoch, dass ich langsam müde wurde und lieber das Bett ansteuern sollte, wenn ich am nächsten Tag fit sein wollte. Ich würde heute vermutlich ohnehin nicht sehr ruhig schlafen. Dazu gingen mir viel zu viele Dinge durch den Kopf.

»Liebes, ich werde mich jetzt mal verabschieden. Ich muss schlafen.«

»Machst du aber auch, versprochen?« Mit einem prüfenden Blick schaute Anni mich an.

»Was soll ich denn sonst machen?« Verblüfft hob ich die Handflächen. Anni deutete auf die Flasche Prosecco, neben der nur ein Glas stand. Es war Annis. Ich hatte nichts getrunken.

»Meinst du, ich fahre noch zu Oskars Haus und lauere ihm auf?« Entrüstet schüttelte ich den Kopf. »So tief lasse ich mich nicht herab, keine Sorge. Ich weiß außerdem ja nicht mal, wo er wohnt. Möglicherweise hätte mir das schon zu denken geben müssen. Aber keine Sorge, ich mache keine Dummheiten.«

»Die Liebe macht manchmal die verrücktesten Dinge mit einem«, bemerkte Anni.

Ich stand auf, zog meinen Mantel und die Mütze an. Dann nahm ich doch mein Handy aus der Tasche und prüfte die Nachrichten.

»Nichts«, stellte ich fest und zog einen Mundwinkel hoch. Eine Geste, von der ich selber nicht wusste, wie ich sie meinte. Anni war aufgestanden und zu mir getreten. Sie nahm mich in den Arm und drückte mich fest an sich. »Das muss erst mal gar nichts bedeuten. Wenn er grad beruflich neu durchstarten will, ergeben sich sicher manchmal Termine, die zeitlich ein wenig ausufern. Wenn eine Kollegin dafür extra auf die Insel gekommen ist, müssen die Gespräche ja auch wirklich wichtig sein, und die Zeit ist sicher begrenzt.«

»Danke, Anni.« Matt lächelte ich.

»Wenn du mal nicht allein schlafen willst, kannst du immer auch gerne bei mir bleiben. Das weißt du, oder?«, bot sie an, und ich nickte.

»Danke, Anni. Das weiß ich. Alles gut. Ich fühle mich so wohl in der kleinen Wohnung von Lores Tochter.« Kurz dachte ich an gestern Abend, verdrängte diese Erinnerung aber schnell wieder, weil sie schmerzte. Ich war so glücklich gewesen, als er die ganze Nacht und den Morgen darauf bei mir war.

»Das freut mich sehr. Aber wenn doch, weißt du Bescheid.«

»Schlaf gut, Anni«, sagte ich.

»Du auch. Versuch es auf jeden Fall.«

Kapitel 15

Ich kuschelte mich unter meine flauschige Bettdecke und lauschte, wie der Wind um das Haus zog. Heute war es nicht ganz so stürmisch, weshalb ich das Fenster einen Spaltbreit offen ließ, sodass die frische Meeresluft hereinwehen konnte. Das Gefühl, mich bis zum Kinn mit der Wärme der Decke einzuhüllen, war pures Wohlfühlen und Seelenbalsam. Außerdem liebte ich das Rauschen der Kiefern, die rund um das Haus standen. Für mich ein Geräusch, welches Kindheit bedeutete. Die Bäume am Haus meiner Eltern hatten ähnlich geklungen, wenn ihre Äste sich im Wind bogen. Wenn ich das hörte, verspürte ich sofort Geborgenheit und Heimat. Eine tiefe Ruhe breitete sich in mir aus, als die kühle Nachtluft alle trüben Gedanken an Oskar aus meinem Kopf wehte, und schon bald schlief ich ein.

Anders als erwartet, öffnete ich ausgeruht und wach am nächsten Morgen die Augen. Die kühle Frischluft musste wie ein natürliches Schlafelixier gewirkt haben. Es war noch dunkel draußen und mittlerweile so kalt im Zimmer, dass ich die Decke fast bis über mein ganzes Gesicht zog. Bei dieser Bewegung polterte es plötzlich. Ich hatte mein Handy vom Nachttisch gefegt. Es war auf dem Dielenboden gelandet, mit dem Display nach oben, als ich danach schielte. Erst sah ich die Uhrzeit, es war noch eine halbe Stunde Zeit, bis mein Wecker läuten würde. Kurz dachte ich daran, mich einfach wieder umzudrehen und noch einmal die Augen zu schließen, da sah ich, bevor das Display schwarz wurde, dass eine Nachricht eingegangen war.

Ich fischte nach dem Handy, bemüht, keinen Zentimeter meines Körpers unter der Decke hervorstrecken zu müssen, damit die Kälte nicht an meine Haut gelangte. Fast hatte ich es geschafft, als ich plötzlich das Gleichgewicht verlor und eingewickelt in meine Decke aus dem Bett segelte. Ich fühlte mich wie eine Raupe im Kokon. Unsanft knallte ich mit dem einzigen Körperteil, welcher nicht von der federnden Decke geschützt wurde, meinem Kopf, gegen die Kante meines Nachttisches und spürte schon kurz darauf, dass sich eine unschön pulsierende Beule bildete.

»So ein Mist«, fluchte ich. »Nur wegen einer blöden Nachricht. Wie dumm bin ich eigentlich? Soll er doch bleiben, wo der Pfeffer wächst, wenn er meint, sich nur zu melden, wenn er gerade mal lustig ist. So ein Idiot«, wetterte ich weiter. Ich meinte es nicht so. Natürlich freute ich mich über seine Nachricht, aber ich versuchte, mit meiner Schimpftirade den Ärger über meine Unbeholfenheit und den Schmerz an meiner Stirn zu kanalisieren.

Bevor ich mich aufrappelte, legte ich das Handy auf den Nachttisch. Jetzt, wo ich es schon mal in die Finger bekommen hatte, war mein Sturz wenigstens nicht umsonst gewesen.

»Tilda?«, hörte ich plötzlich Oskars sympathische Stimme, in der Sorge mitschwang. Irritiert sah ich mich um, bis mir Oskars Gesicht auf meinem Display auffiel. Ich musste versehentlich einen Videoanruf begonnen haben. Schlagartig pulsierte das Blut in meinen Wangen, und ich zog scharf die Luft ein.

»Ist alles in Ordnung bei dir?«, fragte Oskar jetzt.

Ich zuckte zurück, bis ich sicher war, dass Oskar nur die Decke über meinem Bett sehen konnte.

»Oskar?« Meine Stimme zitterte und klang albern beiläufig. In meinem Kopf rekapitulierte ich die letzten Sätze, die ich eben vor mich hin gemotzt hatte, und schämte mich dafür. »Es ist … sorry. Ich habe mir grad den Kopf gestoßen, das … das war nicht so gemeint«, stammelte ich.

»Du hast ja recht. Ich bin ein Idiot«, hörte ich ihn dann sagen. Ich war versucht, mich ihm doch über die Kamera zu zeigen und genauer nachzuhaken, wie er das meinte, erinnerte mich dann aber daran, dass ich gerade erst aufgewacht war und lieber selbst noch einmal einen Blick in den Spiegel werfen sollte, bevor jemand anders mich zu Gesicht bekam.

»Nein! Du doch nicht, entschuldige«, sagte ich, hörte aber selbst, wie unbeholfen und gelogen das klang.

»Ich hätte mich längst melden sollen. Aber ich bin gestern so früh eingeschlafen und erst nachts wieder wach geworden. Deshalb kam meine Nachricht so spät. Aber was ist los? Hast du dich ernsthaft verletzt?«

Ich lachte müde. »Nein, alles gut! Wird wohl eine unschöne Beule, aber die lässt sich vielleicht kaschieren.«

»Du solltest sie kühlen, damit es nicht allzu schlimm wird«, riet er mir. »Wir können doch später telefonieren«, sagte er.

»Klar«, antwortete ich knapp auf seinen Vorschlag und hatte gleichzeitig das Gefühl, als wollte er mich abwimmeln. Mein Anruf schien ihm ungelegen zu kommen. »Melde dich doch einfach, wenn du Zeit hast.«

»Das mache ich sehr gerne. Freue mich – heute wird es allerdings noch mal etwas turbulent bei mir«, setzte er an, fuhr dann aber nicht fort.

»Alles gut! Ich arbeite ja auch, und wir haben echt gut zu tun«, erklärte ich, als müsste ich mit seiner Geschäftigkeit mithalten.

»Bis dann, Oskar«, sagte ich. »Ich muss mich fertig machen. Und kühlen.«

»Bis später, Tilda. Und gute Besserung.«

Ich legte auf und schleppte mich ins Badezimmer. Ein Blick in den Spiegel verriet mir, dass die Beule sich jetzt schon unschön verfärbte. Ich rollte die Augen und tränkte einen Waschlappen mit kaltem Wasser.

»So ein Mist«, murmelte ich, legte den kühlenden Stoff auf die Stirn und tappte ins Schlafzimmer zurück, um endlich Oskars Nachricht zu lesen.

> Es tut mir leid, dass ich mich nicht mehr gemeldet habe. Ich bin einfach eingeschlafen. Es war ein anstrengender Tag. Würde mich freuen, wenn wir uns bald wiedersehen.

»Hm«, sagte ich zu mir selbst. Er war eingeschlafen, ja, das hatte er eben am Telefon auch gesagt. Aber hatte er dabei vielleicht Gesellschaft gehabt? Außerdem hatte er auf dem Parkplatz vor dem Supermarkt alles andere als angestrengt gewirkt. Am liebsten hätte ich mich einfach wieder ins Bett gelegt. Doch konnte ich Anni nicht hängen lassen. Trotzdem brauchte ich noch ein wenig Zeit für mich. Also schrieb ich Anni eine Nachricht:

> Ich gehe heute zu Fuß zum Café. Brauche ein wenig frische Luft.

Sie antwortete sofort:

> Na klar, bis gleich – freue mich.

Etwas früher als sonst machte ich mich auf den Weg zum *Kliffglück*. Das Wetter war angenehm mild, der Himmel nur leicht bewölkt, und der scharfe Wind hatte sich gelegt.

Diesen kleinen Spaziergang einzubauen entpuppte sich als richtige Entscheidung. Mit jedem Schritt, den ich durch die karge, graubraune Heidelandschaft lief, das Meer bis zum Horizont immer im Blick, eine leichte Brise in den Haaren, kehrte wieder mehr Zuversicht zu mir zurück.

Oskar hatte mir geschrieben. Er hatte also an mich gedacht. Wir waren kein Paar, kannten uns erst kurz. Er war nicht verpflichtet, mich darüber zu informieren, mit wem er abends unterwegs war und aus welcher Motivation heraus.

Ich lief parallel zur Straße, die zum Café führte, über einen Weg nahe der Kliffkante. Von Weitem sah ich, dass Annis Wagen vor dem Café stand. Sie war also schon da.

Daneben parkte ein weiteres Auto, welches ich allerdings nicht kannte. Es fuhr los, als ich fast am Café angekommen war.

Mit deutlich besserer Laune als noch nach dem Aufstehen trat ich ein in das warme, gemütlich beleuchtete Café, wo mich direkt der Duft nach frisch aufgebrühtem Tee umarmte. Anni war nicht zu sehen.

»Moin«, rief ich in den leeren Gastraum. Aus der Backstube kam ein »Moin, Tilda« zurück. »Bin gleich da.«

Ich legte meinen Mantel ab, hängte ihn an die Garderobe im Nebenraum und wusch mir in der Kaffeeküche die Hände.

»Hast du Hunger?«, fragte Anni, während der verlockende Duft der offenbar noch warmen Brötchen zu mir herüberwehte, die in einer Tüte auf dem Tresen lagen.

»Ja, einem dieser wunderbaren Brötchen kann ich nicht widerstehen. Oder sind die für die Gäste?«

»Die habe ich extra nur für uns zwei gesichert«, erklärte Anni mit einem Lächeln im Blick. Sie wirkte an diesem Morgen besonders fröhlich. Bis sie mich anschaute und offenbar erschrak. »Was hast du denn gemacht?« Sie deutete auf meine Beule.

»Oh, sieht man es so sehr? Keine Sorge! Halb so wild. Ich bin heute Morgen auf der Suche nach meinem Telefon aus dem Bett gepurzelt und gegen die Nachttischkante gestoßen«, erklärte ich und winkte ab. »Tut gar nicht mehr weh.«

»Na, zum Glück. So ein Pech. Das war ja dann kein glücklicher Start in den Tag.«

»Umso schöner ist es nun hier bei dir. Das mit den frischen Brötchen ist eine ganz hervorragende Idee gewesen. Und der Tee scheint auch schon aufgesetzt? Das ist Glück pur. Wenn ich geahnt hätte, dass hier der tollste Arbeitsplatz der Welt auf mich wartet, wäre ich schon viel eher zu dir nach Sylt gezogen.«

»Glaub mir, ich habe in den letzten Tagen auch oft gedacht, warum ich die Idee mit dem Büchercafé nicht viel früher schon umgesetzt habe.« Sie hob die Handflächen. »Aber dann dachte ich mir wieder, dass es bestimmt einen Grund hatte, dass wir das erst jetzt gemeinsam wagen.«

»Meinst du?« Skeptisch schob ich die Unterlippe vor, dachte kurz an Oskar, winkte dann aber ab. »Das weiß man ja nie. Aber die Hauptsache ist, dass ich da bin. Und ich bin dir so dankbar für diese Chance.« Ich legte den Arm um die Schulter meiner Freundin und drückte sie sanft an mich. »Ich gewinne so langsam den Glauben daran zurück, dass das Glück der Protagonisten in meinen Lieblingsromanen nicht vollkommen unrealistisch ist. So oft kommen die Figuren mit Bauchweh und traurigen Erinnerungen an ihren Herzensort, nur um dann dort ihrem wahren Schicksal zu begegnen.« Ich zuckte die Schultern. »Aber zum ersten Mal seit der Schließung meiner *Herzensbuch* fühle ich wirklich, wie es in ihnen aussehen muss. Das Bauchzwicken, die ständige Grübelei, die Vorfreude bis hin zur prickelnden Euphorie.«

»Das klingt toll, Tilda«, stellte Anni fest, während sie den Tisch deckte und ich die Brötchen aus der Tüte in einen Korb füllte. »Ich habe dich lange nicht mehr so reden hören. Jetzt musst du nur noch lernen, nicht ständig alles infrage zu stellen. Gestern haben wir darüber gesprochen: Wenn man rührt, geht so viel Magie verloren.« Gekonnt ließ sie die Sahne in den Tee fließen. »Einfach geschehen lassen – das gilt fürs Leben genau wie für den Tee.«

Mein Blick lag auf dem Sahnewölkchen, welches sich in feinen Linien über die gesamte Oberfläche des Tees ausbreitete. Es sah aus wie ein Kunstwerk.

Gedankenverloren biss ich in mein Brötchen. Die süße Erdbeermarmelade mit einem Hauch Vanille passte wunderbar zu dem eher herben Duft des Tees. Ein köstlicher Kontrast. »Wie war der Spaziergang? Tat es gut, ein wenig Luft zu genießen?«, erkundigte sich Anni. »Hat sich Oskar denn gestern noch gemeldet?«

Ich hatte gerade den Mund voll und nickte mit großen Augen. »Ich habe da aber schon geschlafen. Dann hab ich beim Aufwachen mein Handy runtergeworfen, mir bei der Suche danach den Kopf gestoßen und gleichzeitig aus Versehen einen Videoanruf gestartet, bei dem ich mich nicht vor die Kamera getraut habe.« Unsicher zuckte ich die Schultern. »Er war merkwürdig zurückhaltend. Als käme ich ungelegen. Er sagte, er habe viel um die Ohren, sei müde gewesen, und auch heute würde es bei ihm stressig werden.« Matt hob ich die Augenbrauen. »Es klang zwar aufrichtig, aber irgendwie auch wie Small Talk.«

»Vielleicht hat er wirklich nur viel um die Ohren und den Kopf nicht frei.«

»Ja, vielleicht, und es steht mir auch nicht zu, das zu kritisieren oder ihm einen Vorwurf zu machen. Na ja, jedenfalls hat die Ruhe beim Spaziergang meinen Kopf ein bisschen geklärt.«

»Das glaube ich. Bewegung an der Nordseeluft ist immer wertvoll und die beste Medizin.« Anni lächelte sanft und griff nach meiner Hand. Sie strich mit ihren weichen Fingerspitzen über meinen Handrücken, und diese zärtliche Geste tat mir gut.

»Danke, Anni.«

Ein Blick auf die Uhr zeigte, dass wir unsere Teller wegräumen und alles für die Gäste startklar machen sollten. Einige Reservierungen waren bereits eingegangen, wie die kleinen Täfelchen, die Anni mit der Hand schrieb, verrieten.

Als ich gerade unseren Tisch noch einmal abwischte und die Blümchen auf dem Tisch zurechtrückte, betrat der erste Gast das Café, und schon eine halbe Stunde später waren die meisten Tische und Sessel besetzt.

»Eine sehr gute Wahl«, sagte ich zu einer Dame, die sich das Fenja-Malé-Buch ausgesucht hatte, und deutete auf den Roman.

»Oh, danke. Ja, das habe ich mir gedacht. Ich liebe die Romane so sehr! Schön, dass Sie ihn hier haben und ich einen Blick hineinwerfen kann.«

»Ich bin gespannt, wie er Ihnen gefällt. Würde mich freuen, wenn Sie es mich wissen lassen.«

»Gerne! Das ist ein tolles Angebot. Wissen Sie, was?« Die ältere Dame schaute mich aus lieben, hellblauen Augen an. »Das ist es, was dieses Angebot des Büchercafés für mich so besonders macht. Mir fehlt in meinem Privatleben der Austausch über die Bücher. Mit meiner Bücherleidenschaft bin ich recht allein unter meinen Bekannten. Mein Mann hat da nichts für übrig, unsere Kinder wohnen weit weg. Ich sehe sie selten, und wenn wir reden, dann über die Enkel oder so. Unsere Freunde haben andere Interessen. Schön, dass ich jetzt mit Ihnen oder anderen Gästen ein wenig über Bücher plaudern kann.« Sie deutete zu Ute Lorsig, die ebenso in einem Lesesessel saß und schmökerte. »Ute und ich haben uns hier kennengelernt, und sie gab mir den Lesetipp.«

»Das freut mich wirklich sehr zu hören«, sagte ich. »Das genau ist unser Antrieb. Ich freue mich, wenn unser Büchercafé Erfolg hat.« Ich lächelte, und sie erzählte mir von dem letzten Roman, den sie gelesen hatte, bis ich Anni mit einigen Bestellungen zur Hand gehen musste. »Lassen Sie es sich schmecken und gut gehen. Und wenn Sie Fragen haben oder weitere Empfehlungen wünschen, sprechen Sie mich jederzeit gerne wieder an.«

Während ich Bestellungen aufnahm und servierte, dachte ich über die Worte der Frau nach. Ich überlegte, ob es möglich wäre, Leserunden zu veranstalten, in denen man sich gemeinsam über Bücher austauschen könnte. Es würde nur ein paar Snacks und natürlich Getränke geben, vor allem aber würde man den Raum nutzen können. Das konnte ich mir sehr gut vorstellen.

In einer ruhigen Minute stellte ich Anni meine Idee vor, und auch sie war der Meinung, man könnte zumindest mal einen Versuch starten. Vielleicht fanden sich ja genug Lesebegeisterte, die Lust hatten, sich an einem Abend nach der offiziellen Öffnungszeit des Cafés in geselliger Runde zu treffen und über ein Buch auszutauschen.

»Vielleicht könnte man noch Fingerfood anbieten, und das Interesse wäre möglicherweise noch größer. Das hat jetzt im Winter auch seinen Reiz, und auch zur Sommerzeit, wenn man die Terrasse mit Meerblick nutzen kann.« Annis Reaktion auf meine Idee freute mich besonders.

»Das klingt so toll! Freue mich, dass du das auch so siehst. Wobei es kostengünstiger wäre, wenn wir selbst was zubereiten an kleinen Snacks. Und ich würde supergerne mal ausprobieren, auch ein paar herzhafte Köstlichkeiten zu zaubern. Einen Pizzateig oder so bekommen wir doch auch zubereitet. Und ansonsten gibt's gekaufte Knabbereien.«

Annilen lachte liebevoll. »Es ist so schön, wie du für derlei Dinge brennst.«

»Mit dir gemeinsam kommen mir einfach die besten Ideen. Deine Pläne bieten die perfekte Vorlage für mein Kopfkino, und ich kann mir sofort so vieles dazu vorstellen. Und du gehst immer auf meine Ideen ein«, erkannte ich.

»Wir sind schon ein Spitzenteam«, stellte Anni fest, und ihr Lächeln war stolz und dankbar, als ich sie schnell umarmte, bevor ich an den nächsten Tisch eilte, weil schon wieder ein Gast nach uns verlangte.

Wir wirbelten den Tag über durch den Laden und machten nur kurz Pause, weil wir zwischendurch neue Kuchen und Kekse backen mussten, um am Nachmittag ausreichend Auswahl im Angebot zu haben.

Mein Blick ging zu Oskars Stammplatz, wo jetzt ausgerechnet ein junges Pärchen saß, das verliebt Händchen hielt und über etwas lachte, was er ihr auf seinem Handy zeigte. Sie konzentrierte sich allerdings mehr auf den Mann neben sich als auf sein Handydisplay. Ich konnte nicht anders, als mich über diesen verliebt schwärmenden Blick mit ihnen zu freuen. Trotzdem versetzte es mir einen Stich, dass ich noch nicht wieder etwas von Oskar gehört hatte.

Ich war eifersüchtig auf dieses locker-leichte Glück, das die beiden ausstrahlten.

»Hast du Oskar denn mal geschrieben?«, erkundigte sich Anni, als wir gerade den Abend einläuteten und alle Tische abräumten.

Ich schüttelte den Kopf. »Nein. Meinst du, das sollte ich?«

»Ja, ich finde schon«, bestärkte Anni mich. »Warum nicht?«

»Vielleicht störe ich ihn ja«, überlegte ich. »Mit seinem Date?«

»Wenn dem so wäre, wäre es doch besser, du wüsstest es und hättest Gewissheit, oder? Und wenn er gerade noch in einem Termin steckt, dann kann er eben nicht antworten – das ist der große Vorteil an schriftlichen Nachrichten. Man kann sie lesen, wann man möchte.«

»Ich kann ihn ja mal ganz unverfänglich fragen, wie sein Tag ist«, sagte ich.

»Und du kannst ihm auch schreiben, dass wir ihn hier im Café langsam vermissen«, fügte Anni hinzu.

»Ich weiß nicht«, zierte ich mich, obwohl es ja der Wahrheit entsprach und die Aussage durch das Wort »wir« auch ein klein wenig entschärft wurde.

»Das musst du entscheiden, aber ich bin der Meinung, damit machst du nichts verkehrt«, mutmaßte Anni.

»Ach, warum ist die Liebe nur so kompliziert?«, fragte ich und seufzte.

»Wenn dein Herz nicht zur Ruhe kommt, dann rate ich dir, den ersten Schritt zu gehen und auf deine Kollegin zu hören. Ich habe mein Leben lang bereut, an dieser Stelle nie die richtigen Ratgeber an meiner Seite gehabt zu haben, wenn ich mir selbst schon kein guter war«, sagte da plötzlich eine Stimme. Sie kam aus einem der Lesesessel. Ich hatte wohl ein klein wenig zu laut gejammert. Ute Lorsig lächelte mich milde über den Rücken des Buches hinweg an, das sie gerade las. Wir hatten gar nicht bemerkt, dass sie noch da war, so still hatte sie gelesen. Sie hob entschuldigend die Handflächen.

»Selbstverständlich geht mich das nichts an«, fügte sie hinzu. »Aber ich habe unfreiwillig gelauscht.«

»Oh, entschuldige, Ute«, sagte ich und legte mir erschrocken die Hand auf die Brust. »Ich habe dich gar nicht bemerkt«, gab ich zu.

»Es tut mir leid, aber ich war so versunken in das Ende des Romans – ich habe nicht mitbekommen, dass es auf euren Feierabend zugeht und ich die Letzte bin. Ich habe eben nur kurz aufgesehen und es dann bemerkt und dabei auch eure Sätze mit angehört. Entschuldigt, es war unhöflich, mich einzumischen. Ich würde euch jetzt auch allein lassen, aber darf ich die Lektüre wohl heute Abend mit nach Hause nehmen? Ich kann unmöglich jetzt hier aufhören zu lesen. Es fehlen nur noch wenige Seiten«, erklärte sie.

»Selbstverständlich darfst du das. Sehr gerne sogar. Und danke für den Ratschlag, ich habe ihn überhaupt nicht als unhöflich empfunden«, sagte ich mit einem Lächeln, während ich mit geübten Bewegungen das Bücherregal ordnete.

»Hast du das Buch bereits ganz gelesen?«, fragte sie, und ich schüttelte den Kopf. Ich hatte es tatsächlich noch nicht beendet.

»Es ist aber schon kurz vorm Ende so wunderbar«, sagte ich. »Ich bin mir sicher, dass wir bis zum Schluss des Buches noch eine gute Zeit haben werden. Versprochen.« Ich lächelte.

»Die habe ich schon jetzt. Ich fühle mich wirklich pudelwohl hier bei euch. Ich bin ein wahrer Glückspilz, dass ich hier auf Sylt wohne. Und morgen komme ich vorbei, und dann reden wir über das Ende. Ich bin sicher, dass ich das dann gut gebrauchen kann. Es fällt mir immer so schwer, mich von den Figuren in einem Roman zu trennen, wenn er vorbei ist.« Sie kicherte wie ein kleines Mädchen, machte sich dann aber eilig daran, ihre Jacke anzuziehen und sich zu verabschieden. Nicht ohne mir noch einmal einen vielsagenden Blick zuzuwerfen, bei dem sie ihre freie Hand auf ihr Herz legte und sanft darauf klopfte.

Ich erwiderte ihr liebevolles Lächeln, und sie trat aus der Tür.

Ich schaute ihr noch einen Moment lang hinterher, als Anni neben mich trat und den Arm um mich legte.

»Nachricht abgesendet?«, fragte sie und schaute mich mit schief gelegtem Kopf an.

Ich zog das Handy aus der Tasche. »Noch nicht, nein.«

»Wie ist dein Tag? Wir vermissen dich hier im *Kliffglück*. Deinen Stammplatz halten wir dir immer frei«, diktierte Anni, und ich übernahm ihren Vorschlag, auch wenn es nicht ganz die Wahrheit war – jedenfalls das mit dem Stammplatz.

Zufrieden nickte sie, als ich auf Senden tippte.

»Und er hat ja selbst Schuld, dass er sich nicht für den heutigen Abend mit dir verabredet hat.« Sie zuckte die Schultern. »Mein Glück! Lass uns doch was Kleines essen gehen, oder hast du keine Lust?«

»Doch, gerne«, erwiderte ich.

Wir räumten noch gemeinsam auf, sodass die nächsten Gäste morgen früh kommen konnten.

»Morgen will ich ganz früh schon hierherkommen«, erklärte Anni. »Ich werde frisch backen, bevor wir öffnen.«

»Soll ich dir da nicht helfen?«, bot ich an, doch Anni schüttelte den Kopf. »Meine Mutter will mir zur Hand gehen. Schlaf du mal aus oder geh lieber vor der Arbeit eine Runde ans Wasser. Hier vernünftig funktionieren kann man nur, wenn's einem auch gut geht.« Sanft streichelte sie mir über den Rücken.

»Mir geht es ja gut«, murmelte ich.

»Weiß ich doch. Aber kleine Auszeiten müssen manchmal sein, bevor es einem doch schlecht geht. Kleine Kraft-Tankstellen sind so wichtig.« Bestätigend nickte sie. »So wie ein gutes Essen am Abend nach einem anstrengenden Tag. Ich fahre dich kurz an der Wohnung vorbei, dann sammele ich dich in einer halben

Stunde wieder ein?«, schlug Anni vor, und wir verließen das Café und schlossen die Tür hinter uns.

Dunkelheit lag über der Dünenlandschaft vor Kampen, die unser Café vom eigentlichen Ortskern trennte. Lichter blitzten wie auf eine Kette gezogen vor uns auf. Der Ort wirkte auch zu dieser Jahreszeit belebt. In einiger Entfernung sah ich das beruhigende Feuer des Kampener Leuchtturms.

Leuchttürme übten eine besondere Faszination auf mich aus. Sie waren ein Symbol für Heimat und ein Wegweiser, wann immer einem einmal der Kompass fehlte, um wieder auf Kurs zu kommen.

Mir fiel auf, dass meine Wohnung hier in Kampen auf Sylt zwischen zwei Leuchttürmen lag. Dem großen schwarz-weißen Kampener Leuchtturm und dem kleineren Quermarkenfeuer.

Vielleicht war das ein Zeichen, dass ich hier angekommen war, wo ich meine Orientierung nie wieder verlieren konnte und mich wohlfühlen sollte. Ich lächelte, und diese tiefe Zufriedenheit hielt an, während ich die Tür aufschloss und in meine Wohnung trat. Sie stieg noch ein wenig, als mich eine Nachricht von Oskar erreichte.

Ich wäre gerne vorbeigekommen, nicht nur, weil der Stammplatz mir fehlt. Leider ließen es zähe Gespräche und Vorbereitungsarbeiten nicht zu. Gerade bin ich noch immer unterwegs. Vielleicht hast du Zeit, später zu telefonieren?

Ohne groß darüber nachzudenken, tippte ich meine Antwort:

Ich gehe gleich mit Anni etwas essen. Soll ich mich melden, wenn ich zurück bin?

Gerne. Ich freue mich drauf.

Auch seine Zustimmung folgte prompt.

Mein Herz schlug höher vor Freude darüber. Dennoch blieben eine gewisse Skepsis und Unsicherheit. Bevor sie jedoch die Oberhand gewinnen konnten, zog ich mich um und legte ein dezentes Make-up auf. Ich rief noch meine Eltern an, die sich freuten, wie gut es mir ging. Als ich eine allererste Andeutung dazu machte, dass ich jemanden kennengelernt hatte, war meine Mutter endgültig begeistert und konnte es kaum erwarten, bald mehr zu erfahren.

Viel zu früh war ich bereits startklar, sodass ich die Zeit nutzte, um einen Blick in meine E-Mails zu werfen. Dabei stieß ich auf die letzte Mail von Fenja Malé. Seit ich ihr davon erzählt hatte, was ihr wundervoller Roman mit mir machte und dass ich die Parallele zu meinem eigenen Leben gezogen hatte, hatten wir nichts mehr voneinander gehört.

Ich bedauerte das und entschied, ihr davon zu erzählen, dass ich heute wieder einmal einer begeisterten Leserin begegnet war.

Liebe Fenja Malé,

heute habe ich so begeistertes Feedback einer lieben Leserin zu Ihrem Roman erhalten und habe das Bedürfnis, Ihnen wieder einmal zu schreiben, um Ihnen von den Begegnungen zu erzählen, die Ihre Geschichten auslösen. Die Dame, mit der ich über Ihr Buch sprach, kommt häufiger und hat den Roman fast ganz bei uns im Café gelesen. Wir haben uns ausgetauscht, über den Inhalt, darüber, wie sehr uns beide das Schicksal der Protagonisten berührt und was wir daraus mitnehmen. Wir haben jedes Mal so nette Gespräche, obwohl wir uns vorher gar nicht kannten. Heute gab sie mir sogar einen Rat in Herzensdingen, den ich als sehr wertvoll einstufe. Mir ist es des-

halb wichtig, Sie das wissen zu lassen.
Ich freue mich, wieder von Ihnen zu lesen.

Herzlichst
   Ihre Tilda Niehus

Ich hatte gerade die E-Mail abgeschickt, da vibrierte mein Handy bereits.

Anni machte damit auf sich aufmerksam. Sie stand vor der Tür und winkte mir, als ich auf das Auto zuging.

»Ich habe richtig Hunger. Kann es kaum erwarten, was Leckeres zu essen«, erklärte sie, als ich einstieg.

»Ich freue mich auch schon«, erwiderte ich.

»Und? Hat er sich gemeldet?« Anni funkelte mich neugierig an, als sie den Wagen wieder startete und langsam anfuhr.

Leise lachte ich. »Ja, er freut sich sehr darauf, uns bald wieder mit seinem Besuch zu beehren. Und wir wollen heute Abend telefonieren, wenn ich zurück bin.«

»Okay, das klingt ja ganz gut. Wenn er sich jetzt noch mal zu einem Date mit dir äußert, dann ist doch eigentlich alles auf einem guten Wege, oder meinst du nicht?«

»Das hoffe ich auch, ja. Ich bin optimistisch. Aber jetzt lass uns unseren Mädelsabend genießen.«

»Das klingt wunderbar. Ich habe uns einen Tisch bei einer lieben Bekannten in Keitum reserviert. Solide Küche, supergemütliches Ambiente. Ich meine, wir waren noch nie gemeinsam dort«, erklärte Anni.

»Ich freue mich drauf.«

Die Fahrt über die dunkle Insel war angenehm beruhigend. Das Wetter war trocken, die Luft klar. Ein Zelt aus Tausenden von Lichtern funkelte am dunkelblau-schwarzen Himmel über uns. Je weiter wir vom Ort entfernt waren, desto deutlicher zeigten sich die Sterne. In einigen Gärten, an denen wir am Ortseingang von Keitum vorbeifuhren, fand sich das Glitzern der Sterne bereits in Lichterketten wieder, die in den Hecken und den Buchsbäumen vor den Häusern drapiert waren. Sie läuteten auf wundervolle Art die Weihnachtszeit ein. Hinter den Butzenfenstern mancher Friesenhäuser standen Windlichter mit Kerzen darin, die einladend gemütlich ihr flackerndes Licht auf die Straße warfen.

»Es sieht so schön aus hier um diese Jahreszeit«, stellte ich fest.

»Ja, das stimmt. Ich hab dir doch gesagt, dass diese Zeit einen ganz eigenen Zauber hat. Es kommt mir immer vor, als dürfte sich die Insel in dieser Zeit ein wenig erholen vom Touristenstrom, der sich gerade erst gelegt hat und schon bald wieder anreisen wird.«

»Das hast du schön gesagt.« Ich nickte.

»Das Gute ist, dass man jetzt eine Chance hat, die besten Restaurants der Insel kennenzulernen. In der Hochsaison bekommt man ja kaum irgendwo einen Tisch. Aber was anderes, wir müssen unbedingt überlegen, ob wir spontan einen Termin für eine Lesung festzurren können. Am besten aus *Wintersonnenzeit*.«

Irritiert schaute ich meine Freundin an. »Dem Fenja Malé?«

»Genau dem Buch, ja.«

»Leider will die Autorin ja nicht persönlich lesen«, merkte ich an, woraufhin Anni jedoch mit den Schultern zuckte.

»Du kannst das doch. Dass da nicht die Autorin selbst liest, sehe ich gar nicht als Manko, wenn du dafür einspringst. Deine Augen leuchten, wenn du über das Buch sprichst, und die Leute lieben deine Art, Bücher vorzustellen. Ich habe dich zwar noch nie lesen hören, aber ich bin mir sicher, dass du auch das ganz toll machst.«

Aufgeregt schlug mein Herz ein wenig schneller, und ein Lächeln breitete sich auf meinen Lippen aus.

»Dann lass uns das doch gleich für nächste Woche planen«, hörte ich mich sagen und spürte Vorfreude wie lauter kleine Glückspfeile durch meinen Körper schießen.

Es waren bereits einige Tische besetzt, als wir in den angenehm beheizten Gastraum traten, aber es war keineswegs überfüllt.

»Anni, schön, dass ihr da seid«, begrüßte uns eine freundliche junge Frau.

»Elisa, hallo! Ich muss Tilda unbedingt euer wundervolles Restaurant zeigen. Daran führt natürlich kein Weg vorbei, jetzt, wo sie im Café meine rechte Hand ist.« Anni lächelte und legte mir die Hand auf den Rücken. Freundlich strahlte mich Elisa an.

»Hallo, Tilda, herzlich willkommen.« Sie machte eine einladende Handbewegung und lotste uns zu einem Tisch am Fenster, mit Blick auf den Garten. In einer großen Outdoor-Laterne auf der Terrasse flackerten mehrere dicke Kerzen. Der Anblick war beruhigend schön und durch die glitzernden Sterne, die rund um die Kerzen drapiert waren, weihnachtlich.

»Bringst du uns schon einmal eine Flasche Wasser?«, bat Anni, als uns Elisa die Karten reichte.

»Selbstverständlich. Darf es ein kleiner Gruß des Hauses als Aperitif sein?«

»Oh, sehr gerne. Für mich bitte alkoholfrei.« Anni schaute mich an. »Ich fahre dich sicher zurück, Tilda.«

»Danke.« Ich lächelte. »Anni, ich kann mich kaum entscheiden, was ich bei dieser tollen Auswahl nehmen soll«, erklärte ich und blätterte die Seiten mit den wohlklingenden Gerichten wieder und wieder durch.

»Ich kann dir alle vegetarischen Gerichte empfehlen«, erklärte

Anni. »Außerdem esse ich hier oft den gegrillten Lachs mit Fenchel, Salat und Blinis als Vorspeise. Wollen wir uns die vorweg bestellen, und dazu Friesenbrot?«

»Das klingt wunderbar«, fand ich und klappte die Karte zu. »Und als Hauptgericht nehme ich den Pannfisch.«

»Fein. Ich hab heute Lust auf einen Sylter Salatschmaus nach Art des Hauses.«

Wir bestellten und stießen mit dem prickelnden Getränk an, welches Elisa uns servierte. Fruchtig süß mit einer herben Note breitete sich das Prosecco-Getränk auf meiner Zunge aus.

»Was hältst du davon, wenn wir den Samstagabend nächste Woche zu einem Leseabend umfunktionieren. Vielleicht lassen wir das Café dann vorher nur bis mittags geöffnet und haben dann genug Zeit, alles vorzubereiten.«

»Ich bin dabei. Das Buch kenne ich, und wenn ich noch ein wenig übe, wird mir auch das Lesen vor Zuhörern wieder gelingen.«

»Da bin ich mir sehr sicher«, erklärte Anni bestätigend und nickte. »Wir könnten an dem Abend ein Büfett anbieten. Das müssten wir allerdings zumindest diesmal noch liefern lassen. So was vorzubereiten, schaffe ich in der kurzen Zeit und neben dem Trubel der Vorweihnachtssaison nicht allein – und auch nicht mit deiner Hilfe«, schob sie hinterher, als ich schon Luft holen wollte. »Oder wir fragen meine Freundin Josi, die einen mobilen Flammkuchen-Wagen betreibt. Wenn sie an einem Samstagabend noch eine Lücke hätte, wäre das doch perfekt, oder?« Annis Augen strahlten bei ihren Ausführungen. »Wir planen so, dass man sich rund um die Lesung mit feinen Flammkuchen verschiedener Sorten versorgen kann. Getränke gibt's bei uns. Dann wird gelesen, und in einer Pause könnte noch mal nachgeordert werden. So hättest du ganz in Ruhe Gelegenheit, zu lesen, ohne dass die Leute hin und her laufen, und ich könnte moderieren, ohne dass ich ständig Getränke servieren muss. Das wird sonst schnell unruhig.«

»Das klingt super! Was meinst du, wie und wo wir am besten Werbung machen in so kurzer Zeit?«, überlegte ich.

»Also ich gehe davon aus, dass die Nachricht sich schnell durch Mundpropaganda unserer Stammgäste verbreiten wird. Wir sollten auf jeden Fall Eintritt verlangen, schließlich muss die Veranstaltung auch etwas lukrativ sein.«

Ich nickte. »Wahrscheinlich sollten wir diesmal auf Flyer verzichten. Bis die gedruckt sind, ist die Lesung vorbei. Aber wir könnten die kleinen Schiefertafeln auf den Tischen entsprechend beschriften, und auch die große vor der Tür. Bis dahin gibt es dann eben keine besonderen Angebote, sondern nur die Ankündigung des Leseabends. Ute Lorsig von der Vermietung hat doch auch schon ihre Unterstützung zugesichert.«

»Stimmt, eine gute Idee. Und natürlich erzählen wir jedem – Freunden, Gästen und Bekannten – davon und bitten darum, es weiterzusagen.«

Zum Abschluss des köstlichen Abendessens gönnten wir uns jede ein hausgemachtes Sorbet. Ich war froh, dass das fruchtig leichte Eis gerade noch so hineinpasste, bevor ich platzte.

Wir planten uns darüber hinweg regelrecht in Rage und merkten dabei kaum, wie die Zeit verging. Es machte so viel Freude, mit Anni die Zukunft zu organisieren, und wieder einmal spürte ich, wie richtig mir der neue Weg erschien, auf dem wir uns befanden.

Satt und zufrieden und dabei voller neuer Ideen und Pläne machten wir uns auf den Heimweg.

Kapitel 16

Aufgekratzt vor lauter Vorfreude und Energie rief ich Oskar an, kaum dass ich in meiner Wohnung ankam. Während es klingelte, schlüpfte ich aus meinen Klamotten und in meinen Pyjama, streifte mir dicke Kuschelsocken über die Füße und setzte Teewasser auf.

»Hallo, Tilda, hattet ihr einen schönen Abend?«, erkundigte Oskar sich, als er abhob. Seine Stimme klang müde.

»Danke, ja. Es war großartig. Wir haben köstlichst gegessen und dabei unsere allererste Lesung geplant«, erklärte ich.

»Oh. Das klingt spannend«, antwortete er. »Wann soll sie denn stattfinden und mit welchem Autor?«

»Eventuell schon am nächsten Samstag. Vielleicht hast du ja auch Zeit zu kommen. Auch wenn das Buch sicher eher was für Frauen ist – es geht um *Wintersonnenzeit*.« Eine Pause entstand, und als Oskar nichts sagte, fuhr ich fort. »Die Autorin liest leider nicht selbst bei Lesungen. Ich habe extra noch mal nachgefragt, keine Chance. Deshalb werde ich das übernehmen. Ich habe das früher in meiner Buchhandlung auch gerne gemacht und hoffe, dass es mir auch dieses Mal wieder gelingen wird, die Zuhörer zu begeistern, wenn ich aus dem Roman lese. Es ist lange her, dass ich das das letzte Mal gemacht habe, aber ich freue mich drauf. Das Buch spielt in dieser Jahreszeit. Ich finde, das passt genau.«

»Oh, schön. Ich bin mir sicher, dass du das klasse machst! Ich muss die nächsten Tage noch abwarten, bevor ich fest zusagen kann, aber ich hoffe, es wird bald wieder ruhiger bei mir. Sag gern Bescheid, wenn ihr den Termin festgezurrt habt.« Oskar seufzte.

»Wie war denn dein Tag?«

»Okay. Viel um die Ohren, zig Gespräche, einige Unklarheiten konnten wir klären. Ich bin einigermaßen zufrieden.«

»Das klingt ausbaufähig, aber nicht allzu verkehrt«, stellte ich fest.

»Das beschreibt es ziemlich genau.« Oskar lachte leise. »Meinst du, du hast morgen vor Arbeitsbeginn noch Zeit für einen kleinen Spaziergang am Wasser, wenn das Wetter mitspielt?«, fragte er dann, und mein Herz machte einen erfreuten Hüpfer.

»Ganz bestimmt. Ich wollte sowieso zu Fuß zum *Kliffglück* gehen und freue mich, wenn wir uns endlich wiedersehen.«

»Prima. Ich werde vormittags nämlich zu einem Termin bei meinem neuen Arbeitgeber auf dem Festland starten. Also dachte ich mir, können wir wenigstens die frühe Stunde noch ausnutzen.«

»Das ist eine sehr schöne Idee. Ich freue mich. Aber heißt das, dass du dann erst mal die Insel verlässt?«

»Nur für ein paar wichtige Gespräche. Vielleicht werde ich einige Nächte bleiben, weil es sonst mit der Anreise zu den einzelnen Terminen zu hektisch wird, aber ich habe Hoffnung, dass ich da einige Dinge noch nach meinen Wünschen umstrukturieren kann. Deshalb ist es mir wichtig, persönlich hinzufahren.«

»Okay. Da drücke ich dir ganz fest die Daumen. Geht es um Rahmenbedingungen, die noch nicht passen?«

»Unter anderem, genau. Je näher der Neubeginn rückt, desto mehr organisatorische Fragen tun sich auf. Auch will ich zum Beispiel versuchen, noch mehr Homeoffice-Tage und weniger Präsenz herauszuschlagen. Ich habe gemerkt, dass mir die Aussicht darauf, die Insel immer wieder und für mehrere Tage zu verlassen, viel weniger gefällt, als ich gedacht habe. Wenn es nicht mehr anders zu organisieren ist, muss ich es so hinnehmen. Trotzdem will ich es wenigstens versuchen.«

»Das würde mich auch freuen, Oskar. Es wäre schade, wenn du nicht mehr so viel auf Sylt wärst.« Gedanklich fügte ich hinzu, dass es mir schon nicht gefiel, ihn so wenig wie jetzt gerade zu sehen. Dabei war er noch hier vor Ort.

»Das weiß ich, und das ist auch einer der Gründe, warum ich dieses Gespräch angestoßen habe.«

Prickelnd sprudelte die Erkenntnis darüber, was er eben Liebes gesagt hatte, in mir auf.

»Die Vorstellung, dass es zum Dauerzustand wird, dass wir uns so wenig sehen wie jetzt gerade, gefällt mir nämlich überhaupt nicht.« Seine Worte klangen schmeichelnd weich, und in diesem Moment waren all die zweifelnden Gedanken um die Frau auf dem Supermarktparkplatz verflogen.

»Schön, dass du das sagst, Oskar. Mir geht es ganz genauso.«

»Dann sehen wir uns morgen früh. Hast du Lust, nach Keitum zu fahren?«

»Gerne. Vielleicht schaffen wir es sogar zum Sonnenaufgang. Wenn wir hier um kurz nach acht Uhr starten, sollten wir ihn doch genau treffen. Die Sonne müsste zwischen zwanzig nach acht und halb neun aufgehen, meine ich.«

»Das passt wunderbar. Ich hole dich dann gegen acht Uhr bei dir zu Hause ab, in Ordnung?«

»Sehr gerne.«

»Eine gute Nacht, Tilda. Bis morgen.«

»Bis morgen, Oskar.«

Wir legten auf, und ich stieß einen lauten Freudenjauchzer

aus. Als würden die freudigen Glücksgefühle mich tragen, tanzte ich in meinem rosafarbenen Pyjama und den grauen Flauschsocken durch das Wohnzimmer.

Ich erschreckte mich zu Tode, als es plötzlich an meiner Tür klopfte. Wie erstarrt hielt ich inne, als ich ein Geräusch hörte, welches ich nicht deuten konnte. Es klang wie ein Pusten und Scharren. Mit versteinertem Blick und rasendem Puls starrte ich auf die Tür.

»Tilda? Ich bin's nur«, hörte ich da die liebe Stimme von Lore, mit der ich noch gar nicht wieder gerechnet hatte. »Tilda? Bist du da? Ist alles in Ordnung bei dir?«

»Lore, ja! Kleinen Moment«, rief ich, fasste meine zerzausten Haare schnell zu einem lässigen Dutt zusammen und öffnete die Tür. »Hallo! Ich wusste gar nicht, dass du schon wieder zurück bist.« Freudig mit dem Schwanz wedelnd begrüßte mich Hugo und schmiegte seinen Kopf an mein Bein. »Hey, und du auch, du Hübscher. Schön, dass ihr zurück seid. Ja, bei mir ist alles gut.«

»Das freut mich.« Lore lächelte, doch ihre Miene wirkte verkrampft.

»Ist denn bei dir alles in Ordnung, Lore?«

»Darf ich reinkommen?« Ich erschrak, nickte aber. »Selbstverständlich! Komm rein.«

Ich trat einen Schritt zur Seite, und Lore ging ins Wohnzimmer. Ich folgte ihr. »Möchtest du auch eine Tasse Tee?«

»Da sage ich nicht Nein. Das tut immer gut«, antwortete meine Vermieterin. »Hab mich erschreckt. Ich hörte dich hier rufen, da dachte ich, es wäre etwas passiert.«

Peinlich berührt lief ich rot an. »Oh, das tut mir sehr leid. Ich, ich …«, stammelte ich, nach einer Erklärung für meinen Jauchzer suchend, die nicht nach der eines albernen Teenagers klang.

»Ich bin aber nicht aus Neugier hier vorbeigekommen, bitte

glaub mir das. Ich wollte sichergehen, dass alles in Ordnung ist. Und dann, dachte ich, eignet sich der Zeitpunkt vielleicht, dass ich einmal Bescheid sage, dass ich zurück bin.«

»Aber selbstverständlich glaube ich dir, Lore. Und ich freue mich, dass du vorbeigeschaut hast.« Ich blickte an mir herunter. »Auch wenn ich ein wenig derangiert aussehe.«

Mit dem Blick einer Mutter schaute sie mich an. »Du siehst wunderschön aus, Tilda. So strahlend. Du bist glücklich, stimmt's?«

»Ja.« Ich nickte und reichte Lore eine Tasse mit dampfendem Tee, dessen Duft nach Vanille und Bratapfel sich wie eine Kindheitserinnerung an die Festtage im Raum ausbreitete. »Ja, Lore. Ich bin glücklich.«

»Das freut mich sehr zu hören, Liebes.«

»Aber wenn ich ehrlich bin, wirkst du auf mich, als seist du nicht besonders glücklich. Ist irgendwas passiert? Geht es dir nicht gut? Oder deiner Tochter?«

»Doch, so weit schon«, erklärte sie, doch ich spürte, dass sie nicht die ganze Wahrheit sagte. »Es geht uns gut, aber leider, oder vielmehr zum Glück, hat meine Tochter so große Sehnsucht nach ihrer Heimat. Sie hat mir gestern eröffnet, dass sie das Studium abbricht und wieder auf die Insel zurückkommt. Es erfüllt sie nicht so, wie sie es sich erhofft hatte. Das Heimweh ist außerdem zu groß.«

»Oh, wie schade.« Lores Worte erschreckten mich. »Also, dass ihr das Studium nicht gefällt, tut mir leid«, sagte ich und meinte es wirklich so. Ich selbst hatte so viel Freude an meinem Studium gehabt. Zwar kannte ich die Tochter von Lore nicht persönlich, aber ihre Leidenschaft für Bücher war allgegenwärtig, und ich bedauerte wirklich, dass sie in dem Studium offenbar nicht den Weg gefunden hatte, der sie glücklich machte. Erst dann sickerte die

Erkenntnis darüber, was das mit mir zu tun hatte und warum Lore so fahrig wirkte, durch. Nervös rang nun auch ich die Hände, die schlagartig feucht wurden vor Aufregung.

»Selbstverständlich werfe ich dich nicht raus. Ich habe mir schon Gedanken gemacht, wie wir enger zusammenrücken könnten. Nächsten Monat wird die Freundin meiner Tochter ankommen, wie es abgesprochen war, und auch für sie will ich das Angebot mit der Unterkunft aufrechterhalten. Ich bin noch ein wenig überfahren und muss meine Gedanken sortieren. Ich verspreche dir, ich finde eine Lösung.«

Lore wirkte ganz aufgelöst, dabei sollte sie sich eigentlich freuen, dass sie ihre Tochter bald wieder in ihrer Nähe haben würde.

»Lore, bitte mach dich nicht verrückt. Es war doch klar, dass ich in vier Wochen ausziehen muss. Wenn es jetzt ein bisschen eher passiert ... Anni hat auch angeboten, dass ich bei ihr unterkommen kann. Als Notlösung geht das allemal.«

»Tilda, du bist ein Schatz. Ich sage dir, da können die Kinder noch so erwachsen sein – die Sorgen und Gedanken, die bleiben. Sie sind nur anders, wenn sie klein sind.«

»Das glaube ich dir sofort, und ich bin mir sicher, meine Eltern würden dir da uneingeschränkt beipflichten.« Ich lächelte schief, und beide versanken wir mit den Blicken in unseren Teetassen.

»Nun will ich dich aber schlafen lassen«, erklärte Lore. »Es ist eh schon viel zu spät. Aber es lag mir auf dem Herzen, mit dir zu reden.«

Hugo, der die ganze Zeit ruhig neben Lore gelegen hatte, stand auf, als er merkte, dass sein Frauchen aufbrechen wollte.

»Komm, mein Junge«, sagte sie und klopfte dem sanften Riesen liebevoll den rostroten Rücken.

»Schlaft gut, ihr zwei. Und versprich mir bitte, Lore, dass du dir nicht allzu sehr den Kopf zermarterst. Es wird sich alles finden.«

Lore sagte nichts, sondern lächelte nur und umarmte mich kurzerhand. An der Tür drehte sie sich noch einmal um. »Wenn ich etwas wegen der Wohnung meines Bekannten erfahre, sage ich dir sofort Bescheid.«

Ich schlief in dieser Nacht nur leicht und unruhig. Einerseits war das der prickelnd vorfreudigen Aufregung geschuldet, dass ich Oskar am nächsten Morgen endlich wiedersehen würde, andererseits war es die Nachricht von Lore, die mich bewegte.

Aber mit meiner Freundin Anni an meiner Seite und dem festen Wunsch, dass es hier auf Sylt im Büchercafé eine Zukunft für mich geben konnte, war ich zuversichtlich, dass es auf dem Weg dahin auch für diesen Stolperstein eine Lösung gab.

Ich war schon so früh wach, dass ich mich noch einmal unter die warme Bettdecke kuschelte und die behagliche Reetdach-Schlafzimmer-Atmosphäre auf mich wirken ließ. Ich wollte die Momente in diesem wunderschönen Zuhause auf Zeit aufsaugen, um sie fest in meinem Herzen zu verankern. Dabei hoffte ich, dass ich wieder eine Wohnung finden würde, in der ich mich wohlfühlte. Eine zu finden, die vergleichbar war mit der von Lores Tochter, war zwar utopisch, aber manchmal genügte schon das kleinste Zimmer, welches sich durch irgendein Detail, eine besondere Lage oder sonst irgendwas zu einem neuen Wohlfühlort mausern konnte.

Doch lange hielt ich es im Bett nicht mehr aus und gönnte mir stattdessen eine warme Dusche.

Um acht Uhr fuhr Oskars Wagen vor, und ich atmete einmal

tief durch, zog mir schnell einen Mantel, Mütze und Schal an und lief zur Tür.

»Moin«, begrüßte mich Oskar, der ausgestiegen war, um mir die Tür aufzuhalten.

»Moin, Oskar.« Wir gaben uns einen kurzen Kuss.

Die Kälte vorm Haus empfing mich zwar winterlich schroff, in Oskars Nähe jedoch wurde mir sofort angenehm warm. Unser Kuss flutete meinen Körper mit wohligen Wellen aus Glück und Verliebtheit. Zärtlich rieb er meine Schultern. »So kalt, steig schnell ein. Habe schon vorgeheizt.« Ich nahm Platz, und auch er setzte sich wieder hinter das Lenkrad.

»Da haben wir uns für unseren Wintersonnenaufgang am Meer aber einen besonders eisigen Tag ausgesucht«, stellte er fest. »Ich hoffe, du freust dich dennoch ein klein wenig?«

»Selbstverständlich! Ich bin dick eingepackt. Mir kann die Kälte nichts anhaben. Das habe ich in den letzten Tagen echt gelernt.« Ich lachte und rieb mir die Hände.

»Wenn du magst, schalt dir die Sitzheizung noch höher ein«, bot Oskar an und deutete auf das Symbol, das an meinem Türgriff leuchtete. Ich nutzte es sofort und stellte sie auf die höchste Stufe. Mein Blick fiel dabei auf das kleine Fach in der Tür, in dem ein Brillenetui lag. Aufgrund der Form und des Designs war mir sofort klar, dass es ein Damenmodell war, und ich merkte, wie ich mich innerlich verspannte, und wie ein schwerer Kloß im Bauch dämpfte dieses Gefühl alles, was ich mir für die Fahrt an Oskars Seite gewünscht hatte. Leichtigkeit, Vorfreude und Nähe waren Skepsis und Misstrauen gewichen.

»Fühlst du dich gut vorbereitet für deine Termine?«, fragte ich und gab mich dabei betont interessiert und beiläufig.

»Ich denke, ja«, antwortete er. »Jedenfalls aus meiner Sicht.« Nun folgte ein schiefes Grinsen, begleitet von einem unsicheren

Schulterzucken. »Ich hoffe sehr, dass sich all die Anstrengungen auszahlen und ich bei den persönlichen Gesprächen auch die letzten wichtigen Punkte klären kann.«

»Ich wünsche es dir«, sagte ich und lächelte. Dabei ärgerte ich mich, dass er ständig in Rätseln sprach und nie konkret wurde. Eigentlich hatte ich keine Ahnung, was derzeit in seinem Leben geschah.

»Ich erfahre gerade, dass sowieso irgendwie alles anders kommt, als man es plant«, stellte ich fest und erntete einen erschrockenen Seitenblick.

»Wie meinst du das? Wirst du doch nicht hier auf Sylt bleiben?« Seine Stimme klang nervös.

Verwirrt guckte ich Oskar an. Seine Augen waren wieder auf die Straße gerichtet.

»Haben sich eure Büchercafé-Pläne verändert?«, fragte er.

»Ach so, nein! Aber Lore ist wieder da. Meine Vermieterin.«

»Und?«

»Ihre Tochter kommt zurück. Ihr gefällt das Studium nicht, und sie hat zu große Sehnsucht nach Sylt«, erklärte ich. »Kann ich gut verstehen. Allerdings bedeutet das, dass ich mir früher als gedacht eine neue Bleibe suchen muss.«

»Oh, okay. Verstehe. Das ist hier nicht ganz leicht«, bemerkte Oskar.

»Ja, ich weiß, aber ich kann erst mal bei Anni unterkommen. Allerdings weiß sie davon noch gar nichts. Lore hat es mir gestern Abend erst erzählt.«

»Hmm«, machte Oskar und wirkte nachdenklich. Gerührt überlegte ich, ob er bereits nach einer Lösung suchte. In diesem Moment fiel mir wieder ein, dass er mir beim letzten Mal nicht richtig auf meine Frage geantwortet hatte, ob er Katharina kannte. Hatte er das absichtlich vermieden? Beschäftigte es ihn, dass sie bald wieder auf Sylt sein würde?

Ich ärgerte mich selbst darüber, dass ich mit einem Mal alle Frauen als mögliche Konkurrenz ansah. Gleichzeitig kannte ich den Grund für diese Angst. Das Gefühl des Misstrauens und die innere Hürde, einem Menschen zu vertrauen, waren einfach noch da. Das wurde mir hier auf Sylt schmerzlich immer mehr bewusst. Womöglich gehörte es jedoch zum Wachstumsprozess hinzu, dass ich mich dieser Erkenntnis stellte und einen Weg fand, mit ihr umzugehen.

Oskar stellte sein Auto in der Nähe eines kleinen Weges ab, der direkt zum Watt hinunterführte.

Wie die Sonne, die sich hinterm Horizont emporkämpfte, stiegen Glückshormone über diesen Moment in mir auf, gewannen immer mehr die Oberhand und verjagten meine Grübelei. Während wir den kleinen Trampelpfad entlangliefen, griff Oskar nach meiner Hand, was mich endgültig innerlich tanzen ließ. Ich genoss seine Wärme und Nähe. Er hatte mir in den letzten Tagen so sehr gefehlt.

Der weiche Boden unter unseren Füßen gab mir das Gefühl, vor Glück zu schweben.

Oskar blickte bedauernd in Richtung Horizont, an dem die Sonne versuchte, sich durch einige Wolken zu kämpfen.

»Wie schade«, stellte er fest.

»Nein«, sagte ich und zog ihn sanft an der Hand, damit er neben mir stehen blieb. »Wenn sich auch Wolken am Himmel formieren, wird so mancher Sonnenaufgang erst besonders eindrucksvoll und schön. Glaub mir.«

Oskar lächelte und griff auch nach meiner zweiten Hand, als ich mich ihm zuwandte. Unsere Blicke trafen sich und schienen sich ineinander zu verweben. Im Gleichklang mit unseren Herzen schlugen in einiger Entfernung sanfte Wellen an Land, und erste Farben der aufgehenden Sonne spiegelten sich in Oskars Augen, die hinter ihrer dunklen Farbe so viel Mystik und Geheimnis verbargen.

Sein Gesicht näherte sich meinem, sein männlicher Duft umhüllte mich. Genießerisch schloss ich die Augen und löste eine meiner Hände aus seiner, um sie in seinen Nacken zu legen. Zärtlich fuhr ich seinen Haaransatz entlang und zog ihn mit sanftem Druck ein wenig näher zu mir, bis sich unsere Lippen fanden und wir in einen beinahe magischen Kuss fielen.

Irgendwann lösten wir uns voneinander und blickten uns einige Wellenschläge lang schweigend in die Augen. Mir wurde inmitten der winterlich kühlen Umgebung ganz warm, so viel geschah zwischen uns, obwohl wir keine Worte verloren.

Oskar strich mir sanft über die Wange, und wir liefen weiter. Unberührt und leise lag die rau anmutende Natur vor einem Himmel, der sich am Übergang zum Meer bereits pink-gold-orange färbte. Je höher man schaute, desto weiter ging die Farbe ins Blaue. Erst heller, dann dunkler werdend. Vereinzelte rosa schimmernde Wolken verzierten den Himmel.

»Du hattest recht mit deinem Gedanken zu den Wolken«, raunte Oskar mir zu und gab mir einen Kuss auf das Haar. Ich lehnte meinen Kopf an seine Schulter und genoss den Ausblick. An einem Punkt, an dem das Orange tiefer und leuchtender zu werden schien, blitzte mit einem Mal ein erster Sonnenstrahl auf, spiegelte sich im tiefblauen Meer und wuchs schnell zu einer orange glühenden Halbkugel an, die sich emporschob und einen Lichtkegel wie flüssiges Gold über das wellige Meer vor sich zauberte. Malerisch stiegen ein paar Möwen auf, kreischten und zogen mit gleichmäßigen Flügelschlägen Richtung Land, als beschrieben sie damit ihren Start in den sonnigen Tag.

Oskar und ich standen beeindruckt staunend da, hielten uns an den Händen und lauschten der Stille, die nur durch die Tierlaute unterbrochen wurde, und durch das leise Rauschen des Schilfgrases. Ich schaute auf meine Fußspitzen, vor denen nicht weit entfernt die sanften Wellen ankamen, und entdeckte Abdrücke von Möwen im Sand. Der Boden war über und über mit winzig kleinen Herzmuscheln übersät. Malerisch standen Holzpfähle in einer Reihe im Schlick. Sie dienten als Befestigung des Landes an dieser Stelle und unterstützten den Küstenschutz.

In der Ferne sahen wir einen Autozug auf die Insel zurollen. Keine Anreise auf die Insel könnte wohl atmosphärischer sein, dachte ich mir.

Während die Natur zu dieser Jahreszeit hier so karg wirkte, bot der Himmel mit seinen pastellfarbenen Tönen und dem satten Gold-Orange der Sonne einen fantastischen Kontrast zur Umgebung. Die aufgehende Wintersonne tauchte das Schilfgras am Rande des grünen Kliffs in ein güldenes Licht. Als hätte man die Gräser extra für Weihnachten mit einem Goldschimmer besprüht, der sie weit über das Land bis hin zum Autozug leuchten ließ. Ein festlicher Willkommensgruß.

Ich ließ den Blick schweifen und verstand einmal mehr, was diesen Ort so besonders machte. Die geduckten Reetdachhäuser, die sich hinter märchenhafte Friesenwälle kuschelten und manchmal nur ihr oberstes Dachfenster über den Rand schauen ließen, die hohen Bäume hier am Watt, dazu das fantastische Lichtspiel und die Ruhe.

»Es ist so wunderschön hier, mit dir«, sprach Oskar aus, was ich dachte, und ich blickte ihn an, lächelte und lehnte meinen Kopf wieder an seine Schulter. Sachte nickte ich.

»Es ist traumhaft, ja. Als ob der Geist, die Seele und das Herz hier weiter werden. Ein Gefühl, das sonst fast nur Bücher bei mir erzeugen. Ich verstehe, dass so viele Schriftsteller diese Insel mit all ihren zauberhaften Orten als Inspirationsquelle nutzen«, stellte ich fest und dachte dabei an Fenja Malé.

Oskar nickte, schwieg aber zunächst. Dann fragte er nach einer Weile: »Hast du schon viele Bücher gelesen, die hier auf Sylt spielen, und Orte wiedererkannt in Romanen?«

»Ein paar ja. Aber ich meine es gar nicht unbedingt so, dass ich spezielle Orte in Büchern entdecke, sondern viel mehr die Atmosphäre. Hat man das hier zum Beispiel erlebt, bekommt man einen Sinn und ein Gefühl dafür, was diese Umgebung, das Licht, die Jahreszeit mit einem machen. Ich glaube zu verstehen, was es bedeutet, das zu Papier zu bringen, und stelle es mir fantastisch vor. Wie eine unerschöpfliche Quelle für immer wieder neue, magische Szenen.«

»Das hast du schön gesagt«, fand Oskar und lachte leise.

Ein Lächeln darüber, dass ich endlich wieder ohne Schmerz im Herzen an diese Bücher zurückdenken und von ihnen reden konnte, huschte über meine Lippen.

»Alles, was ich in diesen Wochen hier erlebe, erscheint mir nicht fremd, und doch bin ich zum ersten Mal zu dieser Zeit hier. In so vielen Romanen habe ich die Atmosphäre dieser Orte erkannt und wiedergefunden. Und es kommt mir vor, als hätte ich einiges schon genau so erlebt. Den piksigen Sand auf der Haut beim Winterspaziergang am Meer. Die gefrorene Nasenspitze, die trotz der Sonne am Himmel kaum auftauen mag, weil das Licht einfach im Winter nicht genug Wärme hat. Die leeren Strände, das Einkehren in gemütliche Cafés wie das *Kliffglück*. Ein bollernder Ofen im Hintergrund, der Duft nach Zimt und Bratapfel. Über all diese schönen Momente habe ich früher gelesen und mich an die Seite der Figuren geträumt. Es ist so traumhaft, dass ich nun quasi die Hauptfigur in einer dieser winterlich-weihnachtlichen Storys sein darf. Ein großes Glück.«

Während ich auf das Meer schaute, welches wie flüssiges Gold vor uns lag, spürte ich Oskars Blick auf mir. In ihm lag Bewunderung. Mein Herzschlag beschleunigte sich. Ich drehte mich zu Oskar, und seine Haut schimmerte im Schein der Sonne. Ein Funkeln in seinen Augen fing meinen Blick ein, und wie magisch davon angezogen kam ich ihm immer näher, bis wir uns erneut küssten und die Welt um uns herum vergaßen.

»Wollen wir noch ein paar Schritte am Wasser entlanggehen? Wann musst du im *Kliffglück* sein?«

»Ich habe noch Zeit. Anni ist erst mal mit ihrer Mutter im Café. Sie wollen backen, und ich darf mir heute Zeit lassen.«

»Dann würde ich mich sehr freuen über einen Weg am Wasser.«

Sanft zog er mich hinter sich her, und wir liefen am Watt entlang.

»Lass uns links hinuntergehen. Bis zur Lügenbrücke und wieder zurück?«, schlug Oskar vor.

»Gerne.«

»Tilda«, setzte Oskar an, und ich hatte den Eindruck, er wirkte angespannt. Leider klingelte in diesem Moment sein Handy und ließ ihn innehalten. Ein kurzer Blick auf das Display, dann folgte ein entschuldigendes Achselzucken.

»Sorry, da muss ich rangehen«, erklärte er und nahm den Anruf an.

»Ja?« Er blieb stehen. »Okay. Wann passt es dir? Alles klar. Dann komme ich zu dir.«

Das Gespräch war schnell beendet. Oskar warf einen Blick auf die Uhr.

»Musst du los?«

»Nein, noch nicht. Es reicht, wenn ich mit dir zusammen aufbreche. So in einer halben Stunde?«

Ich nickte. »Das ist super, ja.« Ich blickte ihn fragend an. »Alles in Ordnung, Oskar?«

»Danke, ich denke schon.« Er schenkte mir ein schiefes Grinsen, das mich nicht überzeugte.

Unweigerlich schob sich das Bild der Frau vom Supermarktparkplatz vor mein inneres Auge, und ich war mir ziemlich sicher, dass sie es war, die angerufen hatte.

Mittlerweile waren wir an der Lügenbrücke angekommen.

»Gibt es eigentlich etwas, das dich gerade bedrückt?«, fragte ich Oskar, als wir auf der Mitte der Brücke angekommen waren und anhielten.

»Warum fragst du?« Er deutete unter uns. »Weil wir hier auf der Brücke stehen, auf der man nur die Wahrheit sagen darf?« Er lächelte, wirkte dabei aber ertappt und ein wenig forsch.

»Oh nein.« Ich drehte mich weg, weil ich merkte, wie ich rot anlief. »Blödsinn. Natürlich nicht.« Gespielt ärgerlich versuchte ich, meine Unsicherheit zu verbergen. »Entschuldige bitte, dass es mich interessiert, wenn ich den Eindruck habe, dass dich was beschäftigt. Geht mich ja aber auch nichts an.«

Oskar blickte aufs Meer, die Lippen aufeinandergepresst. Ich sah, wie seine Wangenknochen mahlten. »Nein, ich muss mich entschuldigen. Ich freue mich sehr über dein Interesse. Ich wollte nicht so schroff klingen. Ich bin ein Idiot.«

»Hey!« Beruhigend legte ich die Hand auf seine, die er auf dem Holzgeländer abgestützt hatte. Sie war kalt, und seine Fingerknöchel waren auffällig weiß. Er wirkte angespannt.

»Es ist sehr aufmerksam von dir, dass dir auffällt, dass ich mit etwas kämpfe. Aber weißt du, manchmal kann eine Entscheidung noch so oft durchdacht sein, sich absolut richtig angefühlt haben und so alternativlos. Und dann geschieht etwas, das einen die Dinge anders sehen lässt. Man stellt infrage, wovon man eben noch so überzeugt war, und versucht, die Weichen neu zu stellen, damit man sein Leben nicht komplett auf den Kopf stellen und neu sortieren muss.«

»Bedeutet das, dass du deinen Neuanfang infrage stellst?« Ich war verwirrt, denn auch wenn ich viel Nachdenklichkeit und Melancholie in ihm sah, seit wir uns kennengelernt hatten, so hatte ich bisher doch das Gefühl gehabt, dass er überzeugt war von seinen neuen Plänen. Bis auf einige Rahmenbedingungen. Jetzt erschien mir das nicht mehr so, und diese Erkenntnis ließ mein Herz ein wenig straucheln. Als trudele es inmitten hoffnungsvoller Euphorie, dass ich es war, die etwas an seinen Plänen verändert hatte, und einer großen Vorsicht, mir ja nicht zu viel einzubilden auf dieses noch so zarte Band zwischen uns.

»Sagen wir so, die Rahmenbedingungen erscheinen mir nicht mehr richtig. Das habe ich ja bereits erzählt. Ich werde hoffentlich die Termine nutzen können, um mich selbst davon zu überzeugen, dass es für mich doch den Weg gibt, der sich rundum gut anfühlt. Auch auf Dauer.«

»Ich wünsche dir alles, was du dir wünschst, Oskar«, sagte ich und meinte es wirklich so. Ich trat näher an ihn, legte den Arm um seine Hüfte und drückte ihn.

Er lehnte den Kopf an meinen. Ich spürte sein Gesicht an meinem Haar, als kurz darauf ein Kuss auf die Schläfe einen zärtlichen Schauer über meine Haut jagte, den ich am liebsten eingefangen und hundertfach wiederholt hätte.

Ohne Worte gingen wir Arm in Arm zurück. Auf mich wartete das Café und auf Oskar offenbar einige dringliche Gespräche.

Oskar setzte mich an meiner Wohnung ab. Ich wollte noch andere Schuhe und ein dünneres Oberteil unter der Jacke anziehen.

Während ich in meiner Tasche nach dem Haustürschlüssel suchte, sah ich, wie sich Lore von einer Frau mit langen braunen Haaren und einem freundlichen Gesichtsausdruck verabschiedete. Die Frau lief zu einem Auto, während Lore in meine Richtung blickte. Ich winkte ihr, als sie mir ein »Moin« entgegenrief und auf mich zukam.

»Tilda, gut, dass ich dich grad treffe. Nur ganz kurz, nicht, dass du dich wunderst: Meine Tochter wird schon in den nächsten Tagen hier eintreffen. Das bedeutet aber nicht, dass du direkt obdachlos bist. Bei mir ist ja ausreichend Platz fürs Erste. Sie wird in meinem Gästezimmer schlafen, bis du etwas Neues gefunden hast. Es ist mir nur wichtig, dass du das weißt.«

Das Auto fuhr an und verließ das Grundstück, während Lore ihm hinterherblickte.

»Ich höre mich schon nach weiteren Wohnmöglichkeiten um.« Sie hob vielsagend die Augenbrauen. »Mein Bekannter sagt, dass das Zimmer bei ihm wohl zu Jahresbeginn frei sein wird. Wenn du magst, könntest du es dir schon einmal anschauen. Es muss dir ja vor allem erst einmal gefallen.«

»Oh, danke. Du bist ja ein Schatz. Das mache ich sehr gerne.«

»Ich schreibe dir mal alles auf, sodass du mit Fritz einen Termin ausmachen kannst.«

»Vielen Dank.«

Kapitel 17

»Moin, Tilda«, empfing meine Freundin mich mit einem warmherzigen und ebenso dankbaren Lächeln. Trudis Schwanzspitze zuckte fröhlich. Sie lag eingerollt in ihrem Körbchen in der Nähe des Ofens. Ich schaute mich um. Schon jetzt waren etliche Tische besetzt, und ich war mir sicher, Anni war schon zu früher Stunde ganz schön ins Rotieren geraten.

»Warum hast du mich nicht angerufen? Es ist ja schon so viel los«, raunte ich ihr zu, während ich meine Schürze umlegte.

Anni deutete jedoch mit dem Kopf Richtung Backstube. »Meine Mama ist ja da. Alles gut! Außerdem musst du auch mal Zeit für dich haben.«

»Danke. Du aber auch, Anni. Vergiss das nie.«

Sie winkte ab. »Das ist was anderes bei mir.«

»Das finde ich nicht.«

Anni wirbelte jedoch bereits wieder in Richtung des nächsten Tisches, und ich sah, dass auch das Bücherregal geordnet werden musste.

Als alle Gäste bedient und zufrieden waren, kam Anni zu mir.

»Hattest du denn einen guten Start in den Morgen?« Sie grinste, und mir kam es vor, als sehe sie mir an, dass ich einen Spaziergang mit Oskar genossen hatte.

»Einen sehr guten. Ich war mit Oskar am Watt vor Keitum.«

»Das klingt fantastisch. Ich hab mir so was schon gedacht bei deinem seligen Lächeln auf den Lippen.« Verschmitzt schmunzelte Anni. Ihre Mimik wechselte jedoch ins Erschrockene, als ich zögerlich den Kopf wiegte.

»Na ja, so richtig himmelhoch jauchzend ist meine Laune dennoch nicht«, setzte ich an. »Er wird für einige Termine ein paar Tage aufs Festland fahren. Davon scheint viel abzuhängen. Aber lass uns später reden.«

»Alles klar.« Anni stand schon wieder an der Kaffeemaschine. »Der Tisch vorne am Fenster fragte nach einem Buch. Würdest du da einmal vorbeischauen? Die blonde Frau mit dem Zopf«, nahm sie meinen Themenwechsel direkt an.

»Klar«, erwiderte ich und ging zum Bücherregal neben dem Platz.

»Moin.« Ihr Lächeln war freundlich. »Sie sind der Buchprofi hier, hörte ich?«

»Oh, also, das würde ich selbst so nie behaupten, aber ja, ich kenne mich ein wenig aus. Was darf ich denn für Sie tun? Suchen Sie etwas Bestimmtes?«

Die Frau schilderte mir ihre Wünsche an einen Roman, der ihr eine Auszeit für die Seele schenken würde, ohne dass die Liebe die Hauptrolle spielte. Diese Anforderungen konnte ich sofort nachvollziehen, und seit ich mich wieder mit Büchern beschäftigte, hatte ich konkret recherchiert, ob es Titel gab, die in diese Kategorie fielen. Deshalb konnte ich ihr direkt meine Favoriten empfehlen.

»Bitte verraten Sie mir unbedingt, wie es Ihnen gefallen hat, wenn Sie dann noch hier sind«, bat ich die Frau, die freudig lächelte.

»Selbstverständlich mache ich das!« Sie begann, bei einer dampfenden Tasse Tee und einer verführerisch nach Vanille duftenden Waffel mit heißen Kirschen und Eis darin zu lesen. Ihr zufriedener Gesichtsausdruck war das schönste Kompliment für mich.

Kurz trat ich in die Backstube, um Annis Mutter Ulla zu begrüßen, die sich gerade wieder im Aufbruch befand. »Was für ein wundervoller Anblick! Und dieser Duft!« Ich bestaunte ihre fantastisch verzierten Kuchenkunstwerke. Sie lief ein klein wenig rot an, was sie liebenswert sympathisch machte. »Ich weiß, du kannst nicht gut Komplimente annehmen, aber du solltest nur einen Blick durch den Gastraum werfen, dann wüsstest du, dass ich recht habe.«

»Danke, Tilda.« Sie legte mir liebevoll die Hand auf den Rücken. Gemeinsam gingen wir zurück in den Gastraum.

»Willst du aufbrechen, Mama?«

»Genau. Euch noch einen guten Tag, ihr Lieben.«

Anni umarmte ihre Mutter und drückte sie einen Moment länger an sich. »Dank deiner tollen Hilfe sind uns die zufriedenen Kuchengäste schon mal sicher.«

»Bis bald!« Annis Mutter lächelte. »Wenn Not am Mann ist und ihr braucht Nachschub, ruft mich an. Ich vermisse es, in der Backstube zu stehen.« Sie winkte noch einmal über die Schulter und verschwand dann durch die Tür in den sonnenklaren Wintertag.

»Was hast du da denn Schönes?«, fragte ich Anni, die konzentriert einige Papiere studierte.

»Ich habe für den Samstag den Flammkuchen-Bulli angefragt, und meine Freundin hat zugesagt. Wir können also alles planen und vor allem Werbung machen.«

»Anni, ich freue mich riesig«, gab ich zu. »Bin aber auch verdammt aufgeregt!«

»Das ist okay«, stellte Anni fest. »Alles andere wäre doch auch merkwürdig, nach dieser langen Pause. Aber tief im Innern weißt du, dass es dein Leben ist. Die Bücher und du – das gehört einfach zusammen.«

»Stimmt. Ich denke grad selbst oft darüber nach, wie ich das aushalten konnte, den Büchern und all der Magie, die sie verströmen, den Rücken zu kehren. Manchmal glaube ich, dass es ein Fehler war.«

Erstaunt registrierte ich, dass Anni den Kopf schüttelte und dazu den Zeigefinger hob. »Nein, Tilda. Hör auf. Du weißt selbst, dass du dich in einer absoluten Ausnahmesituation befunden hast. Dein Leben stand kopf, und für dich war das der einzige Weg, dich wieder zu sortieren und Kraft zu tanken. Nur durch deine Entscheidung hat sich doch überhaupt die Möglichkeit ergeben, dass du jetzt hier sein kannst. Genau das war der Zeitplan, den das Universum für dich vorgesehen hat. Und auch für mich. Vielleicht auch für Oskar.«

»Anni.« Ungläubig schüttelte ich nun den Kopf. »Schön wäre es, ja.«

»Es ist schön, Tilda. Rede dir keine Schwierigkeiten ein, die nicht da sind.«

»Ach, Anni. Lass uns seine Termine abwarten und schauen, was dann los ist.«

»So machen wir das. Aber ich bin guter Dinge.«

Ich liebte Anni für ihre Zuversicht, aber es fiel mir schwer, mich ebenfalls darauf einzulassen.

Der Tag war arbeitsreich und von vielen netten Begegnungen mit interessierten und dankbaren Gästen geprägt. Weil Anni und ihre Mutter so viel gebacken hatten, mussten wir mittags nur ein wenig Ordnung schaffen und konnten dann unsere Pause genießen. Während wir gemeinsam die Tische abwischten, erzählte ich Anni von Lores Besuch gestern Abend.

»Nein! Das hatte ich nicht erwartet. Wie ärgerlich und wie

schade für Katha. Sosehr ich mich für Lore freue.« Anni wirkte zerknirscht. »Ich hoffe, du willst jetzt nicht vorzeitig abreisen. Auch wenn mein Sofa natürlich nicht mit Lores Wohnung mithalten kann – bei mir hast du immer einen Notplatz!«

»Das weiß ich doch, Anni. Und mach dir keine Sorgen. Lore hat schon einen Tipp für mich wegen einer neuen Unterkunft. Eigentlich erst ab dem neuen Jahr, aber vielleicht klappt es ja schon eher. Sie stellt den Kontakt zwischen mir und dem Vermieter her. Es sieht gar nicht so schlecht aus.«

»Ach, da bin ich beruhigt. Aber falls es doch schnell gehen muss, mein Sofa ist dein Sofa.«

»Ich komme vielleicht darauf zurück. Lore und ihre Tochter werden bestimmt Zeit für sich brauchen, schließlich scheint Katha noch nicht zu wissen, wie es jetzt weitergeht. Da will ich nicht im Weg stehen beziehungsweise wohnen. Hast du Lust, mitzukommen, wenn ich mir die neue Unterkunft anschaue?«

»Sehr gerne.« Plötzlich klang ihre Stimme anders als sonst. Sie rieb sich angespannt die Schläfen.

»Alles in Ordnung, Anni?«, fragte ich, und sie nickte.

»Ich bin ein bisschen erschöpft. Vielleicht fahre ich doch noch kurz nach Hause und lege für ein paar Minuten die Beine hoch. Es sind ja noch fast eineinhalb Stunden.«

»Ja, mach das. Ich schließe hier ab, und wir sehen uns um vierzehn Uhr dreißig wieder. Vielleicht erreiche ich den neuen Vermieter ja heute schon.«

»Bis nachher, Tilda.«

Ich überlegte, was Annis merkwürdige Reaktion bedeuten könnte. Ob es meine Wohnthematik war? War es ihr doch nicht recht, dass ich bei ihr einzog, und sie fühlte sich nur verpflichtet, mir das anzubieten? Aber vielleicht ging es ihr auch nicht gut, und sie wollte es nur nicht zugeben. So war Anni. Bis sie sich eingestand, dass sie eine echte Pause brauchte, musste schon viel passieren. Und Mitleid wollte sie erst recht keines. Sie wollte niemandem zur Last fallen.

Tatsächlich wartete bereits ein Zettel mit der Telefonnummer des Vermieters in meinem Briefschlitz auf mich. Ich fackelte nicht lange und rief den Mann direkt an. Er bot mir an, bereits für den nächsten Tag einen Besichtigungstermin einzurichten.

Erfreut über die spontane Möglichkeit, sagte ich für die Mittagszeit zu. Dann nahm ich im gemütlichen Lesesessel Platz, um Oskar eine Nachricht zu schreiben.

Bist du schon auf dem Festland?, fragte ich. Eine Antwort ließ nicht lange auf sich warten.

Ja, gerade mache ich eine kurze Mittagspause und habe mir einen Snack gegönnt.

Wirst du am nächsten Samstag auf Sylt sein? Anni hat den Termin für die Lesung jetzt festgelegt. Würde mich freuen, wenn du auch da sein könntest.

Jetzt dauerte es, bis ich sah, dass Oskar schrieb. *Oh, toll. Mal sehen. Wenn es geht, bin ich auf jeden Fall dabei*, kam zurück. Matt lächelte ich, als bereits die nächste Nachricht folgte: *Ich habe nachmittags einen Termin. Wenn es dir passt, melde ich mich am Abend bei dir, in Ordnung? Ich fahre mal wieder auf die Autobahn.*

Alles klar. Gute Fahrt weiterhin, antwortete ich, legte die Beine hoch und genoss die Ruhe. Ich nutzte die ruhigen Minuten dazu, *Wintersonnenzeit* zu beenden, und war tief berührt vom Ausgang des Romans, welcher nicht romantischer und Mut machender für mich hätte sein können.

Eine halbe Stunde, bevor wir für den Nachmittag öffneten, war ich bereits wieder am *Kliffglück*. Anni hatte Bescheid gesagt, dass sie etwas später kam, und mich gebeten, schon alles Wichtige vorzubereiten.

Allein war ich noch nie hier gewesen. Der Duft der Torten und verschiedener Tees hing in der Luft und vermischte sich mit dem sanften Aroma der Kerzen.

Mein Blick ging über die einzelnen Tische, die mit kleinen Blümchen in Miniaturvasen dekoriert waren, über die Bilder an den Wänden, die Motive aus der Backstube und auch Orte auf der Insel oder elegant gekleidete Herrschaften in Strandkörben der ersten Generation zeigten sowie Familien auf Bänken vor Reetdachhäusern. Sie erzählten Geschichten aus der Vergangenheit. Alles zusammen vermittelte die Atmosphäre eines friesischen Wohnzimmers – gemütlich, familiär, vertraut und fest mit der Insel verankert.

Die große Fensterfront neben dem Eingang bot den Blick über die Dünenlandschaft bis hin zum dunkelblauen Meer, auf dem weiße Schaumkronen tanzten.

Ich stellte mir vor, wie schön es aussehen würde, wenn sich eine Schneedecke wie ein weiches Oberbett über die karge, graugrüne Dünenlandschaft legen würde.

Schnee auf Sylt wäre etwas, was ich gerne erleben würde, und ich hatte meine Hoffnung für dieses Jahr noch nicht aufgegeben.

Ich ging hinüber zu den Bücherregalen, in denen alle Romane, Krimis und einige Sachbücher sorgfältig sortiert auf ihre Leserinnen und Leser warteten. Welten voller Glück, Liebe und Träume, aber ebenso Traurigkeit, Hoffnung und Verlust versteckten sich hinter den Buchrücken, denen man mittlerweile ansah, dass sie benutzt wurden. Obwohl ich bei meinen eigenen Büchern immer versuchte, den Rücken nicht zu sehr aufzubrechen, um unschöne

Rillen zu vermeiden, gefiel mir dieser Anblick. Er war ein Zeichen dafür, dass die Leute sich auf die Geschichten eingelassen hatten und in ihnen versunken waren – dass unser Konzept Anklang fand.

Ich zog den Roman von Fenja Malé heraus und schlug eine beliebige Seite auf. Das hatte ich in meiner eigenen Buchhandlung manchmal gemacht, um zu testen, ob ich schon nach dem Lesen nur weniger Zeilen wusste, an welcher Stelle im Text ich mich befand. Meistens war ich sofort wieder mitten in der Geschichte gewesen. So war es auch dieses Mal.

Ich hatte die Stelle erwischt, an der die Protagonistin die geschliffene Scherbe am Strand fand, kurz nach dem Abschied von dem Mann, in den sie sich verliebt hatte. Die Schwere und tiefe Traurigkeit, die sie in diesem Moment niederdrückten, waren in jeder Zeile zu spüren. Mit dem Wissen, dass am Ende alles gut werden würde, klappte ich das Buch zufrieden wieder zu, schob es zurück ins Regal und überlegte, welche Szene ich vorlesen könnte.

Schnell entschied ich mich für ein Kapitel ziemlich am Anfang des Romans, das die Zuhörer in die Gefühlswelt der Protagonistin mitnehmen würde, gleichzeitig wunderschöne Landschaftsbeschreibungen beinhaltete und doch nicht zu viel verriet, sondern auf die Geschichte neugierig machte.

Bei der Vorstellung, bald wieder vor interessierten Besuchern aus einem Buch vorzulesen, schlug mein Herz augenblicklich höher, und ich spürte eine angenehm prickelnde Nervosität. Erst recht, wenn dann vielleicht sogar Oskar im Publikum sitzen würde. Ich freute mich immer mehr darauf.

Draußen war ungemütliches Wetter aufgezogen. Der allgegenwärtige Wind peitschte Regen gegen die Scheiben, und ich entschied, das Feuer im Kamin wieder zu entfachen. Dann schloss ich die Tür auf.

Schon wenig später stolperten die ersten Gäste pitschnass zur Tür herein. Ich half ihnen mit ihren tropfenden Jacken, bevor sie an einem der Tische am Fenster Platz nahmen.

»Gerade eben schien noch die Sonne. Da haben wir uns von Kampen aus zu Fuß auf den Weg gemacht«, erklärte der Mann und zuckte die Schultern.

»Anfängerfehler«, sagte die Frau mit einem Augenzwinkern. Beide lachten, und die Frau gab ihrem Begleiter einen Kuss auf die Wange.

»Durch den starken Wind hier am Meer geht das mit dem Wetterumschwung immer sehr schnell«, erwiderte ich erklärend.

»Ich finde, das hatte was sehr Romantisches.« Die Frau erntete einen verwirrten Blick ihres Mannes.

»So?«

»So viel gelacht wie auf den letzten hundert Metern haben wir seit Jahren nicht«, stellte sie fest, und er nickte zustimmend.

»Das stimmt allerdings. Ab einem gewissen Grad an Wasserschaden ist es auch egal, ob da noch hundert Liter hinzukommen oder zweihundert.« Er winkte ab und rieb seiner Frau wärmend die Schultern.

»Der Platz hier am Fenster mit direktem Blick auf das Unwetter und dem warmen Kachelofen im Rücken kann in Sachen Romantik sicher noch ein paar Punkte rausholen, oder?« Fragend lächelte ich, und die beiden stimmten mir zu. Sie bestellten jeder einen *Winterzauber*-Tee sowie ein Stück Käse- und ein Stück Sahnetorte. Während ich die Bestellung vorbereitete, sah ich aus dem Augenwinkel, dass die Frau sich die Bücher anschaute und eins mit an den Tisch nahm.

Genauso hatten wir uns das vorgestellt, dachte ich bei mir, als die Tür aufgezogen wurde und der Regen mir Anni hereinschwemmte.

»Moin«, grüßte sie, zog die Kapuze vom Kopf und befreite sich von ihrem Regenmantel.

»Moin, Anni. Schön, dass du da bist.«

Anni lächelte, blickte dann aber sorgenvoll nach draußen. »Ich bin froh, dass ich es mit dem Auto geschafft habe und nicht das Boot nehmen musste«, scherzte sie. »Wenn das so bleibt, können wir uns die Laufkundschaft heute Nachmittag abschminken.«

»Lassen wir uns mal überraschen.«

»Und Oskar ist schon auf dem Festland?«, fragte sie, während sie hinter den Tresen trat.

»Ja, ich hab vorhin mit ihm geschrieben.«

»Weiß er denn schon, wann er wiederkommt?«

Ich hob unsicher die Schultern. »Das kann ich dir nicht genau sagen. Er hat überlegt, ein paar Nächte auf dem Festland zu bleiben, weil es sonst zu stressig wird. Aber er möchte bei unserer Lesung gern dabei sein«, fügte ich hinzu.

Anni lächelte, doch irgendwie wirkte sie angespannt.

»Ist alles in Ordnung Anni?«, fragte ich heute schon zum zweiten Mal. »Machst du dir noch immer Gedanken wegen meiner Wohnung? Musst du nicht«, beruhigte ich sie. »Ich habe bereits morgen in der Mittagspause einen Termin mit dem Vermieter.«

»Ach, super! Allerdings muss ich dann absagen. Ich bin mit meiner Bekannten verabredet. Wir müssen die nächsten Teelieferungen besprechen, und sie hat im Moment so wenig Zeit, weshalb ich unser Treffen nicht verschieben kann. Aber wichtig ist ja, dass die Wohnung dir gefällt, deshalb schaffst du das auch allein, oder? Ich bin sehr gespannt.«

Anni behielt recht. Es kamen zwar noch einige Gäste, insgesamt blieb es aber ruhig. Also entschied ich, erste Pläne zu machen, wie wir die Auswahl der Speisen und Getränke passend zu der Lesung gestalten könnten. Als ich einiges notiert hatte, kam Ute Lorsig vorbei.

Noch ehe sie mich begrüßte, klatschte sie sofort nach Eintritt in das Café verzückt in die Hände.

»Tilda, nun sag mal was! Hast du das Buch beendet?« Ich lächelte und legte ergriffen die rechte Hand aufs Herz.

»Gerade vorhin! Ich bin noch immer ganz beseelt.«

»Und ich erst! Dass diese Scherben mit den Koordinaten, die sie beide finden, sie so perfekt zueinanderführen. Das war ja ganz nach meinem Geschmack«, freute sie sich, rollte schwärmerisch die Augen und seufzte. Dann hielt sie sich die Hand vor den Mund und schaute sich um. »Ich hoffe, ich habe nun nicht gespoilert.« Ich schmunzelte.

»Schon in Ordnung. Gerade ist niemand da«, beruhigte ich sie, was sie direkt zum Weiterreden animierte.

»Aber hättest du erwartet, dass sich so kurz vor dem Happy End noch so viele Unwägbarkeiten und Missverständnisse in den Weg der beiden stellen?« Theatralisch schüttelte sie den Kopf. »Toll gemacht. Einfach wunderbar. Ich habe es genossen und mich zu jeder Zeit fantastisch unterhalten gefühlt. Nicht zuletzt, weil das Lese-Ambiente so unwahrscheinlich gut passte und die perfekte Atmosphäre für die Geschichte bot.« Sie kam aus dem Schwärmen beinahe nicht mehr heraus. Ich lachte erfreut beim Anblick der begeisterten Leserin.

»Ich kann dir nur zustimmen. Es war mit wunderbar winterlicher Insel-Atmosphäre und ungeahnten Wendungen wirklich ein Buch, welches mich emotional absolut gepackt hat. Ich fühlte mich, als wäre ich mittendrin und eine von den Figuren. So ein Happy End wünscht man sich fürs echte Leben.« Ute nickte, dabei ahnte sie kaum, wie viel Wahrheit in meiner Aussage lag. »Du darfst sogar einen allerersten Blick auf unsere Karte für den Lesungsabend zu dem Roman werfen, wenn du magst«, bot ich Ute an. »Schließlich bist du ja mittendrin in der Geschichte und kannst mir sicher noch den ein oder anderen Tipp geben, wenn was fehlt.«

»Oh, wie wunderbar«, freute sie sich. Mit leuchtenden Wangen studierte sie die Karte, die ich zusammengestellt hatte. »Was ihr da plant, ist grandios. So toll, wie ihr die Getränke und Kuchen aus dem Roman mit in euer Angebot habt einfließen lassen. Da sitzt man dann quasi mit den Figuren im selben Café«, war ihr Urteil, und sie bestellte sich direkt eine Honigmilch.

Weil die Hauptfiguren sich bei heißer Schokolade mit Sahne und Honigmilch in einem Café wie Annis kennenlernten, würde das auf jeden Fall auf der Karte stehen, außerdem verschiedene, jedoch speziell ausgewählte Teesorten, die allesamt einen Hauch von Weihnachten versprühen mussten.

Bratapfel-Zimt, Wintertraum am Meer, Karamellhaube und Winterteeliebe waren die wohlklingenden Namen, die ich dafür schon einmal notierte. Passende Torten dazu würden wir mit Annis Mama besprechen. Sie hatte ein wunderbares Gespür für köstliche Kombinationen. Außerdem hatten Anni und ich im Blick, was in der letzten Zeit besonders gut lief bei unseren Gästen, und würden unser Angebot darum herum aufstellen.

Weil der Kuchen ja auch nur ein Teil der Verköstigung sein sollte, während Flammkuchen als Ergänzung geplant war, hielt sich in Grenzen, was wir vorbereiten mussten.

Kurz bevor wir das Café schlossen, fragte mich Anni: »Willst du morgen noch mal später kommen und eine Runde am Watt drehen?«

Erstaunt sah ich auf. »Ohne Oskar ist es natürlich nur halb so schön«, stellte ich fest. »Aber gerne. Der Sonnenaufgang vor

Keitum ist so fabelhaft! Dieses Morgenlicht, kurz bevor die Sonne wirklich aufgeht, beschert jedes Mal eine Gänsehaut.«

»Super. Meine Mama kommt noch mal zum Backen vorbei, hat sie gesagt.«

»Prima.« Wir bereiteten alles für den Feierabend vor, und während ich darüber nachdachte, mit welchem Buch ich es mir gleich gemütlich machen wollte, und bedauerte, dass ich den Roman von Fenja Malé bereits beendet hatte, gingen meine Gedanken zu der Autorin. Ich hatte nichts mehr von ihr gehört, was ich schade fand. Vielleicht waren meine Nachrichten etwas zu aufdringlich gewesen. War meine Bitte an sie, das Schreiben doch nicht aufzugeben, zu übergriffig gewesen? Ich schämte mich. Darüber zu urteilen kam mir mit einem Mal unendlich anmaßend vor.

»Anni, ich hatte dir doch von den Mails mit der Autorin erzählt«, setzte ich an, und Anni drehte sich interessiert zu mir um.

»Ja. Was ist mit ihr? Will sie etwa doch selbst lesen?« Anni lachte einen Tick zu hoch.

»Leider nicht, nein. Ich hatte ihr geschrieben, wie schade ich es finde, dass sie die Schreiberei an den Nagel hängen will. Und welche Bedeutung ihr Roman allein für mich hat. Außerdem habe ich ihr geschrieben, dass ich glaube, dass ich damit nicht allein bin.«

»Aha. Hat sie darauf geantwortet?«

Ich schüttelte den Kopf. »Nein. Vielleicht hat sie das als übergriffig empfunden?«

»Das glaube ich nicht. Wenn mir jemand sagt, er vermisst den legendären Käsekuchen auf der Karte, dann sehe ich das eher als Kompliment. Der Gast will mir ja nichts Böses. Wie ich dann damit umgehe, kann ich mir selbst überlegen.«

»So sehe ich es auch, und deshalb hatte ich es ihr geschrieben. Frei aus dem Herzen heraus.«

»Was sollte daran falsch sein?«

»Nun, sie antwortet nicht mehr. Und bis dahin hat sie so herzlich und offen auf meine Mails reagiert.«

»Das kann doch viele Gründe haben. Vielleicht hat sie einfach viel um die Ohren, oder sie ist sich selbst nicht sicher, ob sie das Richtige tut, und steht nicht uneingeschränkt hinter ihren Plänen. Kann doch sein, oder?«

»Stimmt. Wäre möglich.«

»Was hast du denn noch so geschrieben?«

Als ich merkte, dass ich ein klein wenig rot wurde, kam ich nicht drum herum, Anni mehr darüber zu berichten, wie persönlich ich der mir gänzlich unbekannten Autorin gegenüber geworden war.

»Ich denke nicht, dass du damit was Falsches geschrieben hast«, beruhigte mich Anni. »Mach dir nicht zu viele Gedanken.«

»Ich finde es so schade, nichts mehr von ihr zu hören. Nach den ersten Mails hatte ich das Gefühl, dass wir total auf einer Wellenlänge sind. Aber ich werde nicht die einzige Leserin sein, die ihr schreibt.«

»Weißt du, was, schreib ihr doch einfach noch mal, dass dir der Austausch fehlt. Was hast du zu verlieren?«

»Meinst du?«

»Ja. Im schlimmsten Fall wird sie sich auch dann nicht mehr melden.«

»Auch richtig, ja. Ich überlege mal.«

»Mach du jetzt erst mal Feierabend und leg die Beine hoch«, riet Anni mir. Mich wunderte, dass sie nicht fragte, ob wir heute Abend gemeinsam essen wollten. Vielleicht war sie aber einfach müde, und es ging ihr weiterhin nicht so gut. Das war mir mittags ja bereits aufgefallen.

»Wenn du mal eine kleine Auszeit brauchst und ich hier die

Stellung halten soll, lass es mich wissen. Du wirkst ein wenig angestrengt«, bot ich ihr an.

»Danke, Tilda.« Matt lächelte Anni. »Das weiß ich. Mach dir keine Gedanken. Ich bin nur so müde.« Ich umarmte meine Freundin, die diese Geste dankbar erwiderte und mich fest an sich drückte. »Alles wird gut, Tilda. Ich bin gespannt, was du morgen von der Wohnung erzählst.«

»Danke. Ja, das bin ich auch.«

Kapitel 18

Während ich am Abend darüber grübelte, ob ich der Autorin noch eine E-Mail schreiben sollte oder nicht, rief Oskar an. Diesmal war er kein bisschen kurz angebunden.

Er erzählte mir von seinen Terminen, die ganz gut gelaufen waren, während ich von unseren Plänen für die Lesung berichtete.

»In einem Restaurant, das zwischen Kampen und List liegt, habe ich einmal an einer Lesung teilgenommen. Das war ein echt schönes Event. Da haben sie auch die Speisen und Getränke so schön abgestimmt auf den Inhalt des Buches, und man spürte und schmeckte so richtig die Atmosphäre. Die Umgebung des Lokals passte auch wunderbar zu dem Sylt-Roman, aus dem gelesen wurde. Da müssen wir gemeinsam auch mal hingehen.« Er nannte ein Restaurant, das ich noch nicht kannte. Der Name Blidselbucht, welche im Norden zwischen Kampen und List liegen sollte und wo das Restaurant war, gefiel mir besonders gut.

»Da freue ich mich schon jetzt drauf. Super!«

»Ich weiß ja, dass du am liebsten in Keitum bist, aber die Ostseite im Norden hat auch echt viele tolle Orte zu bieten für den Sonnenaufgang. Grad in Richtung List kommt zum Sonnenaufgang dann oft auch ein rauschendes Hochwasser hinzu, das diesem Flair trotz der Watt-Situation noch mal ein i-Tüpfelchen aufsetzt.«

»Klingt wunderbar! An Keitum kommt kaum ein Ort für mich heran«, gab ich zu. »Aber Sylt zeigt mir gerade jeden Tag aufs Neue, dass die Insel mit all ihren kleinen und großen Besonderheiten und Schönheiten eine Überraschung bieten kann. Wie wenn man in Annis Café seinen Lieblingskuchen hat und Anni und ihre Mutter immer wieder mit neuen Variationen kommen, die ebenso wundervoll sind. So ist Sylt auch. Viele kleine Sahnehäubchen-Momente. Ich kann es echt kaum erwarten, hier noch ganz viele schöne Orte zu erforschen.«

Irgendwann fiel mir auf, wie spät es war. Wenn ich am nächsten Morgen fit sein wollte, musste ich jetzt schlafen. Wir hatten über eine Stunde telefoniert, und ich konnte mich nicht erinnern, wann ich zuletzt mit jemandem, außer Anni so lange am Telefon gesprochen hatte.

Wir verabschiedeten uns, und ich nahm Oskar das Versprechen ab, dass er sich nicht allzu viel Zeit lassen würde mit seiner Rückkehr. Er gab es mir zwar, wirkte aber selbst nicht sicher, ob er es halten konnte.

»Schlaf gut, Tilda. Schick mir ein Foto vom schönen Sonnenaufgang morgen früh. Ich wäre gerne dabei.«

»Das mache ich. Vielleicht tröstet dich ja ein Video darüber hinweg, dass du nicht persönlich dabei sein kannst. Aber bald bist du ja wieder hier.«

Am nächsten Morgen fuhr ich erst zum Bäcker in Keitum und kaufte mir ein Quarkbrötchen, ein Croissant und einen Coffee to go. Mit diesem Frühstück machte ich mich auf den Weg zum Grünen Kliff. Während ich das Gebäck genoss und mich mit dem heißen Kaffee aufwärmte, bewunderte ich das morgendliche Licht, welches dezent die noch hinter dem Horizont versteckte, bald aufgehende Sonne ankündigte.

Der Himmel war in ein zartes Altrosa getaucht, die Wolken, die über dem Meer lagen, waren noch dunkel. Mit jeder Sekunde veränderte sich das Bild, bis die Sonne irgendwann zwischen den Wolken hervorblitzte. Kraftvoll färbte sie innerhalb weniger Momente den Himmel in eindrucksvolle Farben. Orangegold über helles Gelb hin zu knalligem Pink, welches sich im Lilablau der Wolken verlor, ließen mich sprachlos staunen. Ich machte ein Bild für Oskar, wusste jedoch, dass dieses nie die wahre Schönheit abbilden konnte. Ich schickte ihm das Bild, dazu ein Video, bei dem ich einmal über die Landschaft rund um die Lügenbrücke filmte, wo wir am Morgen zuvor noch gemeinsam gestanden hatten.

Du fehlst mir hier, schrieb ich dazu, und er antwortete fast sofort: *Danke, ich wäre gerne bei dir.*

Ich freute mich darüber, steckte das Handy weg und betrachtete weiter das Schauspiel am Himmel, das sich im seichten Wasser spiegelte. Es wirkte, als fließe flüssiges Gold durch die Priele, welches sich einen Weg durch lila-blaue Farbflüsse bahnte.

Ich machte noch einige Bilder und trat gerade runter von der Lügenbrücke, da fiel mir etwas ins Auge. Eine kleine Scherbe ragte halb aus dem Sand. Es sah aus, als sei sie handbemalt. Ich bückte mich und griff danach. Ich konnte Zahlen darauf erkennen und musste sofort an *Wintersonnenzeit* und die Scherbe mit den Koordinaten denken.

Tief berührt von dieser Szene, zog ich die Scherbe aus dem feuchten Sand, und mir stockte der Atem. Auch diese Zahlen, die auf dem Stück Porzellan notiert waren, waren Koordinaten. Meine Finger zitterten. Ich zückte mein Smartphone und gab die Daten ein. Die Suchmaschine führte mich zu einem Punkt in Keitum.

»Unglaublich«, flüsterte ich. »Wenn ich hier an Heiligabend nun auch noch meine große Liebe finde, bin ich mitten im Roman gelandet.« Unsicher schaute ich mich um. Es war jedoch weit und breit niemand zu sehen. Die Situation war mir beinahe unheimlich. Trotzdem ließ ich die Scherbe in meine Jackentasche gleiten und versuchte, meine Gedanken zu sortieren.

Mein erster Gedanke war, der Autorin zu schreiben, denn sie war diejenige, die die Magie dieses besonderen Augenblicks als Einzige so richtig verstehen würde. Sollte ich, statt direkt ins Auto zu steigen und ins Café zu fahren, noch schnell die E-Mail schreiben? Ich entschied mich dafür, setzte mich, als ich wieder zu Hause war, kurz an den Küchentisch und formulierte im Kopf einen Text, als ausgerechnet in diesem Moment eine Nachricht einging. Sie kam von Fenja Malé. Aufgeregt öffnete ich sie.

Liebe Frau Niehus,

es tut mir leid, dass ich mich länger nicht gemeldet habe, aber es war viel los bei mir, was mich ein wenig durcheinandergewirbelt hat. Ich hoffe, Ihnen geht es gut und es geht für Sie in Liebesdingen weiterhin bergauf. Das würde mich sehr freuen. Gerade, weil ich nach längerer Zeit selbst das große, noch zarte Glück einer neuen Liebe genießen darf, fühle ich mit Ihnen und kann gut nachvollziehen, wie gut es tut, Parallelen zum eigenen Leben im Roman zu finden. Und was könnte es für eine passendere Umgebung für den Beginn einer Beziehung geben als die Insel Sylt? Ich drücke Ihnen ganz fest die Daumen, dass dieser Ort auch Ihnen Glück bringt.

Der Austausch mit Leserinnen ist nichts Seltenes.

Dass ich jedoch so viel so Persönliches erfahre und »mittendrin« bin, sehe ich als großes Privileg, und ich bedanke mich für die Offenheit, die es auch mir leicht macht, von mir zu erzählen.

Haben Sie vielen Dank für Ihr Lob für meinen Roman. Was Sie schreiben, lässt mein Herz gleichzeitig tanzen und ein klein wenig zerspringen, wie Sie sich sicher vorstellen können. Dennoch überwiegt die Dankbarkeit für Ihre Worte. Ich wünsche Ihnen Liebe, viel Lachen und dass Sie auf dem richtigen Wege sind.

Herzlichst

Fenja Malé

Darüber, dass ich endlich wieder eine Nachricht erhalten hatte, freute ich mich. Allerdings wollte ich jetzt nicht direkt schon wieder die nächste formulieren. Nicht, dass sie das Gefühl bekam, ich hätte nur darauf gewartet, um direkt zu antworten. Auch wenn die Scherbe ein wunderschöner Grund für eine E-Mail gewesen wäre.

Erst einmal wollte ich Anni davon erzählen.

Als ich aus dem Haus trat und auf mein Auto zuging, sah ich Lore, die sich vor dem Haus mit jemandem unterhielt. Es war die Frau, die ich schon an dem Abend gesehen hatte, als Lore mir davon erzählte, dass ihre Tochter bald zurückkommen würde.

Ich winkte.

»Moin, Tilda!«

»Moin, Lore«, rief ich und lächelte die Frau an, die freundlich zurücklächelte.

»Hallo«, sagte ich, woraufhin ein »Guten Morgen« zurückkam.

»Ich will schnell zu Anni – hab heute den Langschläfer-Dienst übernommen und war bereits eine Runde am Watt«, erklärte ich.

»Das ist immer eine gute Idee und der beste Start in den Tag. Zu jeder Jahreszeit«, sagte Lore.

»Da bin ich ganz deiner Meinung. Ich wünsche einen schönen Tag«, verabschiedete ich mich und stieg mit einem Lächeln ins Auto.

»Moin«, begrüßte mich Anni mit einem Strahlen im Gesicht, als ich zur Tür hereinkam.

»Moin, Anni. Danke für die kleine Auszeit. Es war einfach wunderbar. Hast du den Morgenhimmel heute gesehen? Ich wusste nicht, dass ein Himmel so bunt sein kann«, gab ich zu und geriet ins Schwärmen. »Ich habe Fotos gemacht. Das glaubt einem ja sonst niemand.«

»Süß, wie du dich freust. Ja, es ist manchmal magisch. Das kenne ich auch.« Anni lächelte.

»Du glaubst nicht, was mir passiert ist«, erzählte ich Anni sofort leise von meinem Fund. Wie erwartet, staunte sie nicht schlecht darüber.

»Wow, das ist wirklich magisch. Du solltest dieses Zeichen annehmen, finde ich, und herausfinden, was an diesem Ort ist.«

»Ist es nicht ein total verrückter Zufall, diese Parallele zum Buch?«, gab ich zu, drehte die Scherbe zwischen den Fingern und steckte sie wieder in meine Tasche, bevor ich die Jacke auszog.

In diesem Moment kam eine kleine Gruppe Gäste herein.

»Ich bin gleich bei Ihnen, suchen Sie sich schon mal einen Platz«, erklärte ich freundlich, nickte Anni zu und signalisierte ihr damit stumm, dass ich ab hier übernehmen würde. Ohne zu zögern, verschwand sie direkt in der Küche.

»Ich habe gehört, es soll hier eine Lesung stattfinden. Kann ich dafür schon Karten kaufen?« Eine kleine blonde Frau mit einem freundlichen Gesicht tauchte neben dem Tresen auf.

»Sehr gerne notiere ich mir Ihren Namen. Wenn Sie bezahlen, setze ich Sie mit den Gästen, mit denen Sie da sein werden, auf die Liste für den Abend. Sie sind die Erste, die sich anmeldet«, freute ich mich.

»Bitte notieren Sie doch direkt vier Karten«, kicherte die Frau. »Meine Mädels werden auf jeden Fall mitkommen wollen, wenn sie davon erfahren.« Sie rieb sich voller Vorfreude die Hände. »Was bekommen Sie denn dafür? Ich habe kein Bargeld dabei, nur die Karte. Geht das auch?«

»Na klar. Wir berechnen zehn Euro pro Person. Leider liest die Autorin nicht selbst, das werde ich selbst übernehmen und hoffe, dass ich dem Buch trotzdem gerecht werde.«

»Klasse. Ich mag einfach die Stimmung bei einer Lesung. Wenn alle dieselben Interessen haben und es dabei auch noch köstliche Leckereien gibt. Das ist einfach ein perfektes Abendprogramm.«

Ähnliche Gespräche hatte ich in den nächsten Tagen einige, und schon bis zum Wochenende war die Veranstaltung ausverkauft.

Oskar war noch immer beruflich unterwegs und würde erst an dem Tag zurückkommen, wenn die Lesung stattfand. Zwar war mir die Zeit, in der wir uns nicht sahen, viel zu lang. Allerdings hatten Anni und ich so viel zu tun, dass ich auch nicht böse war, wenn ich abends einfach ins Bett fallen und bald einschlafen konnte.

Anni ging es ähnlich, und wenn wir abends noch gemeinsam etwas aßen, kam es mir meist so vor, als sei sie mit den Gedanken woanders. Darauf angesprochen lachte sie und bedankte sich für meine Fürsorge, beharrte aber darauf, dass sie einfach nur erschöpft war und der Alltag im Büchercafé sie doch mehr forderte, als sie erwartet hätte.

Bedauerlicherweise hatte der Vermieter der Wohnung, die ich anschauen wollte, den Termin auf einen unbestimmten Tag verschoben, weil noch unklar war, ob und wann das Zimmer frei werden würde, und auch andere Besichtigungen ließen noch auf sich warten.

Am Tag der Lesung war ich so nervös, dass Anni mich am liebsten bis zum Beginn auf einen Spaziergang geschickt hätte. Leider kam diese Option nicht infrage, weil der Regen beinahe waagrecht über die Insel gepeitscht wurde, hin und wieder abgelöst von Hagelschauern. Bei aller Liebe zur rauen Nordsee-Atmosphäre, bei diesem Wetter zog es auch mich nicht nach draußen. Hoffentlich würden die Besucher den Weg heute Abend trotzdem auf sich nehmen.

Sorgenvoll blickte ich aus dem Fenster und wischte nervös abermals über die Tische – obwohl seit dem letzten Mal niemand daran gesessen hatte.

»Du aufgescheuchtes Huhn«, moserte Anni. »Du machst mich noch ganz irre. Ist es wegen Oskar, dass du so nervös bist, oder ist es die Tatsache, dass du wieder vor Leuten lesen wirst?«

»Ich weiß es auch nicht. Wir haben uns lange nicht gesehen, das ist schon ein wenig aufregend. Außerdem hoffe ich, dass er gute Nachrichten hat. Wenn nicht, bedeutet das wohl, dass ich mich an diese Pausenzeiten gewöhnen muss.« Zerknirscht presste ich die Lippen aufeinander. »Und ich merke gerade, wie schwer mir das fällt.«

»Sei mal nicht so pessimistisch«, mahnte Anni mich.

»Und ja, dass ich wieder lese, ist auch eine spannende Situation für mich. Was, wenn ich die Leute nicht erreiche?«

»Ach Quatsch! Das ist wie Fahrradfahren oder Schwimmen. Das verlernt man nicht. Du hast ein Gespür für die Geschichten und Stimmungen. Du wirst das ganz souverän meistern«, versuchte Anni, mich aufzubauen.

»Das hoffe ich sehr.«

»Dann müssen wir uns jetzt nur noch um die Technik kümmern. Kennst du dich mit so was aus?«, fragte Anni und deutete auf ein Mikrofon samt Lautsprecher. Beides stand noch an der Tür zur Backstube. »Mein Papa kommt sonst vorbei und baut das auf.«

»Quatsch, dafür muss er nicht extra herkommen. So was habe ich auch immer genutzt, das ist ganz einfach.« Ich griff nach dem Ständer mit dem Mikrofon und der kleinen Box mit den passenden Kabeln.

»Ich schlage vor, wir platzieren den Tisch vor dem Fenster. Dann haben die Zuhörer von jedem Platz im Café aus die Möglichkeit, dich zu sehen, und können gleichzeitig den Blick über die Dünenlandschaft genießen. Was meinst du?«

»Prima Idee.« Wir rückten einen Tisch mit zwei Sesseln vor das Fenster und richteten Mikrofon und Box danach aus.

Dann stellten wir alle Tische so hin, dass die Gäste daran einen angenehmen Blick auf uns hatten und sich nicht verrenken mussten.

Jeder Tisch wurde von uns mit einem Windlicht samt Duftkerze dekoriert, welches mit Sand, Muscheln und winzigen kleinen Glitzerkugeln gefüllt war, die auf zauberhafte Art das Kerzenlicht reflektierten.

Ein Programm lag auf jedem Tisch, dazu jeweils ein Teller mit von uns handgefertigten Keksen, auf denen das heutige Datum und ein Weihnachtsbaum oder ein kleines Buch zu sehen waren. Es waren die Motive, die ich bereits vor meiner Reise nach Sylt im Kopf gehabt hatte. Besteck, Geschirr und Servietten drapierten wir ebenso auf jedem Tisch, außerdem jeweils ein Schälchen mit Kandis und eins mit Zucker. Die Sahne würden wir erst kurz vor Beginn servieren, damit sie noch schön kühl war.

Zusätzlich zu der bisher eher dezenten Weihnachtsdekoration im Raum brachten wir weitere Lichterketten an, die sich auf heimelig-festliche Weise über die Fensterbänke und an Türrahmen entlangschlängelten. Leise Weihnachtsmusik würde die Gäste in

Empfang nehmen und so lange spielen, bis wir die Bestellungen aufgenommen und serviert hatten. Dies würde die besondere Atmosphäre weihnachtlich untermalen. Während des Lesens sollte dann eine angenehme Stille herrschen.

Mein Herz klopfte aufgeregt, als ich die Bücherregale noch einmal durchging und ordnete. Wir hatten bei der Buchhändlerin eine zusätzliche Menge an Exemplaren aller Romane von Fenja Malé bestellt, und sie hatte damit einen separaten Tisch gestaltet. Wir waren uns sicher, dass einige Zuhörer sich bestimmt freuen würden, wenn sie spontan eins der Bücher mit nach Hause nehmen konnten.

Ich griff nach einem Exemplar, ließ den Duft eines neuen, frisch gedruckten Buches auf mich wirken und meine Hand in die Tasche meines Cashmere-Jäckchens gleiten, in der ich die Scherbe aufbewahrte, die ich gefunden hatte. Vom Wasser und Sand weich geschliffen, wenn auch nicht ganz so rund wie das Seeglas, fühlte sie sich an wie ein Handschmeichler. Ich hatte so etwas schon immer gerne bei mir, wenn ich vor Leuten sprach. Dieses Mal passte sie besonders gut, und ich würde danach greifen, wenn meine Nervosität überhandnehmen würde.

Oskar hatte mir heute Morgen schon geschrieben. Er wusste noch nicht, ob er es zur Lesung schaffen würde. Leider hatten sich seine Gespräche gezogen und die Terminplanung über den Haufen geworfen.

Jetzt fehlte nur noch der kleine Flammkuchen-Foodtruck von Annis Freundin Josi. Aufgrund des grausligen Wetters hatten wir entschieden, vor der Eingangstür einen Pavillon aufzubauen, von dem aus man trockenen Fußes zum Essen gelangen konnte. Sie fuhr eben vor, und wir traten heraus, um sie einzuweisen und uns kurz mit ihr zu unterhalten.

»Josi. Moin«, stellte sich mir die blonde Frau mit dem strahlenden Lächeln vor.

»Moin, freut mich sehr. Ich kann es kaum erwarten, nachher nach all dem Trubel und der Aufregung auch einen deiner Flammkuchen zu genießen«, gab ich zu, und sie lächelte.

»Das wird wunderbar. Toll, was ihr hier auf die Beine stellt«, lobte sie.

»Danke. Brauchst du denn noch irgendwas von uns? Strom, Wasser?«

»Nein, der Ofen heizt mit Gas, und ich habe Wasser an Bord. Ich würde dann rechtzeitig einheizen, die Teigplatten vorbereiten und schon mal einige belegen, und dann kann es nach der Lesung direkt losgehen.«

Die Minuten, bis am Nachmittag die ersten Besucher der Lesung kamen, schienen sich endlos zu ziehen und stellten meine Nerven auf eine echte Probe.

Umso schöner war der Moment, als immer mehr erwartungsvoll freundliche Gesichter im Raum zu sehen waren, die euphorisch Kuchen und Gebäck orderten sowie dampfende Getränke vor sich stehen hatten. Ute war gleich mit mehreren Frauen gekommen und saß ganz in meiner Nähe. Sie reckte die Daumen hoch und strahlte übers ganze Gesicht. Ihre fröhliche Miene und ihre Anwesenheit taten mir gut.

Ich saß bereits hinter dem Tisch am Mikro, als die Tür noch einmal aufschwang und Oskar tropfnass in den Gastraum trat. Unsere Blicke trafen sich sofort. Er hob die Hand und drückte den Daumen. Ich lächelte dankbar, während er seine nasse Jacke an die Garderobe hängte und sich auf einen Stuhl im hinteren Bereich des Raumes setzte.

Während Anni die Gäste begrüßte, wurde es still im Raum. Ich hatte noch einmal meine Unterlagen überflogen und sah dann erneut zu Oskar. Erst jetzt fiel mir auf, dass neben ihm die Frau saß, die ich mit Lore vor deren Haus kennengelernt hatte. Sie schien meinen Blick zu bemerken und schenkte mir ein herzliches Lächeln, das ich erwiderte. Doch die Art, wie sie neben Oskar saß, sprach von einer gewissen Vertrautheit, und plötzlich fühlte ich mich an die Frau auf dem Supermarktparkplatz erinnert. Hatte sie nicht ganz ähnlich ausgesehen? Hastig schob ich den Gedanken beiseite. Dafür war jetzt keine Zeit.

Ich war froh, auf einem gemütlichen Sessel zu sitzen, in den ich mich hineinkuscheln konnte und der mir sicheren Halt gab, weil meine Knie sich wackelig anfühlten, als ich zu sprechen begann.

»Auch ich freue mich, dass Sie heute zu uns ins *Kliffglück* gekommen sind, um den Beginn dieser neuen Idee mit uns zu feiern«, knüpfte ich an Annis Worte an. »Ich kam hierher, war unsicher, was diese raue, kalte Insel ausgerechnet im Winter für mich bereithalten sollte. Heute weiß ich es. Sie, und in allererster Linie meine beste Freundin Anni, haben in mir eine alte Leidenschaft wieder wach gekitzelt, der ich hier voll nachgehen und die ich endlich wieder ausleben kann. Neben dem Backen liebe ich schon immer die Bücher. Eine eigene Buchhandlung habe ich heute nicht mehr. Die Kombination aus einem Café und einem Ort, an dem man Bücher in aller Stille oder auch im Dialog mit anderen Menschen genießen kann, ist einfach ganz besonders wunderbar und die beste Alternative, die ich mir hätte wünschen können. Meine alte Passion ist wieder geweckt, und ich liebe alles daran. Ich hoffe, dass wir alle ein Stück weit davon profitieren. Heute und an all den anderen Tagen hier im *Kliffglück*. Weil wir heute aus einem wunderschönen Roman lesen wollen, dessen Autorin sich ungern in der Öffentlichkeit zeigt, müssen Sie heute leider mit mir vorliebnehmen. Dass Sie dennoch so zahlreich erschienen sind, werte ich als gutes Zeichen.«

Ein leises Lachen ging durch den Raum. Ich lächelte. Das Eis war gebrochen.

»Ich wünsche Ihnen eine gute Zeit hier auf Sylt und auf der Insel, die Fenja Malé uns mit ihrem Roman geschaffen hat. Sie trägt nicht den Namen Sylt, aber erinnert doch immer wieder an diesen Ort. Was mich persönlich begeistert, ist, dass der Ort aus dem Roman so viel Magie verströmt und für die Figur so viel Glück und Liebe bereithält. Für mich ist Sylt der Ort, wo Träume wahr werden – ähnlich, wie es sich für die Protagonistin in diesem Roman ankündigt.«

Ich begann die Lesung mit der Szene, in der die Hauptfigur einen Strandspaziergang macht und dabei die Schönheit der Natur und ihre eigenen Gefühle auf sich wirken lässt. In der Stimmung am Meer, in der Atmosphäre des rauen Windes, den die Schritte erschwerenden Sand unter den Stiefeln, nimmt sie das Rauschen der Wellen in sich auf.

Gebannt lauschten die Gäste, und die Minuten vergingen so schnell, dass ich ganz erstaunt war, als Anni dezent die Pause einläutete. Ich fühlte mich beim Lesen voll in meinem Element. Wie ein Schwimmer im Meer, getragen von den Wellen. Einerseits war es meine alte Liebe zu dieser Tätigkeit, andererseits dieser Roman, bei dem sich das Lesen anfühlte, als schlage mein Herz ein wenig schneller und alles geschehe im Einklang.

Hin und wieder blickte ich zu Oskar, der an meinen Lippen hing und für mich der sicherste Zufluchtsort in meiner Nervosität war.

Seine liebevollen Augen, die Anerkennung, die in seinem Blick lag, und dieses leicht Nachdenkliche in seiner Mimik fühlten sich für mich so gut an. Gleichzeitig versuchte ich, die Frau neben ihm und meine Gedanken zu ihr auszublenden.

Bei Beginn der Pause hatte ich Oskar aus den Augen verloren. Während Anni die Bestellungen aufnahm, lief ich kurz zur Toilette. Ich checkte mein Äußeres und frischte mein Lipgloss auf. Eine kleine Bürste hatte ich extra unauffällig im Bad deponiert, damit ich auch meine Haare zwischendurch kämmen konnte.

»Es ist so schön, was für ein wunderbarer Nachmittag«, sprach eine Dame mich an, die mit Ute hier war, und ich bedankte mich.

»Tilda, du warst grandios! Solche Lesungen sollten unbedingt zur festen Größe hier im *Kliffglück* werden«, hörte ich Ute sagen, die hinter der Frau auftauchte und mich voller Euphorie umarmte. »Du und Fenja Malé – was für ein Team.« Ute lachte, und eine weitere Frau stimmte ein und war voller Lob.

»Da werde ich ja ganz rot«, sagte ich halb im Umdrehen, die Hand bereits an der geöffneten Tür, als ich plötzlich Oskars Stimme hörte.

»Dafür gibt es überhaupt gar keinen Grund. Du warst fantastisch, Tilda«, sagte er und umarmte mich kurzerhand.

Ich brachte nur ein »Oh, Oskar« hervor und spürte, dass ich nun wirklich feuerrot glühte.

»Danke. Ich freue mich so sehr, dass du es zur Lesung geschafft hast.« Unsicher schaute ich mich um. »Wartest du hier auf jemanden?«

Er nickte, und mein Herz setzte einen Schlag aus. »Auf dich!«

Ich lächelte und drückte seine Hand. »Es hat mir sehr geholfen, beim Lesen ab und zu in deine Richtung zu schauen.«

»Das freut mich sehr. Dabei hattest du gar keine Hilfe nötig. Wahnsinn, wie sehr du mitten in der Geschichte bist. Ich behaupte, du kennst und fühlst sie beinahe besser als die Autorin selbst.«

»Ach, Quatsch.« Ich winkte ab und lachte nervös.

»Du willst sicher wieder zurück. Geht bestimmt bald weiter«, überlegte Oskar und deutete in den Gastraum. »Ich komme mit.«

Mein Blick ging suchend durch den Raum. Ich konnte die Frau, die neben Oskar gesessen hatte, nicht mehr sehen. Auch er schaute sich um.

»Eigentlich wollte ich dir jemanden vorstellen, aber grad sehe ich sie nicht.« Er zog sein Handy hervor, darauf war eine Nachricht zu sehen, die er öffnete. »Oh, sie musste schnell weg. Schade. Es hat ihr auch so gut gefallen hier bei euch.« Er hob die Schultern. »Dann ein andermal.«

»Okay.« Ich wartete, ob er noch etwas hinzufügen wollte, es kam aber nichts. Da hörte ich auch bereits Annis Stimme durch den Lautsprecher, dass es in fünf Minuten weitergehen würde.

»Jetzt hast du gar nichts gegessen«, stellte Oskar fest.

»Alles gut. Ich hole mir nachher einen Flammkuchen. Jetzt bin ich dazu viel zu aufgeregt.«

»Lass uns doch nachher gemeinsam einen essen. Würde mich sehr freuen.«

»Gerne.« Auch wenn ich lieber ganz mit ihm allein hätte sein wollen, freute ich mich auf die Aussicht, dass wir uns später treffen würden.

Für den zweiten Teil der Lesung hatte ich eine kürzere Stelle ausgesucht, sodass noch Fragen zu den Romanen und darüber hinaus gestellt werden konnten. Ich freute mich darauf und war gespannt.

Etliche Fragen, die zu Inhalten kamen, hatte ich erwartet, doch was mich besonders freute, war, dass bald einige der Gäste erzählten, welche Bedeutung die Romane für sie hatten. Sie teilten Geschichten aus ihrem eigenen Leben, die sie mit den Romanen verbanden oder wo sie Parallelen sahen. Mich überwältigte, wie persönlich die Gespräche waren und wie vertraut die Atmosphäre in unserem Café plötzlich wirkte. Als säße man mit Menschen zusammen, die man schon ewig kannte und zu seinen Freunden zählte.

Oskar allerdings lauschte nur mit verschränkten Armen. Erst als ich am Ende noch einmal die Frage stellte, ob jemand noch etwas über mich wissen wollte, meldete er sich zu Wort.

»Wenn ich das richtig verstanden habe, sollte das Büchercafé zunächst auf Probe existieren. Nun scheint es ja ganz hervorragend angenommen zu werden.« Er machte eine ausschweifende Handbewegung. »Ich bin mir sicher, jeder hier im Raum bestätigt mir das und genießt wie ich einen wundervollen Abend, und ich glaube, dieses sympathische Team ist daran nicht ganz unschuldig. Wird es das Büchercafé *Kliffglück* nun auch langfristig auf Sylt geben und das Team so bestehen bleiben, oder wie sehen die Pläne aus?«

Mein Herz schlug mir bis zum Hals, und ich merkte, wie erneut ein Hauch Röte über mein Gesicht zog. Darum bemüht, professionell zu bleiben, blickte ich auf den Roman in meinen Händen und nicht in Oskars Gesicht.

»Ich bin der Meinung, Weggabelungen im Leben tun sich dann auf, wenn sie gebraucht werden. Die Entscheidung, ob und wie es hier weitergeht, ist noch nicht endgültig gefallen.« Nun hob ich den Blick und sah ihm direkt in die tiefen, dunklen Augen. »Dass das Konzept unseres Büchercafés funktioniert, so wie es ist, das können wir bestätigen. Doch es gibt noch weitere Faktoren, die die Entscheidung beeinflussen.«

»Danke.« Er lächelte freundlich, als sei er irgendein interessierter Gast, der nun eine höfliche Antwort erhalten hatte. Aber da war so viel mehr zwischen den Zeilen, auch wenn sich in der Größe des Raumes das Knistern zwischen uns verlor.

Schließlich ergriff Anni noch einmal das Wort: »Wir bedanken uns, dass Sie unserer allerersten Lesung gelauscht und sie durch Ihre interessierten Fragen bereichert haben. Es war uns eine große Freude, und für uns steht nach diesem wundervollen Nachmittag schon fest, dass das nicht die letzte Veranstaltung gewesen sein wird. Als kleine kulinarische Abrundung dieses Tages werden draußen vor dem Haus im Schutz eines Pavillons Flammkuchen frisch für Sie zubereitet. Da ist für jeden Geschmack etwas dabei. Außerdem haben wir hier, gemeinsam mit der örtlichen Buchhandlung, einen Büchertisch vorbereitet, an dem Sie alle Werke von Fenja Malé kaufen können. Frau Burmester berät Sie dazu gerne.« Die freundliche Buchhändlerin stand auf und winkte in die Runde. »Zusätzlich haben wir für Sie an Ihren Tischen eine Auswahl unserer eigens für diese Lesung gefertigten, handverzierten Kekse zusammengestellt. Die dürfen Sie gern probieren oder als kleines Geschenk mit nach Hause nehmen. Erzählen Sie gerne weiter, wenn Sie sich heute bei uns wohlgefühlt haben, und behalten Sie es für sich, wenn nicht.« Wieder hallte allgemeines Lachen durch den Raum. »Danke, dass Sie alle hier waren, und damit wünsche ich Ihnen noch einen schönen Abend. Für Gespräche und Fragen stehen wir weiterhin zur Verfügung.«

Applaus ertönte und wurde schließlich von gelöstem Gemurmel und Stühlerücken abgelöst, als die ersten Gäste sich, angelockt vom Duft der Flammkuchen, nach draußen wagten.

Ich blieb noch eine Weile im Café, nahm freundliche Glückwünsche von Zuhörerinnen entgegen und beantwortete Fragen, während Anni Josi im Truck zur Hand ging.

»Wie sieht es mit dir aus? Bist du bereit für eine kleine Stärkung?« Oskar war zu mir gekommen.

»Ich wollte hier schon kurz ein wenig klar Schiff machen. Dann komme ich auch raus.«

»Lass mich dir doch helfen. Dann ist der erste Ansturm auch abgeebbt.«

Oskar half mir, die Sessel im Café wieder zurechtzurücken, und trug das Geschirr in die Küche. So konnten diejenigen, denen es im Pavillon zu kalt wurde, bereits wieder drinnen an ordentlichen Tischen Platz nehmen. Die Spülmaschine tat ihre Arbeit, und der Gastraum sah schon nach wenigen Minuten wieder wie gewohnt aus.

»Jetzt hab ich aber wirklich Hunger«, gestand ich, und Oskar nickte und legte mir sanft die Hand auf den Rücken. Schon diese unauffällige Berührung jagte mir einen wohligen Schauer über den Körper.

Wir traten heraus und fühlten uns wie mitten auf einem Weihnachtsmarkt kurz vor den Festtagen. Aus dem Wagen klang klassische Weihnachtsmusik, und die Lichter, mit denen Anni den Pavillon geschmückt hatte, flackerten zwischen dem Menschengewirr hindurch.

Obwohl die Atmosphäre auch hier draußen schön war, spürte man die Ungemütlichkeit des Wetters, und so kehrten Oskar und ich in den Gastraum zurück, sobald wir unsere Bestellungen in der Hand hielten. Wir hatten Glück und konnten es uns an Oskars Stammtisch gemütlich machen.

Schweigend genossen wir unser Essen und ließen uns auf die entspannt-fröhliche Stimmung um uns herum ein. Die Anspannung fiel immer mehr von mir ab, und ich atmete auf.

Oskar holte zwischendurch noch etwas zu trinken, und so langsam merkte ich, wie ich mich nach Ruhe und Zweisamkeit sehnte. Ein Blick auf die Uhr zeigte, dass die Veranstaltung ungefähr in einer halben Stunde offiziell vorbei sein sollte.

»Ich gehe noch mal eben zu Anni, um zu klären, was wir heute noch erledigen, bevor wir nachher schließen.«

»Ich helfe gerne, wo ich kann«, bot Oskar an. »Wollen wir denn anschließend noch etwas zusammen trinken gehen?«

»Wenn das für dich in Ordnung ist, würde ich lieber zu mir in die Wohnung gehen. Ich habe ein paar Snacks und kühle Drinks dort, und gemütlich ist es auch.«

»Wunderbare Idee.« Ich spürte, wie ich schon wieder rot wurde, und wandte mich ab, um nach Anni Ausschau zu halten. Ich fand sie am Büchertisch, wo sie sich mit der Buchhändlerin und zwei Besuchern unserer Lesung unterhielt. Der Tisch war komplett leer, weitere Gäste stöberten bereits wieder in unseren Regalen. Auch die Kekse, die wir in Cellophantüten neben den Büchern aufgestellt hatten, waren offenbar alle vergriffen.

»Tilda«, sagte Anni und winkte mich zu sich. »Komm doch auch noch mal zu uns.«

»Frau Niehus, es war so schön! Wissen Sie, diese Atmosphäre für eine Lesung, die ist einfach ganz wundervoll. Wir haben gerade besprochen, dass dieser Veranstaltung unbedingt noch viele weitere folgen sollten. Was meinen Sie?«

Gerührt nickte ich. »Da bin ich ganz Ihrer Meinung. Es hat mir viel Freude gemacht, und wir drei sind doch ein Spitzenteam, oder?« Ich lachte.

»Anni hat erzählt, dass Sie auf der Suche nach einer Unterkunft sind. Wenn ich was höre, sage ich Bescheid. Ich spreche ja viel mit Leuten, da kann ich auf jeden Fall mal nachhaken, ob jemand was weiß.«

»Wie lieb, tausend Dank! Das wäre toll.«

Als wir endlich gemütlich mit einem kühlen Bier und einer Schüssel Chips auf dem Sofa saßen, sah Oskar mich ernst von der Seite an.

»Tilda?«, setzte er an und ließ damit meinen Puls in die Höhe schnellen. »Was sind die anderen Faktoren, die deine Entscheidung beeinflussen, ob du bleibst? Willst du bleiben?«

»Ja. Ich hätte das vor wenigen Wochen nie für möglich gehalten, dass ich hier auf Sylt lande und mich dabei so wohlfühle. Aber dass es jetzt so ist, ist wunderschön, und es zeigt mir, dass das hier für mich der richtige Weg ist. Das Büchercafé braucht mich. Ich muss jetzt einfach noch eine neue Wohnung finden – so schwer es mir auch fällt, diese hier wieder zu verlassen.« Zögerlich griff Oskar nach meiner Hand.

»Ich drücke dir die Daumen.« Mit einem Mal wirkte er wieder nachdenklich, als beschäftige ihn der Gedanke, dass Lores Tochter zurückkehrte.

»Ich hoffe doch sehr, dass auch wir beide hier noch ganz viele wundervolle Stunden miteinander verbringen dürfen«, versuchte ich, den Moment zu umgehen, und es schien zu funktionieren. Im Licht der Kerzen auf dem Tisch sah ich, wie sich auf Oskars Lippen ein zartes Lächeln ausbreitete.

»Das hoffe ich auch sehr, Tilda«, erwiderte er und legte seine warme, große Hand in meinen Nacken, zog mich an sich und küsste mich liebevoll und innig.

Wir versanken in den weichen Kissen, und es fühlte sich so großartig und echt an, dass mein Kopf abschaltete und nur noch mein Herz sprechen ließ.

Über Wellen voller Euphorie und Glücksgefühle hoben mich unsere Küsse in Sphären, die ich vorher nicht gekannt hatte, trugen mich und setzten mich wieder ab an einem Ort in meinem Herzen, an dem ich so lange nicht mehr gewesen war.

Sofort hatte ich das Gefühl, niemals woanders weiterleben zu können als an diesem Ort voller verliebten Glücks.

Irgendwann kuschelte ich mich im weichen Bett unterm Dach mit Blick in den dunklen Abendhimmel in Oskars Arm, und es hätte keinen Ort geben können, an dem ich lieber gewesen wäre. Ich schloss die Augen und wünschte mir in diesem Moment nichts mehr, als dass das, was hier zwischen uns geschah, niemals enden würde.

»Was hast du dir denn für deinen freien Tag vorgenommen?«, fragte Oskar, nachdem wir auch den Morgen mit allem außer reden verbracht und uns dennoch so viel näher kennengelernt hatten. Anni hatte mir gestern Abend spontan freigegeben, weil die Veranstaltung so erfolgreich gewesen war.

Wir saßen beide in der kleinen Küche am gedeckten Tisch mit Blick über die Dünen und genossen ein leckeres Frühstück. Ich hatte uns Kaffee aufgesetzt, während Oskar kurz losgefahren war und Brötchen geholt hatte, die ihren verlockenden Duft in der Wohnung verströmten.

»Nach diesem köstlichen Frühstück passt für mich ein Spaziergang ganz hervorragend. Wie sieht es bei dir aus? Hast du Zeit, mich zu begleiten, oder hast du zu tun?«

»Erst am späten Nachmittag. Da muss ich leider wieder aufs Festland. Gerne komme ich mit. Dann können wir doch mittags noch eine Kleinigkeit gemeinsam essen?«

»Sehr schön. Ich freue mich. Endlich etwas Zeit für ein paar Lieblingsorte von dir.«

»Unbedingt!« Er lächelte, und das sorgte wieder für ein wohliges Kribbeln in meinem Bauch und unter meiner Haut.

»Ich schlage vor, ich zeige dir die Blidselbucht.«

»Das klingt so süß. Da bin ich dabei.«

Wir nahmen mein Auto, aber Oskar fuhr. Ich genoss den Blick über die Wattlandschaft hinter Kampen, wo die Insel gerade vor der ruhigen Nordsee im Sonnenschein erwachte. Silbrig zart spiegelte sich die Sonne auf dem seichten Wasser am Watt.

»Ich mag den Weg hier an der Ostseite entlang von der Vogelkoje Kampen aus in Richtung List. Hier kann man oft noch eine Ruhe genießen, die sonst auf der Insel fehlt. Vor allem bei Ebbe hat das hier seinen Reiz, weil man dann vollkommen ungestört am Meer entlanglaufen kann. Reicht das Wasser zu hoch an Land, wird der Weg an manchen Stellen zu schmal zum Gehen.«

»Das stimmt. Ich kenne die Strecke nur vom Auto aus, wenn ich gen List fahre. Schon dann liebe ich sie sehr.«

»Dann wirst du den Spaziergang genauso schön finden wie ich.«

»Da stehen doch auch die *Seekühe*, oder?« Ich wusste, dass diese Gebilde in der Nähe des Strandes zur Ostseite früher als militärische Übungsziele gedient hatten.

»Ganz genau. Der wohl bekannteste Ruheplatz der Insel für Vögel, wenn sie wirklich nicht gestört werden wollen.« Oskar lachte. »In der Blidselbucht befindet sich auch die einzige Austernzucht Sylts. *Sylter Royal* hast du sicher schon mal gehört, oder?«

»Klar. Ach, spannend, dass die hier ist. Wieder was gelernt.« Ich grinste.

»Aktuell befindet sich die Zucht im Winterlager. Bei Eis ist die Gefahr, dass die gesamte Ernte zerstört wird, zu groß. Da wird alles in den Betrieb an Land überführt. Wenn man da aber während der Saison spazieren geht, findet man unzählige Muscheln der Auster.«

Oskar parkte den Wagen an der Kampener Vogelkoje, und wir liefen einen kleinen Abschnitt von dort aus an der Hauptstraße entlang und bogen bald darauf nach rechts auf einen kleinen Sandweg Richtung Wattenmeer. Schilder erklärten die Bedeutung und die Pflanzen der Salzwiesen hier an der Nordsee für interessierte Wanderer.

Der Augenblick, in dem wir ans Meer traten, war besonders. Es bot sich uns ein fantastischer Weitblick über die Landschaft der Ostseite. Ich liebte diesen Ort sofort für die Aussicht und die unvergleichliche Stille hier. Sogar die Straße in unserem Rücken war um diese Zeit leise. Zärtlich strich ich über Oskars Hand, in der meine lag. »Danke. Es ist so schön hier.«

Er lächelte.

Weiter ging es gen Norden am Wasser entlang. Der Sand war hier angenehm fest, und man konnte gut laufen. Mir gefiel, dass der Wind gerade schwach blies und es daher nicht allzu kalt war.

In nur wenigen Metern Entfernung zum Meer lagen bald einige Traumhäuser, die direkten Zugang zum Watt hatten. »Wow!« Ich staunte. »Wie unfassbar schön die Lage hier ist. Einfach atemberaubend!«

»Das stimmt. Freut mich, dass es dir hier auch so gut gefällt«, erklärte Oskar und deutete auf eine Art Wall aus Steinen. »Obwohl wir es hier auf der Ostseite ja mit weniger Sturm und rauerer See zu tun haben als im Westen, schwemmen die Strömungen auch hier 'ne Menge Sand weg. Dafür befestigt man das hier so. Soll ja weiterhin so idyllisch bleiben.«

»Unbedingt, ja. Das ist auf Sylt ein Dauerthema, egal, wo man hinschaut.«

Oskar nickte.

Ich blickte über das Watt, über dem sich ein blauer Himmel spannte, der mit fluffigen Schäfchenwolken verziert war. Der gelbbraune Sand und die vereinzelten silbernen Priele boten einen wunderbaren Kontrast zum Blau des Himmels.

Über einen weitläufigen, flachen Sandstrand liefen wir auf

eine Düne zu, auf der in imposanter Höhe weitere Traumanwesen lagen, die mich sprachlos staunen ließen.

»Allein ein einziger Blick aus deren großen Fenstern würde mich interessieren«, gab ich zu.

»Geht mir auch so. Wenn hier die Sonne aufgeht, muss es besonders fantastisch sein, das von den Häusern aus beobachten zu dürfen. Man muss dafür nicht mal rausgehen. Die Lage ist unvergleichlich.«

»Wahrscheinlich hat man da oben sogar die Chance, auch vom Sonnenuntergang noch etwas mitzubekommen, weil man bis zur Westseite sehen kann«, überlegte ich.

»Möglich. Leider kann ich da nicht auf eigene Erfahrungen zurückgreifen.« Bedauernd hob Oskar die Hände, und wir lachten.

»Hier liegt eigentlich ein Strandrestaurant mit einzigartigem Blick über das Wattenmeer«, erklärte Oskar. »Gerade haben wir aber kein Glück, denn es ist derzeit geschlossen.«

»Schade. Es sieht wirklich nach dem perfekten Platz aus«, stellte ich fest und blickte mich um.

»Wir kommen ein andermal wieder. Wenn deine Kräfte das noch mitmachen, könnten wir auch direkt wieder umkehren und Richtung Vogelkoje laufen. Oder wir setzen uns hier auf eine Bank und machen eine Pause.«

Kurz horchte ich in mich hinein und spürte, wie meine Beine mir schwer vorkamen. Aber es war recht kühl, sodass mir das Sitzen auf einer ungeschützten Bank eher weniger charmant vorkam.

»Worauf wartest du noch?« Ich lachte und eilte voran, woraufhin Oskar mir folgte. »Wenn ich ehrlich bin, ist mir nur kalt, wenn ich länger stehen bleibe, also bleibe ich freiwillig in Bewegung«, gab ich zu.

Oskar griff nach meiner Hand, zog mich sanft an sich und umschloss mich mit seinen Armen. Warm und schützend umhüllte er mich, und ich lehnte meinen Kopf an seine Brust. »Schon viel besser. So können wir auch gerne kurz eine Pause einlegen«, bemerkte ich und blickte in Oskars tiefbraune Augen, während er seine Lippen auf meine senkte. Jede Kälte war verflogen.

Nach einer gefühlten Ewigkeit, die mir dennoch viel zu kurz vorkam, endete unser Kuss, Oskar drückte zärtlich meine Hand, und wir liefen weiter den Weg zurück.

Um meine andere Hand vor der Kälte zu schützen, steckte ich sie in die Jackentasche und erfühlte die Scherbe. Ich griff danach, um sie Oskar zu zeigen.

»Schau mal. Die hab ich beim Sonnenaufgang am Keitumer Watt gefunden.«

»Wie schön. Sie ist …« Oskar stockte. »Besonders.«

Ich lachte leise, weil er einen verwirrten Eindruck machte. Verständlich, denn er konnte ja nicht ahnen, was diese Scherbe für mich für eine Bedeutung hatte. »Kannst du nicht wissen, aber in dem Roman von Fenja Malé findet die Hauptfigur am Strand eine ganz ähnliche Scherbe, bevor es zum romantischen Happy End kommt. Mit ein wenig Fantasie sind das Koordinaten, und sie beschreiben einen Punkt.« Oskar lächelte nervös, wie ich fand. »Jetzt fehlt nur noch der zweite Teil, genau wie im Roman. Dort entdeckt der Protagonist diese nämlich, und so findet sich das Paar.«

Oskar legte mir den Finger auf die Lippen. »Sch. Wenn man will, dass Wunder geschehen, darf man nicht zu viel darüber reden.«

»Vielleicht«, flüsterte ich und küsste seinen Finger. Ich blickte ihn vielsagend an, schmunzelte aber nur.

Weit und ruhig lag die Umgebung vor uns. Über dem Watt kreisten Möwen. Ihr Kreischen war das Einzige, was die Stille durchbrach.

Ich sog die Winterluft tief ein, und es fühlte sich an, als durchströme ein neues Lebenselixier meinen Körper.

»Die Atmosphäre im Winter hier am Meer ist wirklich besonders. Schön, ganz anders, als ich sie mir vorgestellt habe, wenn ich ehrlich bin. Sie tut mir gut.«

»Freut mich, dass du es hier auch so genießt. Wie hast du sie dir denn vorgestellt?«

Ich hob die Schultern und hielt sie dort für einen Moment. »Ungemütlicher. Rau, unfreundlich, weniger idyllisch, düstere Bilder.« Ich zuckte zusammen. Das hatte ich nicht sagen wollen. Es war mir einfach so rausgerutscht, und ich bereute es sofort.

Natürlich war es Oskar nicht entgangen. »Was für düstere Bilder? Schlechte Erinnerungen? Oder magst du nicht drüber sprechen?« Oskars Blick war besorgt und dabei interessiert.

»Ach, so generell. Winter auf Sylt, viele dunkle Stunden, peitschender Wind, klirrende Kälte. Du musst zugeben, dass das für ein düsteres Bild doch schon ausreichend ist, oder?« Meine Antwort war ausweichend, und ich war mir sicher, Oskar merkte das.

»Schon«, sagte er, schaute mich aber weiterhin an.

»Es gab bestimmte Bilder, die ich mit der winterlichen Insel verband, bevor ich herkam«, gab ich zu. »Obwohl ich nie hier war um diese Zeit, gab es sie. Und etliche waren mehr als düster. Aber lass uns da nicht länger drüber reden. Das verdirbt mir die ganze zauberhafte Stimmung.«

»Die Hauptsache ist, dass es dir nun gut geht und die düsteren Bilder verschwunden sind.«

»Das werden sie leider nie«, sagte ich und spürte, dass diese Worte wie zerspringendes Glas wirkten. Als hätte ich damit etwas fallen gelassen, das die wunderbare Stille und das besondere Gefühl zerstörte.

»Das tut mir sehr leid, Tilda. Auch wenn ich nicht weiß, ob ich nachvollziehen kann, wie es dir geht.«

»Ich wünsche dir, dass du das niemals nachvollziehen kannst. Aber es ist okay. Ich komme klar, es geht endlich wieder bergauf.« Matt lächelte ich und spürte dabei, wie Zuversicht prickelnd durch meinen Körper zog, als wolle sie mein Lächeln verstärken.

Oskar legte den Arm um mich, und ich lehnte im Gehen den Kopf an seine Seite.

Für einige Schritte ließ ich ihn da und genoss nur diese Nähe. Sein Duft wehte dezent zu mir, und obwohl es kalt war um uns herum, spürte ich Wärme, wenn er bei mir war.

»Wenn du irgendwann reden willst, bin ich da«, sagte er.

»Danke, Oskar.«

Eine Weile schwiegen wir, bis er fragte: »Hast du Hunger?«

»Ehrlich gesagt noch nicht«, gab ich zu. »Aber die Aussicht auf noch mehr Zeit mit dir ist zu verlockend, um nicht trotzdem Ja zu sagen.« Er grinste, als in dem Moment sein Handy klingelte. Ein Blick auf das Display ließ ihn schlagartig nervös wirken.

Aufmunternd nickte ich. »Geh schon ran.«

»Ja?«, vergewisserte er sich, und ich bestätigte es ihm mit einem weiteren Nicken.

Er meldete sich und lauschte dann konzentriert dem Anrufer. Dabei warf er mir einen unsicheren Seitenblick zu, dem ich auswich.

»Verstehe. Wann willst du denn wieder los?« Eine Pause entstand, in der ich merkte, wie mein Herz heftiger schlug. »Ach so, okay. Dann heute Abend? Alles klar. Bis später.« Er legte auf und blickte noch ein paar Sekunden auf das dunkle Display.

»Ist alles in Ordnung, Oskar?«

»Danke, ja. Ich hab nur nachher, bevor ich fahre, noch mal

einen zusätzlichen Termin.« Er seufzte, und seine Anspannung wirkte authentisch.

»Dann lass uns die Zeit bis dahin umso mehr genießen.« Ich bemühte mich, mir meine eigene Unruhe nicht anmerken zu lassen. Oskar hatte mich nicht bedrängt, als ich nicht weitererzählen wollte, deshalb würde auch ich ihm jetzt die Freiheit lassen.

»Du hast recht.« Ein Teil seiner Anspannung schien von ihm abzufallen, als er mich an sich zog und innig küsste.

»Nach diesem schönen, aber dennoch sehr aufregenden Abend gestern tut es so richtig gut, hier mit dir in aller Ruhe die Seele baumeln zu lassen.«

»Ich schlage vor, wir fahren einfach noch mal woanders hin, oder? Wenn du noch keinen Hunger hast, nutzen wir die Zeit für einen weiteren Lieblingsort. Oder was meinst du?«

»Das klingt ganz wunderbar.«

»Wir könnten einmal ganz in den Süden der Insel fahren. Die Hörnumer Odde ist einfach einmalig schön. Warst du schon mal dort?«

»Nein. Nur am Hörnumer Hafen war ich im Sommer mal«, erklärte ich. »Von der Odde habe ich aber schon einiges gehört, und ich bin sehr gespannt.«

»Perfekt. Und unterwegs machen wir einen kleinen Zwischenstopp in Keitum am Altfriesischen Haus. Das musst du gesehen haben – besonders im Winter, wenn hier nicht alles so überfüllt ist. Wenn wir Lust haben, können wir danach direkt noch in das Sylter Heimatmuseum spazieren. Das lohnt sich echt.«

»Auch eine tolle Idee. Was hältst du davon, dass wir erst ein wenig Kulturprogramm absolvieren, dann was zu Mittag essen und gestärkt zum nächsten Strandspaziergang aufbrechen? Dann können wir uns zwischendurch aufwärmen und was für den Kopf tun und später dann noch mal den Körper herausfordern auf einer Runde im Süden der Insel.«

»Klasse Vorschlag. Dann los.«

Die Fahrt war wunderschön. Oskar hatte so viel zu allen möglichen Orten der Insel zu erzählen, dass ich staunte und etliches dazulernte.

»Hier auf Sylt hat mal eine Tänzerin und Schauspielerin gewohnt, die auch eine Bar in Kampen betrieb. Dazu gibt es im Sylter Museum eine Ausstellung. Das finde ich ganz spannend. In den 50er und 60er Jahren war hier auf Sylt so viel los. Da kommt das heutige Partyleben um Längen nicht heran. Damals wuchs Kampen gerade zu dem Ort an, der es heute ist. Bis dahin war es ein kleines verträumtes Friesendorf, aber als es dann immer mehr Leute hierherzog, die das legendäre Nachtlokal besuchen wollten, mutierte Kampen allmählich zum Hotspot, vor allem für Künstler. Ein Ort des Sehens und Gesehenwerdens.«

»Superinteressant«, freute ich mich, als Oskar vor dem Altfriesischen Haus parkte.

Wir traten ein in das historische Friesenhaus. Oskar musste sich ein wenig bücken, als er durch die Tür ging. Das Haus war eingerichtet, als lebe hier noch immer eine alteingesessene Kapitänsfamilie. Mit dem Eintritt in das historische Gebäude fühlte man sich wie mit einer Zeitmaschine in die Vergangenheit versetzt. Man bekam einen direkten Einblick in die Lebenswelt der Sylter vor Jahrhunderten.

»Ich fürchte, du hättest auf Dauer mit einem massiven Haltungsschaden zu kämpfen, würdest du hier wohnen müssen«, sagte ich an Oskar gewandt und hob bedauernd die Schultern. Dieser lachte. »Das wäre definitiv so. Oder mit Dauer-Kopfschmerz, weil ich mir ständig irgendwo den Schädel anhauen würde.«

Durch einen schmalen Flur mit Steinboden, der zu einer alten Klöntür aus schwerem Holz führte, gelangten wir links durch eine niedrige Zimmertür in eine Küche mit angrenzendem Vorratsraum. Der hölzerne Türrahmen war mit floralen Malereien aufwendig verziert. Eine weitere Tür führte in den Wohnbereich. Robuster Stein diente auch in der Küche als Bodenbelag. In der winzigen Küche begeisterten mich historische Fliesen an der Wand, die mich an Lores Ehemann denken ließen. Hier befand sich auch die alte Feuerstelle, auf der man eine Kochsituation nachgestellt hatte. Ein Holztisch vor einem Fenster diente als Fläche zur Verarbeitung der Lebensmittel.

»Schau mal«, staunte ich und deutete auf eine Nische in der Wand. Abschätzend musterte ich Oskar. »Also wenn du in diesem Bett schlafen solltest, wäre der Termin beim Orthopäden garantiert.« Er lachte und nickte zustimmend. »Auf jeden Fall. Auch wenn man damals halb im Sitzen schlief, sind diese Alkovenbetten nach heutigen Standards der Super-GAU.« Er rieb sich theatralisch den Rücken und ächzte.

»Nicht umsonst hängt an der Decke etwas zum Hochziehen. Wie im Krankenhaus, wenn man Unterstützung braucht beim Aufrichten«, erklärte Oskar und deutete auf den triangelförmigen Griff, der an einem Seil baumelte. Wir lächelten einvernehmlich.

»Direkt neben dem Lavendel. Der Geruch hier muss eher anstrengend gewesen sein, so direkt neben der Küche und ohne Kühlschrank und Vakuumverpackungen.«

Lachend traten wir durch die nächste Tür auf den knarzenden Holzboden im Wohnraum. Ich konnte mich nicht sattsehen an den alten Möbeln und Artefakten einer anderen Zeit.

»Wow. Das ist superinteressant. Schau da!« Ich zeigte auf den

Tisch und das Spinnrad daneben. »Hier sieht man so richtig das alte Handwerk der Frauen und wie sich die langen, dunklen Tage mit Arbeiten füllten, während die Männer zur See fuhren.« Eine Gänsehaut zog über meinen Rücken. »Es ist für mich, als sei das noch vollkommen lebendig. Stark!«

»Dann musst du hier nebenan mal schauen. Da ist ein Platz, der dir sicher genauso gut gefallen wird wie mir.« Oskar ging voran in den letzten Raum, in dem ein Schreibtisch vor einem Fenster stand und einen fantastischen Blick über das Watt bot.

»Inspirierender kann ein Schreibplatz nicht sein, oder?« Ich war begeistert. »Stell dir mal vor, du bist Autor und sollst ein Buch schreiben. Hier wäre der beste Platz der Welt dafür, meinst du nicht?«

Oskar lachte und strich mir sanft über die Wange. »Ich wusste, dass er dir gefällt. Du bist so wundervoll euphorisch«, freute er sich und küsste mich.

»Danke für den tollen Ausflug in die Geschichte der Ursylter. Es war absolut überwältigend!«, flüsterte ich an seinen Lippen.

»Schön, dass es dir gefällt. Wie sieht's aus? Hast du noch Lust auf das Museum? Auch wenn unsere Zeit dafür fast ein bisschen knapp wird. Aber für einen ersten Eindruck ist es einfach schön. Wenn du noch magst.«

»Ich bin dabei.«

Wir liefen los und waren schon nach wenigen Metern beim Tor zum Museum angekommen, welches aus zwei aneinandergebauten Walzähnen bestand. Schon der Eindruck beim Betreten des Geländes war deshalb eindrucksvoll.

Das weiße, reetgedeckte Haus in unmittelbarer Wattlage war imposant. Für ein Museum über die Kultur, Kunst und Geschichte der Insel hatte es genau die richtige Optik.

»Hier kannst du Alltagsgeschichten der Insulaner erfahren

und einen Einblick bekommen in das, was hier vor unserer Zeit passierte. Sylt ist einfach so viel mehr als Strand, Meer, teure Restaurants und Jetset. Die Insel erzählt so viele Geschichten. Man muss ihr nur aufmerksam zuhören.«

»Das hast du schön gesagt.« Ich dachte an die Romane von Fenja Malé, die genau das erzeugten: Bilder vor Augen von Geschichten an wunderschönen Schauplätzen, die es wert waren, erzählt zu werden.

»Das wahre Sylt hat mit teuren Restaurants und Jetset im Kern kein bisschen zu tun. Dieses Image wurde der Insel so angehängt. Weil es Geld bringt, sich gut verkaufen lässt, Interesse weckt.« Ich zuckte die Achseln. »Schade.«

Wir gingen mittlerweile durch die verschiedenen Räume, die in der Tat so viel Input boten, dass ich mir sicher war, hier noch einmal herzukommen. Schon die besondere Art und Weise, in der alles präsentiert wurde, sowie die wieder fantastische Lage dieses Museums überzeugten mich.

»Lass uns einen Blick in die Bar-Geschichte werfen, von der du erzählt hast«, bat ich, und Oskar trat vor. Im oberen Stockwerk war die Bar nachgebaut, und schon daran konnte ich erkennen, dass diese Lokalität damals alles Mögliche auf den Kopf gestellt und das bunte, vielfältig offene Leben zelebriert haben musste.

»Wenn Klaus Kinski dir das Getränk bringt«, scherzte Oskar und deutete durch den farbenfrohen Raum, in dem überall Bilder verrückter Szenen hingen und in dem Futtertröge als Tische und Melkschemel als Stühle dienten.

»Wow! So was finde ich großartig.« Langsam ging ich durch den Raum und schaute mich in dieser grell inszenierten Welt voller Ausgelassenheit und Offenheit um. Oskar kam mir hinterher, und gemeinsam stellten wir uns vor, wer alles in der Bar ein und aus gegangen war. Große Schauspieler und Schauspielerinnen mit ihren Partnern, Künstlerpersönlichkeiten und ein paar Neugierige, die bis heute wahrscheinlich noch jedem davon berichteten, was sie damals erlebt hatten.

Als ich durch eines der Fenster einen weiteren Blick auf das sonnengeflutete Meer werfen konnte, entschied ich, dass es für heute reichte.

»Jetzt lockt mich das tolle Wetter langsam wieder an den Strand. Geht es dir auch so?«

Oskar nickte. »Und mein Magen weist mich darauf hin, dass Mittagszeit ist.« Er hob entschuldigend die Hände.

»So langsam merke ich das auch. Ein Essen vor dem Spaziergang wäre jetzt genau das Richtige.«

»Ich habe da eine Idee.«

Kapitel 19

Bei einem kleinen Restaurant in Rantum hielt Oskar mir die Tür auf.

»Ich hoffe, wir bekommen einen Platz«, sagte ich, und Oskar lächelte zuversichtlich.

»Moin«, empfing uns ein junger Typ mit Poloshirt und Jeans. »Ein Tisch für zwei? Oder habt ihr reserviert?«

»Nein, reserviert haben wir nicht. Habt ihr noch ein Plätzchen für uns?«, fragte Oskar.

Der Mann deutete in den hinteren Bereich des Restaurants, ging vor, und wir folgten ihm. In bequem gepolsterten Stoffstühlen fanden wir Platz mit Blick in den Gastraum.

»Darf es ein kleiner Begrüßungsdrink sein?«, erkundigte sich der Mann, und wir orderten zwei Getränke ohne Alkohol, schließlich war es noch mitten am Tag, und Oskar hatte noch Termine und musste später aufs Festland.

Ich schaute mich im bereits weihnachtlich geschmückten Lokal um. Kerzen spendeten warmes Licht, und in den Fenstern standen geschmackvolle Deko-Artikel rund um das Thema Festtage.

»Hier gefällt es mir.« Ich griff nach seiner Hand. »Danke, dass du dir die Zeit nimmst, mir so viele schöne Ecken zu zeigen, obwohl du beruflich so eingespannt bist«, sagte ich, und Oskar senkte den Blick.

»Wie gerne würde ich mir noch viel länger Zeit nehmen. Ich genieße sie ja selbst. Dass wir uns ausgerechnet jetzt begegnen, wo in meinem Leben so viel los ist, ist ja auch wirklich verrückt.«

»Nein, das soll genau so sein. Bei mir befindet sich doch auch alles im Umbruch. Das Leben richtet sich noch mal neu aus. Ist es nicht ein Segen, dass wir beide uns in einer so ähnlichen Situation befinden? Ich meine, wir können doch so gut nachvollziehen, wie es dem anderen gerade geht, wo die Unsicherheiten, Ängste und Sorgen, aber auch, wo die prickelnde Vorfreude liegt. Dass man sich manchmal wie überfahren vorkommt vor lauter Neuland. Ich fühle mich oft wie in einem Wechselbad aus Euphorie und Zweifeln.«

»Das verstehe ich gut. Du hast recht, es ist schön, dass wir uns darüber austauschen können«, bestätigte Oskar und senkte den Blick.

»Aber?« Nervosität stieg in mir auf, weil er mit einem Mal so abwesend wirkte. Er antwortete nicht.

»Habe ich etwas Falsches gesagt?«

»Nein, alles gut.«

»Weißt du, ich habe im Leben schon einige Situationen erlebt, in denen ich mir gewünscht hätte, jemand könne nachvollziehen, was mich bewegt, beschwert, und ja ...« Ich stockte. »Und was mich traurig macht.«

»Und das hat niemand verstanden?«

Ich zog die Schultern hoch und verkrampfte. »Anni hat sehr mitfühlend reagiert. Immer. Aber das ist nicht alles. Es gibt Situationen im Leben, da hat man nicht das Gefühl, dass die anderen einen wirklich *verstehen*. Und dann fühlt man sich auf ganz ungerechte Weise einsam und verlassen. Dabei hat man liebe Freunde um sich oder Menschen, die einem bedingungslos zur Seite stehen. Aber das allein reicht eben nicht immer. Mit dem Schmerz muss man meist allein zurechtkommen.«

Oskars Blick war nachdenklich, als er meinen Worten lauschte. Irgendwas an seinem Ausdruck sagte mir, dass er wusste, wovon ich sprach.

»Kennst du das?« Er nickte langsam, während ich fortfuhr. »Wenn die Welt sich einfach nicht mehr weiterdreht, sondern stehen bleibt und man das Gefühl hat, man müsse sie selbst vorwärtsschieben? Wenn man den ganzen Tag von einer solchen Schwere erfasst wird, dass man nur darauf wartet, dass es endlich Nacht wird, um dann festzustellen, dass man trotz Dunkelheit hellwach ist und die Gedanken einen nicht zur Ruhe kommen lassen?«

»Ich hätte es wohl niemals so treffend in Worte fassen können, aber ich denke, dass ich weiß, wovon du sprichst. Ja. Leider ja.«

Nachdenklich schaute ich ihn an. »Willst du darüber reden?«

»Ich würde wollen, aber ich kann es nicht. Tut mir leid, Tilda. Noch nicht. Mit dir hat das nichts zu tun.« Er wirkte nervös, dabei war das unbegründet. Wenn einer das verstehen konnte, dass es bestimmte Themen gab, die einem so schwer auf der Seele lasteten, dass man kaum ein Wort darüber verlieren wollte, vielleicht auch nicht konnte, dann war das ich. Aber das wusste er natürlich nicht.

»Das ist vollkommen okay, Oskar. Jeder hat seinen Weg, die Dinge, die nicht so liefen, wie man sie sich gewünscht hat, zu verarbeiten.« Mein Blick ging durch das Fenster neben unserem Tisch hinaus über die Dünen.

»Dass ich eines Tages ausgerechnet hier neu anfange, an dem Ort, mit dem ich die schlimmsten Gefühle meines Lebens verbinde, hielt ich eine ganze Weile für unvorstellbar.« Ich hob die Schultern. »Aber dann treten Menschen im Leben einfach genau zum richtigen Zeitpunkt an dich heran und haben einen Plan, der verrückt, aber wie eine gute Idee für deinen Neustart klingt. Nach *der* Chance, die du nutzen musst. Verrückt beruhigend, wie ich finde.«

Ich spürte Oskars Blick. »Musste Annilen dich überreden, hierherzukommen?«

»Überreden nicht. Überzeugen, ja. Ich war nicht sofort Feuer und Flamme. Das gebe ich zu. Aber ihr Vorschlag war seit Langem der erste, der mich dazu gebracht hat, meinen bisherigen Alltag komplett zu überdenken.«

Wenn Oskar nachgehakt hätte, wäre ich in diesem Moment vielleicht sogar konkreter geworden, doch er tat es nicht, und so blieb es bei Andeutungen. Aber das war in Ordnung. Die Ruhe, die ich fühlte, als Oskar auf belanglosere Themen umschwenkte, kam mir richtig vor, auch wenn ich spürte, dass er damit versuchte, diesem schönen Tag keine unnötige Schwere mitzugeben.

Nach einem leckeren Essen und kraftvoll gestärkt machten wir uns wieder auf den Weg zum Hörnumer Hafen.

»Ich liebe diesen klassisch rot-weißen Leuchtturm«, erklärte ich und blickte hinauf. »In meinem Roman *Wintersonnenzeit* heiraten zwei Figuren in einer solchen Location. Eine zauberhafte Vorstellung, findest du nicht?«

Oskar nickte. »Ich war mal oben. Das Zimmer für die Hochzeiten ist sehr besonders.«

»Ach, toll! Es muss traumhaft sein.«

»Ja. Das ist es. Ich kann mir kaum einen romantischeren Ort für eine Hochzeit vorstellen.« Er schaute mich an und grinste. Wir durchquerten den Ort und liefen weiter, bis wir an der Westseite der Insel angekommen waren.

»Die Spitze hier verliert jährlich so sehr an Fläche. Aber der Weg ist noch immer wunderschön.« Oskar lächelte.

Ich schaute mich um. »Schon der Blick auf die vielen Reetdachhäuser, die sich hier in die Dünen kuscheln, im Hintergrund das Rauschen des Meeres – fantastisch. Hier scheint der Trubel der restlichen Insel so weit entfernt«, stellte ich fest.

Zwischen den einmalig schön gelegenen Reetdach-Anwesen hindurch gelangten wir zum weitläufigen Strand. Die Hände ineinander verschlungen spazierten wir an der Wasserkante entlang. An wuchtigen Tetrapoden brachen die Wellen dramatisch und schroff. Das Schauspiel hatte fast etwas Einschüchterndes, weil es die Wucht des Meeres demonstrierte. Ich genoss unsere Zweisamkeit.

Nach einiger Zeit erreichten wir die Südspitze. Der Himmel war klar, weshalb wir eine gute Sicht hatten. Oskar deutete in die Ferne, wo ich am Horizont schwach eine Insel-Skyline entdecken konnte.

»Da siehst du die Nachbarinseln Amrum und Föhr«, erklärte er. »Sie sind nur wenige Kilometer entfernt. Rechts liegt Amrum, links Föhr. Die ›RALF‹-Regel.«

»Ah, danke dir. Das kann ich mir merken.«

»Nun gehen wir an der Ostseite wieder zurück«, erklärte Oskar, und wir liefen weiter.

Hier war die Brandung weit sanfter als eben noch an der Westseite. Der Leuchtturm prangte wie ein starkes, maritimes Ziel vor uns, wir hatten ihn zu jeder Zeit im Blick. Wir kamen am Hafen an, und ich spürte den Spaziergang prickelnd in meinen Beinen.

»Wie wäre es mit einem Kaffee oder einem kühlen Getränk?« Oskar deutete auf ein kleines Holzhäuschen am Strand.

»Gerne. Für heute habe ich eindeutig genug Bewegung«, stellte ich fest.

Wir nahmen in dem kleinen Café Platz, das direkt am Wasser lag. Es war eher eine Strandhütte mit wenigen Tischen. Nichts Besonderes, aber gemütlich. Der Blick war fantastisch. Oskar und ich fanden nur noch einen Platz, der eher für eine Person gedacht war. Das war uns jedoch nur recht. Aneinandergekuschelt saßen wir auf einer Bank, den Blick aufs Wasser gerichtet.

Den Kopf an seiner Schulter, roch ich seinen dezenten Duft nach Feige und Zedernholz, spürte das Vibrieren seines Körpers, wenn er sprach, und wollte mir in dem Moment kaum vorstellen, dass wir uns nun wieder einige Tage nicht sehen würden.

»Du wirst mir fehlen«, sagte ich. »Ich kann nur hoffen, dass ich so viel arbeiten muss, dass mir das kaum auffällt.« Ich hauchte Oskar einen Kuss auf die Wange. Er griff nach meiner Hand und strich sanft über meinen Handrücken.

»Du mir auch.«

»Aber es wird doch nur für kurze Zeit sein, oder?«

Die Pause, die entstand, kam mir ein wenig zu lang vor, und ich spürte, wie Unsicherheit in mir hochkroch.

»Tilda, ich ...«, setzte Oskar an, und eine undefinierbare, schwelende Angst kroch in mir hoch. »Ich muss dir was sagen.«

Mein Herz hämmerte gegen meine Brust. Mit der einen Hand umklammerte ich den Griff des Kaffeebechers, als sei er ein Rettungsring.

»Es ist nicht ganz richtig, dass es nur die Vorbereitung auf meinen neuen Job ist, die mich derzeit immer wieder aufs Festland fahren lässt.«

Ich schluckte und blickte ihn fragend an. In meinem Kopf rauschten Gedanken wie Wirbelstürme durcheinander. Hatte er eine Frau oder gar Familie? War es das, was er regeln musste, wenn er immer wieder Sylt verließ?

»Sondern?« Meine Stimme klang zittrig.

»Dass ich einen neuen Beruf beginne, weißt du. Dass ich Sylt dafür ganz verlassen wollte, habe ich dir bisher nicht gesagt.«

Ein Schreck schoss durch meine Adern. »Oh. Und das willst du wirklich? All das hier aufgeben?«

»Davon war ich lange überzeugt. Aber dann kam es ein wenig anders.«

»Ich verstehe nicht ganz. Warum hast du das nicht erzählt?«

»Weil ich plötzlich nicht mehr wusste, ob das wirklich der Weg ist, den ich gehen sollte. Dass ich dich getroffen habe, hat meine Entschlossenheit ins Wanken gebracht. Ich wollte erst sehen, ob es eine andere Lösung gibt, bevor ich die Pferde scheu mache.«

»Du hast deinen Neustart überdacht? Willst du den Job nun nicht mehr beginnen?«

»Doch. Eigentlich schon. Aber dazu würde gehören, dass ich hauptsächlich in der Firma vor Ort bin und außerdem viel reise. Sylt wäre allenfalls noch ein Urlaubsziel für mich.« Er seufzte und wirkte ernsthaft angestrengt. »Genau das wollte ich, als ich den Job angenommen habe. Ich wollte die Insel hinter mir lassen.«

»Und jetzt willst du das nicht mehr?« Herzklopfen pulsierte in jeder meiner Zellen.

Oskar schaute mich an mit einem Blick, den ich nicht deuten konnte. Er galt mir uneingeschränkt und war voller liebevoller Zärtlichkeit, aber ebenso war dieser Blick geprägt von Verletzlichkeit und tief empfundenem Schmerz.

»Ein Teil von mir will es, aber ein anderer, weit größerer will es nicht – weil du hier bist.«

»Ich würde gerne sagen, dass mich das freut. Aber ich merke, dass da was in dir kämpft, was dagegenspricht«, erkannte ich, und mit einem schmerzhaften Ziehen im Bauch bemerkte ich Oskars Nicken.

»Leider ja. Mein neuer Job. Er könnte die Chance sein, mich noch mal neu auszurichten. Und vieles, von dem ich dachte, dass ich es nie ganz wieder loswerde, abzulegen. Durch den Abstand von der Insel.«

»Willst du das denn?«

Oskar zuckte die Schultern. »Das dachte ich, ja. Aber jetzt strauchele ich. Nicht umsonst suche ich ständig das Gespräch mit meinen neuen Chefs.«

»Hast du dort denn inzwischen etwas erreichen können? Und wenn es bei deinen Terminen auf dem Festland nicht nur um den Job geht, mit wem triffst du dich dann?«

»Bisher lassen sie nicht so recht mit sich reden, sind so sehr davon überzeugt, dass ich mit meinem Team vor Ort am meisten erreichen kann. Das ehrt mich sehr, und schließlich habe ich den Vertrag unter dieser Maßgabe unterzeichnet, deswegen kann ich verstehen, dass sie nicht begeistert sind.«

»Verzwickt«, stellte ich fest.

»Ja. Aber ich hoffe, dass ich jetzt bei meinem nächsten Gespräch doch noch was erreichen kann. Ich treffe mich auch mit Menschen, die mich schon lange beruflich begleiten, um mir ihren Rat einzuholen. Ich zweifle einfach daran, ob der Job wirklich das Richtige für mich ist. Aber ich habe entschieden, noch einmal ganz offen über meine Beweggründe zu sprechen.«

»Da drücke ich doppelt die Daumen, Oskar. Für dich und ein wenig auch für mich.«

Oskar drückte meine Hand und streichelte sie sanft. Er beugte sich zu mir, strich mir eine Haarsträhne aus dem Gesicht, und die Berührung seiner Fingerspitzen hinterließ eine Spur von Glücksprickeln auf meiner Haut.

»Danke.« Er küsste mich, und auf unserem kleinen, engen Plätzchen schien die Welt mit all ihren Sorgen, Bedenken und Grübelwolken stillzustehen.

»So gerne ich noch Ewigkeiten mit dir hier sitzen würde – leider muss ich bald los«, sagte Oskar irgendwann.

Ich richtete mich auf. »Wenn du mir versprichst, so bald wie möglich wieder hier zu sein, dann lasse ich dich fahren.«

Oskar lachte leise. »Ich tue alles dafür. Versprochen.«

An meiner Wohnung angekommen, verabschiedeten wir uns mit einem schnellen Kuss voneinander.

»Lass uns so tun, als sei es nicht für lange. Dann fällt es mir leichter. Als ob du nur kurz weg bist und gleich wiederkommst«, sagte ich und streichelte Oskar zärtlich über die Wange. Die leicht kratzigen Bartstoppeln prickelten unter meinen Fingerspitzen. »Komm schnell wieder, und alles Gute für deine Gespräche«, ergänzte ich und ging dann zum Haus. Kurz vor der Tür drehte ich mich noch einmal um und sah, dass auch Oskar bereits losgegangen war, doch er warf noch einen Blick zurück und bildete mit Zeigefinger und Daumen die Hälfte eines Herzens, welches ich mit meiner Hand aus der Ferne vervollständigte.

Vor verliebter Leichtigkeit tanzend kam ich in der Wohnung an und ließ mich auf das Sofa fallen.

Ich musste eingeschlafen sein, wie ich etwa eine Stunde später feststellte, als ich erneut auf die Uhr sah. Es war bereits dunkel draußen, doch Anni würde gleich erst das Café schließen. Also rief ich sie an, ob ich ihr zum Feierabend hin noch etwas abnehmen konnte.

Diese verneinte jedoch und erzählte mir, dass der Tag gut zu meistern gewesen war und viele Leute vorbeigekommen waren, die sich für die schöne Lesung bedankt hatten. Das freute mich.

»Da habe ich jedenfalls den gesamten Dank eingeheimst, der eigentlich dir zustände«, erklärte Anni.

»Ach, Quatsch! Uns, Anni. Nur im Team ist uns das gelungen.«

»Stell dir vor, auch ohne dass ich ihnen ein Buch nennen konnte, um das es bei einer nächsten Veranstaltung gehen könnte, oder auch nur einen Termin, haben einige bereits Tickets für die kommende Lesung gekauft. Ist das nicht klasse? Sie fanden es offenbar wirklich großartig.«

»Das ist ja toll! Darüber freue ich mich echt! Dann müssen wir ja schon bald überlegen, wie wir weitermachen.«

»Wenn du magst, such du dir doch einfach eins aus. Ich bin mir ganz sicher, dass du das richtige auswählst. Den Leuten hat es gefallen – unsere Wahl und deine Lesung. Also wird das auch auf das nächste Mal zutreffen.«

»Oh ja, das mach ich gerne!«

Anni erzählte noch, dass sie heute zum Essen verabredet sei und wir uns dann am nächsten Tag wieder im Café sehen würden. Außerdem stand in der Mittagspause die Besichtigung der Wohnung von Lores Bekanntem an. Ich war sehr gespannt.

Im Prinzip war mir fast egal, wie die Wohnung aussehen würde, und ich war mir sehr sicher, dass ich zusagen wollte. Es war schwer genug, hier bezahlbaren Wohnraum zu finden, und ich wollte unbedingt bleiben.

Ich rief noch meine Eltern an und erzählte ihnen von der tollen Veranstaltung gestern, und sie freuten sich, dass alles hier so gut anlief.

»Was hältst du davon, wenn wir über die Festtage nach Sylt kommen? Heiligabend kommt zwar deine Tante mit ihrer Familie. Aber danach ... Es ist so leer hier ohne dich, und wir waren ja auch noch nie um diese Zeit auf der Insel. Was wäre ein schönerer Grund, als dich dort zu besuchen? Du hast uns sicher eine Menge zu berichten. Wir müssen doch erfahren, wie deine weiteren Pläne sind, Liebes.«

»Wie schön! Sehr gerne. Da freue ich mich riesig! Heiligabend wollte ich mit Anni und ihrer Familie feiern. Das passt doch dann ganz wunderbar, wenn ihr danach kommt. Lasst uns, wenn ihr hier seid, alles besprechen. Ich plane ernsthaft, länger hierzubleiben. Wir sollten uns also überlegen, die Wohnung zu vermieten.«

»Wir freuen uns, dass du wieder so einen Lebensmut entwickelst, mein Schatz. Ich höre das aus jedem Wort von dir. Alles andere hat Zeit, bis wir bei dir sind. Ich mache mich gleich mal auf die Suche nach einer schnuckeligen Ferienwohnung, in der wir unterkommen können.« Meiner Mutter war die Freude über die Planung deutlich anzuhören. Und ich freute mich, dass sie mich besuchen wollten.

Kurz gingen meine Gedanken zu meinem E-Mail-Austausch mit der Autorin. Meine Antwort auf ihre letzte Mail stand noch aus. Ich hatte sie noch nicht abgesendet. Ich würde die Mail noch einmal neu formulieren. Es war mir eine Herzensangelegenheit, ihr von der gelungenen Lesung zu erzählen. Und auch von der Geschichte mit der Scherbe wollte ich ihr unbedingt berichten.

Der Vormittag verlief entspannt. Der Duft von Zimtsternen und Bratapfeltee, der im Gastraum vom *Kliffglück* lag, gab einen Vorgeschmack auf die bald anstehenden Weihnachtsfeiertage, und ich freute mich immer mehr darauf. So gemütlich, wie das *Kliffglück* war, so perfekt passte die raue, kühle Wetterlage vor der Tür für mich dazu. Schöner konnte es nur noch sein, wenn es zu Weihnachten tatsächlich Schnee geben würde. Große Hoffnungen machte ich mir darauf nicht. Dennoch konnte man ja ein bisschen träumen.

Die Menschen, die zu uns kamen, kuschelten sich mit einem

passenden Buch in einen unserer Lesesessel, tranken wärmende Getränke und versüßten sich die Zeit mit Leckereien aus Annis Backstube.

Die Tage flossen meistens gemütlich dahin, und ich spürte, wie die Arbeit mit den Büchern und der Kontakt zu den Kunden mich Stück für Stück weiter aufblühen ließen.

Die Insel, die mir immer so viel bedeutet hatte, hatte mir unendlich gefehlt, und erst seit ich hier war, spürte ich wieder, was an diesem Ort mein Herz berührte und dass das Positive so viel schwerer wog als die schlimmen Bilder, die mein Ex in mir hervorgerufen hatte. Doch auch Oskar trug dazu bei, dass es mir besser ging, denn er hatte mein Herz wieder zum Hüpfen gebracht. Er hatte mir gezeigt, dass ausgerechnet Sylt der Platz für mich sein könnte, der mir eine neue Liebe schenkte. Diese Erkenntnis war einfach fantastisch. Immer wieder, wenn ich daran dachte, zog ein Lächeln über meine Lippen. Das blieb auch Anni nicht verborgen.

Kurz vor der Pause legte sie mir die Hand auf den Rücken.

»Es ist so schön, dich wieder glücklich zu sehen.« Eine Handbewegung durch den Raum deutend folgte. »All das hier, das ist genau deins – und Oskar. Liebes, ich glaube, da habe ich mal so richtig was richtig gemacht.« Sie klopfte sich selbst auf die Schulter.

»Das glaube ich auch, liebe Anni. Und ich bin dir unendlich dankbar dafür.«

»Jetzt drück ich dir nur noch die Daumen, dass das neue Zimmer auch etwas für dich ist und deiner weiteren Zukunft hier auf Sylt nichts mehr im Wege steht.«

»Das wäre wundervoll, ja.«

»Gibt's denn von Oskar was Neues?«

»Nicht so richtig. Er muss hartnäckig bleiben, wegen des

Homeoffice.« Ich hob matt die Schultern. »Er hat mir erzählt, dass er mit dem neuen Job die Insel eigentlich ganz verlassen wollte.«

»Oh, wie schade! Schlechter Zeitpunkt, wenn du mich fragst.« Zerknirscht zog Anni die Mundwinkel herunter.

»Das sieht er wohl jetzt auch so.«

»Ach, okay. Das werte ich als gutes Zeichen.« Anni grinste.

»Ja, nur leider ist der Vertrag bereits unterzeichnet und die Bedingungen sind festgelegt. Aber er will es wenigstens noch einmal mit der Wahrheit und den veränderten Lebensumständen begründen und sehen, was sie sagen.«

»Verstehe. Na ja, das hast du leider nicht in der Hand. Da können wir nur das Beste hoffen.«

Ich nickte. »So schwer mir das fällt, es auf mich zukommen zu lassen. Einen anderen Weg gibt es tatsächlich nicht.«

Wenig später stand ich vor einem niedlichen, reetgedeckten Haus. Es war klein, ein wenig in die Jahre gekommen, aber gepflegt und wirkte, als lebe der ebenso etwas ältere Eigentümer selbst darin.

Irgendwo hier in der Nähe musste auch Oskar wohnen. Ich hatte seine Wohnung noch nicht kennengelernt, weil wir bisher immer bei mir gewesen waren.

Noch während ich meinen Gedanken nachhing und mich umschaute, wurde die Tür geöffnet, und ein älterer Herr mit freundlichem Gesicht trat heraus.

»Moin! Sind Sie Tilda Niehus?«, erkundigte er sich.

»Die bin ich, ja.«

»Moin. Fritz Knut. Schön, dass Sie da sind.« Er machte eine einladende Handbewegung. »Herzlich willkommen.«

»Ich danke Ihnen sehr.« Erleichtert über den sympathischen Empfang trat ich näher.

»Und Sie arbeiten im *Kliffglück*?«

»Genau. Ich unterstütze meine Freundin, die das *Kliffglück* führt.«

»Lore erzählte das. Ich meine, Ihre Freundin und ich kennen uns auch vom Sehen. Bin nur, muss ich gestehen, viel zu selten in Ihrem schönen Café. Die Gesundheit will nicht so recht mitmachen.« Er hob matt die Schultern und winkte ab. »Was soll ich bei Ihnen, wenn mir dort nur bewusst wird, was ich alles Feines nicht genießen darf? Das macht keinen Spaß. Zucker ist leider mein ärgster Feind und meine größte Leidenschaft zugleich.«

Ich warf ihm einen bedauernden Blick zu. Der Mann tat mir leid, obwohl er ganz fröhlich und keinesfalls verbittert wirkte.

»Jetzt könnten Sie da aber zum Beispiel auch schöne Bücher lesen. Wir sind seit Neuestem nämlich ein Büchercafé. Und gegen einen heißen Tee ist doch nichts einzuwenden?«

Er hob interessiert die Augenbrauen. »Das klingt nach einer schönen Alternative. Sie haben also auch mit Büchern zu tun?«

Für einen Moment überlegte ich, ob er selbst auch mit Büchern arbeitete. Vielleicht sprach er aber auch von Lores Tochter. Sie kannten sich ja offenbar gut und waren befreundet.

»Ja, ich bin nach Sylt gekommen, weil wir das Büchercafé gemeinsam aufbauen. Bücher sind meine Leidenschaft, aber ich brauchte für einige Zeit eine Pause von ihnen. Umso mehr genieße ich es gerade wieder, mit Geschichten zu arbeiten.«

»Schön. Dann gefällt Ihnen mein kleines Zimmerchen bestimmt. So klein es ist – ein wunderbarer Leseplatz ist vorhanden. Und ein toller Schreibtisch mit Blick in den Nachbargarten, ein kleiner, aber feiner Bauerngarten, der bis zu den Dünen reicht. Der jetzige Mieter schreibt beruflich viel. Er schätzt das Zimmer sehr, sagte er mir, und ist ganz traurig, es aufgeben zu müssen. Aber sehen Sie selbst und machen Sie sich ein Bild.«

Er trat ins Haus und stieg direkt eine kleine, schmale Treppe hinauf, die bei jedem unserer Schritte ein leises Knarzen von sich gab.

Im Hausflur duftete es nach Lavendel, und das kleine Bogenfenster neben der Haustür ließ nur wenig Licht herein. Als Fritz Knut die Tür zu dem Zimmer aufschloss, war es mit einem Mal jedoch angenehm hell im Flur.

Zusammen mit dem Licht schien jedoch auch Oskars Duft ins Treppenhaus zu wehen. War meine Sehnsucht jetzt schon so groß, dass ich mir das einbildete?

»Der junge Mann, der hier aktuell wohnt, verlässt Sylt leider recht bald. Dass es so schnell geht, hat sich nun erst ergeben. Aber das könnte ja Ihr Glück sein.« Fritz Knut lächelte, und wir traten in den winzigen Flur. »Es ist im Prinzip ein Zimmer, welches als Schlaf- und Wohnzimmer in einem dient. Außerdem gibt es eine kleine Küchenzeile. Das Bad liegt hier.« Er deutete auf die eine Seite des Flures. »Das habe ich beim Einzug des bisherigen Mieters saniert.« Die Tür stand offen, und ich blickte durch ein für die Größe des Raumes erstaunlich großes Fenster hinaus. Das Bad war klein, aber modern und bot alles, was ich brauchte.

»Sehr schön«, stellte ich fest.

»Na dann kommen wir zur Hauptattraktion. Es ist zwar nur ein Zimmer, es reicht aber über die gesamte obere Etage. Sogar einen kleinen Balkon hat es. Ich mag es.« Sein Lächeln war rührend.

»Was ich bisher gesehen habe, mag ich auch. Ich könnte im Prinzip direkt zusagen.«

Er lachte. »Schauen Sie dennoch lieber einmal hinein.«

Ein Windlicht im Flur weckte sofort meine Aufmerksamkeit. Oskar hatte mir erzählt, dass er ein solches mit am Strand gesammelten Scherben gefülltes Glas zu Hause stehen hatte.

Wie albern von mir! War ich so verliebt, dass ich ihn nun schon in jedem kleinen Detail wiederzuerkennen glaubte? Ich war hier, um das Zimmer zu besichtigen, nicht um Oskar zu vermissen. Also ließ ich meinen Blick durch den Raum schweifen. Wie Fritz Knut gesagt hatte, bildeten ein Lesesessel und ein wunderschöner alter Schreibtisch vor einem großen Fenster den zentralen Punkt. Wie versprochen konnte man von hier aus in einen zauberhaften Garten und sogar die Dünen sehen.

Doch es war das, was auf dem Schreibtisch lag, was meine Knie weich werden ließ. Es war Oskars Stifte-Etui. Ich erkannte es sofort, denn es waren seine Initialen eingraviert, das war mir im Café bereits aufgefallen. Auch das Notizbuch, das er bei unserer ersten Begegnung im Café vergessen hatte, lag dort.

Hätte ich noch Zweifel gehabt, ob es womöglich nur ähnliche Gegenstände waren, die ich meinte zu erkennen, so gab mir ein Foto, das ich unweigerlich anstarren musste, genügend Antworten. Darauf war Oskar zu sehen. Zusammen mit der Frau, die auch bei der Lesung gewesen war. Eben noch hätte ich den Mietvertrag blind unterzeichnet. Nun schwankte ich zwischen dem Gefühl, unbedingt zusagen zu müssen, weil dies ein Glückstreffer war – die Wohnung war einfach zauberhaft –, und dem, direkt abzusagen.

»Alles in Ordnung?« Fritz Knut war verständlicherweise irritiert. Er musste mir ansehen, dass meine Euphorie mit einem Mal wie eine Flamme ohne Sauerstoff erstickt war.

»Entschuldigen Sie, mir geht es plötzlich nicht sehr gut. Der Kreislauf.« Ich schob ein nervöses Lachen hinterher, welches eher nach Schnappatmung klang. So eilig hatte Oskar es also, Sylt zu verlassen. Von wegen, er kläre noch etwas und hoffe, eine Lösung zu finden. Hatte er längst entschieden, zu gehen, und hielt mich nur hin? Warum war er nicht ehrlich zu mir? Das Bild mit dieser Frau – mir wurde schlecht.

»Ein bisschen frische Luft?« Fritz Knut trat zur Balkontür und öffnete sie. Dankbar folgte ich ihm, in der Hoffnung, dass die salzige, kühle Meeresluft helfen würde.

Ich passierte gerade den Schreibtisch, als ich auf der Heizung hinter dem Tisch einen Stapel Unterlagen entdeckte, der mich beinahe ohnmächtig werden ließ.

Wie angewurzelt blieb ich stehen und starrte auf die Fotos und Zeitungsartikel. Ich erkannte das Unfallauto sofort. Sie waren mir so abscheulich vertraut. So oft hatte ich sie angestarrt. Ein verbrannter Schrotthaufen, kaum mehr zu erkennen, wie das Auto einmal ausgesehen hatte. Mein Blick ging über Schlagzeilen, die sofort wieder die Gefühle in mir entfachten, all die Wut und den Schmerz zurückbrachten. Dabei war ich mir in den letzten Wochen so sicher gewesen, dass ich sie überwunden hatte.

Da hatte sich aber jemand ganz genau informiert, mit wem er seine Zeit verbrachte. Kein Wunder, dass er nicht näher auf meine Andeutungen eingegangen war. Er hatte ohnehin schon alles gewusst.

Ich stützte mich an der Fensterbank neben der Tür zum Balkon ab, als ich merkte, wie ich schwankte, und ließ mich dann möglichst souverän auf einen der zwei Stühle fallen, die auf dem Balkon standen. Ich schlotterte, weil es eiskalt war und weil mein Kreislauf jetzt wirklich versagte.

»Die Wohnung ist toll«, stammelte ich. »Ist es in Ordnung, wenn ich mich morgen melde?« Ein Zittern lag in meiner Stimme, und ich wusste gar nicht, was ich mir davon erhoffte, am nächsten Tag mit dem Vermieter zu reden. Was genau, glaubte ich, würde sich bis dahin ändern? Es war egal. Jetzt wollte ich einfach nur noch weg von hier. Raus aus Oskars Wohnung. Des Mannes, in den ich mich verliebt hatte und von dem ich offenbar nicht wusste, wer er wirklich war – wieder einmal.

»Selbstverständlich. Ich würde sie so lange reservieren, wenn sie Ihnen gefällt. Aber kommen Sie erst mal wieder auf die Beine. Sie sind ganz blass um die Nase. Kann ich irgendwas tun? Möchten Sie ein Wasser oder so? Traubenzucker vielleicht?« Sein Gesichtsausdruck war liebevoll fürsorglich.

»Danke, nein. Geht gleich wieder«, sagte ich und lächelte bemüht überzeugend. »Ich stehe wieder auf.« Mit weichen Knien erhob ich mich.

»Wollen Sie noch weiter schauen?«

»Nein danke. Es ist ganz zauberhaft, und ich könnte direkt einziehen«, sagte ich. Meine Stimme klang jedoch ein wenig dünn.

»Gut. Also, ja, dann gebe ich Ihnen hier eine Übersicht über die Kosten und was Sie sonst noch so wissen müssten. Wenn's passt für Sie, können Sie mir das unterzeichnet einfach vorbeibringen.« Er reichte mir eine dünne Mappe. »Jetzt kümmern Sie sich erst mal um Ihre Gesundheit. Da sollten Sie nichts überstürzen.«

»Ich ... einfach so? Möchten Sie denn gar nichts weiter über mich wissen?«, hakte ich trotz meines Zustands irritiert nach.

»Aber, Mädchen, was muss ich denn noch mehr wissen. Sie lieben Bücher, und Sie sind bezaubernd. Warum lange suchen, wenn es auf Anhieb passt?« Gutmütig zwinkerte er mir zu.

»Danke«, sagte ich matt und lächelte. Fritz Knut drehte sich um und ging zur Tür. Ich folgte ihm. »Dann bringe ich das alles umgehend wieder vorbei«, erklärte ich, und Fritz Knut hob beschwichtigend die Hände.

»Das eilt nicht. Also von mir aus kann es gerne losgehen mit Ihnen hier unter meinem Dach. Wenn Sie mögen, steht das Zimmer ab dem ersten Januar bereit.«

Ich schluckte. »So schnell schon? Wow!« Mein »Wow« klang beinahe weinerlich. Ich hatte nicht geahnt, dass Oskar ab dem ersten Januar fort sein wollte und die Wohnung bereits gekündigt hatte. So hatte ich das nicht verstanden, wenn er über die nächsten Wochen sprach.

Ich konnte mir jedoch auch nicht vorstellen, dass er sich eine andere Unterkunft gesucht hatte. Eher war er wohl mir gegenüber nicht komplett ehrlich gewesen, was wunderbar passen würde dazu, dass er sich offenbar ein Bild von mir und meiner Geschichte gemacht hatte, während er mir gegenüber den verständnisvollen, unaufdringlichen Lover gemimt hatte.

Und was war mit dieser Frau auf dem Foto? War sie doch seine Freundin?

War die Schreibarbeit, der er bisher nachgegangen war, vielleicht für eine Zeitung gewesen? War er auch auf der Suche nach einer heißen Story für eine Reportage gewesen und meine Ankunft hier ihm ganz gelegen gekommen?

Mir wurde erneut speiübel. Ich lief um die Straßenecke und hockte mich erst einmal auf den Rand eines Friesenwalls. Ich hatte einige Minuten so dagesessen und stumpf ins Leere gestarrt. Die wunderschön weihnachtlich geschmückte Umgebung glitzerte aus goldenen Sternen und Schmuck in den Fenstern. Alles verschwamm zu einer wabernden Masse, die sich fremd und unpassend anfühlte.

Mein Gedankenkarussell hörte nicht auf, sich um Oskar zu drehen. Wahrscheinlich hatte er jetzt genug erfahren und wollte sich aus dem Staub machen. Tief atmete ich und versuchte, wieder einen klaren Gedanken zu fassen.

In dem Moment vibrierte mein Handy. Aus Angst, es sei Oskar, ließ ich es in der Tasche. Ich wollte jetzt keinesfalls mit ihm reden. Der Anrufer war jedoch hartnäckig und versuchte es erneut, als die Mailbox ansprang. Also warf ich doch einen Blick auf das Display. Ich spürte die Kälte der Steinmauer in meinem Rücken, aber ich brauchte den Halt.

»Tilda, wie war es? Ich bin so aufgeregt. Ich musste dich einfach anrufen.«

»Alles gut«, sagte ich und war mir trotz der knappen Antwort sicher, dass Anni sofort bemerkte, dass überhaupt nicht alles gut war.

»Was ist los? Du klingst merkwürdig und nicht nach *alles gut*«, stellte sie auch direkt fest.

»Mir geht's grad nicht so toll.«

»Tilda, lass uns doch erst mal einen Tee trinken, und du erzählst mir von der Wohnung, okay? Und von allem, was sonst los ist«, schlug Anni vor.

Ich stimmte ihr widerwillig zu und lief los in Richtung des Cafés, welches nicht weit entfernt lag. Zu dem Termin war ich zu Fuß gegangen, was mir jetzt ganz gelegen kam. Der kühle Wind sollte ein wenig des Grübelsmogs aus meinem Kopf mitnehmen, was aber nur schwer gelang.

Im Café angekommen ließ ich mich in einen der gemütlichen Lesesessel sinken und von den weichen Kissen liebevoll umarmen. Die Tränen kullerten mir sofort brennend die Wangen herunter. In wenigen Sätzen versuchte ich, all die Gedanken zu sortieren, die mir im Kopf umherflogen.

Anni reichte mir Taschentücher, nahm mich in den Arm und lauschte meinen Ausführungen. Sie wirkte auch ernsthaft irritiert.

»Anni, was soll ich davon halten? Was ist mit Oskar los? Er zieht am ersten Januar bereits aus und verlässt laut seinem Vermieter Sylt. So klar hat er das nicht zu mir gesagt, dabei waren wir bei unserem letzten Treffen so ehrlich miteinander. Hatte er überhaupt vor, seine Pläne zu überdenken? Was ich aber noch schlimmer finde: Was hat das mit den Artikeln zu bedeuten? Warum hat er die? Warum weiß er das alles über mich?«

»Ach, Tilda. Steigere dich da nicht rein. Du musst mit ihm ganz direkt darüber sprechen.«

»Dieses romantische Getue à la Fenja Malé. ›Ich zeige dir die schönen Orte, sammele Seeglas-Scherben‹ – pah!« Ich machte eine wegwerfende Handbewegung und regte mich immer mehr auf.

Ich versuchte, mich wieder zu beruhigen, kam aber immer noch nicht darauf, wie sich das alles aufklären sollte, ohne dass ich dabei etwas herausfinden würde, was mir nicht gefiel. Mein Herz schien in tausend kleine Scherben zu zerbrechen, und jede einzelne, die absplitterte, bohrte sich schmerzhaft in mein Inneres.

Anni war ganz leise geworden. Womöglich hatte sie Sorge, ich würde direkt wieder in Tränen ausbrechen, wenn sie auch nur irgendwas sagte.

»Ich wünschte, ich könnte dir helfen«, murmelte sie, wirkte aber genauso hilflos wie ich. »Vielleicht mache ich eher nur noch was kaputt«, sagte sie dann. »Tilda«, druckste sie, fuhr dann aber nicht fort. Ich löste mich von ihr, sah sie ungläubig an. Mit einem Mal hatte ich einen Verdacht. Wie aus der Ferne gesteuert, schob er sich zwischen Anni und mich.

»Ich habe ihm nie von der Sache mit Tim erzählt«, zischte ich. »*Ich* nicht.« In mir tobten Verwirrung und Wut. Wut auf Oskar, und Verwirrung, weil Anni so merkwürdig reagierte. Hatte sie Oskar erzählt, was ich hinter mir hatte und wo er nach mehr Informationen suchen musste? Innerlich schäumte ich und spürte tiefe Verzweiflung.

»Gibt es etwas, das du mir noch sagen musst, Anni?«

»Ich glaube ja, Tilda«, gestand Anni, und ich hatte den Eindruck, mein Herz springe gleich aus meiner Brust. Anni wich meinem Blick aus, tat, als wollte sie irgendwas an der Kaffeemaschine reinigen. »Aber nicht, was du denkst.«

Die Pause, die entstand, kam mir vor wie eine Eiswand, deren Kälte mich bis ins Innerste durchdrang.

»Was hat er dich gefragt?« Ich funkelte Anni an. »Weiß er von dir von der Geschichte mit Tim?«

»Tilda! Ich bitte dich. Nein! Er hat mich nichts gefragt! Und selbst wenn, hätte ich ihm ganz sicher nicht von der Geschichte erzählt. Das habe ich dir doch versprochen.«

Ich antwortete nicht, sondern presste nur die Lippen aufeinander.

»Glaubst du mir etwa nicht?« Annis Stimme überschlug sich fast.

»Oder diese Frau. Ist sie auf dich zugekommen?« Ich hatte die Frage gerade gestellt, da sah ich, wie Anni rot wurde. Mein Herz krampfte, als habe es sich in diesem Moment in eine Eisskulptur verwandelt. »Aha.« Ich spuckte dieses Wort beinahe, so viel Verachtung legte ich in diese Aussage. »Anni? Was wollte sie von dir?«

»Tilda, bitte glaub mir, ich habe mit niemandem über deine Geschichte gesprochen. So wie ich es dir versprochen habe.«

»Warum nur fällt es mir so schwer, dir das zu glauben, Anni? Du hast doch gerade zugegeben, dass du mir was sagen musst.«

»Ja, das muss ich vielleicht. Womöglich habe ich einen großen Fehler gemacht und jetzt ein schlechtes Gewissen. Ich habe es nur gut gemeint«, stammelte sie. »Sie sagte, sie sei seine beste Freundin.«

Fassungslos starrte ich Anni an, die den Blick gesenkt hatte.

»Danke, das reicht mir, Anni. Ich will nichts mehr hören. Wie konntest du mich so enttäuschen? Ich dachte, du bist meine beste Freundin.«

Anni sprang auf. »Es reicht, Tilda. Du hörst mir ja gar nicht richtig zu und lässt mich nicht einmal aussprechen!«

»Ich glaube nicht, dass ich hören will, was du zu sagen hast.«

»Nur, weil du offenbar gekränkt bist, lasse ich nicht zu, dass du meine Integrität anzweifelst. Das habe ich überhaupt nicht nötig und schon gar nicht verdient. Wenn du meinst, ich lüge dich an – bitte schön. Nur glaub mir, ich bin echt tief enttäuscht davon. Nie würde ich irgendetwas tun, was dir schaden könnte. Und schon gar kein Versprechen brechen. Nach allem, was wir zusammen geschafft und erlebt haben, traust du mir das zu?«

Ich stand ebenso auf. »Es tut mir leid, aber ...«

Die Tür zum Café wurde aufgedrückt, und die ersten Gäste des Nachmittags kamen herein. Wir mussten vergessen haben, sie wieder abzuschließen, nachdem ich hereingekommen war, und hatten völlig die Zeit vergessen.

Augenblicklich verstummten wir, setzten beide ein professionelles Lächeln auf und begrüßten die Gäste. Bestimmt sah ich völlig verheult aus. Hastig eilte ich in die Küche. Anni folgte mir wenige Sekunden später.

»Lass uns den Nachmittag hinter uns bringen. Wir sollten so professionell wie möglich auftreten«, sagte Anni kühl, und ich nickte schweigend.

»Ich komme gleich nach«, sagte ich und deutete auf mein Gesicht. Sie nickte und verschwand wieder im Gastraum.

An diesem Tag arbeiteten wir komplett nebeneinanderher, sprachen nur das Nötigste. Ich quälte mich durch diesen Zustand, doch ich war verletzt. Irgendwas an der Reaktion meiner Freundin hatte sich wie ein Hieb in die Magengrube angefühlt, und ich konnte es nicht einfach verdrängen.

Am Abend räumten wir hastig auf, dann fuhr Anni mich nach Hause. Ich hatte so was mit Anni noch nie zuvor erlebt, und das dröhnende Schweigen zwischen uns nahm mir jede Luft zum Atmen.

Die Verabschiedung fiel kurz aus, und als ich in meiner Wohnung angekommen war, liefen mir die Tränen. Ich fühlte mich mutterseelenallein.

Leider war es so dunkel, dass ein Spaziergang am Meer auch keine Option mehr war, weshalb ich entschied, einfach ins Bett zu gehen, in der Hoffnung, Schlaf würde mir am nächsten Tag wieder einen klareren Blick auf den Scherbenhaufen in meinem Kopfkino ermöglichen.

Doch die Nacht war unruhig und wirr. Es stürmte draußen, und die lauten Klappergeräusche der Fensterläden hielten mich zusätzlich wach. Ich sehnte mich nach Oskars schützenden, warmen Armen, und andererseits waren sie der letzte Ort, an den ich mich gerade träumte und wo ich mich in diesem Moment sah.

Er hatte geschrieben, als ich längst geschlafen hatte, und gefragt, ob wir telefonieren wollten. Als ich die Nachricht viel später sah, war es schon zwei Uhr nachts, und ich hatte nicht darauf reagiert.

Ich war froh, dass es bereits kurz vor Sonnenaufgang war, als ich das nächste Mal aufwachte. Kurzerhand duschte ich, zog mich an und machte mich auf den Weg an den Strand. Heute sollte es nicht das Watt sein. Ich brauchte Meer, Wind und lautes Rauschen, was im Zusammenspiel wieder neue Kräfte in mich hineinpusten würde.

Der Streit mit Anni war wie ein körperlicher Schmerz, so schlecht ging es mir damit. Ich wollte ihn unbedingt aus dem Weg räumen. Sicher ging es ihr genauso. Übermorgen war bereits Heiligabend, und eigentlich wollte ich bei Anni und ihrer Familie feiern.

Ich lief zum Strandübergang, blieb oben an der Kante stehen und schloss die Augen. Wind verwirbelte meine Haare und zerrte an meiner Kleidung. Es fühlte sich an, als trage er einen Teil meiner Ratlosigkeit mit sich, drehte die Gedanken über dem Meer wie in einem Tornado und ließ sie in die aufbrausende See fallen, wo sie untergingen und verschwanden. Ich spürte, wie sich ein Lächeln um meine Lippen bildete, als in dem Moment auch die Sonne für wenige Sekunden hervorkam und den eisigen Strand in ein helles Beige tauchte.

Leicht gegen den Wind gelehnt lief ich ein paar Schritte weiter zum Wasser, doch hielt inne, als ich Anni entdeckte, die an der Wasserkante stand. Zum Glück war Trudi nicht bei ihr. Sie hätte mich gleich bemerkt und begrüßt.

Ich war schon recht nah bei ihr, als ich erkannte, dass sie telefonierte. Ich hörte Wortfetzen, die der Wind zu mir herüberwehte.

»Ich wusste schon, warum ich meine Zweifel hatte. Jetzt haben wir den Salat. Sie glaubt mir gar nichts mehr. Und ich hätte es ihr gestern einfach gesagt. Bevor ich unsere Freundschaft aufs Spiel setze.« Anni fuhr sich aufgeregt durch das wirr vom Kopf abstehende Haar, und auch aus der Ferne war ihr Verzweiflung anzusehen. Ich wusste, dass dies der Zeitpunkt war, sie anzusprechen. Ich würde unverfälscht die Wahrheit hören, wenn sie mir was zu sagen hatte. Doch es gelang mir nicht, in diesem Moment auf sie zuzugehen. Es fühlte sich an, als hielten mich feste Bänder zurück, ich war unfähig, mich zu bewegen. Was ich gehört hatte, wirkte wie eine Bestätigung meiner Vermutung. Alle Wut und Enttäuschung waren wie Geister aus dem Meer wieder aufgetaucht und mit voller Wucht zurück.

Ich machte kehrt und lief in Richtung Übergang davon, weiter durch die Dünen, bis zu meiner Wohnung. Der gemütliche sichere

Hafen und Rückzugsort, den ich leider auch bald verlieren würde. Vielleicht wäre es besser, ganz in mein altes Leben zurückzukehren, wenn sich hier alles gegen mich verschworen hatte.

Dieser Gedanke verstärkte sich, als mein Telefon klingelte. Es war Fritz Knut.

»Frau Niehus, geht es Ihnen wieder besser?«

»Danke, ja.« Ich war irritiert über die Nachfrage.

»Das beruhigt mich. Leider rufe ich aus nicht so erfreulichen Gründen an. Ich bin untröstlich und bitte vielmals um Entschuldigung. Bevor Sie alles fertig machen und ich Sie enttäuschen muss. Der Mieter, der eigentlich zum ersten Januar ausziehen wollte, war ganz entsetzt, dass ich die Wohnung so schnell schon weiter angeboten habe. Er rief gestern spätabends noch an. Es scheint ihm etwas dazwischengekommen zu sein, das seine Entscheidung verzögert hat. Er wird noch nicht zum Monatsbeginn ausziehen. Möglicherweise will er sogar langfristig bleiben. Es tut mir so leid, aber das war so nicht geplant. Ich hatte bereits die Kündigung von ihm erhalten, und auch wenn er nicht auf sein Recht pocht, so will ich dieses so lange, gute Verhältnis jetzt nicht beenden, indem ich ihn zwinge, sich etwas Neues zu suchen.«

Mein Magen drehte sich. Ich wusste nicht, ob ich mich vor dem Hintergrund dieser Neuigkeiten freuen oder lieber weinen sollte. Bevor ich sprach, schluckte ich, um mich kurz zu sammeln. »Da können Sie ja nichts für. Und ich kann Ihre Beweggründe sehr gut verstehen, Herr Knut. Das ehrt Sie sehr«, sagte ich. »Machen Sie sich keine Sorgen. Mir hat die Wohnung ganz wunderbar gefallen, und ich hätte sie gerne genommen. Sollte sich doch ein Auszug ergeben, würde ich mich freuen, wenn Sie sich melden.«

»Unbedingt. Sie sind meine allererste Wahl. Vielen Dank für Ihr Verständnis. Es ist mir sehr unangenehm.«

»Bitte machen Sie sich keine Gedanken. Lieb, dass Sie direkt Bescheid gegeben haben.«

»Dann hoffe ich, dass wir bald wieder voneinander hören. Vielleicht komme ich Sie wirklich mal im Café besuchen. Möglicherweise bekomme ich ja mit, dass jemand anders was Feines anbietet, das zu Ihrem neuen Zuhause werden kann. Dann melde ich mich auch.«

»Das ist lieb von Ihnen. Herzlichen Dank. Ich hoffe, wir hören oder sehen uns mit guten Nachrichten wieder, Herr Knut.«

Matt sackte ich auf das Sofa und verbarg mein Gesicht hinter den Händen.

»Was noch, Universum? Was bitte noch?« Ich gab einen jaulenden Ton von mir, der erneut vom Klingeln meines Handys unterbrochen wurde.

Ausgerechnet Oskar, stellte ich mit einem Blick auf das Display fest. Ich hatte keine Lust, jetzt mit ihm zu reden, wusste aber, dass er sicher immer wieder versuchen würde, mich zu erreichen, wenn ich nicht abhob. Ich ging also ran und tat so, als sei ich auf dem Sprung.

»Oskar, hi. Sorry, gestern war ich so platt. Da hab ich früh geschlafen. Und jetzt muss ich eigentlich auch schon längst im Café sein.«

»Schade, Tilda. Ich wollte eigentlich auch nur Guten Morgen sagen und hören, wie es dir geht.«

»Danke. Ganz gut. Viel um die Ohren.«

»Sicher? Du klingst so angespannt. Ist etwas nicht in Ordnung?«

»Doch, doch. Bin nur nicht gut drauf.«

»Vielleicht muntert es dich ein wenig auf, dass ich dich damit überraschen wollte, dass ich schon ganz bald wieder auf Sylt sein werde. Ich muss schauen, wie schnell es klappt, aber ich bin optimistisch.«

»Super«, sagte ich und merkte selbst, wie wenig euphorisch ich dabei klang.

»Ja, also.« Oskar suchte nach Worten. »Lass uns doch vielleicht später noch mal reden, Tilda. Okay?«

»Bis dann, Oskar.«

Wir legten auf, und ich musste mir Mühe geben, nicht direkt wieder loszuweinen.

Trotz allem würde ich mich nun auf den Weg ins Café machen. Berufliches und Privates würde ich strikt voneinander trennen, so schwer mir das in diesem Fall auch fiel.

Wir hatten für heute ein neues Projekt geplant. Über den Tag verteilt sollten Mini-Lesungen stattfinden, bei denen ich, eingebaut ins laufende Geschäft, je eine Kurzgeschichte lesen wollte.

Anni machte es mir leicht, so zu tun, als sei alles in bester Ordnung, indem sie mich mit einem Lächeln empfing.

»Hi, Tilda. Schön, dass du da bist.«

»Klar. Heute will ich ja wieder lesen.« Ich lächelte matt, doch es war mehr Fassade.

»Kriegen wir das hin?« Annis Blick traf mich mitten ins Herz, und ich wich ihm aus, presste die Lippen aufeinander und nickte. »Ich hoffe.«

»Bitte, Tilda. Glaub mir, dass ich dir niemals etwas Böses will.« Flehend suchte sie Augenkontakt.

»Das würde ich gerne.«

»Tu es bitte.« Eine beinahe unerträgliche Pause entstand. Ich schaute sie nicht an, zu groß war meine Angst, dann weinen zu müssen. »Ernsthaft? Wollte ich jemals etwas für dich, was nicht gut war?«

Ganz langsam schüttelte ich den Kopf. »Ich dachte, nein.«

Wieder wurden wir von der sich öffnenden Tür unterbrochen. An diesem Tag war so viel los, dass sich keinerlei Gelegenheit bot, das Thema noch einmal anzusprechen. Über den Tag verteilt schob ich immer wieder kleine Lesungsmomente ein und hatte das Gefühl, professionell genug zu sein und niemanden spüren zu lassen, wie es in mir und zwischen Anni und mir aussah. Wir agierten als Team, als sei alles in bester Ordnung. Und trotz meiner Traurigkeit spürte ich Dankbarkeit dafür.

Als Anni mir nach Feierabend verkündete, dass sie mit der Buchhändlerin etwas essen wollte, und mich fragte, ob ich mitkommen wollte, klinkte ich mich aus. So stark war meine Fassade nicht, dass ich das den ganzen Abend über aufrechterhalten konnte.

Fast freute ich mich darauf, mich unter einer Decke einzukuscheln und mich meinem Selbstmitleid hinzugeben. Doch da hatte ich meine Rechnung ohne Lore gemacht.

Als ich vor dem Haus aus meinem Wagen stieg, kam sie mir mit Hugo und einem zweiten, deutlich kleineren Hund entgegen.

»Tilda, wie schön, dass ich dich treffe. Darf ich vorstellen: Dackeldame Mika, der Hund meiner Tochter. Katha und Mika sind heute angekommen, und ich dachte mir, vielleicht hast du Lust, dich auf ein gemeinsames Getränk zu uns zu setzen. Komm doch mit rein. Meine Runde mit Mika und Hugo habe ich gerade beendet. Und falls du noch nichts gegessen hast – Katha hat Sushi für mindestens zehn Personen bestellt.« Lore schlug die Hände über dem Kopf zusammen und lachte. Ihr war die Freude darüber, dass ihre Tochter wieder auf Sylt war, anzusehen. In mir kroch die schwelende Sorge hoch, dass meine Tage hier gezählt waren. Jetzt, nach meinem Streit mit Anni, machte mich das doch ein wenig nervös.

»Ja, also, ich komme grad nach Hause«, stammelte ich, unsicher, ob die Einladung auch in Kathas Sinne war.

»Komm doch erst mal an, und falls dir noch danach zumute ist, freuen wir uns. Du weißt, wo du uns findest.« Sie lächelte liebenswert, und ich wusste, dass ich unbedingt noch mal vorbeischauen musste. Lore war so herzlich, und ich war gespannt, ihre Tochter kennenzulernen. Vielleicht würde mir das an diesem Tag sogar besonders guttun und mich ablenken.

»Ich zieh mich kurz um, dann schaue ich noch mal vorbei«, versprach ich, und Lore klatschte in die Hände.

»Wie schön.« Dann lief sie, Hugo und Mika im Schlepptau, wieder ins Haus.

Ich hatte heute weder Lust auf ein Gespräch mit Oskar noch war ich der Meinung, dass Anni sich noch einmal melden würde. Ich entschied daher, mein Handy ausnahmsweise mal gar nicht mitzunehmen, um mich voll auf den Abend mit Lore und Katha einzulassen.

Kurz checkte ich mein Äußeres noch einmal im Spiegel, versuchte, meine müden Augen mit ein wenig Concealer aufzuhellen, und schnappte mir aus dem Kühlschrank eine Flasche Prosecco, mit der ich mit den beiden Frauen anstoßen wollte.

Nervös trat ich auf die weihnachtlich geschmückte Holztür von Lores Haus zu. Eine Lichterketten-Girlande, mit Tannengrün verflochten, umrahmte die Tür. In den Bogenfenstern rechts und links standen flackernde Windlichter, die mit beige-goldenem Schleifenband verziert waren. Von innen drang gedimmtes Licht gemütlich heraus. Es wirkte einladend.

Ich klingelte und hörte ein leises Bellen von Hugo.

Als die Tür aufging, stand eine bildhübsche junge Frau mit einem strahlenden Lächeln vor mir. Neben ihr tauchte schwanzwedelnd Mika auf.

»Moin, Tilda. Ich bin Katha. Schön, dass wir uns kennenlernen und du so spontan zugesagt hast. Ich freue mich.«

»Danke, hallo, Katha. Ich freue mich auch.« Ich folgte ihrer einladenden Handbewegung, mit der sie mich hereinbat, und wurde von angenehmer Wärme und einer Hundenase empfangen, die sanft meine Hand anstupste.

»Hey, Hugo. Na, mein Süßer. Schön, deine Freundin auch kennenzulernen«, sagte ich, und Katha lachte, als Mika sich direkt an mein Bein schmiegte.

»Ein kleines Dankeschön dafür, dass ich deine Wohnung nutzen durfte«, erklärte ich und streckte Katha die Flasche entgegen.

»Oh, danke. Damit können wir direkt anstoßen.«

Katha nahm mir die Jacke ab. Sie lächelte. »Ich hänge deine Jacke mal auf. Mama steht in der Küche und richtet das Sushi an, das gerade geliefert wurde. Geh doch schon durch.«

Ich trat durch das gemütliche Wohnzimmer in die Küche, wo Lore mich hinter einem Tresen voller asiatischer Köstlichkeiten empfing, die locker für weitere drei Personen gereicht hätten.

»Oh, wie toll!«

Lore winkte ab. »Hör mir auf, Tilda. Wenn es nach mir ginge, hätte ein Drittel vollkommen gereicht«, erklärte sie und warf ihrer Tochter, die hereinkam, einen vielsagenden Blick zu. Diese lächelte, umarmte ihre Mutter und drückte ihr einen Kuss auf die Wange.

»Wir müssen doch unser Wiedersehen feiern«, sagte sie. »Außerdem brauche ich Seelenfutter.«

»Das stimmt natürlich. Dir kann ich sowieso nicht böse sein.«

Es war ein schönes Bild, die beiden so zusammen zu sehen. Man spürte, dass die Wiedersehensfreude groß war. Ich freute mich umso mehr, bald meine eigene Mama wieder in den Arm nehmen zu können.

Lore hatte die Sushi-Auswahl wie ein Büfett auf der Kochinsel angerichtet. Wir nahmen jeder etwas aus der Küche mit und setzten uns an den Esszimmertisch.

»Fühlst du dich wohl hier auf Sylt?«, fragte Katha, und ich nickte. Alles, was seit gestern Mittag passiert war, schob ich beiseite.

»Deine Wohnung ist so traumhaft«, gab ich zu. »Hier kann man sich nur wohlfühlen.«

»Das stimmt. Mir tut es auch fast ein wenig leid, dass ich wieder zurückgekommen bin und dich verscheuche. Ich hätte sie dir wirklich von Herzen gerne überlassen.« Katha wirkte zerknirscht.

»Alles gut. So war das nicht gemeint. Es ist toll, dass ich überhaupt erst einmal hier Fuß fassen konnte.« Ich lächelte.

»Aber hast du denn schon was Neues gefunden?«

»Ich kann wohl erst mal bei meiner Freundin Anni unterkommen«, sagte ich. »Außerdem habe ich noch ein paar Besichtigungen offen. Ich bin optimistisch.«

»Und das bei Fritz hat nicht geklappt?«, fragte Lore.

»Offenbar bleibt der vorherige Mieter doch länger als geplant.« Ich zuckte die Achseln und blickte Katha an. Wenn sie Oskar kennen würde, würde sie hier sicherlich aufhorchen.

»Ach? Das ist ja interessant«, sagte Lore, den Blick starr auf die Maki-Rolle auf ihrem Teller gerichtet, die sie gerade in Sojasoße tunkte. Ich war mir nicht sicher, ob ich es mir einbildete, aber als ich wegschaute, schien Lore Katha einen Seitenblick zuzuwerfen, den diese mit hochgezogenen Augenbrauen quittierte.

Ich schluckte und war mir in dem Moment sehr sicher, dass Katha und Oskar sich kannten.

»Ja. Es war wohl eigentlich geplant, dass der Mieter zum Jahresbeginn auszieht. Jetzt verzögert sich der Auszug. Wer weiß, wozu es gut ist.« Ich sagte diesen Satz mit viel mehr Inhalt, als man im ersten Moment vermuten konnte. Ich spürte, dass Lore mich anschaute.

»Stimmt etwas nicht, Tilda? Ist das Essen nicht nach deinem Geschmack?«

»Oh doch! Vielen Dank. Es ist köstlich. Nein. Du hast recht, ich bin heute ein wenig konfus. Anni und ich haben uns gezofft. Das nagt grad an mir. Aber das wird schon wieder. Streit mit der besten Freundin ist nur leider fast wie Liebeskummer, finde ich. Vielleicht sogar noch schlimmer.«

Nun blickte auch Katha hoch. »Versuch, mit ihr zu reden, wenn sie dir wichtig ist«, riet sie. »Ich weiß, wir kennen uns nicht. Das meine ich auch keinesfalls übergriffig, versteh mich bitte nicht falsch. Aber Streit mit der besten Freundin sollte man möglichst schnell begraben.«

»Du hast so recht. Das sollte am besten gar nicht erst geschehen.«

»Wenn das immer so einfach wäre, ja.« Katha klang nachdenklich und als habe auch sie Erfahrungen mit einer solchen Situation gemacht.

»Geht es um einen Mann?« Kathas Frage war zwar eine Spur neugierig, jedoch wirkte ihre so aufrichtig interessierte Art nicht unangenehm.

»Im weiteren Sinne, ja. Also nicht darum, dass wir uns in denselben verliebt haben.« Matt lachte ich.

»Das ist doch schon mal die halbe Miete«, fand Katha und lächelte. Auch Lore nickte zustimmend.

»Lasst uns jetzt erst mal essen. Das tut auch der Seele gut«, bestimmte Lore, und über das Sushi vergaß ich auch für den Moment meine Grübeleien.

Wir plauderten locker, und es kam mir vor, als würden Katha und ich uns schon ewig kennen. Hätte eine der beiden vorgeschlagen, dass wir ab sofort eine WG eröffneten, ich hätte sofort zugesagt, traute mich allerdings nicht, es selbst aufzubringen.

Dann aber drängte sich wieder die Frage in den Vordergrund, was Oskar und Katha verband. Beide waren interessiert an Kultur und Literatur, beide liebten die Insel und Katha war nur ein wenig jünger als Oskar. Oskar hatte ausweichend reagiert, als ich fragte, ob er sie kannte. Wir waren damals über eine Antwort hinweggekommen, wie es wirklich war. Gerade irritierte mich das.

Andererseits erzählte sie mir von jemandem, der momentan in Hamburg lebte und nun wohl auch auf der Insel seine Zelte aufschlagen wollte – ihr zuliebe.

»München war toll. Ich kenne so viele herzensgute Menschen dort, und sie haben mich fantastisch aufgenommen. Ich liebe diese Stadt. Aber ich war einfach nicht glücklich dort. Und wenn ich wie ein Trauerkloß in irgendeiner Studenten-WG vor mich hin lebe und mich immer nach Sylt sehne, dann kann ich mich auch nicht auf mein Studium einlassen. Das bin dann nicht mehr ich. Auch wenn ich hier nun einige Menschen von dort vermissen werde.«

»Okay. Eine Freundin auf Sylt zu haben und sie hin und wieder zu besuchen, klingt aber auch wunderbar, finde ich.«

Katha lachte. »Oder? Ich finde das auch. Und du bist single?«

Völlig unbegründet wurde ich rot, was albern wirken musste.

»Katha«, mahnte Lore ihre Tochter kopfschüttelnd.

»Entschuldige, ich wollte dir nicht zu nahe treten«, erklärte Katha und zog einen Mundwinkel hoch. Ihre Mutter bedachte sie mit einem Augenrollen.

»Schon gut. Ja, ich bin single. Wenn ich ehrlich bin, schon eine ganze Weile. Aber ich gebe die Hoffnung nicht auf, dass sich das auch mal wieder ändert. Nicht umsonst lese ich wieder Fenja Malé.« Ich grinste. »Visualisierung und so.«

»Verstehe. Ja, ein Happy End ist da meistens garantiert in diesen Romanen«, bestätigte Katha, und ihr Blick ging in die Ferne. »Es wäre toll, wenn das Leben wie ein Fenja Malé wäre.« Gedankenverloren lächelte sie.

»Stimmt. Ob ihr eigenes Leben wie ein Roman ist, bleibt uns wohl verborgen. Sie selbst hält sich ja sehr bedeckt«, stellte ich fest, und Katha schaute mich an.

»Das stimmt. Seit einigen Jahren zieht sie sich komplett zurück, verschwand beinahe ganz. Jetzt ja offenbar sogar dauerhaft. Sehr schade, wie ich finde.«

»War sie vorher öffentlicher unterwegs?«, fragte ich verwundert. Ich konnte mich nicht erinnern, dass ich sie jemals auf Lesungen oder in den Medien gesehen hatte.

Irritiert schüttelte Katha den Kopf. »Nein, stimmt. Sie war immer wie ein Geheimnis. Sie hat das Schreiben unter Pseudonym perfektioniert.«

Ich nickte, und für den Hauch einer Sekunde überlegte ich, warum Lore heute Abend eigentlich so still war. Es kam mir vor, als wäre sie von Minute zu Minute immer ruhiger geworden. Ob an meiner Vermutung, dass Katha etwas mit Fenja Malé zu tun hatte, etwas dran war? Ich dachte an den Schlüsselanhänger und die Aussagen von Lore zu Kathas Schreiberfolgen.

»Alles in Ordnung, Lore?«, fragte ich diesmal sie. »Du bist so still.«

Verwirrt schaute sie mich an, doch ihre Augen blickten vielmehr durch mich hindurch.

»Ich? Nein, oh. Alles gut. Danke.« Sie lächelte, doch es wirkte verkrampft.

»Mamilein, bist du müde?« Fürsorglich legte Katha, die mittlerweile die Flasche Prosecco geöffnet und jeder ein Glas eingeschenkt hatte, die Hand auf den Rücken ihrer Mutter. Diese schob ihr das Glas zu.

»Wenn ich ehrlich bin, habe ich das Essen nicht sonderlich vertragen. Ich glaube, ich bin ganz froh, wenn ich schlafen kann. Wärt ihr mir sehr böse?«

»Ach, Quatsch! Oder, Tilda? Wollen wir zwei dann nicht noch eine Runde mit Hugo und Mika durch den Ort laufen? Hugo muss doch sicher auch noch mal raus, oder, Mama?«

»Ihr könnt ihn auch nur in den Garten lassen«, antwortete Lore.

»Wir laufen gerne noch eine Runde«, erklärte ich.

»Danke, ihr Lieben. Dann verabschiede ich mich für heute.«

»Ich räume nachher alles weg«, sagte Katha und umarmte ihre Mutter. »Gute Nacht, Mamilein.«

Dann wandte sie sich an mich. »Wollen wir direkt starten? Ein paar Schritte tun mir ganz gut.« Sie strich sich über den Bauch.

»Gerne. Ich bin dabei.«

Lore ging in das obere Stockwerk, während wir uns warme Jacken, Schals und Mützen anzogen, die Hunde anleinten und in den Flur traten. Dabei fiel mein Blick auf das Buch *Wintersonnenzeit*, das auf einer Kommode neben der Tür lag.

»Oh, den Roman habe ich gerade gelesen«, erkannte ich. »Ein fantastisches Buch«, fügte ich an.

Katha nickte. Ihr Blick war mit einem Mal nachdenklich.

»Ein Geschenk. Dass ich ein Bücherfreak bin, hast du sicher schon mitbekommen. Eine Zeit lang habe ich sogar selbst geschrieben. Aber das ist eine Weile her. Seitdem lese ich vor allem.

Manchmal muss ich mich da aber auch ein wenig aufraffen. So wie bei diesem Roman. Noch kenne ich ihn nicht.« Ich nickte und verstand, was Katha damit meinte, dass man sich zum Lesen aufraffen musste, schließlich hatte ich diese Erfahrung auch gerade erst hinter mir.

»Ich kann ihn dir nur dringend ans Herz legen. Für mich der beste Malé überhaupt. Dass du mal geschrieben hast, finde ich superinteressant. Ich muss gestehen, es gab einen Moment, da dachte ich, dass du die Autorin dieser Bücher sein könntest.« Ich deutete auf den Roman. Katha griff nach dem Buch und hob es an, dabei schaute sie ungläubig, lächelte aber liebevoll.

»Nein, dafür reichen meine Fähigkeiten wohl nicht. Ich habe nur jedes einzelne Werk der Autorin bisher gelesen. Bis auf *Wintersonnenzeit*.« Katha senkte den Blick und schaute das Buch in ihren Händen an. »Und du hast recht. Es wird endlich Zeit dafür.« Ihr Lächeln war aufrichtig, wirkte aber traurig. »Aber wie kamst du darauf, dass *ich* die Bücher geschrieben habe?«

»Ich sah beim Einzug die vielen Schreibratgeber. Deine Mutter hat dann erzählt, dass du geschrieben und auch erste Erfolge erzielt hast. Dass du nun aber ein neues Kapitel beginnen willst und andere Wege einschlägst. Die Art, wie die Umgebung in den Romanen beschrieben wurde, das konnte für mich nur jemand sein, der die Insel mit ganzem Herzen liebt und sie gut kennt. Jemand, der jetzt aber einen Schlussstrich zieht, weil es ja leider keine neuen Bücher geben soll von der Autorin. Irgendwann sah ich dann deinen Schlüsselanhänger in Form einer Schreibfeder, mit den Initialen F. M.«, erklärte ich. Ich hob entschuldigend die Hände. »Deine Mutter sagte, du wolltest ihn am Schlüssel hier auf Sylt lassen, weil er zu einem Kapitel gehört, mit dem du abgeschlossen hast. Da ist wohl meine Fantasie mit mir durchgegangen, und ich habe in F. M. Fenja Malé gelesen und mir vorgestellt, dass das mit dem abgeschlossenen Kapitel hier auf Sylt deine Zeit als Autorin unter diesem Pseudonym beschreiben könnte.«

»Verstehe. Der Anhänger, den mein Vater gemacht hat.« Ihr Blick ging ins Leere, und sie öffnete die Tür.

Es war zwar kalt, aber kein scharfer Wind zog mehr um das Haus.

Hugo sprang voraus und freute sich sichtlich.

Die ersten Meter liefen wir schweigend nebeneinanderher. Dann brach Katha die Stille und wechselte das Thema.

»Bitte denk jetzt nicht, dass ich dich rauswerfen will. Such dir ganz in Ruhe was Neues. Mama und ich haben kein Problem damit, mal in einem Bett zu schlafen. Und auch die Freundin, die bald mit hier einzieht, ist es gewohnt, mit mir Bett und Tisch zu teilen.« Sie lachte, und es klang aufrichtig.

»Das ist lieb. Ich hoffe, es ergibt sich bald was Passendes.«

»Wenn ich was höre, sage ich Bescheid.«

Ich merkte, wie meine Gedanken wieder zu Oskar abdrifteten, und Beklemmung legte sich um mein Herz. Ich hatte mein Handy nicht dabei, daher wusste ich nicht, ob er versucht hatte, mich zu erreichen.

»Meine Freundin erzählte, dass eure erste Lesung ein Super-Erfolg war – wie cool! Freut mich für euch.« Katha lächelte.

»Sie war großartig. Und das, obwohl die Autorin nicht selbst gelesen hat.« Ich zuckte die Schultern. »Offenbar hab ich mich als Ersatz für Fenja Malé ganz gut geschlagen.«

»Das klang so. Ich wäre in der Tat gerne dabei gewesen.« Kathas Miene war ernsthaft bedauernd, dabei aber auch nachdenklich.

»Vielleicht ergibt sich ja mal eine neue Chance.«

Sie nickte.

»Schöner wäre es noch gewesen, wenn die Autorin selbst gelesen hätte. Aber ich kann es irgendwie auch verstehen. Grad wenn man so erfolgreich ist wie sie, will man ja nicht überall erkannt werden. Sie hat das mit dem Pseudonym wirklich gut drauf.«

»Absolut. Und ja, ich kann es auch nachvollziehen«, bestätigte Katha mich. »Obwohl es natürlich schade ist für die Leserinnen und Leser, wenn man kein echtes Bild von der Person hat, die ein Buch geschrieben hat, welches man liebt. Das ist mit Büchern ja manchmal einfach so, dass man das Gefühl hat, reinkriechen zu wollen in die Story und Seite an Seite mit den Figuren an Sehnsuchtsorte zu reisen.«

»Das kenne ich auch so gut. Für mich ist dieses Gefühl das, was das Lesen ausmacht. Aber es ist genauso schön, wenn man kein Bild vom Autor hat, oder?« Ich blickte Katha fragend von der Seite an.

»Vielleicht. Aber ich schaue auch einfach viel zu gerne hinter die Kulissen und will recherchieren, was den Autor antrieb, wie die Story entstand und wo genau die Inspiration lag. Welcher Ort ist es? Gab es eine wahre Geschichte? Solche Dinge.«

»Mir geht es immer so, dass ich bei Fenja Malé den Eindruck habe, dass die Geschichten auf Sylt spielen. Auch wenn sie diesen Ort nie konkret nennt. Geht dir das auch so?«

Katha sah mich an, als hätte ich eben etwas gesagt, worauf noch nie jemand vor mir gekommen war, was natürlich Quatsch war.

»Ja, Tilda. Ich bin der festen Überzeugung, dass es sich bei Fenjas Orten um Sylt handelt.« Sie nickte, und mir gefiel, wie sie so vertraut »Fenja« sagte und von der Autorin sprach, als sei sie eine Freundin. »Ich habe ihr Debüt und die folgenden Bände gelesen, als ich selbst noch davon träumte, zu schreiben, und schon erste Texte von mir entstanden. Diese Zeit war fantastisch. Sich mit ihren Romanen zu beschäftigen, einer Autorin wie ihr nachzueifern, gab mir das Gefühl, dass ich genau das Richtige tue. Dass das etwas ist, was ich auch gerne machen würde.« Katha schüttelte zaghaft den Kopf.

»Und warum hast du dann das Studium begonnen und nicht weiter geschrieben?«

»Privates Chaos brachte mich leider davon ab. Mir ging es eine Zeit lang nicht so gut, und ans Schreiben war nicht zu denken. Mir fehlte die Kreativität. Mein Kopf war nicht frei. Ich war zwischenzeitlich fest davon überzeugt, dass ich zwar in der Buchbranche arbeiten will, nur eben nicht mehr selbst Bücher schreiben, sondern mich lieber mit deren geschichtlicher Entwicklung beschäftigen.« Katha machte eine Pause. »Anfangs war das auch interessant. Ich war hoch motiviert, und mir gefielen die Vorlesungen. Das waren die ersten Monate, doch irgendwann fehlte mir alles. Der kreative Input, die Geschichten – und Sylt. Es sollte einfach nicht sein.« Sie hob bedauernd die Hände.

»Was gefiel dir am Studium nicht?«

»Es war mir letztendlich doch zu sachlich und zu weit von der Praxis entfernt. Ich bin einfach keine Wissenschaftlerin. Na ja, und hauptsächlich hielt mich das Heimweh nach Sylt davon ab, mich so richtig darauf einzulassen. Vielleicht wäre es hier noch mal was anderes gewesen.«

»Verstehe ich gut. Schon nach der kurzen Zeit will ich Sylt nicht mehr missen.«

»Als ich entschied, die Insel zu verlassen, waren hier Dinge passiert, vor denen ich fliehen wollte. Da erschien es mir als der einzig richtige Weg, Abstand zu diesem Ort zu bekommen. Aber dann kam es mir doch falsch vor, denn Bilder im Kopf verfolgen einen überallhin, egal, wo man lebt.«

»Das klingt traurig, Katha. Geht es dir denn jetzt wieder besser? Und fühlt es sich richtig an, wieder hier zu sein?«

Kathas Blick suchte die Dunkelheit vor uns, und es dauerte ein wenig, bis sie antwortete. »Ich weiß es noch nicht genau, Tilda. Aber ich spüre eine große Ruhe und ein unendlich warmes Heimatgefühl, seit ich wieder hier bin. Allein dafür war es bestimmt richtig.«

»Das klingt so, ja.«

»Bücher sind meine Leidenschaft, und doch hatte ich im Studium das Gefühl, nicht mit ganzem Herzen dabei zu sein. Ganz merkwürdig. Alles kam mir oberflächlich vor, als tauche ich nicht mehr tief ein in die Geschichten, sondern schnorchele nur noch rein sachlich knapp unter der Wasseroberfläche herum. Ich hätte es vielleicht vorher wissen sollen, aber dass es so wissenschaftlich ist, habe ich nicht erwartet. Und das gefiel mir überhaupt nicht. Ich wollte wieder mittendrin sein. Außerdem fehlten mir meine Mama, unser Haus, Hugo. Auch meine Freunde. Sie sind fast alle hier. So, wie es aussieht, sogar der, von dem ich dachte, er verlässt mich ausgerechnet jetzt, wenn ich wiederkomme. Dabei wollte ich mich doch mit ihm vertragen.«

Verwirrt schaute ich sie von der Seite an, als sie fortfuhr. »Die Wohnung, die meine Mama für dich angedacht hatte, bewohnt ein Freund von mir. Leider hatten wir in letzter Zeit wenig Kontakt, weil wir uns beide in einer Krise befanden, die uns wie kleine, naive Kinder hat reagieren lassen. Genau wie ich wollte er Sylt verlassen und neu beginnen.«

Mein Magen schien sich einmal zu drehen, und meine Kehle fühlte sich so trocken an, dass ich kein Wort rausbekam außer einem »Ah ja?«.

»Kleine Lebenskrise. Aber wenn du sagst, dass er länger in der Wohnung bleibt, ist das ja ein gutes Zeichen. Ich muss unbedingt mit ihm reden. Das meinte ich vorhin mit meiner etwas übergriffigen Aussage, dass man einen Streit mit besten Freunden unbedingt aus dem Weg räumen sollte. Ich spreche da leider aus Erfahrung. Wenn man noch die Chance hat, mit der Person zu reden, muss man das unbedingt tun.«

Was Katha sagte, verwirrte mich und ließ mich schweigen.

»Entschuldige, Tilda, ich erzähle dir hier meine halbe Lebensgeschichte.«

»Schon gut. Es interessiert mich, wirklich. Meinst du, dein Freund bleibt dann auf Sylt?« Mein Herz schlug mir bis zum Hals.

»Ich wünsche es ihm sehr. Er gehört hierher, genau wie ich. Aber auch er vergisst das manchmal und stellt schlimme Erlebnisse, die er mit Sylt verbindet, in den Vordergrund, sodass sie ihm manchmal den Blick auf den freien Horizont und all die wunderschönen Möglichkeiten versperren.«

»Das hast du schön gesagt.«

»Ich hoffe, dass er endlich mal wieder jemanden kennengelernt hat, der – oder vielmehr die – ihn seinen Weggang noch mal hat überdenken lassen. Lange hielt ich das für die einzige Chance. Das würde ich mir so von Herzen wünschen für ihn. Er ist ein so guter Mensch.«

Ich spürte, dass ich eigentlich etwas sagen müsste, erklären, dass ich bis vor wenigen Stunden gehofft hatte, diese Person für ihren Freund zu sein, aber ich schaffte es nicht.

»Na ja, jedenfalls waren es diese Menschen, die mir fehlten. Nicht zuletzt auch meine Freundin, die im Norden lebt. Die Sehnsucht war einfach zu groß. Ich will keine solche Trennung von ihr, sondern mit ihr zusammenziehen.« Im Halbdunkel sah ich, dass sie verträumt lächelte. »Zu Beginn des neuen Jahres wollen wir den Schritt wagen.«

»Wie toll.« Offenbar war Katha mit einer Frau zusammen. »Das freut mich sehr für euch. Also bis auf den Haken, dass ich am liebsten selbst in der Wohnung bleiben würde.« Ich lachte leise.

»Wir helfen dir beim Suchen, versprochen.«

Einige Minuten liefen wir weiter, als Katha vorschlug, umzudrehen.

Kurz vor dem Haus spürte ich, dass die Kälte jetzt wirklich von den Finger- bis in die Fußspitzen gekrochen war und Besitz von mir nahm. Ich fror mit jeder Zelle meines Körpers und sehnte mich nach meiner flauschigen Bettdecke.

Wir kamen vor der Haustür an, und ich reichte Katha die Leine mit Hugo, als eine Frau aus einem Auto stieg, deren Gesicht ich inzwischen nur zu gut kannte – vom Supermarktparkplatz, von der Lesung und von diesem Bild in Oskars Wohnung.

Völlig perplex starrte ich sie an, als sie Katha überschwänglich mit einem Kuss begrüßte.

Kapitel 20

»Mathea, darf ich vorstellen? Das ist Tilda Niehus, sie wohnt derzeit noch in meiner Wohnung und arbeitet hier im Büchercafé. Tilda, das ist meine Freundin Mathea. Ich habe dir gerade von ihr erzählt.«

»Hi, Tilda, freut mich.« Es war recht dunkel, weshalb ich nicht eindeutig sehen konnte, wie Mathea mich anschaute. »Die Lesung aus dem aktuellen Fenja Malé war großartig«, sagte sie und lächelte freundlich. »Du hast das ganz fantastisch rübergebracht. Besser hätte es niemand für sie lesen können.«

»Oh, danke.« Im Schutz der Dunkelheit konnte ich die Röte meiner Wangen gut verbergen, wofür ich ganz dankbar war. »Freut mich, dass es dir gefallen hat.«

»Leider musste ich früher los, aber ein Freund, der mich begleitet hat, war ganz begeistert.«

Es fehlte nicht viel, dass mir ein hysterisches Lachen aus der trockenen Kehle entwich. An Katha gewandt fuhr sie fort: »Oskar habe ich nämlich auch mit zur Lesung geschleppt. Zum Glück. Er war so angetan.« Ihr Blick blieb auf mir haften. Unsicher lächelte ich. Allerdings wusste ich selbst gerade nicht mehr, was ich denken sollte.

»Ich wünsche euch einen schönen Abend. Ich muss ins Bett«, stammelte ich deshalb, machte kehrt und ging in die Wohnung.

Gedankenschwer sank ich nach einem kurzen Stopp im Bad auf mein Bett, und es kam mir vor, als drehe sich alles um mich herum.

Die Bilder von Oskars Zimmer, die Artikel über den Unfall meines Freundes. Katha, die mit Oskar befreundet war, und ihre Freundin, die ich für Oskars Partnerin gehalten hatte, was doch nicht sein konnte, weil sie mit Katha zusammen war.

Ich war vollkommen verwirrt.

Dann fiel mein Blick auf mein Handy, welches am Ladekabel auf dem Nachttisch lag.

Zwei Anrufe und drei Nachrichten von Oskar, eine von Anni. Ich öffnete die meiner Freundin zuerst.

Auch wenn ich echt enttäuscht und sauer bin: Du musst morgen Abend nicht allein sein. Zu meinen Eltern kannst du gerne mitkommen.

Danke, aber mir wächst das hier gerade alles ein wenig über den Kopf. Kein Problem. Ich möchte sowieso lieber allein sein. Am ersten Feiertag werden meine Eltern anreisen, was mich hoffentlich ablenken wird. Bis dahin verspreche ich dir, im Café alles zu geben. Sicher wird es voll.

Danke, Tilda.

Mit klopfendem Herzen scrollte ich zu der Nachricht von Oskar. Neben einigen Anrufen hatte er mir sorgenvolle Mitteilungen gesendet.

Ist alles in Ordnung, Tilda? Ich mache mir Sorgen, weil

ich dich nicht erreichen kann. Hoffe, es geht dir gut.
Du fehlst mir.

Etwas später war die nächste eingegangen.

Ich würde mich freuen, wenn du mir ein kleines
Lebenszeichen sendest. Hab Angst, dass dir etwas
passiert ist. Oder bist du mir böse?

Eine Nachricht folgte noch:

Schade. Ich denke an dich und freue mich, wenn du
dich meldest. Egal, wann.

In mir tobte der Gedanke, dass er ein schlechtes Gewissen hatte und deshalb vermutete, dass ich zornig sei, und rang mit dem, dass sich das alles als riesengroßes Missverständnis herausstellen würde. Immer wieder warf auch die Hoffnung, dass das mit Oskar und mir weitergehen durfte, ihre sehnsüchtigen Bitten in den Ring. Ich war vollkommen verwirrt.

Hi, Oskar, ich war ohne Handy unterwegs. Bin
unendlich müde. Bis bald.

Ich sendete die Nachricht ab, die ihm sicher auch ohne weitere Worte verriet, dass nicht alles in Ordnung war, mir aber nichts zugestoßen war.

Dann schaltete ich mein Handy aus. Ich wollte meine Ruhe haben, in der ich mich sortieren würde.

Ruhig war mein Schlaf zwar nicht, trotzdem wachte ich am nächsten Morgen einigermaßen erholt auf.

Als ich mein Handy anschaltete, war da eine Nachricht von Oskar, dass er hoffte, im Laufe des ersten Weihnachtsfeiertages wieder auf Sylt zu sein. Ich freute mich, irgendwie aber auch nicht.

Außerdem hatte ich einen Anruf von Anni auf der Mailbox. Ihre Stimme war mehr ein Krächzen, und ich konnte sie kaum verstehen. Nur so viel, dass sie nicht ins Café kommen konnte, sie es mir aber überlassen würde, ob ich an diesem Tag dann überhaupt öffnen wollte. Diese Frage stellte sich mir nicht. Es war selbstverständlich für mich, jetzt für Anni einzuspringen.

Also machte ich mich fertig und brachte Anni noch eine Thermoskanne mit frisch aufgebrühtem Tee, Halsbonbons mit Honig und Brötchen vom Bäcker vorbei, bevor ich zum Café fuhr. Dieses kleine Friedensangebot würde hoffentlich ihrer Seele und dem Körper guttun. In ihrem Zustand würde sie Heiligabend vermutlich im Bett und nicht bei ihren Eltern verbringen, sie wäre also, wie ich auch, allein.

Mit klopfendem Herzen schloss ich die Tür zum Büchercafé auf und war gespannt, was der Tag mit sich bringen würde. Ein wenig aufregend war das schon, denn auch wenn ich mich in den Abläufen fit fühlte, war es doch etwas anderes, wenn Anni nicht als Back-up im Hintergrund war. Aber ich würde es meistern.

Kurz nachdem ich bereits alle Kerzen auf den Tischen angezündet hatte und den Gastraum mit leiser Musik und zusätzlichen Schälchen mit Keksen zum kostenlosen Verzehr versehen hatte, wie Anni und ich es uns für Heiligabend überlegt hatten, klopfte es an der Tür.

Davor stand zu meiner Erleichterung Annis Mutter Ulla. Sie winkte freundlich.

»Moin, Tilda. Anni hat mir grad geschrieben, dass sie krank ist und du hier die Stellung hältst. Lass mich dir doch ein paar Kuchen vorbereiten und dich unterstützen. Wer weiß, was heute so los ist.«

»Oh, Ulla, du bist ein Engel. Wenn ich ehrlich bin, freue ich mich riesig über deine Hilfe. Ein wenig nervös war ich schon, dass ich auf mich allein gestellt bin – ausgerechnet an Weihnachten.«

»Das habe ich mir gedacht. Und auch, dass du dich trotzdem nicht meldest.« Sie zwinkerte mir zu. »Ich freue mich doch, wenn ich helfen kann. Du kannst natürlich dennoch heute Abend zu uns kommen. Das ist klar.«

»Danke, Ulla. Aber ich glaube, ich lege nachher einfach die Beine hoch.«

Sie lächelte und verschwand in der Backstube.

Ich überlegte, ob Anni ihrer Mutter von unserem Streit erzählt hatte. Sie wirkte nicht so, war weder nachdenklich noch zurückhaltend, sondern freundlich wie immer.

Die ersten Gäste kamen, und dieser ganz besondere Zauber eines Arbeitstages an Heiligabend lag in der Luft. Menschen kamen zur Ruhe, verspürten Wärme und Vorfreude im Herzen, schwelgten in Kindheitserinnerungen und schwärmten von den kommenden Stunden, in denen sie ihren geliebten Ritualen nachgehen würden, Familienmitglieder in den Arm nehmen, leckeres Essen verzehren und nach einem Kirchenbesuch ihre gemütlichen, festlich geschmückten Wohnzimmer genießen.

Die Aussicht darauf, dass ich am nächsten Tag endlich meine Eltern bei mir haben würde, tröstete mich darüber hinweg, dass ich den heutigen Abend allein verbringen würde. Ganz allein war ich Heiligabend noch nie gewesen. Aber auch das würde ich meistern und wieder ein Stück daran wachsen. Egal, was um mich herum auch passierte, auf mich selbst konnte ich mich in jedem Fall verlassen. Das war ein beruhigend schönes Gefühl. Es schob die Wehmut über diesen voraussichtlich eher ernüchternden Start in die Festtage liebevoll wertschätzend beiseite.

Begleitet von unzähligen Festtagswünschen, kleinen Aufmerksamkeiten und freundlichen Besuchen verging der Tag im Handumdrehen.

Mir ging es gut, denn ich hatte viele wertvolle Gespräche geführt, nach denen ich mich schon viel weniger allein fühlte. Ich war nicht die Einzige, die diesen Abend nur für sich verbringen würde. Eine Frau, etwa sechzig Jahre alt, erzählte mir davon, dass sie ganz bewusst über die Festtage die Einsamkeit suchte. Das Laute, Trubelige, was ihre Familie Jahr für Jahr zelebrierte, war nicht ihrs, und sie schätzte eher das Leise, Unaufgeregte, das die Insel für sie mitbrachte, wenn sie allein hier war.

»Nur meine Elsa ist bei mir, das ist genau richtig«, erklärte sie und tätschelte dem großen Jagdhund, der unter ihrem Tisch lag, zärtlich den Rücken.

Ein Mann erzählte, er habe in diesem Jahr so viele berufliche Termine gehabt und sei quer durch die Welt gereist. Nun sei es Zeit für Ruhe und Erholung, fernab jeglicher Verpflichtung. Familie habe er nicht, zu viel Raum nehme sein Job ein. Da sei es die logische Konsequenz, an Festtagen allein zu sein. Er habe seinen Frieden damit gemacht und schätze die Freiheit, gestand er.

Ich bewunderte all diese starken Menschen und nahm mir vor, mir an ihnen ein Beispiel zu nehmen.

Kurz vor Feierabend trat die Buchhändlerin ins Café. Sie hatte für Anni und mich jeweils ein Buch als Weihnachtsgeschenk dabei. An der Auswahl der Titel sah ich, wie gut sie uns zugehört hatte. Das Buch, welches sie für mich ausgesucht hatte, ging ganz in die Richtung der Fenja-Malé-Romane. Ich freute mich darüber und nahm mir vor, den Roman über einen Neubeginn im Leben in einer anderen Stadt mit einer großen Liebe am Abend zu lesen.

Entweder würde ich mir vor lauter Frust die Augen aus dem Kopf weinen, oder aber er würde mich sanft umhüllen wie eine Kuscheldecke, die sich über meine Seele legte und sie schützend wärmte und beruhigte.

Zusammen mit Ulla machte ich schließlich Ordnung, achtete darauf, dass alle Kerzen gelöscht waren, und schloss dann hinter mir ab, bevor ich nach Hause fuhr.

In der Wohnung angekommen, entschied ich, Fenja Malé eine Nachricht zu Weihnachten zu senden, in der ich ihr frohe Festtage wünschte. Sie hatte mich, wenn auch leider nur eine kurze Zeit, so emotional begleitet – mit ihrem Roman und ihren E-Mails. Sie gehörte für mich zu den Personen, denen in diesem Jahr mein besonderer Dank galt.

Liebe Fenja Malé,

möglicherweise ist es aufdringlich, dass ich Ihnen schon wieder schreibe. Ich hoffe, Sie nehmen es mir nicht übel. Gerade erst habe ich einem tollen Menschen Ihren Roman ans Herz gelegt, und ich weiß, dass er bei dieser Person auf fruchtbaren Boden fallen wird, denn sie hat all Ihre bisherigen Romane ebenso geliebt und spricht so wertschätzend darüber.

Wir haben eine Lesung in unserem Büchercafé veranstaltet, bei der ich aus Wintersonnenzeit gelesen habe. Die Veranstaltung war ein voller Erfolg. Ich wünschte, Sie hätten persönlich die Freude in den Gesichtern der Zuhörer erleben dürfen.

Heute ist der Tag, den ich in jedem Jahr seit dem Tod meines Freundes besonders fürchte, an dem ich jedoch ebenso gewachsen bin: Heiligabend. So gerne habe ich dieses Fest früher gefeiert. So ungern steuere ich jetzt auf diese Zeit zu. Aber auch das werde ich meistern. Der Tag im Café war großartig. Das gibt mir Kraft, über einen Streit mit meiner besten Freundin und eine große Enttäuschung in Sachen

Liebe hinwegzukommen. Das hoffe ich jedenfalls. Denn leider lief das mit meiner neuen Liebe nun doch nicht so, wie ich es mir von Herzen gewünscht hätte. Das Leben ist eben kein Roman mit Happy-End-Garantie. Dabei habe ich zwischenzeitlich wirklich fest daran geglaubt.

Wissen Sie, was? Bei all den Parallelen Ihres Romans zu meinem Leben sollte ich heute Abend eigentlich losgehen ans Watt, an meinen Herzensort in Keitum, und sehen, was mir dort passiert. Denn – genau wie in Ihrem Roman – ist etwas Unfassbares passiert: Ich habe vor einigen Tagen die Hälfte einer Scherbe gefunden, in die Koordinaten eingraviert sind. Ist das ein Zeichen? Zufall oder Schicksal? Hat es überhaupt eine Bedeutung?

Ich weiß es nicht, aber vielleicht versuche ich, es herauszufinden.

Ich wünsche Ihnen wundervolle, glückliche und zufriedene Festtage und dass alles, was Sie sich für das neue Jahr wünschen, in Erfüllung geht. Auch dass die Liebe, die Sie gefunden haben, die Zukunft hat, von der Sie träumen.

Auch wenn die Frage vielleicht albern ist: Würden Sie, wenn Sie an meiner Stelle wären, dem Wink des Schicksals folgen und schauen, was es mit der Scherbe auf sich hat, oder klingt das für Sie nach unrealistischem Romanstoff?

Herzlichst

Tilda Niehus

Ohne eine Antwort zu erwarten, sendete ich meine Nachricht ab. Womöglich hielt sie mich langsam für eine distanzlose Wahnsinnige. Aber mir war es eine Herzensangelegenheit, ihr zu diesem Jahresende zu schreiben. Sie hatte viel mehr damit zu tun, als sie ahnte.

Kapitel 21

Nachdenklich saß ich am Schreibtisch und sah aus dem Fenster über die wintergraue Landschaft aus Dünen und Sandwegen. Es war einige Tage so kalt gewesen, dass die Temperaturen oft rund um den Gefrierpunkt lagen. Ich hatte bereits immer mal wieder den Eindruck, dass die winterklare Luft den Geruch von Schnee mit sich trug, doch nie ernsthaft damit gerechnet. Während ich nun so in die Ferne starrte, sah ich, dass feine, perfekt gezeichnete, fluffige Schneeflocken sich auf die Streben des weißen Butzenfensters legten und schon bald eine feine Decke bildeten.

»Wie zauberhaft«, flüsterte ich und beobachtete fasziniert dieses seltene Schauspiel.

Ich hätte möglicherweise noch stundenlang dem Fallen der Schneeflocken zugeschaut und der Stille gelauscht, mit der der Schnee die Erde umhüllte, hätte nicht mein Laptop eine E-Mail angekündigt. Zu meiner Überraschung kam sie von Fenja Malé.

Liebe Tilda Niehus,

wie Sie gemerkt haben, wurde es leiser von meiner Seite aus. Bitte nehmen Sie das nicht persönlich. Mein Leben ist momentan ein wenig chaotisch. Chaotisch schön, aber auch chaotisch verwirrend. Die Ereignisse überschlagen sich, und ich rotiere durch den Alltag.

Ich kam nie dazu, Ihnen in Ruhe zu antworten, weil ich das erst wollte, wenn ich Zeit habe, Ihren wunderschönen Worten, die mich tief berühren, ebenso gerecht zu werden. Dennoch muss ich Ihnen heute eine kurze, schnelle Nachricht senden, weil Ihre Worte mir zu Herzen gingen:

Dass ich nicht mehr schreiben will, bedeutet nicht, dass ich den Glauben an die Magie verloren habe. Nutzen Sie Ihre Chance auf ein Weihnachtsmärchen. Auf Ihr persönliches großes Weihnachtswunder, liebe Tilda. Von Ihrem kleinen Weihnachtswunder hatten Sie mir ja bereits am Anfang erzählt, als Sie wieder nach Sylt kamen. Wunder sind möglich! Vertrauen Sie mir. Ich weiß, wovon ich rede. Beruflich und privat.

Frohe Weihnachten
Fenja Malé

Eine Weile starrte ich auf den Bildschirm meines Laptops und überlegte, was ich tun sollte. Wäre es verrückt, dem Ratschlag einer Liebesromanautorin zu folgen, in der Hoffnung, dass sich ihre Romane in meinem Leben fortsetzten? Hätte ich dies in einem Buch gelesen, ich hätte wohl mit den Augen gerollt. Aber das prickelnde Gefühl von Vorfreude und Neugier, der Gedanke daran, dass wirklich etwas dran sein könnte an der Idee von meinem persönlichen Weihnachtswunder, ließen mich an nichts anderes mehr denken.

Mein Blick ging durch die Wohnung, die, so gemütlich sie war, in keinem Detail an Weihnachten erinnerte. Mit viel Fantasie konnte man die Windlichter mit den duftenden Kerzen darin als Dekoration zum Fest deuten. Andererseits könnte ein Foto des Raumes in diesem Moment ebenso gut aus dem September oder dem Februar stammen.

Es wäre möglich, hier den Abend zu verbringen, als sei es ein ganz gewöhnlicher Herbst- oder Winterabend nach einem langen Tag im Café. Ich könnte still und leise ins Bett gehen, noch ein wenig lesen, und erst morgen, wenn meine Eltern kamen, würde ich mir der Festtagsstimmung bewusst werden. Aber ich spürte schon beim Gedanken daran, dass mir das nicht gelingen würde. Mein Kopf wusste, dass heute Heiligabend war, mein Herz spürte es. Auf dem Schreibtisch neben mir lag mein Handy. Die Nachricht von Oskar, dass er sich über eine Nachricht von mir freuen würde, egal, wann, hallte noch immer in mir nach. Größer aber war die Erinnerung an das Gefühl in meinem Bauch, als ich in seiner Wohnung gewesen war. Beklemmende Einsicht, bestürzende Konfrontation mit einer Wahrheit, die ich längst nicht überblickte.

Ich war verwirrt.

Ich wünsche dir frohe Weihnachten, Oskar, und hoffe, dir geht es gut, tippte ich, wohl wissend, dass diese Nachricht so sachlich und emotionslos war, dass ich sie ebenso jedem x-beliebigen Geschäftspartner oder entfernten Bekannten hätte senden können.

Aber zwischen »Ich will gerade gar nichts mit ihm zu tun haben« und »Ich vermisse seine Nähe so unendlich« fiel mir nichts anderes ein, als diese Nachricht zu schreiben.

Als ich gerade entschieden hatte, mir etwas zu essen zu bestellen, rief Anni an. Ihre Stimme klang fürchterlich.

»Hey, Tilda«, krächzte sie ins Telefon. »Ich wollte mich bedanken für all die lieben Dinge und vor allem für deinen Einsatz. Als kleine Wiedergutmachung wird dir nachher ein Kumpel von mir einen Tisch für ein Weihnachtsmenü freihalten. Damit du nicht allein bist. Leider ging es erst um 19 Uhr, aber ich hoffe, das reicht dir aus. Es ist der kleine Gasthof in Keitum nahe am Watt, den ich dir neulich gezeigt habe.«

»Anni, das muss doch nicht sein. Ich wollte mir etwas bestellen.«

»Na, da passt das doch.«

»Wie geht es dir? Du klingst fürchterlich.« Ihr entwischte ein krächzendes Lachen, das in einem Husten endete.

»Es geht so. Ich werde wohl gleich schlafen. Aber ich sehe zu, dass ich schnell wieder auf die Beine komme. Gut, dass morgen und übermorgen das Café eh zu ist. Mir war es nur wichtig, dir noch einmal Danke zu sagen und dir trotz allem frohe Weihnachten zu wünschen. Es tut mir sehr leid, dass wir uns gestritten haben. Ich will nicht, dass du mir böse bist, und wünschte, du würdest mich dir alles erklären lassen. Ich meinte es nur gut, und es ist nicht, wie du denkst.«

»Schon okay, Anni.« Ich verstand zwar nicht, was sie daran »gut meinen« könnte, dass sie etwas, was ich unbedingt für mich behalten wollte, ausgeplaudert hatte, aber ich wollte sie jetzt, wo es ihr so schlecht ging und wir beide mehr oder weniger trostlos allein Heiligabend verbringen würden, nicht weiter belasten. Ich schluckte jedes weitere Wort ungesagt hinunter.

»Passt das mit dem Essen?«

»Klar. Ich bin um 19 Uhr dort.«

»Prima. Dann lass den Kopf nicht hängen. Und glaub an Wunder, du warst gerade auf so einem guten Weg.«

Ich lachte leise. »Würde ich so gerne. Aber wo soll ich diesem Wunder schon begegnen? Hier im Haus von Lore und Katha sicher nicht. Stell dir vor, Katha kennt Oskar gut, und die Frau, die ich mit ihm zusammen gesehen habe, das ist ihre Freundin. Ist das zu fassen?«

»Bitte?« Anni klang ernsthaft überrascht.

»Muss ich dir mal in Ruhe erzählen. Aber irgendwie muss ich

mit Oskar reden und Antworten bekommen. Schon du jetzt mal deine Stimme.«

»Ich glaube an dein Winter-Weihnachtsmärchen, Tilda. Dein persönliches Wunder.«

»Danke, Anni. Auch für die liebe Essensidee.«

»Mein Weihnachtsgeschenk. Das Schönste kann ich dir leider nicht schenken, aber da glaube ich an das Schicksal.«

Irritiert darüber, dass meine Freundin etwas Ähnliches sagte, wie kurz zuvor Fenja Malé mir geschrieben hatte, legte ich auf.

Oskar hatte noch nicht auf meine Nachricht geantwortet, aber schließlich war Heiligabend, und ich wusste nicht, wo er den verbrachte. Gelesen hatte er sie. Ich war unruhig und entschied, mich in die Badewanne zu legen. Vielleicht würde so weihnachtliche Stimmung in mir aufkeimen. Das heiße Wasser, der Blick hinaus über die zartweiß gezuckerte Landschaft, die Melodie des Windes in den Ohren, der über die einzelnen Reethalme ging wie über Tausende kleiner Pfeifen. All das war wundervoll. Doch die Ruhe, die ich mir davon erhofft hatte, setzte nicht ein.

Im Gegenteil. In meinem Kopf spielte sich immer wieder die Szene ab, die den letzten Fenja Malé ausmachte. Die Szene, in der die halbe Scherbe an Heiligabend ihre zweite Hälfte fand. Das Wunder geschah an dem Ort, den die Koordinaten auf der Scherbe beschrieben. War es möglich, dass es kein Zufall war, dass ich diese Scherbe gefunden hatte?

Ich schüttelte selbst über diese abstruse Vorstellung den Kopf. Dennoch stieg ich aus der Wanne, trocknete mich ab und zog mich warm an. Ich musste es wenigstens versuchen. Bis zur Tischreservierung hatte ich noch Zeit, und was hatte ich zu verlieren. Zur Not würde ich eben allein in Keitum stehen.

Es war dunkel und kühl, jedoch windstill und durch die Schneedecke magisch leise, als ich in meinem Auto saß und durch die Straßen von Kampen fuhr. Weiße, fluffige Hauben aus glitzernden Schneekristallen lagen auf Straßenlaternen, Buchsbäumen und Friesenwällen. Die Nebenstraßen waren teilweise unberührt, niemand war da entlanggefahren oder -gegangen. Prachtvoll illuminierte Geschäfte, flackerndes Kerzenlicht hinter Fenstern von Wohnhäusern und kaum ein Mensch auf der Straße – das war Heiligabend. Man konnte die Festlichkeit förmlich spüren. Sie lag in der Luft und waberte durch die Straßen.

Ich fuhr Richtung Braderup, weiter über die Felder, wo rechts das Leuchtturmfeuer rotierte. Es warf große Spots in die Nacht, als seien sie bestimmt für ein Theaterstück, welches seine Figuren in Szene setzte und den Fokus auf sie legte. Die Lichtkegel bewegten sich langsam im Kreis. Es wirkte ein wenig gespenstisch, aber irgendwie auch beruhigend. Nach Braderup passierte ich Munkmarsch, und ich war bereits so nah an dem Ort, der auf meiner Scherbe markiert war, dass ich vor Nervosität kaum atmen konnte.

In Keitum bog ich direkt vor der Kirche St. Severin in die Straße und folgte ihr bis zum Ortsinnern, wo ich den Wagen an der rechten Straßenseite abstellte und eine Straße entlanglief, die links in Richtung Watt führte. Hier war es ziemlich dunkel und ein wenig unheimlich, doch meine Augen gewöhnten sich schnell daran und ließen auch außerhalb der wenigen Laternen Konturen in meiner Umgebung entstehen.

»Frohe Weihnachten, Tilda«, murmelte ich mir selbst zu und schüttelte innerlich über mich den Kopf. »Du solltest schnellstmöglich die Biege machen und in deine warme Wohnung fahren. Was du hier tust, ist idiotisch. Aber andererseits, was hast du schon zu verlieren? Wenn niemand kommt, fährst du einfach still und heimlich wieder nach Hause.«

»Das wäre sehr, sehr schade. Frohe Weihnachten, Tilda«,

hörte ich da plötzlich eine mir so vertraute Stimme, und die Gänsehaut, die sie bei mir auslöste, hatte nicht das Geringste mit Angst zu tun.

Oskar trat in den Schein einer Laterne. Groß, gut aussehend und mit einem Lächeln, welches all meine Grübelgedanken beiseiteschob. Freude überschwemmte mich. Freude darüber, dass meine Hoffnung erfüllt worden war, dass Oskar hier vor mir stand. Ein Feuerwerk an Glückshormonen und sprudelnder Euphorie durchströmte meinen Körper.

»Du bist hier? Heute schon? Das ist … unfassbar«, stammelte ich. Mein Atem zeichnete sich dampfend im fahlen Licht um uns herum ab. Ich strich über die abgerundete Scherbe in meiner Jackentasche, als auch Oskar seine Hand öffnete, in der ebenso eine Scherbe mit abgerundeten Kanten lag, auf der dieselben Koordinaten notiert waren. Mein Herz setzte einen Schlag aus. Was hier geschah, war wie im Film.

Die von kleinen funkelnden Sternen übersäte Dunkelheit um uns herum verschwamm zu einem Strudel, in dem die Lichter sich um uns drehten und wie ein Schweif einer überdimensionalen Sternschnuppe am Himmel ihre Bahn zogen.

»Hast du gedacht, ich komme nicht bei so einem tollen Hinweis?«

»Nun«, verwirrt suchte ich nach Worten. »Einem Hinweis? So sicher war ich mir da nicht. Ich muss gestehen, ich habe gezögert, ob ich mich auf den Weg machen soll. Aber dann dachte ich, was soll schon passieren, als dass ich allein hier stehe. Wie bist du auf die Idee gekommen? So was hätte ich dir, ehrlich gesagt, gar nicht zugetraut.«

Oskar schaute mich fragend an. »Du hast das mir nicht zugetraut?«

»Das ist nicht böse gemeint, ich dachte nur, das ist so abwegig. Du hast das Buch doch nicht gelesen, woher solltest du diese Details kennen.«

»Nein, das habe ich nicht. Aber ich muss dir etwas gestehen.« Die Art, wie er das sagte, der ernsthafte Klang seiner Worte und die kühle Atmosphäre um uns herum machten mir mit einem Mal Angst, und mein Puls beschleunigte, bis es sich anfühlte, als liefe mein Herzschlag vor mir davon. Ich war mir sicher, dass sein Geständnis mit den Zeitungsartikeln in seinem Zimmer zu tun hatte. Ich wollte eigentlich gar nicht, dass er weitersprach, wollte nicht, dass er diesen romantischen Moment zerstörte und meine Befürchtungen wahr werden ließ. Ich schluckte, doch der Kloß in meinem Hals war so massiv, er ließ sich nicht vertreiben.

Kurz überlegte ich, ob ich andeuten sollte, was ich gesehen hatte, als er bereits weitersprach und mich damit zum Schweigen brachte.

»Ich war es nicht, der das mit den Scherben inszeniert hat, auch wenn ich mich gerne mit diesen Federn schmücken würde.« Unsicher drehte er seine Scherbe in der Hand und fixierte sie mit seinen Blicken. »Ich dachte, du hast das gedeichselt, dass ich sie finde.«

»Du hast sie also auch gefunden? Wie im Roman?«

»Ich habe sie in Kampen gefunden. Die Koordinaten führten mich dann hierher.« Er nickte, und Fassungslosigkeit machte sich in mir breit.

»Aber wie ...?«, stammelte ich. »Wer war es sonst?«

Er hob verwirrt die Schultern.

»Oskar, warum auch immer wir hier nun gemeinsam sind – ich sehe es als Schicksal. Es ist Heiligabend, du bist wieder hier, und ich hoffe, dass auch ich hierbleiben kann. Ich freue mich, dich heute hier zu treffen. Auch wenn ich echt sauer auf dich bin.«

»Aber warum?« Die irritierte Verzweiflung über meine Worte

stand Oskar trotz der Dunkelheit ins Gesicht geschrieben, und ich überlegte, ob er wirklich nicht ahnte, wovon ich sprach.

»Ich war in deiner Wohnung. Lore hat mir den Kontakt zu deinem Vermieter vermittelt.« Als ich das aussprach, fuhr Oskar sich angestrengt mit den Händen durchs Gesicht.

»Du hast dir also ausgerechnet meine Wohnung angeschaut?«

»Sieht so aus, ja. Und ich muss gestehen, dass ich seitdem nicht mehr weiß, was ich noch glauben soll.«

Aus Oskars Augen sprach völlige Ratlosigkeit. »Das war ein Missverständnis. Ich wollte gar nicht, dass Fritz die Wohnung bereits wieder anbietet. Das wusste er nur nicht.« Er schien sich keiner Schuld bewusst.

»Das meine ich nicht. Diese Artikel, die in deinem Zimmer neben dem Schreibtisch lagen. Ich habe nicht gestöbert, aber ich konnte nicht darüber hinwegsehen.« Angespannt presste ich die Lippen aufeinander. Es fiel mir schwer, weiterzusprechen.

Auch Oskars Stimme bebte. »Was ist mit ihnen?« Seine Worte klangen angegriffen. Ich überlegte, ob er sich in die Enge getrieben fühlte, und mein Herz raste.

Ich spürte die Kälte um uns kaum, weil es in mir brodelte.

»Warum hast du sie? Warum hast du mich darauf nicht einfach angesprochen?«

»Dich angesprochen? Wieso sollte ich das? Das ist allein etwas, was *mich* angeht, und ich wüsste nicht, warum ich dich damit hätte belasten sollen. Es reicht, dass diese Geschichte *mein* Leben bleischwer macht. Da muss ich nicht noch deins belasten.«

Ich starrte ihn an. »*Dein* Leben? Was hast du damit zu tun? Hast du für die Zeitung gearbeitet?« In mir keimte sofort wieder diese hilflose Wut auf die Presse auf. Diejenigen, die so viel Kummer zu verantworten hatten, als die sensationsgeile Hetzjagd auf

Neuigkeiten rund um den Unfall des reichen Bauunternehmers auf der schicken Insel Sylt ihren Lauf nahm.

»Nein!« In seinem Blick lag Abscheu. »Wenn ich etwas über alles auf der Welt hasse, sind es genau diese Leute.«

Ich verstand gar nichts mehr.

»Das heißt, du hast die Artikel nicht, weil du mir hinterherspioniert hast? Hast du mit Anni gesprochen? Sie ausgefragt?«

»Was? Nein! Für wen hältst du mich? Warum sollte ich das tun?«

Die Frage beschämte mich. Ich verstand noch immer nicht, worum es hier ging, aber war ich vielleicht doch im Unrecht? Hatten meine Wut, meine Trauer mich blind gemacht?

»Mir ist so kalt, wollen wir ein paar Schritte gehen und schauen, ob irgendwas geöffnet hat, wo wir uns vielleicht reinsetzen können?«, schlug er vor, und ich stimmte zu.

»Anni hat mir als Dankeschön für meinen Einsatz heute einen Tisch reserviert. Vielleicht passen wir ja zu zweit dran.«

Während wir an feierlich beleuchteten Häusern vorbeigingen, fühlte es sich zwar merkwürdig ungewohnt an, so den Heiligabend zu verbringen. Aber ich war froh, endlich mit Oskar zu reden.

Nach einem kleinen Spaziergang traten wir in das Restaurant, das Anni mir beschrieben hatte. Wohlige Wärme empfing uns und der Duft nach Gänsebraten und köstlicher Soße.

»Moin«, begrüßte uns ein freundlicher Kellner. »Fröhliche Weihnachten!«

»Danke, das wünschen wir Ihnen auch. Für mich ist ein Tisch reserviert, auf den Namen Annilen Madsen, aber wäre es vielleicht möglich, dass wir zu zweit Platz finden? «

»Wir machen uns schmal, dann passe ich vielleicht noch mit

dran«, ergänzte Oskar und lachte. Der Kellner erwiderte es mit einem Lächeln.

»Ihr habt Glück, hier ist ein Tisch für euch zwei reserviert. Da hat die Freundin wohl vorausschauend geplant.«

»Na, das nenne ich Weihnachtsglück«, erklärte Oskar und deutete mir an, auf der gemütlichen Bank am Fenster Platz zu nehmen, während er sich mir gegenüber hinsetzte.

Wir bestellten Getränke, und als der Kellner anbot, dass er uns noch einen festlichen Weihnachtsteller anbieten könnte, hatten wir erneut das Gefühl, genau am richtigen Ort zu sein. Doch sosehr ich die Atmosphäre hier genoss und an keine Unwägbarkeiten mehr denken wollte, wir mussten endlich alles aussprechen. Ich spürte, wie Oskar Luft holte und schließlich zu sprechen begann.

»Tilda, dass die Artikel in meiner Wohnung lagen, hat mit dir nichts zu tun. Ich weiß nicht, wie du darauf kommst. Bei dem Unfall, der da in den Zeitungen beschrieben wird, kam meine Frau ums Leben.« Dieser Satz schlug ein wie ein Komet. Oskar senkte den Blick. »Wir waren zu diesem Zeitpunkt zwar längst kein glückliches Paar mehr, aber uns verband doch noch so viel.«

Oskars Worte kamen nur langsam in meinem Kopf an, wie einzelne Splitter, die der Kometeneinschlag umhergeschleudert hatte. Und als ich sie verstand, legten sie sich wie eine lähmende Schicht um mein Herz.

»Sie hatte sich mit ihrem Lover getroffen. Ich hatte gehofft, dass es nur eine schnelle Affäre ist, die bald wieder im Sand verläuft. Nichts, was uns ernsthaft gefährlich werden könnte.« Er hob den Blick und trank einen Schluck von dem Getränk, welches der Kellner gerade gebracht hatte. »Aber an jenem Abend hat sie mir offenbart, dass dieser Mann ihr alles bedeutete. Sie wollte mit ihm Deutschland verlassen.« Er presste die Lippen zusammen. »Sie hatte Geld von unserem gemeinsamen Konto abgehoben und auf ein anderes Konto überwiesen, das auf ihren Namen lief. Ich hatte bemerkt, dass Geld fehlte, und sie zur Rede gestellt. Nur deshalb hat sie mir die Wahrheit gesagt.«

In meinem Kopf drehte sich alles, und ich sah Tims letzte Nachricht vor mir, in der er mir mitteilte, dass er mir dringend etwas sagen musste.

»Ich fasse es nicht«, flüsterte ich. »Mein Freund, er wollte mit mir reden. Das war seine letzte Nachricht an mich, aber ... wir hatten keine Gelegenheit mehr dazu.«

»War sein Name Tim?«

Meine Kehle war so trocken, dass ich nur matt nicken konnte.

Oskar zog die Augenbrauen hoch und griff mitfühlend nach meiner Hand. Ihm ging es also genau wie mir. Dieser Unfall hatte sein Leben vollkommen durcheinandergeworfen.

»Dann bist du tatsächlich der einzige Mensch, der genau nachfühlen kann, wie es mir geht. Ich fasse es nicht. Ja, ich hatte von Anfang an das Gefühl, als gebe es da zwischen uns diese Seelenverwandtschaft. Aber ich habe nicht geahnt, wie eng unsere beiden Schicksale wirklich miteinander verwoben sind.« Oskar wirkte ähnlich fassungslos wie ich. Ich lachte nervös. »Nur die Figuren in *Wintersonnenzeit* von Fenja Malé, die haben mir das Gefühl gegeben, nicht allein zu sein mit meinem Kummer. In ihnen habe ich wiedergefunden, was ich erlebt hatte. Ging es dir auch so, als du von der Story gehört hast?«

»Ja, Tilda.« Oskar nickte und schaute mich dann eine Weile schweigend an. »Dieser Unfall war wie ein Erdbeben mitten in meiner Welt. Er zerstörte alles, was ich mir aufgebaut hatte. Was wir uns aufgebaut hatten. Ich wollte unsere Trennung unbedingt verhindern. Und dann geschah das. Unausweichlich, unverrückbar.« Er machte eine Pause, und ich blickte ihn abwartend an.

»Das Ende unserer Ehe bedeutete einfach noch so viel mehr als nur ein Auseinandergehen zweier Menschen, die sich nicht mehr liebten. Es war das Ende unseres gemeinsamen Berufs, unseres Lebensprojekts, was es mir doppelt schwer machte. Als sie starb, habe ich versucht, es allein aufrechtzuerhalten. Auch wenn ich mir sicher war, dass sie gar nicht mehr so viel Wert darauf gelegt hätte. Mir lag es am Herzen, es zum Abschluss zu bringen. Und dann wollte auch ich neue Wege gehen und einen Schlussstrich ziehen.«

Ich nickte, verstand, dass er nicht hatte loslassen wollen und erst jetzt den Mut gefunden hatte, neu anzufangen – genau wie ich.

Dass in diesem Moment das Essen kam, passte nicht ganz, denn mein Magen war wie zugeschnürt. Während wir aßen, schwiegen wir, und ich hatte das Gefühl, dass es Oskar guttat, seine Worte zu sortieren. Er wirkte sichtlich aufgewühlt, und auch er aß nur wenig.

Die nur halb leeren Teller wurden abgeräumt. Oskar lächelte schief. »Es war vorzüglich. Nur zu viel«, erklärte er entschuldigend.

»Das beruhigt mich«, gab der Kellner zu und ging in die Küche. Es entstand eine abwartende Stille, die Oskar irgendwann durchbrach, als er sein Notizbuch aus der Tasche zog.

»Dass ich manchmal stundenlang im *Kliffglück* saß und schrieb, weißt du ja.« Er legte die Hand auf sein Büchlein. »Das waren die letzten Notizen, die mir noch im Kopf herumschwirrten und zu Papier gebracht werden mussten. Als Abschiedsrede sozusagen. Ein kurzes Buch als Epilog zu einer langjährigen Reihe. Meine Geschichte nach dem Happy End.«

Ich starrte verwirrt auf das Buch auf dem Tisch. Mein Herz hämmerte.

»Für mich war es wie ein Test, ob ich es auch allein schaffen könnte, ohne sie. Und lange war ich mir unsicher«, gestand Oskar. »Das, was meine Frau und ich all die Jahre aufgebaut hatten, war schwer zu toppen. Nie wieder würde es so sein wie mit ihr. Doch ich musste das letzte Werk zu Ende bringen. Wir hatten es noch gemeinsam begonnen, doch ich musste einen Schlussstrich ziehen. Es war meine Trauerarbeit. Ich wollte diese riesengroße Enttäuschung in meinem Leben irgendwie aushalten und mit ihr umgehen.«

»Moment, Oskar, wovon sprichst du?«, hakte ich nach. Ich hatte das Gefühl, dass er etwas andeutete, und doch verstand ich nicht, worauf er hinauswollte.

»Ich bin Fenja Malé, Tilda. Ich wollte nie aufklären, dass es sich bei der Geschichte des letzten Romans *Wintersonnenzeit* um eine wahre Begebenheit handelte, die unmittelbar mit mir zu tun hat. Ich habe mir mit dem Roman die eigene Trauer von der Seele geschrieben und vielleicht auch immer versucht, meine eigene Hoffnung zu stärken, dass ich irgendwann wieder glücklich sein darf, dass es auch für mich ein Happy End geben darf. Oft habe ich mich gefragt, wie es der Frau gehen mochte, deren Mann neben meiner Ex im Auto gesessen hatte. Ob es da jemanden gab, der denselben Hass, dieselbe Wut und die tiefe Enttäuschung und gleichzeitig Trauer spürte wie ich. In einigen Zeitungsartikeln hatte gestanden, dass auch er jemanden zurückgelassen hatte. Das hat mir manchmal das Gefühl gegeben, nicht ganz allein zu sein.« Ich hing an Oskars Lippen und nickte wie ferngesteuert.

Er blickte mich mit einer Tiefe an, die mich direkt ins Herz traf.

»Dass die Resonanz auf den letzten Fenja Malé nun so überragend war, hat mich selbst umgehauen und ein erstes Mal daran zweifeln lassen, ob ich mit der Entscheidung zum Ende dieses Pseudonyms die richtige getroffen hatte«, fuhr er fort.

»Du bist Fenja Malé? Also ihr?« Ich musste die Worte wiederholen, um sie zu begreifen.

Oskar nickte, und ein weiteres großes Puzzleteil fiel an seinen Platz, und doch waren da noch etliche weitere Lücken.

»Aber wie kann das sein?« Skepsis machte sich in mir breit, und ich zog wie aus Reflex meine Hand weg. »Hast du mir etwa auch all die Mails geschrieben? Habe ich dir von dir erzählt und vorgeschwärmt, von unserem Kennenlernen im Café und alldem? Und du hast dich nicht zu erkennen gegeben? Oskar?« Meine Stimme klang verzweifelt grell.

»Mails? Was? Nein!« Unverständnis sprach aus seinem Blick. Die Augenbrauen zusammengezogen, die Lippen aufeinandergepresst, schüttelte er den Kopf. Wieder eine Pause. Er schlug sich mit der Hand vor die Stirn. »Jetzt verstehe ich alles, Tilda!«

»Echt?« Wütend funkelte ich ihn an. »Ich hingegen gar nichts mehr, sorry. Da bin ich gespannt.« Mit verschränkten Armen lehnte ich mich zurück. »Und warum hast du nicht mal was gesagt? So oft habe ich dir von Fenja Malé vorgeschwärmt, und du hältst es nicht für nötig, die Karten auf den Tisch zu legen?«

Die altbekannte Wut wallte in mir auf.

»Tilda, bitte versteh mich. Genau wie du wollte ich einen Haken an meine Vergangenheit machen, sie nicht mehr aufwühlen, sondern allenfalls als Erinnerung an eine vergangene Zeit betrachten. Sie sollte kein Thema mehr sein. Hätte ich das aufgeklärt, wäre die ganze Geschichte rund um meine Frau fällig gewesen. Und genau wie du war ich einfach nicht so weit. Ich wollte nicht mehr darüber reden. Ich wollte Fenja Malé sterben lassen – genau wie unsere Liebe. Sie sollte einfach leise verschwinden, kein Thema mehr sein in meinem Leben. Ich habe vor einigen

Wochen meiner Agentin den Auftrag gegeben, all meine Mails zu beantworten. Ich wollte nicht länger Lobeshymnen auf Fenja Malé lesen. Ich hätte es nicht ertragen. Mir fiel es schwer, meine Leser zu enttäuschen, und ich wusste, dass Mathea es in meinem Namen gut machen würde.«

Mir fehlten die Worte. Ich verstand, weshalb Oskar nicht ehrlich hatte sagen können, dass er hinter Fenja Malé steckte. Dass ich mit Mathea geschrieben hatte, war unglaublich.

»Die Freundin von Katha ist deine Agentin? Mit ihr habe ich geschrieben?« Meine Stimme klang dünn. »Ich habe ihr von dir vorgeschwärmt«, gestand ich und wurde rot. »Dem Mann aus dem Café, von unserer tiefen Verbundenheit und von den Parallelen, die ich zwischen *Wintersonnenzeit* und meinem Leben sah, von der Hoffnung, die Sylt und unser Kennenlernen in mir geweckt hatten.«

Oskar nickte. »Genau. Sie ist meine Agentin und lange schon beste Freundin. Mathea wird ihre Chance erkannt haben, uns zu verkuppeln. Sie arbeitet schon so lange daran, mich endlich wieder glücklich zu sehen. Wahrscheinlich hat sie auch die Scherben versteckt.«

»Deine beste Freundin?« Mir fiel ein, was Anni gesagt hatte. »Es könnte sein, dass Anni mit ihr unter einer Decke steckt.« Irritiert sortierte ich alles, was in den letzten Tagen zwischen Anni und mir vorgefallen war, in meinem Kopf. Unser Streit, meine Vorwürfe, ihre Aussage, dass sie alles nur gut gemeint hatte. Und plötzlich sah ich es klar vor mir. Sie hatte von den Scherben gesprochen. Von ihrem Plan zusammen mit Mathea – nicht von dem Unfall. Es war um die Zukunft gegangen, nicht um die Vergangenheit.

Ich presste die Hand vor den Mund.

»Wir haben uns ganz furchtbar gestritten, und das nur, weil

ich ihr unrecht getan habe. Mathea war bei Anni. Das hat Anni gesagt, aber ich habe nicht verstanden, worum es ging.« Ich schüttelte vollkommen überfordert von all den Informationen den Kopf. Mir erschloss sich, was all die Aussagen in den Mails zu bedeuten hatten. Erst recht die Tatsache, dass sowohl Anni als auch die vermeintliche Autorin mich darin bestärkt hatten, zu dem Treffen zu gehen, erklärte sich plötzlich.

»Mathea möchte nicht, dass ich das Schreiben an den Nagel hänge. Seit Monaten bekniet sie mich, meine Entscheidung noch einmal zu überdenken. Sie sagt, sobald ich selbst wieder lieben kann, kann ich auch wieder darüber schreiben. Aber ich war lange felsenfest davon überzeugt, dass mein Neubeginn das Richtige ist. Dass ich nur einen Schlussstrich unter meine Geschichte ziehen kann, wenn ich Sylt verlasse und den neuen Job beginne, weil das Schreiben mich immer an meine Ex erinnern würde.«

»Und bist du es noch immer?«

»Nein, Tilda. Mir ist jetzt klar, dass ich mir das, was ich meine Figuren habe erleben lassen, selbst gewünscht habe. Die Scherbe zu finden war beinahe unheimlich, und doch fühlte es sich so richtig an.« Er lächelte und griff wieder nach meiner Hand, die ich nun dort beließ. »Diese vielen Gespräche, zu denen ich in der letzten Zeit aufgebrochen bin, die habe ich teilweise mit meinem neuen Chef geführt, um neue Rahmenbedingungen zu verhandeln. Teilweise mit Mathea, die immer wieder nach einem Weg gesucht hat, wie ich doch weiterschreiben kann. Und vielleicht habe ich einen Weg gefunden. Ich muss meine Heimat nicht verlassen, um mein Glück und meine große Liebe zu finden. Erinnerst du dich an das Bild der Weggabelung? Dinge kommen dann ins Leben, wenn ihnen eine Rolle zugeteilt wird. Nicht nur Dinge, sondern auch Menschen und die Liebe. Du, Tilda.«

»Du ahnst nicht, wie sehr mich deine Worte glücklich machen. Und das nicht nur, weil ich mich jetzt vielleicht doch noch mal auf einen neuen Fenja Malé freuen darf.« Ich grinste und gab Oskar, der aufgestanden war und sich neben mich auf die gemütliche Bank gesetzt hatte, einen Kuss, den er leidenschaftlich erwiderte.

»Ich hoffe nur, dass auch ich hierbleiben kann und Anni mir nicht allzu böse ist. Ich habe sie verdächtigt, über meine Geschichte gesprochen zu haben, obwohl sie mir absolutes Stillschweigen versprochen hatte. Ich wollte wieder ich sein, nicht mehr die Frau von dem, der mit seiner Affäre verunglückt ist. Als ich die Artikel bei dir sah, dachte ich, du bist einer von denen. Ich wusste nur, dass du geschrieben hast und das nicht mehr tun wolltest. Wie hätte ich die wahre Verbindung auch nur ahnen sollen?«

»Ich habe entschieden, dass ich weiterschreiben will. Nicht mehr unter dem Pseudonym und auch nicht mehr an einem anonymen Schauplatz. Ich will über Sylt schreiben, und ich will, dass man weiß, dass ich es bin, der das geschrieben hat. Hier ist meine Heimat, hier finde ich Inspiration, hier habe ich mich wieder verliebt, obwohl ich dachte, dass das nie mehr passieren würde.«

Ein wohliger Schauer zog über meinen ganzen Körper, als Oskar diese Worte sprach und mir dabei mit der Hand sanft über den Nacken streichelte. Wir fielen in einen Kuss, der, wäre es nach mir gegangen, niemals hätte enden sollen. Doch beide spürten wir, dass es bald Zeit war zu gehen. Schließlich wollten die Leute aus dem Restaurant an Heiligabend auch irgendwann ihren Feierabend genießen.

»Ich wollte nie öffentlich aufklären, wer hinter Fenja Malé steckt, aber vielleicht ist der Zeitpunkt gekommen, an dem ich es sagen und einen klaren Schlussstrich darunter ziehen kann.«

Ich lauschte seinen Worten und nickte. »Du musst ja nichts überstürzen.«

»Aber noch mal zurück zu deiner Wohnung. Dann musst du also jetzt das Feld räumen, weil Katha dort mit Mathea einziehen wird?«

»Das ist leider so, ja. Ich habe die Wohnung sehr geliebt. Aber ich freue mich für Katha. Sie wirkt so glücklich.«

»Das verstehe ich. Dich dort zu besuchen war merkwürdig für mich. Katha war gut mit mir und meiner Frau befreundet.« Ein sanftes Lächeln zog über sein Gesicht. »Sie ist ein Schatz. War immer auf meiner Seite. Aber am Ende gab es zwischen ihr und meiner Frau leider viel Zoff. Sie hat es ihr übel genommen, dass wir um Fenja Malé so ein Geheimnis gemacht haben. Auch unsere besten Freunde wussten nämlich nicht, dass wir gemeinsam hinter dem Pseudonym stehen. Als ich einmal bei dir war, fiel mein Blick auf einen Schlüsselanhänger, den Kathas Vater auf Fenjas Wunsch hin gemacht hatte. Mit ihm ging damals die Streiterei los, weil Katha herausfand, was es mit F. M., der Gravur auf dem Anhänger, auf sich hatte. Dabei hatte Fenja ihn extra für Katha entworfen, um ihn zum Anlass zu nehmen, ihr von unserem Pseudonym zu erzählen. Katha bekam ihn aber vorher in die Hände. Sie haben sich schlimm gestritten. Als Fenja sich dann von mir trennen wollte, verloren sich die beiden ganz. Sie haben sich auch bis zu ihrem Tod nicht vertragen, was Katha sehr belastet.« Bedauernd hob Oskar die Schultern. »Eins kam zum anderen. Im Nachhinein war vielleicht auch nicht alles richtig. Auch von Fenja und mir nicht. Ich weiß es nicht.«

»Ich hatte schon den Eindruck, dass du so merkwürdig warst, als du bei mir warst. Aber ich wollte nicht so aufdringlich nachhaken. Wenn ich ehrlich bin, dachte ich kurz, du hättest was mit Katha und seist deshalb so.«

Oskar lachte leise. »Na, einen Grund, warum das eher abwegig ist, kennst du ja jetzt. Sie hat in meiner Agentin die große Liebe gefunden. Ich war damals, als ich bei dir war, so perplex, dass sie den Anhänger überhaupt noch hat. Das hat mich berührt.«

»Ihr solltet euch endlich wieder vertragen«, erkannte ich, und Oskar nickte.

»Du und Anni aber auch, dringend.«

»Ja. Da hast du recht. Freunde sind so wertvoll. Wird Mathea denn dann weiter für dich arbeiten?«

»Das hoffe ich. Ich will sie in den nächsten Tagen fragen, ob sie das noch will.« Er zuckte die Schultern.

»Ich bin mir sicher, dass das mit das schönste Weihnachtsgeschenk für sie sein wird, Oskar. Ihre Zeilen waren jedes Mal so wertschätzend, wenn sie über die Bücher schrieb. Es war ihr großer Wunsch, dass es weitergeht. Das habe ich gespürt, auch wenn es mir erst jetzt im Rückblick klar wird. Sie musste deine Entscheidung irgendwie nach außen hin vertreten und hätte doch am liebsten geschrieben: Alles bleibt, wie es ist und Fenja Malé wird weiterschreiben. Alle haben es wirklich nur gut mit uns gemeint, haben unserem Glück auf die Sprünge geholfen, und ich habe an unserer Freundschaft gezweifelt.« Oskar nickte. »Verrückt, dass ausgerechnet diese Tragödie um unsere unehrlichen Partner und die Bücher uns mithilfe unserer Freunde zusammengebracht hat, oder?«

»Ja, Tilda. Das ist es. Absolut verrückt.«

Kapitel 22

Weil wir an diesem Abend niemandem mehr begegnen wollten, der unsere Zweisamkeit störte, entschieden wir, in Oskars Wohnung zu fahren.

Bevor ich ausstieg, sendete ich noch Anni eine Sprachnachricht. Darin erklärte ich ihr in Kurzform, was Oskar mir gerade gestanden hatte.

Sekunden später klingelte mein Handy.

»Hallo, Tilda.« Ihre Stimme klang wieder normaler.

»Geht es dir besser? Ich dachte, du schläfst sicher schon, daher die Sprachnachricht. Ich muss mich bei dir entschuldigen und bedanken. Ich war komplett auf dem Holzweg und konnte nicht ahnen, wie die Wahrheit aussieht. Hätte ich dich bloß ausreden lassen. Es tut mir so leid. Dabei hätte ich es wissen müssen – du bist die beste Freundin, die ein Mensch sich wünschen kann. Du kannst dir nicht vorstellen, wie überwältigt ich von eurem Einsatz für Oskar und mich bin. Ihr seid toll, und ich bin überglücklich. Danke, Anni.«

»Ich bin froh, dass wir reden, Tilda.« Sie hörte sich erleichtert an. »Mathea war hier bei mir im Café, während du mit Oskar unterwegs warst. Sie stellte sich mir als beste Freundin von Oskar vor, die mitbekommen habe, dass ihr Freund sich in einen riesengroßen Fenja-Malé-Fan verliebt habe. Es war ihre Idee, und ich fand die ganze Geschichte so süß. Der einzige Haken daran war, dass ich dir nicht davon erzählen konnte. Als du dann so wütend auf mich warst, hab ich einfach sofort gedacht, dass du durchdrehst wegen der Aktion mit den Scherben und dass du dich dann erst recht hintergangen fühlst. Außerdem hatte ich bei dem, was du erzählt hast, plötzlich so große Angst, dass ich jemandem vertraut habe, der es nicht ernst mit dir meint, und schuld bin, dass du unglücklich wirst. Ich war wie vor den Kopf gestoßen. Ich bin so froh, dass Oskar kein irrer Stalker oder Journalist ist. In den letzten Tagen habe ich viel gegrübelt darüber. Der Gedanke, dass ich ihnen zugespielt hatte, weil ich auf die Masche der besten Freundin hereingefallen war, war beinahe unerträglich für mich und mein Gewissen bleischwer. Das glaub mir bitte.«

»Es tut mir sehr leid. Als du sagtest, dass du es nur gut gemeint hast, hab ich das sofort darauf bezogen, dass du ihm irgendwas erzählt hast.«

»Das weiß ich, und niemals hätte ich etwas ausgeplaudert, Tilda.«

»Bitte entschuldige, dass ich das infrage gestellt habe.«

»Alles gut, Tilda. Die Hauptsache ist, dass wir das aus dem Weg geräumt haben. Und jetzt werde ich mich wirklich ins Bett legen. Meine Eltern waren eben hier, und es hat mich mehr angestrengt, als ich erwartet hätte.«

»Ich freue mich, Anni, wenn wir uns dann bald wieder in die Arme nehmen können.«

»Ich mich auch, Tilda. Frohe Weihnachten!«

Erleichtert, weil ich den Streit mit Anni beigelegt hatte, konnte ich mich nun beruhigt auf den weiteren Abend mit Oskar einlassen. Er war schon vorgegangen, damit ich in Ruhe mit Anni sprechen konnte, und ich folgte ihm jetzt in die Wohnung. Den

Schlüssel hatte er von außen stecken lassen, damit ich nicht klingeln musste.

Wir kuschelten uns gemeinsam in Oskars Bett und feierten unser ganz eigenes Weihnachtsfest, wie ich es mir erfüllender und glücklicher nicht hätte vorstellen können. Wir redeten endlich offen über alles, was uns beschäftigte. Wie schlecht es uns in den letzten Jahren und Monaten gegangen war und wie gut wir einander taten. Und wir küssten und liebten uns. Alles fühlte sich plötzlich leichter an, und ich konnte ausnahmslos hoffnungsvoll in die Zukunft blicken, in der wir beide unseren Traum leben wollten. Hier auf der Insel, die zwar nicht nur Sonnenschein in unser beider Leben gebracht hatte, aber nun umso mehr Glück für uns bereithielt.

Am darauffolgenden Tag backte Oskar frische Brötchen auf und brachte sie mir mit einem Glas selbst gemachter Marmelade, Kaffee und Orangensaft ans Bett, wo wir mit Blick über den Balkon in Richtung Dünenlandschaft frühstückten.

Die Schneeflocken, die am Abend vom Himmel gerieselt waren, hatten sich in der Nacht in einer dichten Schneedecke über die Dünen gelegt und dem Ausblick einen magischen Weihnachtszauber verliehen. Ich konnte mich kaum sattsehen an diesem seltenen Bild. Ein weiterer Traum war in Erfüllung gegangen.

Besonders schön fand ich, dass meine Eltern, die in einer Pension in Keitum ein Zimmer gebucht hatten, Schnee auf Sylt miterleben durften, was auch ihre Festtage einmalig machen würde.

Oskar und ich ließen den Tag gemütlich angehen und bewegten uns kaum aus dem Bett heraus. Weil er selbst keinerlei Pläne für die Festtage hatte, lud ich ihn ein, sie mit mir und meinen Eltern zu verbringen. Sie wollten auf ihrem Weg nach Sylt noch einen Zwischenstopp bei Freunden in Hamburg einlegen und würden deshalb erst am Abend hier ankommen.

Gegen Mittag rafften wir uns zu einem Strandspaziergang auf, nachdem ich mich in meiner Wohnung in dicke Winterkleidung eingepackt hatte.

Am Strand vor Kampen war es trotz klirrender Kälte herrlich. Auf dem üppigen Dünengras am Rande des Ufers lag Schnee, der die einzelnen Halme zu Boden drückte. Ich machte unzählige Bilder von Oskar und mir.

»Schau mal, das Quermarkenfeuer im Schnee. Es sieht aus wie gemalt, oder? Das hatte ich mir so sehr gewünscht. Ein echter Wintertraum auf Sylt«, schwärmte ich.

»Wunderschön, ja.«

Als hätte jemand Tausende kleiner Diamanten verstreut, lag auf dem Geländer der Aussichtsplattform ein zarter Eisglanz. Die Sonne am kristallklaren Himmel ließ die kleinen Flocken funkeln. Der Wind war relativ sanft, sodass wir gut auf dem gefrorenen Sand am Wasser laufen konnten. Das Rauschen des Meeres klang winterlich rau und weckte die Vorfreude auf abendliche Stunden bei leckerem Essen und Kerzenschein.

»Ich bin so glücklich, Oskar.«

Oskar legte die Hände auf meine Hüfte und küsste mich. Wir kuschelten uns einige Momente aneinander, mein Kopf an seiner Brust, im Ohr hatte ich seinen Herzschlag. Im Hintergrund das Rauschen des Meeres. Salzluft, die ich tief einsog, belebte meinen ganzen Körper mit prickelnder Energie. Kraft für all die Pläne, die wir für die Zukunft hatten. Es war ein beruhigendes Gefühl und in diesem Moment genau das, was ich brauchte. Nicht mehr und nicht weniger.

Zurück in Oskars Wohnung machten wir es uns mit heißem Tee

auf dem Sofa gemütlich. Ich dachte, dass ich nie ein entspannteres Weihnachtsfest verbracht hatte.

Ich war erstaunt, als gegen 18 Uhr mein Handy klingelte und Anni dran war.

»Liebes, was machst du grad? Sind deine Eltern schon da?« Annis Stimme klang aufgeregt, aber wieder viel besser.

»Nein, sie wollen aber jeden Moment hier sein. Ist alles in Ordnung? Geht's dir nicht gut? Soll ich vorbeikommen?«

»Danke, nein. Ich bin zwar noch nicht ganz fit, aber mir geht es wieder viel besser. Nur hatte ich gerade einen Anruf eines lieben Gastes. Er hat doch tatsächlich das Geschenk für seine Frau gestern bei uns im Café liegen gelassen. Würde es dir was ausmachen, wenn du kurz hinfährst und schaust, ob du es findest? Er kann sofort vorbeikommen und es abholen.«

»Klar, kein Problem. Ich mache mich schnell auf den Weg«, erklärte ich, und Anni bedankte sich.

»Wundere dich bitte nicht. Es hat sich gestern noch spontan eine Gesellschaft für den 27. angekündigt, und ich habe heute früh schon einmal alles eingedeckt. Vielleicht habe ich mich damit doch ein wenig übernommen. Ich fühle mich, als hätte ich einen ganzen Umzug gestemmt, und liege jetzt wieder im Bett.«

»Alles klar. Dann weiß ich Bescheid. Ich hätte dir doch geholfen.«

»Ich weiß, und genau deswegen habe ich dir nichts davon gesagt. Bis dann!«

Wir legten auf, und wenige Minuten später saßen Oskar und ich im Auto.

Am *Kliffglück* angekommen staunte ich. Anni hatte sich selbst übertroffen. Der Raum war wundervoll gestaltet, und ich wunderte mich ein wenig, wie festlich es aussah. Aber vielleicht handelte es sich um eine nachträgliche Weihnachtsfeier. Wen wir da wohl bewirten durften?

Oskar half mir beim Suchen, und endlich fand ich etwas, das nach einem Geschenk aussah.

Ein Päckchen, ungefähr die Größe eines Buches, mit einem weißen Band verschlossen, lag auf der Garderobe.

»Da! Wir können direkt Anni anrufen. Sie kann dem Gast Entwarnung geben. Weihnachten ist gerettet«, sagte ich, griff zum Handy und rief sie an.

Gerade in diesem Moment wurde die Tür zur Backstube aufgestoßen, und meine Liebsten kamen lachend herein.

»Anni, Mama, Papa«, rief ich und stürmte auf meine Eltern zu, die ich mit einer Bewegung beide umarmte und an mich drückte. »Was macht ihr denn hier?«

Auch Annis Eltern kamen heraus, außerdem Lore, Katha und Mathea. Fassungslos schlug ich die Hand vor den Mund.

»Ihr Verrückten«, flüsterte ich.

»Frohe Weihnachten, Liebes«, sagte Anni und nahm mich fest in den Arm. Ich war so glücklich, dass wir uns vertragen hatten. Als wir unsere Umarmung lösten, deutete Anni mit den Händen auf die gedeckte Festtafel.

»In wenigen Minuten sollte es so weit sein, und der Lieferservice bringt uns ein fantastisches Weihnachtsessen.«

Ungläubig stand ich da und staunte.

»Hallo, Oskar«, hörte ich meinen Vater sagen, der auf Oskar zutrat. »Freut uns, dich kennenzulernen. Wir sind Peter und Susi.«

»Die Freude ist ganz meinerseits«, entgegnete Oskar und strahlte übers ganze Gesicht.

Sie plauderten eine Weile, bis ich sah, dass Katha Oskar sanft am Arm berührte und vorsichtig fragte. »Hast du eine Minute?«

Er nickte, und sie entfernten sich ein Stück von uns anderen.

Ich konnte nicht hören, was sie sprachen, aber als ich sah, wie sie sich umarmten, wurde mir warm ums Herz.

»Dann nehmt schon einmal Platz. Getränke servieren wir euch«, erklärte Anni und schaute mich mit fragendem Blick an. »Hilfst du mir?«

»Selbstverständlich.« Mit weichen Knien folgte ich Anni hinter den Tresen.

»Du verrückte Nudel«, sagte ich. »Und ich habe nichts geahnt! So schön, dass wir hier heute Abend alle gemeinsam Weihnachten feiern. Unwirklich schön.«

»Das habe ich mir gewünscht, und mir geht es ganz genauso. Und glaub mir, ich musste mich wirklich zusammenreißen, um nichts auszuplaudern.« Anni kicherte und zog die Schultern hoch.

»Sogar ein Geschenk hast du verpackt und deponiert.« Ich schüttelte den Kopf.

»Ach, apropos Geschenk! Das ist tatsächlich ein echtes – allerdings für Oskar und dich, den Gast habe ich mir ausgedacht.«

»Für Oskar und mich?«

Anni nickte. »Macht das später auf, wenn ihr Ruhe habt.«

Gespannt nickte ich und hätte am liebsten direkt nachgeschaut, doch ich hielt mich an Annis Bitte.

Als das Essen geliefert wurde, breitete sich innerhalb weniger Sekunden der Duft nach verschiedenen weihnachtlichen Gewürzen im Raum aus.

An den zur langen Tafel zusammengestellten Tischen, die mit Tannenzweigen, Kerzen und kleinen Sternen dekoriert waren, fühlten wir uns als große Familie unendlich wohl und genossen die Köstlichkeiten. Ich konnte mir in diesem Moment keinen Ort vorstellen, an dem ich lieber gewesen wäre als hier. Mit den liebsten Menschen, auf meiner Herzensinsel, in Annis Büchercafé und mit dem Ausblick auf eine aufregende, erfüllende Zukunft zwischen Buchseiten, Tee, Kaffee und meinen großen Träumen.

Irgendwann spürte ich eine warme Hand auf meiner Schulter. Ich drehte mich um und blickte in Matheas Augen. »Denn dieser Roman ist für einen Menschen geschrieben worden, der dadurch wieder einen Lebenssinn finden wird. Darauf baue ich und hoffe, dass sich für diesen Menschen auch das Happy End einstellt, das die Figuren im Roman erleben dürfen. Vielleicht für euch zwei?«, wiederholte sie, was sie mir in einer E-Mail vor einiger Zeit mal geschrieben hatte. Sie lächelte, klopfte uns sanft auf die Schultern und ging mit einem Lächeln wieder zu Katha. Beide hoben zum Gruß ihre Gläser, und wir erwiderten diese Geste.

Zärtlich griff ich nach Oskars Hand und drückte sie sanft. Der Blick in seine Augen versprach so viel Hoffnung und liebevolle Zuneigung, dass mein Herz zu platzen schien vor Freude und Glück. Ich lehnte meinen Kopf an seine Schulter und war mehr denn je angekommen an dem Ort, an den ich mich lange schon in meinen Romanen geträumt hatte. An der Seite des Mannes, der ehrlich mit mir war und mit dem ich mir eine Zukunft vorstellen konnte.

Epilog

Der Abend im *Kliffglück* war wundervoll weihnachtlich und gemütlich. Wir lachten viel, erzählten uns Geschichten aus unserem Leben und lernten uns untereinander noch viel besser kennen. Ich konnte spüren, dass meine Eltern Oskar mochten und das auf Gegenseitigkeit beruhte.

Ich unterhielt mich mit Mathea, spürte in ihren Worten die Verbundenheit und Freundlichkeit, die aus jeder ihrer Mails gesprochen hatten. Ich versicherte ihr, dass ich ihr nicht böse war, dass sie mit ihrer Antwort sozusagen in eine andere Rolle geschlüpft war, mir etwas vorgespielt hatte, wie sie selbst es nannte. Ich hatte es nie so empfunden. Denn ihre Zeilen waren ehrlich gewesen und von Herzen gekommen. Ich hatte in ihr schon nach kurzer Zeit eine neue Freundin gefunden. Da war ich mir sehr sicher.

Am Morgen des zweiten Feiertags packte ich meine Sachen und zog vorerst zu Oskar, damit Mathea und Katha ihre Wohnung zurückbekommen konnten. Als Oskar diesen Vorschlag gemacht hatte, hatte ich nur kurz gezögert. Der Schritt fühlte sich richtig an, und ich sah ihn als einen Test, ob alles gut gehen würde, aber auch als das, was wir uns beide gewünscht hatten. Endlich waren wir nicht länger allein.

»Was hast du damals gesucht, als du das erste Mal hier übernachtet hast?«, fragte ich Oskar, als wir meine Taschen die Treppe hinuntertrugen.

»Das hast du mitbekommen? Ich dachte, du schläfst.« Er wirkte irritiert.

»Sollte ich es nicht mitbekommen?«

»Ehrlich gesagt wollte ich schauen, ob Katha auch den neuen Fenja Malé bekommen hat. Als der Roman herauskam, hatte ich Lore ein Exemplar vorbeigebracht mit einem Brief an Katha. Mein Versöhnungsangebot, bevor ich Sylt verlasse. Ich hatte gehofft, dass sie unserer Freundschaft und der Geschichte trotz des Kummers noch eine Chance gibt. Weil das Buch nicht bei den anderen stand, hatte ich gehofft, Lore hätte es ihr nach München mitgebracht. Und ich hatte recht, das hat mir Katha gestern erzählt.«

Ich lächelte. »Als ich den Roman bei ihr gesehen habe, hat sie gesagt, dass er ein Geschenk war und sie ihn noch nicht gelesen hat, aber ich bin mir sicher, dass sie das jetzt tut.«

Oskar hatte sie nicht um eine Versöhnung bitten müssen, schließlich hatte Katha genau das Gleiche gewollt, und schon jetzt war mir klar, dass sich zwischen uns vieren eine gute Freundschaft entwickeln würde.

Bevor wir meine Sachen in die Wohnung trugen, klingelten wir bei Fritz Knut, um ihn um Erlaubnis zu bitten. Sein verblüffter Blick, als Oskar mich als seine Freundin vorstellte, war zu komisch.

»Also so eine perfekte Lösung hätte ich Ihnen kaum bieten können, dabei habe ich mich ernsthaft darum bemüht, für Sie hier ein Zuhause zu finden«, erklärte Fritz Knut und blickte mich väterlich-liebevoll an. »Aber das sind doch die guten Nachrichten, mit denen wir uns wiedersehen wollten, oder?« Er breitete die Arme aus.

Ich nickte lächelnd. »Oh ja! Aber es war nicht so einfach.«

»Ach, ich weiß genau, was Sie meinen. Ich war ja auch mal jung«, sagte er und winkte ab. »Und einen schöneren Grund, als dass Sie die Wohnung nicht bekommen, weil Ihr Freund diese Ihretwegen nicht kündigen will, kann es ja kaum geben, oder? Das, was Sie da erzählen, das hat Roman-Potenzial.« Er hob theatralisch den Zeigefinger und warf Oskar einen bedeutsamen Blick zu.

»Verstehe«, sagte dieser und nickte wissend. »Ich habe jedoch gehört, ein ganz ähnliches Buch gibt es bereits«, erklärte Oskar und machte eine vage Handbewegung.

»Soso«, sagte der Vermieter. »Ihnen fällt aber sicher bald ganz viel Neues ein, wenn Sie nun doch hierbleiben, oder?« Er schenkte Oskar ein Lächeln, und dieser nickte.

Dann wünschte er uns einen schönen Tag, und Oskar trug meine Sachen in seine Wohnung. Er öffnete die Tür zum Balkon und ließ das Rauschen der Winterwellen herein. Einen Moment lang standen wir schweigend da, in diesem kleinen Refugium, welches uns gerade die Welt bedeutete.

Mein Blick wanderte zu meinen Sachen. Ein Koffer und zwei Taschen waren mit mir hierhergereist. Oben auf einer meiner Taschen lag noch das Geschenk von Anni.

»Wollen wir es jetzt öffnen?«, fragte ich und nahm das Päckchen in die Hand.

»Klar.« Ich setzte mich an den kleinen Tisch und zog am Schleifenband.

Zum Vorschein kam ein Päckchen mit der Aufschrift »Für eine neue Liebesgeschichte«. Darin waren in feinem Geschenkpapier ein Notizbuch, dessen Seiten noch unbeschrieben waren, sowie ein weiteres Buch: Es war ebenso ein Notizbuch, allerdings sah es aus, als sei es bereits einmal in eine Wäsche oder einen starken

Regen geraten. Die Seiten waren zwar trocken, jedoch stark ge-
wellt.

Man konnte kaum noch etwas erkennen, bis auf einen Satz,
den Oskar mir vorlas:

*Das Rauschen der Wellen klang wie eine majestätische Melodie. Wie die
Auftaktmusik einer Oper. Der Beginn von etwas ganz Großem.*

Danksagung

Danke an den Ullstein Verlag, der meinen Geschichten ein Zuhause gibt. Danke an das Team für das Vertrauen, die Wertschätzung, den Blick für Ideen und das Denken in Möglichkeiten. Es ist so wertvoll für mich, Teil der Ullstein-Familie sein zu dürfen.

Ein besonderer Dank geht auch diesmal an Christiane Branscheid. Mit viel Engagement, einem großen Herz für die Inselliebe und einem feinen Gespür für das geschriebene Wort haben Sie, gemeinsam mit dem Ullstein-Team, aus meinem Manuskript ein Buch gezaubert. Danke für die tolle, wertschätzende und bereichernde Zusammenarbeit.

Danke an meine Familie. Ihr seid meine Herzensmenschen.
Danke dafür, dass ihr immer an mich glaubt.

Danke an meinen lieben Mann, für dein unendliches Verständnis für meine Schreibleidenschaft und deine Unterstützung in all meinen Plänen. Deine Art, dich mit mir zu freuen, tut so gut. Danke, dass es für mich die große Liebe gibt.

Danke an meine wundervollen Kinder. Ihr zeigt mir jeden Tag, dass ein Traum gelebt werden kann, wenn man dem Kurs seines

Herzens folgt. So geht Glück. Ihr seid mein Ein und Alles und meine Welt.

Danke an meine Eltern – für das gute Gefühl, dass ihr mein Heimathafen seid und immer an mich glaubt. Ihr habt mir gezeigt, die Segel zu setzen, egal, welcher Wind mir begegnet. Ihr gebt mir Wurzeln und Flügel. Ihr seid die Besten!

Danke für jede Umarmung und dafür, dass ihr immer da seid.

Danke an meine Schwester. Du gehst mit mir auf jede Reise, bist mit grenzenlosem Optimismus an meiner Seite, setzt mit mir die Segel und steuerst immer gen Sonnenschein. Danke für jedes Gespräch, jeden Spaziergang, die Zeit mit unseren Kindern, deine Umarmungen, unser Lachen und unsere unersetzliche Seelenverwandtschaft. Danke, dass du mehr als meine beste Freundin und zu jeder Zeit für mich da bist.

Danke an meinen Schwager und an meine Schwester für all die inspirierenden gemeinsamen kulinarischen Ausflüge. Sowohl in der eigenen Küche in der Heimat als auch auf Sylt und in Dänemark. Die gemeinsamen Reisen nach Sylt und Dänemark als große Familie sind eine einmalige Zeit und eine so wertvolle Inspiration für meine Romane. Wir haben besondere Orte toller Gastronomie und beeindruckende Natur kennenlernen dürfen, was jedes Mal großartig war und was meine Figuren in den Geschichten teilweise nacherleben durften. Ich freue mich auf die nächsten Urlaube mit euch.

Danke an die weltbeste Schwiegermama. Du fehlst so sehr. Ich hätte so gerne noch unendlich viele Bücher von mir mit dir besprochen und werde es im Herzen weiter tun. Dein Stolz und deine Freude über meine Bücher waren mit die wertvollsten Komplimente für mich und werden mich für immer begleiten und motivieren. Ich trage sie in meinem Herzen und bin unendlich dankbar dafür, dass es dich für mich gab und immer auch weiter geben wird.

Danke an meine liebe Omi, die die Liebe zum Schreiben fest in meinem Herzen verankert hat und die bestimmt stolz wäre, dass ich ihren Traum lebe.

Ihre Kreativität, ihre Fantasie und ihre Liebe zum geschriebenen Wort sind Basis meines Schreibens, und ich bin unendlich dankbar dafür.

Danke an meine lieben Freunde. Euer Interesse an meinen Geschichten, eure Freude und unsere Zeit sind tägliche Inspiration für mich. Ich weiß das sehr zu schätzen.

Danke an all die großartigen Menschen hinter den Instagram-Accounts, die mich mit ihren wundervollen Bildern, Storys und Beiträgen täglich mit nach Sylt nehmen – jede kleine Gedankenreise auf meine Herzensinsel tut so gut und ist Inspiration für mich.

Und dann geht mein Dank an euch, meine lieben Leserinnen und Leser. Danke für das Wertvollste – eure Zeit, die ihr euch für meine Bücher, jedes Wort und jeden Gedanken dazu nehmt. Ihr seid Motivation, Antrieb, meine »Traumverwirklicher« und meine größten Kritiker. Dass ihr mir schreibt, wenn euch meine Bücher gefallen und meine Geschichten euch berühren, ist ein großes Geschenk für mich.

Eure Julia Rogasch